[南宋]梁楷《太白行吟图》(日本东京国立博物馆藏)

[清]苏六朋《太白醉酒图》（上海博物馆藏）

[南宋]马远《举杯玩月图》（台北"故宫博物院"藏）

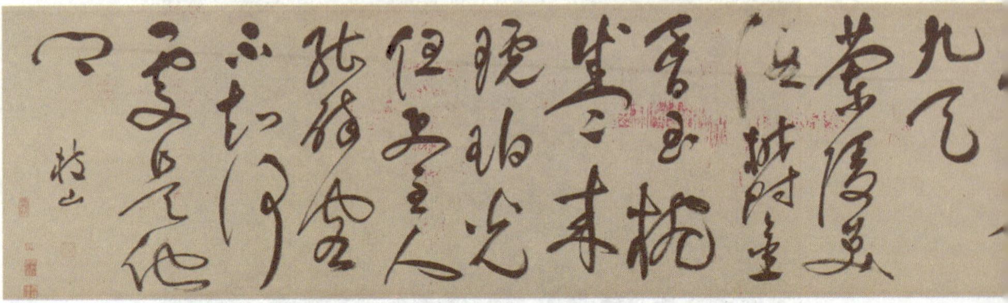

[明]祝允明草书《李白诗二首》（北京故宫博物院藏）

[北宋]李公麟（传）《丽人行图》（台北“故宫博物院”藏）

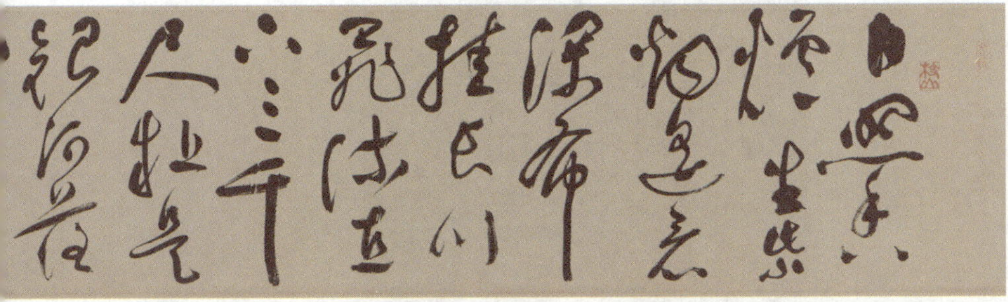

[南宋]牧溪（传）《杜子美骑驴图》（日本福冈市立美术馆藏）

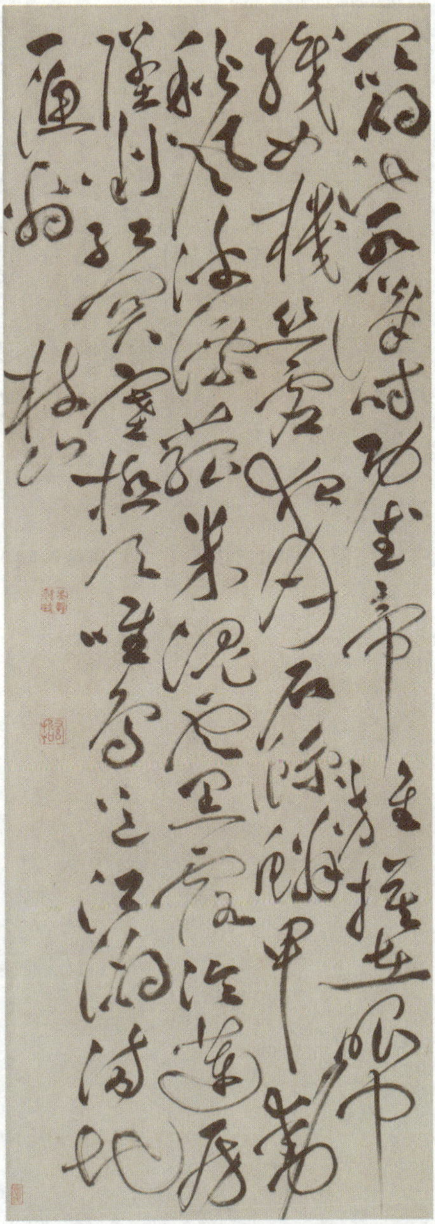

[明]祝允明草书《杜甫秋兴八首之七》（辽宁省博物馆藏）

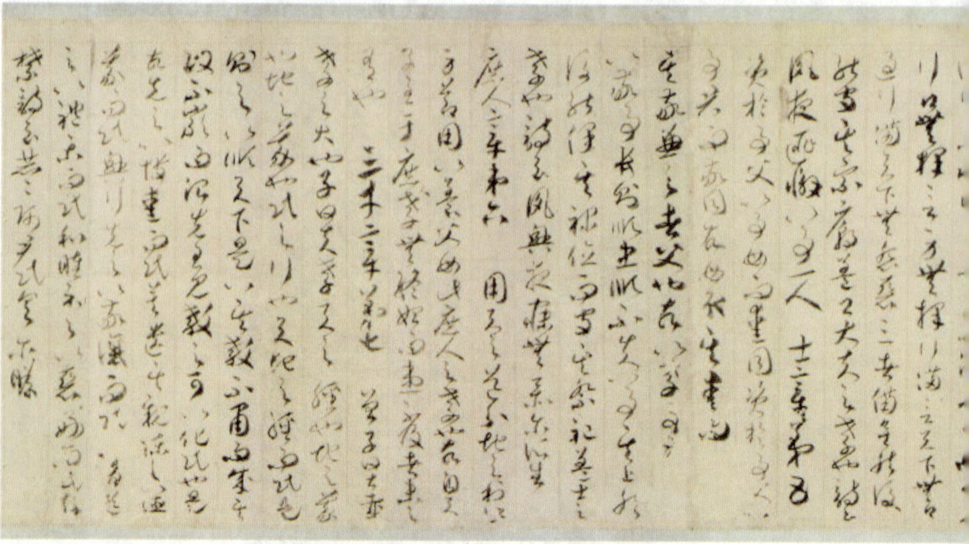

[唐]贺知章草书《孝经》（局部，日本宫内厅三之丸尚藏馆藏）

[清]费丹旭《人面桃花图》（美国明尼阿波利斯美术馆藏）

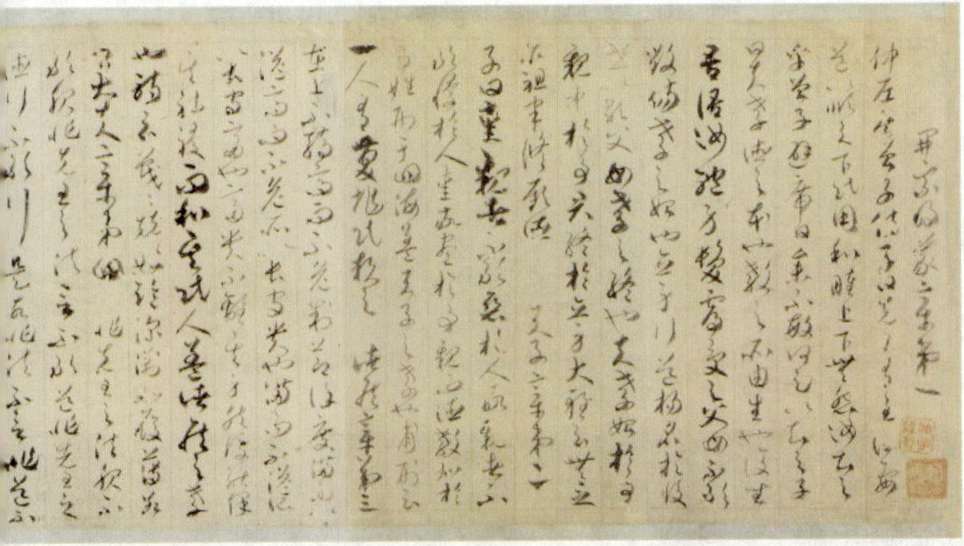

[明]仇英《浔阳送别图》（局部，美国纳尔逊-阿特金斯艺术博物馆藏）

[明]谢环《香山九老图》（美国克利夫兰艺术博物馆藏）

[元]钱选《贵妃上马图》（美国弗利尔美术馆藏）

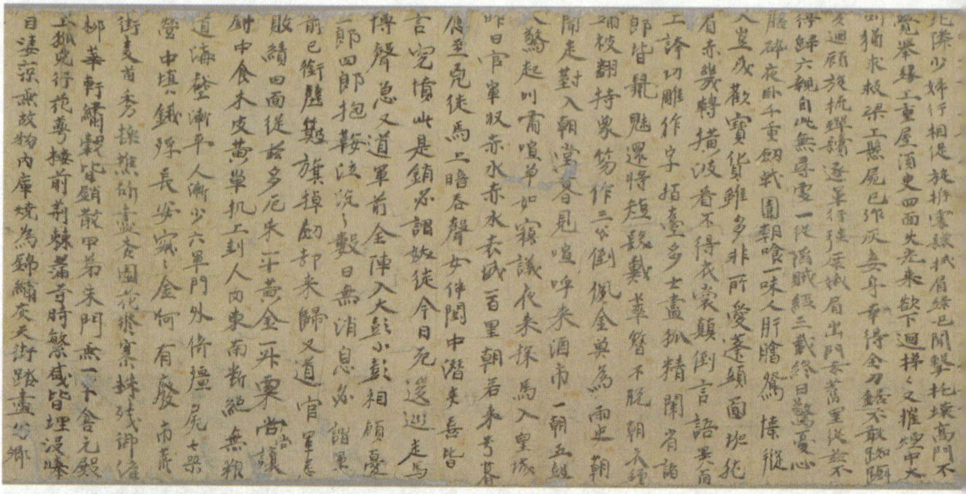

佚名抄写韦庄《秦妇吟》手稿（局部，法国国家图书馆藏）

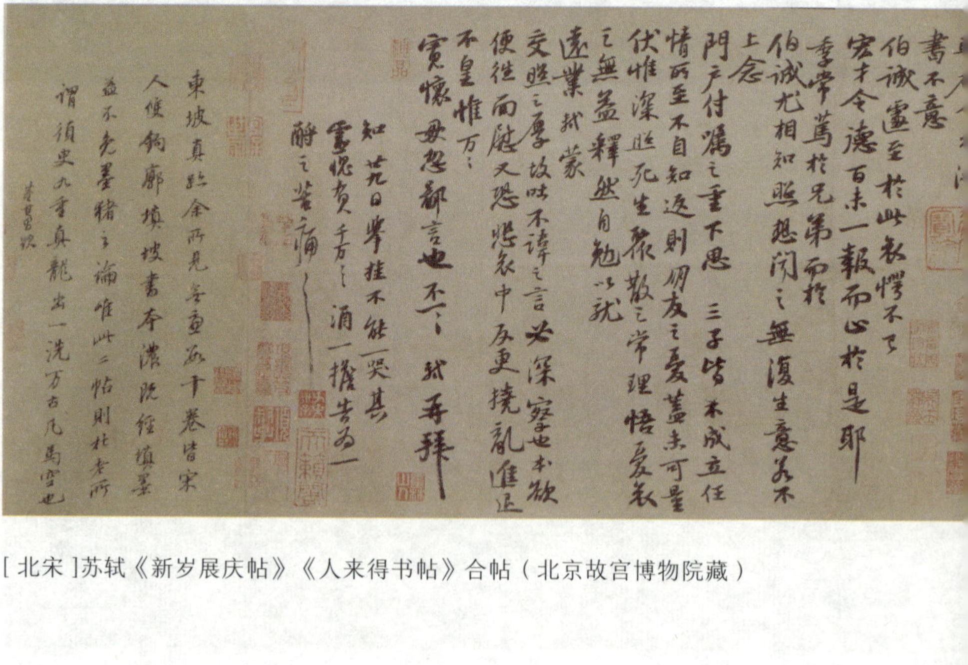

［北宋］苏轼《新岁展庆帖》《人来得书帖》合帖（北京故宫博物院藏）

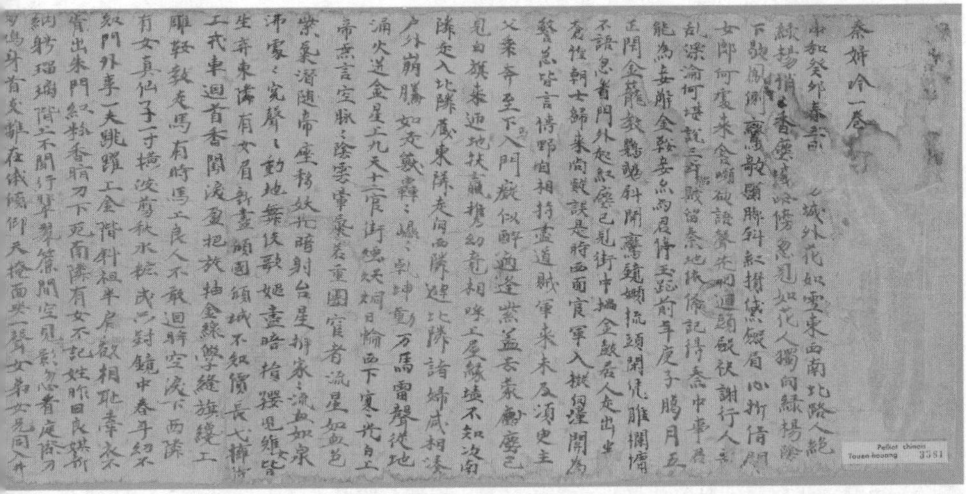
Pelliot chinois
Touen-houang 3381

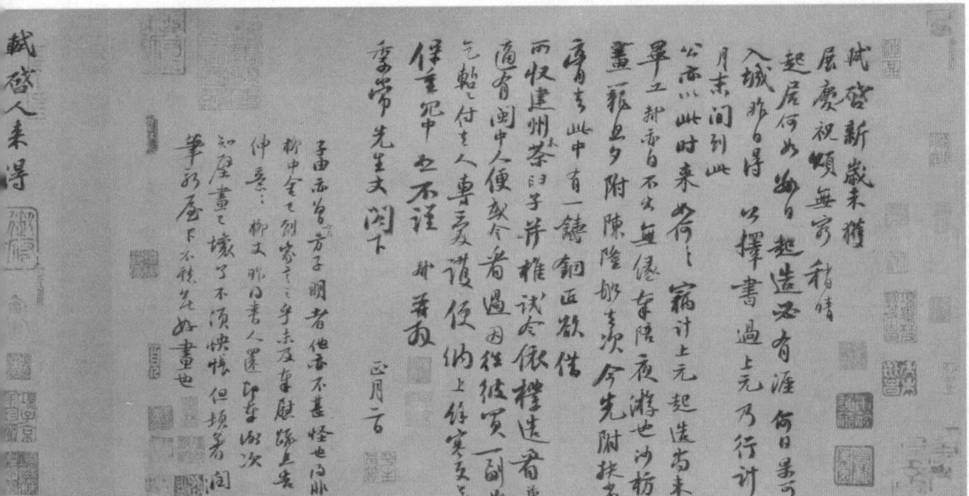

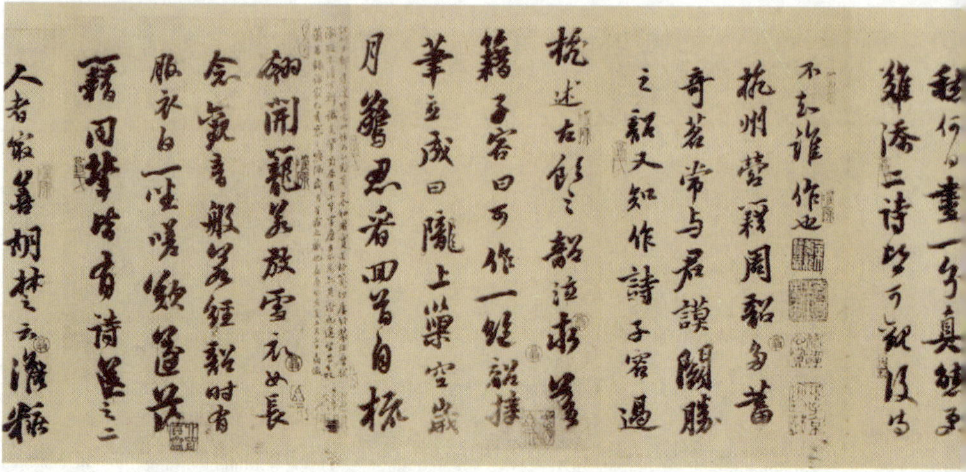

[北宋]苏轼《天际乌云帖》（又称《嵩阳帖》，局部，收藏不详）

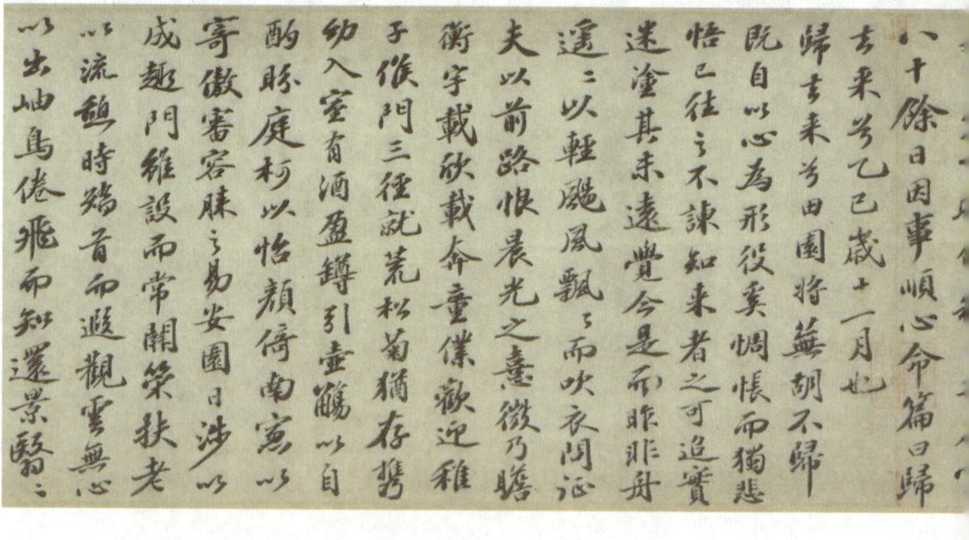

[北宋]苏轼《归去来兮辞卷》（局部，台北“故宫博物院”藏）

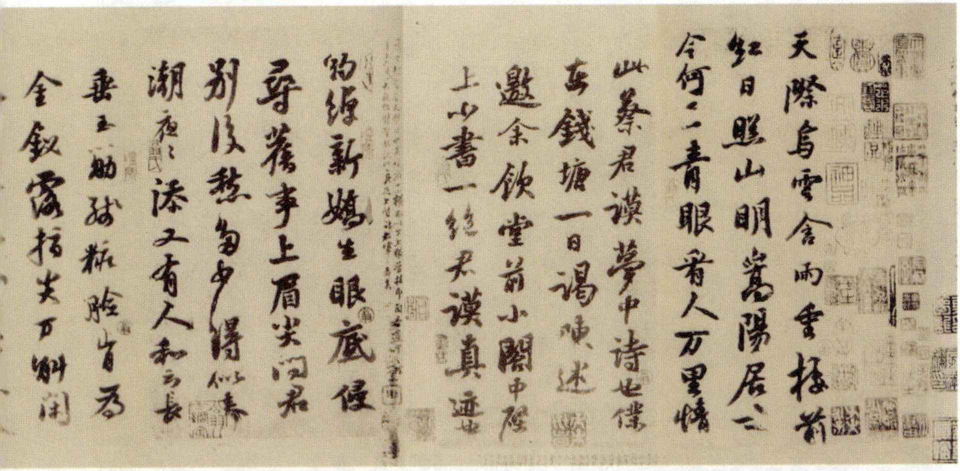
天際烏雲含雨重樓前
紅日照山明嵩陽居士
今何在青眼看人万里情
此蔡君謨夢中詩也僕
在錢塘一日謁陳述
邀余飲堂前小閣中壓
上小書一絕君謨真蹟
物色新嬌生眼底侵
尋舊事上眉尖問君
別後愁多少得似春
潮夜夜添又有人和云長
垂玉筯殘粧臉肯為
金釵露指尖万斛閑

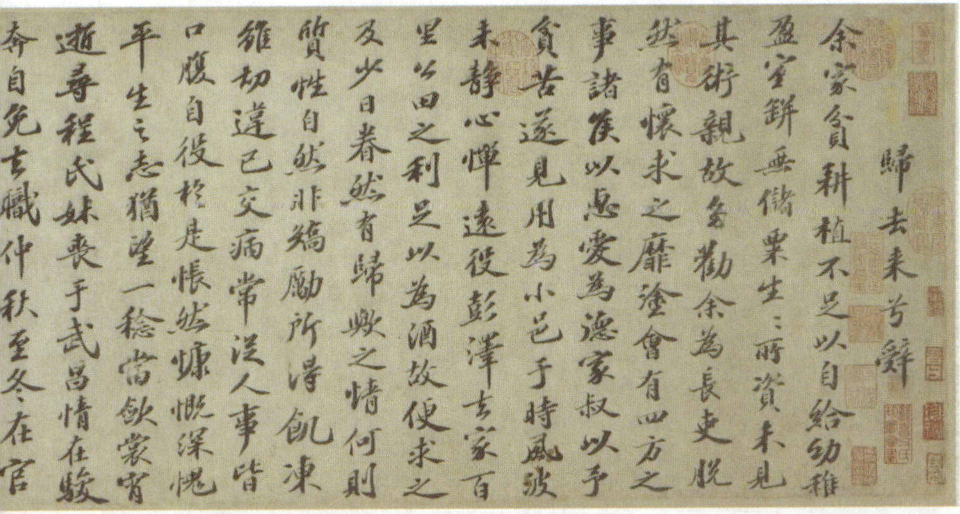
歸去來兮辭
余家貧耕植不足以自給幼稚
盈室缾無儲粟生生所資未見
其術親故多勸余為長吏脫
然有懷求之靡途會有四方之
事諸侯以惠愛為德家叔以余
貧苦遂見用為小邑于時風波
未靜心憚遠役彭澤去家百
里公田之利足以為酒故便求之
及少日眷然有歸歟之情何則
質性自然非矯厲所得飢凍
雖切違己交病嘗從人事皆
口腹自役於是悵然慷慨深愧
平生之志猶望一稔當斂裳宵
逝尋程氏妹喪于武昌情在駿
奔自免去職仲秋至冬在官

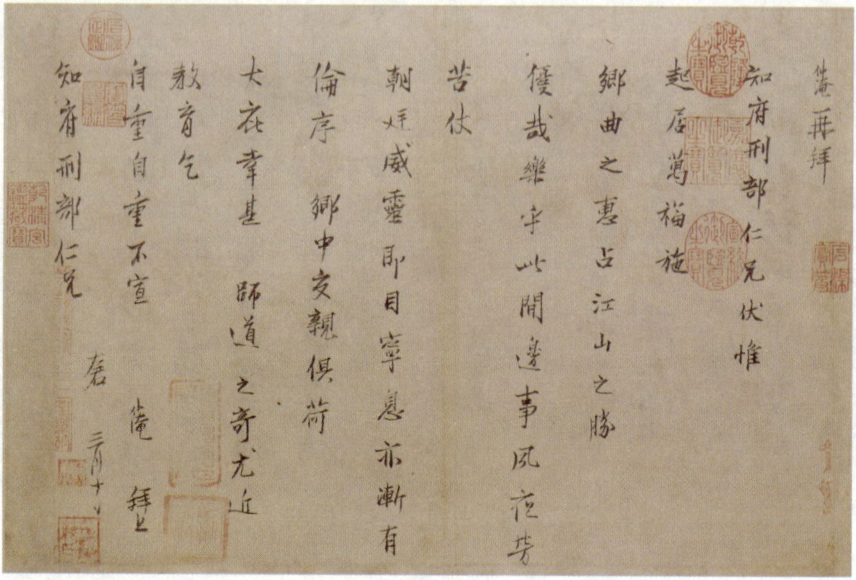

[北宋]范仲淹《二札帖》(北京故宫博物院藏)

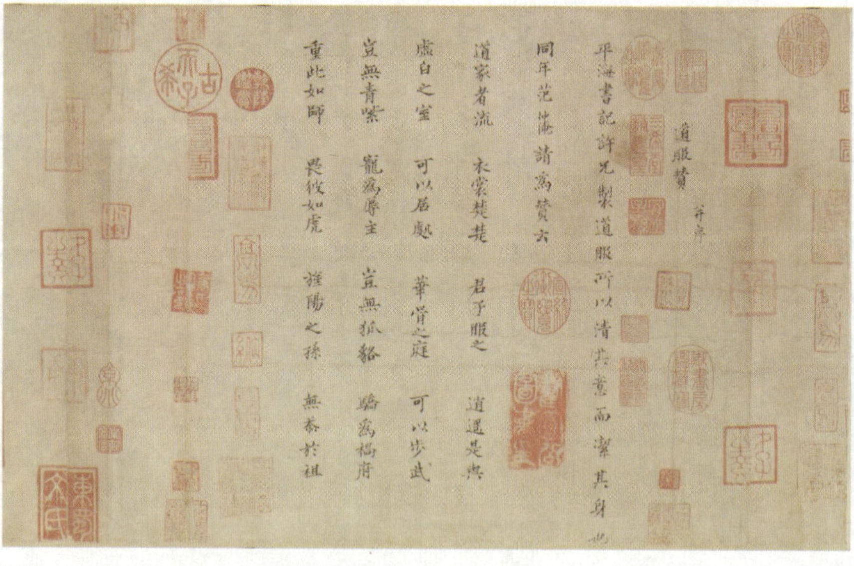

[北宋]范仲淹楷书《道服赞卷》(北京故宫博物院藏)

[元]夏永《岳阳楼图》页（美国弗利尔美术馆藏）

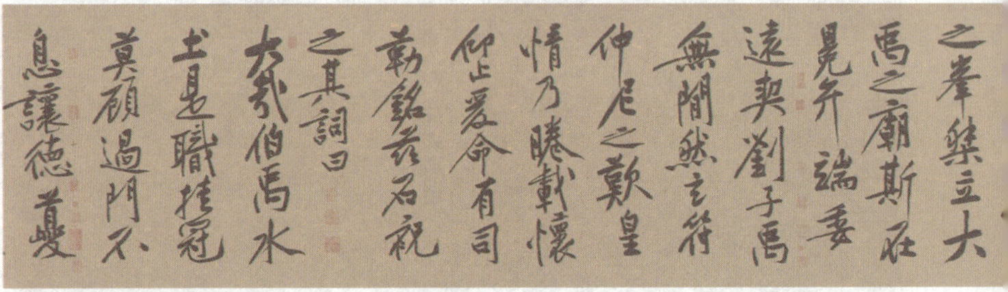

[北宋]黄庭坚《砥柱铭》（局部，原藏于日本京都藤井有邻馆，后被拍卖）

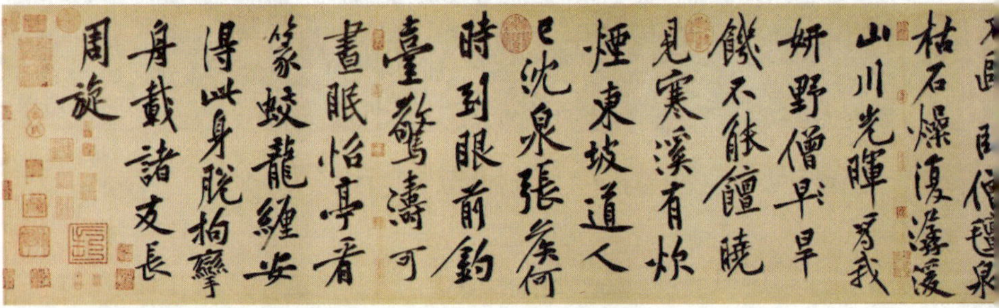

[北宋]黄庭坚《松风阁诗帖》（台北“故宫博物院”藏）

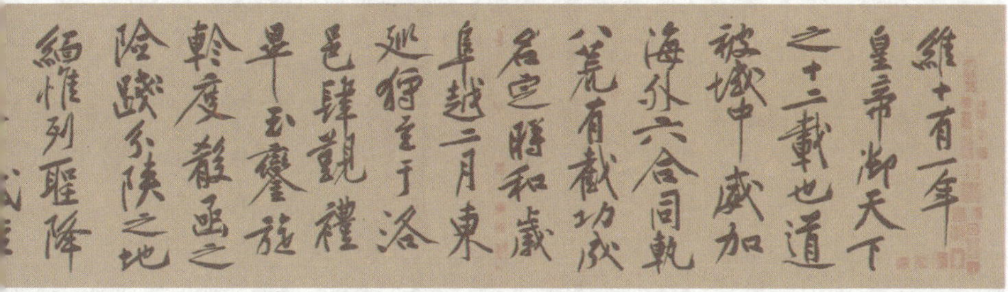
維十有一年
皇帝御天下
之十二載也道
被域中威加
海外六合同軌
八荒有截功成
名定時和歲
阜越二月東
巡狩至于洛
邑肆覲禮
畢玉鑾旋
軫度殽函之
險躡分陝之地
緬惟列聖降

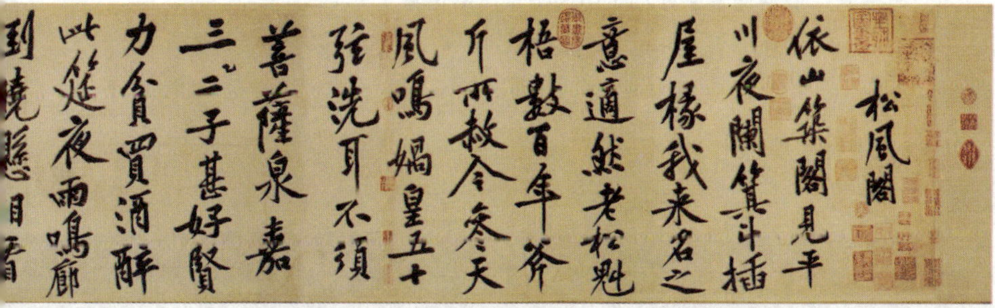
松風閣
依山築閣見平
川夜闌箕斗插
屋椽我來名之
意適然老松魁
梧數百年斧
斤所赦今參天
風鳴媧皇五十
弦洗耳不須
菩薩泉嘉
三二子甚好賢
力貧買酒醉
此筵夜雨鳴廊
到曉懸

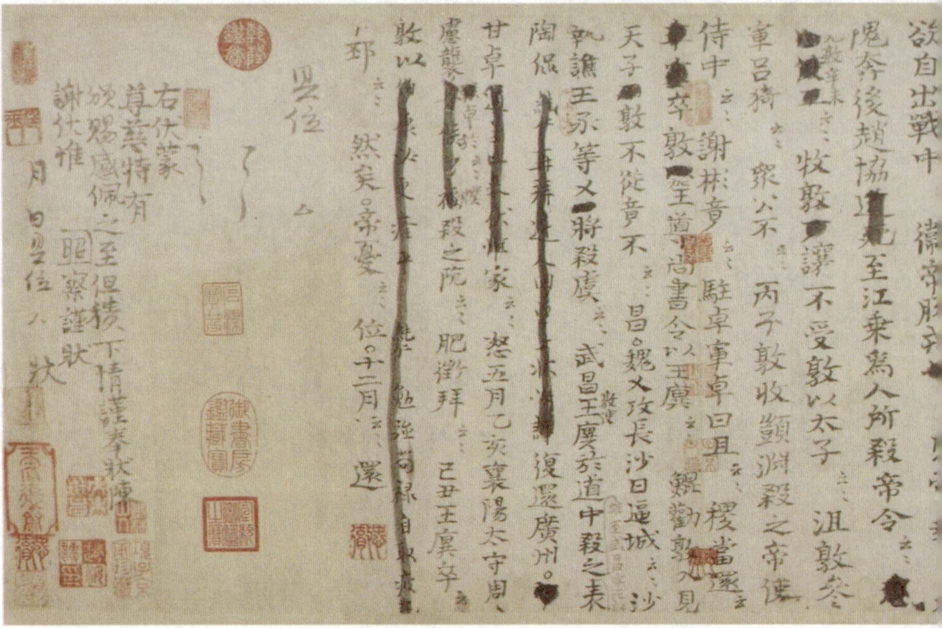

[北宋]司马光《资治通鉴》残稿（中国国家图书馆藏）

[明]仇英《独乐园图》（局部，美国克利夫兰艺术博物馆藏）

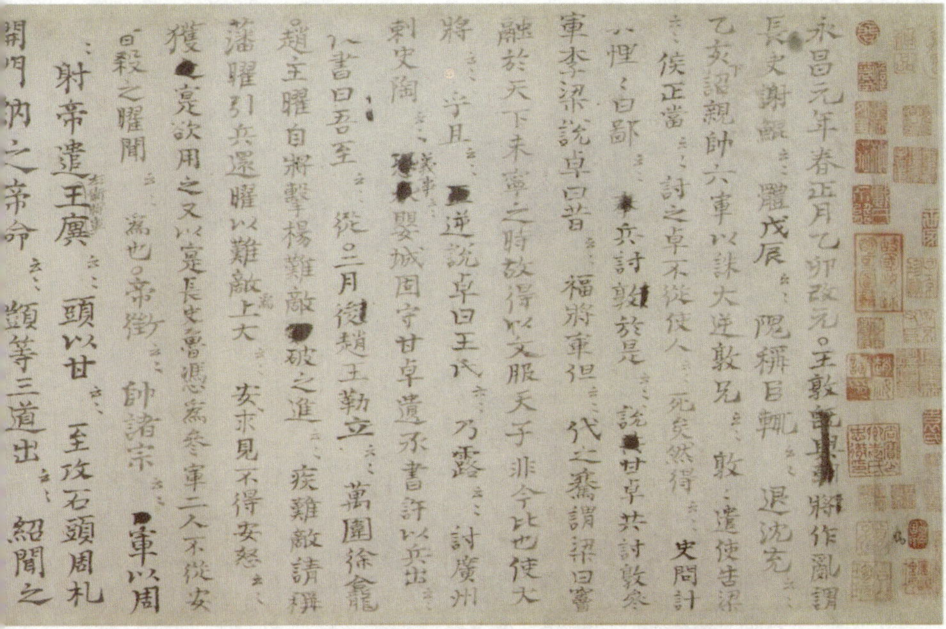
永昌元年春正月乙卯改元。王敦舉兵將作亂謂
長史謝鯤 曜戊辰 隗稱日輒 退沈充
乙亥詔親帥六軍以誅大逆敦兄 敦遣使告梁
侯正當 討之卓不從使人 死矣然得 史問計
小理白鄙 兵討敦於是 說甘卓共討敦參
軍李梁說卓曰昔 福將軍但 代之驁謂梁曰審
融於天下未寧之時故得以文服天子非今比也使大
將 守且 逆說卓曰王氏 乃露 討廣州
刺史陶 襄城固守甘卓遣承書許以兵出
入書曰吾至 從二月復趙王勒立 萬圍徐龕
趙主曜自將擊楊難敵 破之進 疾難敵請稱
藩曜引兵還曜以難敵上大 安求見不得安怒
獲 寔欲用之又以寔長史魯憑為參軍二人不從安
曰殺之曜聞 為也帝御 帥諸宗 軍以周
射帝遣王廙 頭以甘 至攻石頭周札
開門納之帝命 顗等三道出 紹聞之

[宋]佚名《司马光拜左仆射告身》（局部，台北“故宫博物院”藏）

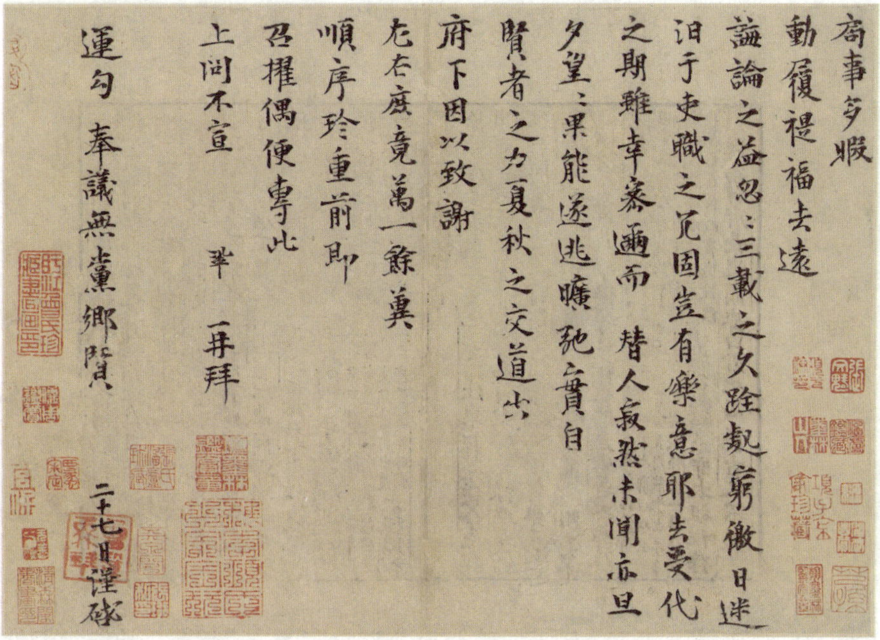

[北宋]曾巩《局事帖》(比利时尤伦斯夫妇私人藏)

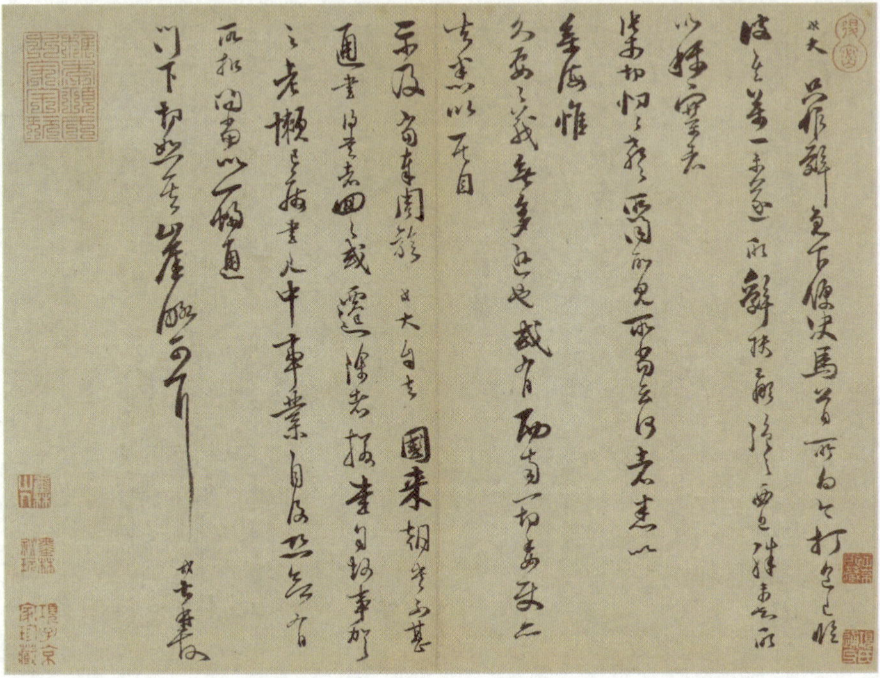

[南宋]范成大《只候帖》（台北“故宫博物院”藏）

少年自有凌云志

唐宋文人的高能人生

大圣 著

中国友谊出版公司

图书在版编目（CIP）数据

少年自有凌云志：唐宋文人的高能人生 / 大圣著.
北京：中国友谊出版公司, 2025.7（2025.11重印）. -- ISBN 978-7-5057-6063-9

Ⅰ. I267.1

中国国家版本馆CIP数据核字第2025KT7210号

书名 少年自有凌云志：唐宋文人的高能人生

作者 大 圣

出版 中国友谊出版公司

发行 中国友谊出版公司

经销 新华书店

印刷 三河市嘉科万达彩色印刷有限公司

规格 880毫米×1230毫米 32开
14.25印张 312千字

版次 2025年7月第1版

印次 2025年11月第2次印刷

书号 ISBN 978-7-5057-6063-9

定价 58.00元

地址 北京市朝阳区西坝河南里17号楼

邮编 100028

电话 （010）64678009

自序

唐宋时期，文学艺术迅猛发展，唐诗、宋词异军突起，宛如两颗璀璨的星辰，照亮了中国文学的浩瀚夜空。这两段时期诞生了许多流传千古的名篇佳作，成就了不计其数的诗词大家。

每一首诗词的背后，都是一个生动的人物，都有一段难忘的故事。

有人说，知道鸡蛋好吃就够了，又何必非要认识那只下蛋的母鸡呢？

其实，并不是这样的。只有了解诗词的创作背景，了解作者的性格特点与人生轨迹，你才能更准确地理解作品的内涵，更充分地认识到作品的艺术价值，更深刻地体会到唐诗宋词的艺术魅力。

正是基于这样的想法，2021年8月，我出版了《白马春风恰少年：唐宋诗人的快意人生》一书，以现代人的语言和视角，对唐宋时期有代表性的30位诗人词人进行了全新的描述和解读。

大概是因为轻松、有趣、稍显另类的写作风格，该书面世后，颇受读者欢迎，好评如潮，比如“没想到某某原来是这种人”“历史书居然还能这样写”……

这本《少年自有凌云志：唐宋文人的高能人生》，与上一本书既有联系，又有区别。

本书保持了上一本的写作风格，讲述了32位唐宋文人的故事。其中，既有我们熟悉的诗词大咖，比如在上一本书里写过的李白、杜甫、白居易、苏轼（但这次是从全新的角度切入，讲述的内容与上一本没有重复），也有新加进来的孟郊、柳宗元、晏殊、司马光、王安石、范仲淹、黄庭坚等人，还有一些稍显冷门但其实值得大书特书的人物，比如号称“唐朝第一位诗人”的王绩、杜甫的爷爷杜审言、唐朝学历最高的诗人贺知章、写下“海上生明月，天涯共此时”的一代名相张九龄、绯闻缠身的边塞诗高手李益、唐诗最后一抹余晖的罗隐，以及唐朝四大女诗人薛涛、李冶、鱼玄机、刘采春，等等。

需要说明的是，在这本书的写作过程中，我从严谨和趣味的角度出发，坚持以“大事不虚，小事不拘”为原则，以正史为主，笔记小说为辅，并发挥想象对细节加以刻画，最大限度地去还原历史现场。此外，本书还引用了许多现代流行歌词和电影台词，通过历史人物的口吻表达出来，产生时空反差，让人物变得更加鲜活生动，读起来就像今天的人说话一样。

在这本书中，你会看到：唐诗的开山祖师爷王绩居然是个超级酒鬼；卢藏用靠假归隐入仕为官；杜甫的爷爷到底有多狂；李白如何走上自己并不擅长的路以致晚节不保；杜甫的晚年生活到底是怎样度过的；鱼玄机因何被杀；白居易如何在首都长安买房；薛涛究竟有多少任男朋友；黄巢如何从落榜生变成了杀人狂；王安石与司马光的关系究竟如何；李白如何与崔颢在黄鹤楼的“同题作文”上暗中较劲；写过“谁知盘中餐，粒粒皆辛苦”的李绅竟然生活腐化堕落；苏辙到底是如何一次次营救哥哥苏轼的；黄庭坚居然是个诗词书画样样精通的全才；“唐宋八大家”中的曾巩不只是个“小透明”……

一首首诗词、一个个文人背后，竟有这么多离奇的故事，都是老师几乎不会在课堂上讲的。

所以，我又来了。

愿这本书能帮你打破某些固有的认知，能带给你轻松愉快的阅读体验。希望当你再次读到那些脍炙人口的唐诗宋词时，脑海中浮现的，不仅仅是诗词中描绘的景象，还有作者的身影，那一个个鲜活的生命。

目录 CONTENTS

苏轼

苏辙

曾巩

黄庭坚

范仲淹

苏舜钦

范成大

王绩

没有什么能够阻挡，我对喝酒的向往

这两天，可把国子监博士王隆给气坏了。

儿子王绩二十六岁[①]举孝廉，入职秘书省正字[②]，正九品，相当于国家图书馆兼中央档案馆公务员，有行政编制，财政全供，工作环境好，福利待遇高，晋升渠道通畅。

多好的工作，多少人羡慕啊！可王绩去了没几天，说啥也不干了：嫌工作纪律太严，气氛太压抑，行动不自由，死活闹着要离开京城到地方上去。

没办法，王隆又费尽周折，托人把他调到了扬州六合县做了县丞，相当于副县长。

作为隋朝最年轻的副县级官员，王绩到任之初，也心怀青云之志，想要好好干一番事业。但残酷的现实是，隋朝末年，隋炀帝大兴

① 本书中的年龄计算均采用虚岁，比周岁大一岁。后文不再说明。

② 辛文房《唐才子传·王绩》："隋大业末，（绩）举孝廉高第，除秘书正字。"吕才《王无功文集序》也记载："大业末，（绩）应孝悌廉洁举，射策高第，除秘书正字。"又，《隋书·炀帝纪》大业十年五月亦有记载相佐："诏举郡孝悌廉洁各十人。"由此推知，王绩举孝廉与授职正字当在大业十年（614年）。隋炀帝以"大业"纪元共十四年，"大业末"是虚指大业末期，并非确指大业末年（618年），大业十年也在"大业末"的范围内。

土木，横征暴敛，致使民不聊生。官场腐败黑暗，百姓怨声载道，各地农民起义风起云涌，大隋王朝已是风雨飘摇。

这种情况下，谁还有什么心思干事业？王绩很快就丧失了理想信念，背弃了初心使命，开始浑浑噩噩地混日子。

别人都是贪污受贿、生活腐化，王绩不一样，他不喜欢金银财物那些庸俗的东西，平时除了偶尔写几首诗，就一个爱好——喝酒。

王绩酒量大，可以说是海量。他上班时间也喝，经常因为喝酒耽误工作。很多人告他的状，上级也很生气，专门成立了调查组，准备处理王绩。

王绩听到这个消息后，决定三十六计走为上计，以中风为由递交了辞职信，连夜坐着小船溜之大吉，跑回了山西老家。他仰天长叹道："网罗在天，吾将安之！"[①]

好好的县丞，说不干就不干了，摊上这么个不争气的孩子，搁谁谁不生气？

壹

王绩出生于隋文帝开皇九年（589年），字无功，绛州龙门（今山西河津）人，出身名门望族，祖上世代为官。

作为官宦子弟，王绩小时候还是挺有出息的。史料记载："君幼岐嶷，多奇思，八岁读《春秋左氏》，日诵十纸。……其性特好学，博闻强记……阴阳历数之术，无不洞晓。"[②]基本上就是个学霸。

---

① 《唐才子传·王绩》："以嗜酒妨政，时天下亦乱，遂托病风，轻舟夜遁。叹曰：'网罗在天，吾将安之！'乃还故乡。"

② 吕才《王无功文集序》。

王绩十五岁时游历长安，专门去拜见权倾朝野的大臣杨素，杨素让他现场展示才艺，给叔叔伯伯们背个诗、弹个琴啥的。王绩毫不怯场，沉着应对，尽显才华，博得满堂彩。杨素当场夸王绩是“神仙童子”，简称神童。[①]

隋炀帝大业十年（614年），王绩被推举为孝廉。孝廉意为孝顺父母、办事廉正。经考核合格后，王绩被授予秘书省正字的官职。

有人会好奇，做官难道不需要经过科举考试吗?

隋朝之前，官员选拔采用汉代创立的察举制，就是自下而上由地方政府推荐人才，经朝廷考核合格后，授予官职。孝廉是察举制的主要科目。这种制度的弊端是显而易见的，被推荐上去的几乎都是官宦子弟，所谓“上品无寒门，下品无士族”，平民百姓根本没有出头的机会。

正因为如此，隋炀帝执政时期，果断对官员任用制度进行了大刀阔斧的改革，废除了察举制，创立了科举制。

王绩的运气不错，赶上了察举制的末班车，以孝廉的身份一跃成为正九品官员，一时春风得意。

当然，举孝廉并不容易，有严格的人数限制。在当时，人口满二十万的地方，每年可举孝廉一人，满四十万可举孝廉两人，以此类推，难度一点儿不比科举小，只不过，科举考的是考生，举孝廉考的则是家长。

---

① 辛文房《唐才子传·王绩》：“年十五，游长安，谒杨素，一坐服其英敏，目为‘神仙童子’。”

贰

王绩弃官回家，其父王隆气不打一处来："年纪轻轻的，不求上进，一天到晚就知道喝酒，好好的工作也给整丢了，你知不知道大家都很担心你啊？"

王绩满不在乎，一边喝酒，一边劝父亲："呐，做人呢，最重要的就是开心，工作的事是不能强求的。爹，你肚子饿不饿，我煮碗面给你吃？"

这可把王隆给气坏了："臭小子，敢耍我！呐，别说我没有提醒你啊，你这样整天醉醺醺的，出了问题，我也保不了你。"

王绩不以为然道："爹，大家都是成年人，我都说了没事啦，你就别担心啦。"随即赋诗一首：

阮籍醒时少，陶潜醉日多。
百年何足度，乘兴且长歌。[①]

三国的阮籍、东晋的陶渊明，两人都才华横溢，擅长作诗，都视功名如粪土，而且都特别爱喝酒，可谓嗜酒如命。这两个人就是王绩的超级偶像、人生的终极目标。

隋大业十三年（617年）七月，唐国公李渊于晋阳（今山西太原）起兵，一举推翻了表弟隋炀帝杨广的政权，第二年在长安（今陕西西安）称帝，是为唐高祖，唐朝建立。

虽说一朝天子一朝臣，但新朝初建，不可能把隋朝官员全部换

① 王绩《醉后》。

掉，否则容易失去人心。为了笼络人才、巩固政权，唐高祖决定征召前朝官员入职。

在家待业的王绩接到诏命后，得意地对父亲说：“爹，你看，你看，人在家中坐，官从天上来，是你的终究是你的，想不要都难。”

王隆也很高兴，再三嘱咐儿子：“好你个臭小子，可别得意忘形！一定要珍惜这个机会，好好干，千万别再因酒误事，辜负了朝廷的信任，知道吗？”

王绩说：“爹，你就放心吧！不能够。”

第二天，王绩到门下省报到，被安排为“待诏”，也就是等待诏命，暂时没有具体工作，但工资、奖金照发，福利待遇一样不少，比如，每天配发米酒三升。

这让王绩喜出望外：待遇真不错，居然还发酒，太好啦！当即作诗一首：

散腰追阮籍，招手唤刘伶。
隔架窥前空，未馀几小瓶。①

有人问王绩：“小王，感觉怎么样啊？工作上适应不适应？生活上满意不满意啊？”

王绩回答：“谢谢关心，太满意了！别的不说，每天都有酒喝，光这一点就值得留恋。”②

侍中陈叔达听说后，就把王绩的米酒配额由三升提高到了

① 王绩《春园兴后》。

② 《新唐书·王绩传》：“高祖武德初，以前官待诏门下省。故事，官给酒日三升，或问：‘待诏何乐邪？’答曰：‘良酝可恋耳！’”

一斗。[1]

王绩酒量惊人，门下省配发的酒每天都能喝完，一时声名远扬，朝廷上下都知道门下省出了个酒神，能日饮一斗，王绩因此被大家称作“斗酒学士”。[2]

叁

“醉里乾坤大，壶中日月长。”平淡的日子就这样一天天过去，王绩在待诏的岗位上闲了多年，无所事事，每天除了饮酒作乐，就是偶尔写写诗：

此日长昏饮，非关养性灵。
眼看人尽醉，何忍独为醒。[3]

唐高祖武德九年（626年），秦王李世民发动“玄武门之变”，太子李建成与齐王李元吉被杀，唐高祖李渊被迫禅位，李世民登基，是为唐太宗。

政局云谲波诡、变幻莫测，让王绩对官场的勾心斗角、尔虞我诈心生厌倦，加上工作确实无聊，酒后一冲动，王绩又一次选择辞官归隐。

这回王隆也不管了，儿子大了，有自己的想法，想管也管不了了，爱咋咋地吧。

---

① 《新唐书·王绩传》：“侍中陈叔达闻之，日给一斗。”
② 《新唐书·王绩传》：“时称‘斗酒学士’。”
③ 王绩《过酒家五首》（其二）。

王绩赋闲在家，一晃就是十年。这十年里，王绩红尘作伴活得潇潇洒洒，对酒当歌挥洒青春年华，日子过得像风一样自由。

但自由是有代价的，不上班就没有收入，生活难免捉襟见肘，王绩的老婆成天唠叨："你看看人家那谁，就靠杀猪在洛阳、长安各买了一套房。你再看看你，这么多年一直住在父母留下的老宅子里，家里那点儿钱，全被你花在喝酒上了，这样下去只能喝西北风了，你到底有没有为家里着想啊？"

王绩自知理亏，无言以对，作诗感叹：

洛阳无大宅，长安乏主人。
黄金销未尽，只为酒家贫。[①]

唐太宗贞观十一年（637年），朝廷选拔官员，王绩"以家贫赴选"[②]。没办法，毕竟还要吃饭，还要生活。

第三次出仕，王绩的工作很是清闲。王绩每天胡乱混到下班，一下班立刻精神抖擞，四处找人喝酒。

随着年龄和阅历的增长，王绩的酒量也突飞猛进。据《新唐书》记载，王绩"饮至五斗不乱"。陶渊明号称"五柳先生"，写了篇自传，叫《五柳先生传》，为了向偶像致敬，王绩干脆号称"五斗先生"，也写了篇自传，叫《五斗先生传》。这篇文章很短，抄录如下：

---

① 王绩《过酒家五首》（其一）。

② 吕才《王无功文集序》。

有五斗先生者，以酒德游于人间。有以酒请者，无贵贱皆往，往必醉，醉则不择地斯寝矣，醒则复起饮也。常一饮五斗，因以为号焉。先生绝思虑，寡言语，不知天下之有仁义厚薄也。忽焉而去，倏然而来，其动也天，其静也地，故万物不能萦心焉。尝言曰："天下大抵可见矣。生何足养，而嵇康著《论》[①]；途何为穷，而阮籍恸哭。故昏昏默默，圣人之所居也。"遂行其志，不知所如。[②]

这篇文章的大意是，经常有人请王绩喝酒，他丝毫不在乎对方什么身份、什么地位，一概欣然赴约，所谓"只要有好酒，阎王请客，我也照去"[③]。酒桌之上皆兄弟，有酒就是好朋友。

有一次，本郡刺史邀请王绩去给下属讲课，但时间刚好跟王绩一场约好的酒局冲突了，怎么办？要搁一般人，肯定会把酒局推掉，毕竟不能驳领导面子。

王绩可不是一般人，他表示："我可不能因为去官府讲那些无聊的糟粕而舍弃美酒啊！跟喝酒比起来，再大的事也是小事。"[④]他硬是拒绝了上司的工作安排，慨然奔赴朋友的酒局。

---

① 指嵇康谈养生之道的《养生论》。

② 《王无功文集》。

③ 台词，出自古装武侠剧《小李飞刀》（改编自古龙武侠小说《多情剑客无情剑》），袁和平、崔承担任总导演，靳德茂担任执行导演，伊明编剧，焦恩俊、吴京、俞飞鸿、范冰冰、萧蔷、贾静雯等主演。1999年8月3日播出。

④ 《新唐书·王绩传》："吾不能揖让邦君门，谈糟粕，弃醇醪也。"

肆

众所周知，诗人大多喜欢喝酒，但王绩跟他们不一样，他不是喜欢，而是特别喜欢，可以说嗜酒如命。

当时在太乐署，也就是负责宫廷礼乐的部门，有个叫焦革的人，不但喜欢喝酒，还特别会酿酒，酿出的酒口感醇厚，香气扑鼻，回味无穷。不过，人家的酒不卖，只供自己喝，王绩自从喝过一次之后，就再也忘不掉那种美味，整天朝思暮想，下了班带只烧鸡，拎俩凉菜就去找老焦喝酒。

但毕竟俩人不在一个单位上班，相隔有点儿远，十分不便，当时又没有手机联络，所以王绩经常扑空，乘兴而去，败兴而归。

为了能随时喝到老焦家的酒，王绩想了个办法——听说太乐署还缺个太乐丞，王绩便主动向吏部申请调到太乐署任职。

吏部的官员当时就蒙了，说："你傻呀？你现在的职务是正七品，太乐丞是从八品，好端端的为啥要降职去那个清水衙门？"

王绩不好意思说是为了跟老焦喝酒方便，只说了三个字："有深意。"[①]他三番五次申请，吏部实在拗不过，就干脆遂了他的愿，把他调到了太乐署，跟老焦一个办公室。

从此，王绩与老焦朝夕相处，形影不离，天天喝酒，家也不回，喝多了就睡在办公室。有诗为证：

对酒但知饮，逢人莫强牵。

① 《新唐书·王绩传》。

倚炉便得睡，横瓮足堪眠。[1]

光阴荏苒，数年后，焦革身患酒精性肝硬化，病入膏肓。他临终前嘱咐妻子："王绩是我这辈子最好的兄弟，我们的友谊是经过酒精考验的。我死之后，酒不能断，一定要让我兄弟喝好！"

妻子含泪答应。在老焦死后，她坚持每天把酒送到太乐署给王绩。[2]

王绩十分感动，一边喝酒一边感叹："年轻的时候，总觉得酒肉朋友是个特别不好的词，到今天才知道，愿意每天陪你喝酒的人，才是你生命中最重要的人。"

一年后，老焦的妻子也去世了，焦家自酿酒从此绝迹。

噩耗传来，王绩禁不住仰天长叹："老天爷啊，你是不想让我喝美酒了吗？[3]喝不到焦家的自酿酒，我留在太乐署还有什么意义？"

悲痛之下，王绩酩酊大醉。不久，便第三次弃官辞职。

伍

历经三仕三隐，此时的王绩已年近半百。回到家乡后，王绩再无复出之意，正式开始了悠闲的退休生活，每天饮酒赋诗，研究酿酒技术，弘扬中国酒文化。

王绩家附近有一座杜康祠，供奉的是"酒圣"杜康。王绩忘不了老焦的美酒，觉得不能厚古薄今，于是花钱请人把老焦的塑像立在了

---

① 王绩《过酒家五首》（其四）。

② 《新唐书·王绩传》："革死，妻送酒不绝。"

③ 《新唐书·王绩传》："天不使我酣美酒邪？"

杜康旁边，供人祭拜。

同时，他还搜集整理了历代古籍中的酿酒之法，并结合自己几十年的饮酒经验，撰写了《酒经》和《酒谱》两部专业技术书籍，大力推广酿酒技术。

浮生知几日，无状逐空名。
不如多酿酒，时向竹林倾。[①]

酿酒、品酒、研酒之余，王绩把精力都投入到了诗歌创作中，除了关于喝酒的，写得最多的是山水田园诗。

东皋薄暮望，徙倚欲何依。
树树皆秋色，山山唯落晖。
牧人驱犊返，猎马带禽归。
相顾无相识，长歌怀采薇。[②]

这首《野望》是王绩的代表作，虽然远不如后世李白、杜甫、白居易、王维、杜牧、李商隐的诗那么有名，但也是必须载入中国诗歌发展史的一首，因为这是现存唐诗中最早的一首格律完整的五言律诗。

我们知道，我国早期的诗歌大多是四言诗，每句四个字，比如《诗经》以及汉魏时期的作品：

---

① 王绩《独酌》。
② 王绩《野望》。

关关雎鸠，在河之洲。
窈窕淑女，君子好逑。[①]

蒹葭苍苍，白露为霜。
所谓伊人，在水一方。[②]

慨当以慷，忧思难忘。
何以解忧，唯有杜康。[③]

老骥伏枥，志在千里。
烈士暮年，壮心不已。[④]

诸如此类。后来，人们觉得四个字不足以表达丰富的情感，于是出现了五言诗。但当时的五言诗不太讲究平仄、对仗和押韵，所以读起来不是那么朗朗上口，后世称为五言古诗。

王绩的五言诗朴素自然、意境浑厚，一洗齐梁浮靡之风，堪称唐初诗坛的一股清流。当然，这并不是最重要的。最重要的是，他的五言诗讲究格律，与前人的五言古诗大为不同。他是业内公认的五言律诗奠基人之一。

王绩是《唐才子传》中的开篇人物，在中国诗歌发展史上具有崇高的地位。可以说，王绩之后，五言律诗才开始在唐代逐渐兴起，他

---

① 《诗经·周南·关雎》。
② 《诗经·秦风·蒹葭》。
③ 曹操《短歌行》。
④ 曹操《龟虽寿》。

也因此被后世称为唐朝第一位诗人。

唐太宗贞观十八年（644年），王绩病重，自撰墓志铭后，与世长辞，享年五十六岁。

王绩死后六年，其兄王通[①]的孙子王勃出生。

“落霞与孤鹜齐飞，秋水共长天一色”，少年王勃继承了叔祖的遗志，潜心诗文创作，成绩斐然，与杨炯、卢照邻、骆宾王并称初唐四杰。他们与陈子昂、宋之问、沈佺期、上官仪等人一起，共同点亮了初唐诗坛的夜空。

① 字仲淹，号文中子。隋朝著名思想家，提出过“三教合一”的思想。

杜审言

你要说杜甫，就不能只说杜甫

唐高宗时期，长安，一年一度的铨选考试正在进行。

什么叫铨选？铨选就是吏部选拔任用官员的一种考试。根据“大唐干部任用条例”，礼部负责科举，面向全国公开选拔人才。你悬梁刺股、凿壁借光、囊萤映雪、牛角挂书，好不容易在千军万马中杀出一条血路，成了进士，还不算完，这只是取得了任职资格，你还要再参加吏部组织的铨选，铨选通过以后，才会被授予官职。

这一天，铃声一响，考试结束，考生交卷，鱼贯而出，一路上相互打探：考得咋样？考得咋样？

七嘴八舌说啥的都有，其中只有一位姓杜的考生始终默不作声，面带谜之微笑。大家就问：“阿杜，你咋不说话呢？考得咋样啊？”

那位被称作“阿杜”的青年停下脚步，面向众人，缓缓说了四个字：“味道必死。”①

众人大惊，问道：“阿杜，何出此言？”

阿杜所说的“味道”，是指今年铨选的主考官、吏部侍郎苏味

---

① 《新唐书·杜审言传》：“苏味道为天官侍郎，审言集判，出谓人曰：‘味道必死。’”

道。苏味道也是一位赫赫有名的诗人，以文笔高妙著称于世。大家对他可能不太熟悉，但他有个后代——第十一世孙非常有名，叫苏轼。

众人还在纳闷儿：人家苏老师年富力强，一顿饭能吃四个馒头，身体好着呢！刚才还在考场四处巡视，你为啥说人家必死？

阿杜微微一笑，淡淡地说："他看了我的判词恐怕要羞愧而死。我写得太好了。"①

闻听此言，众人齐声道："噫！见过吹牛的，没见过吹这么大的。"

这位阿杜到底是什么来头？为何语出惊人，如此狂傲？

壹

此人名叫杜审言，出生于唐太宗贞观十九年（645年），出身名门望族京兆杜氏，祖籍湖北襄阳（今湖北襄阳），后定居河南巩县（今河南巩义），是唐代近体诗也就是格律诗的奠基人之一，与王绩、宋之问、沈佺期等，共同开启了唐朝格律诗的时代。

明代学者胡应麟说过："初唐无七言律，五言亦未超然。二体之妙，杜审言实为首倡。"②

杜审言被认为是中国五言律诗的奠基人之一。他的五言诗《和李大夫嗣真奉使存抚河东》，长达四十韵，为初唐近体诗中第一长篇。

还有这首《和晋陵陆丞早春游望》，被后世誉为初唐五律第一：

---

① 《新唐书·杜审言传》："人惊问其故，答曰：'彼见吾判，且羞死。'"
② 胡应麟《诗薮·内编》卷四。

独有宦游人，偏惊物候新。
云霞出海曙，梅柳渡江春。
淑气催黄鸟，晴光转绿蘋。
忽闻歌古调，归思欲沾巾。

杜审言与李峤、崔融、苏味道齐名，四人合称文章四友，与骆宾王、王勃、杨炯、卢照邻组成的初唐四杰一样，是文坛的代表性人物。

说起来好像挺厉害，但杜审言的诗留存下来的并不多，也不怎么流行，所以大家可能对杜审言这个名字不太熟悉，毕竟大唐诗坛群星璀璨、名家辈出，长江后浪推前浪，前浪容易被遗忘。

再说个人物关系你就记住了，杜审言是杜甫的爷爷。

别人咋看不知道，反正杜甫对他的爷爷极其推崇，深以为傲，经常挂在嘴上念叨。有诗为证："吾祖诗冠古，同年蒙主恩。"①还有这句："诗是吾家事，人传世上情。"②

孙子夸夸就算了，关键是爷爷自己也是这么认为的：要论诗词文章，我老杜如果排全国第二，那就没人敢排第一。

对，老杜就是这么自信。据《新唐书》记载，有一次大概是因为喝多了，老杜当众口出狂言："就凭我的文章，屈原、宋玉只配当我的下属，给我磨墨；就凭我这书法，王羲之也得拜我为师。"③

---

① 杜甫《赠蜀僧闾丘师兄》。

② 杜甫《宗武生日》。

③ 《新唐书·杜审言传》："吾文章当得屈、宋作衙官，吾笔当得王羲之北面。"

有个成语叫“衙官屈宋”，说的就是这件事。

贰

历史的经验告诉我们，做人一定要低调，越有本事，越要谦虚谨慎、戒骄戒躁，不然早晚要吃亏。

那次“味道必死”的铨选，杜审言倒是顺利通过了，但吏部看不惯他狂妄自大的个性，先是拖着不给他安排岗位，过了很久才勉强给了他一个隰城县（今山西汾阳）县尉，相当于副县长兼公安局局长。

后来，杜审言又调任江阴县县尉、洛阳丞等职，始终工作在基层。而同为“文章四友”的苏味道和李峤则一路高升，后来都当上了宰相，崔融也官至司礼少卿、知制诰的高位。只有杜审言，混了几十年连个正县级都没混上。

性格决定命运。杜审言在基层工作期间，依然自视甚高、恃才傲物，不改狂傲自负的秉性，因此得罪了不少人。

武则天圣历元年（698年），五十四岁的杜审言因言语不当，顶撞上司，由洛阳丞贬为吉州（今属江西吉安）司户参军，负责管理户籍、赋税。

吉州远在江西，穷乡僻壤，与繁华的京师不可同日而语。离开洛阳之日，宋之问、陈子昂等文坛好友赶来为杜审言送行。

宋之问拉着杜审言的手说：“杜哥啊，长点儿心吧！不是兄弟我说你，你这辈子啊，吃亏就吃亏在这张嘴上了！”

杜审言当时还不服气，说：“咱俩谁吃亏在嘴上还不一定呢！”

一语成谶，后来宋之问异想天开想当武则天的男宠，结果因为口臭被武则天拒绝。此是后话，暂且不表。

宋之问了解杜审言的脾气，也不跟他计较，临别赠诗一首：

卧病人事绝，嗟君万里行。
河桥不相送，江树远含情。
别路追孙楚，维舟吊屈平。
可惜龙泉剑，流落在丰城。[①]

啥也别说了，好自为之吧！

望着老杜远去的背影，宋之问等人怎么也想不到，杜审言到吉州不到一年，便惹下了杀身之祸。

叁

所谓祸从口出，还是因为那张破嘴，杜审言在吉州，把一个叫郭若讷的同事给得罪了。

这个郭若讷虽然不是什么大人物，但人家跟上司关系特别好。郭若讷跑到吉州司马周季重面前告黑状，说：刚从洛阳调过来那小子在背地里骂你，骂你昏庸无能、好大喜功、没文化还爱瞎折腾。

周季重一听就火了：这，这不是哪壶不开提哪壶吗？瞎说什么大实话！臭知识分子仗着自己会写几句诗就敢藐视本官，是可忍孰不可忍，必须办他！

郭若讷趁机诬告杜审言利用职权贪污腐败、收受贿赂、生活作风

---

① 宋之问《送杜审言》。

不检点。周季重将杜审言逮捕下狱，准备处以死刑。[①]

周季重和郭若讷以为，杜审言一个九品芝麻官，一个外地人，在吉州举目无亲、无依无靠，弄死就弄死了。没想到，他们错了，“路见不平一声吼，该出手时就出手”[②]，自有人为杜审言出头。

这位挺身而出的人是谁？不是外人，正是杜审言的二儿子，也就是杜甫的二叔——杜并。

这一天，吉州司马周季重在家中举办生日宴会，当地官员、富商巨贾、社会名流等纷纷前来祝贺，杜并趁乱混进了周府。

宴会上，大家轮番举杯，敬献礼物，赞扬周大人治理有方，祝周大人福如东海，寿比南山，祝吉州的明天越来越好。

宴会大厅内，处处洋溢着欢乐祥和的气氛，没有人会想到，一场惊天血案即将发生。

酒至半酣，周季重有些兴奋，打算再走一圈酒，正要起身，杜并走过去，突然从袖中抽出一把雪亮的匕首，以迅雷不及掩耳之势刺向周季重。

一切都发生得太快，没等府中卫兵反应过来，周季重已身中数刀，倒在血泊之中。现场一片混乱，卫兵蜂拥而上，乱刀将杜并砍死。

那一年，杜并十三岁。[③]

周季重因伤势过重，几日后一命呜呼。临终前，周季重叹息道：“真不知道杜审言还有这么个孝顺刚烈的儿子，都怪郭若讷那狗贼把

---

① 《新唐书·杜审言传》：“司马周季重、司户郭若讷构其罪，系狱，将杀之。”

② 歌词，出自歌曲《好汉歌》，赵季平作曲，易茗作词，刘欢演唱。1998年版《水浒传》主题曲，收录于专辑《水浒传原声音乐》，发行于1998年1月。

③ 《新唐书·杜审言传》：“季重等酒酣，审言子并年十三，袖刃刺季重于坐，左右杀并。”

我给害了。”[1]

肆

案件在当地轰动一时，很快传遍了全国，各大媒体竞相报道，《自古英雄出少年，杜并血溅司马府》《为父报仇，喋血寿宴》等文章连篇累牍，“吉州少年杀人案”迅速占据热搜榜榜首。

社会舆论则呈现出一边倒的态势，各界纷纷对杜并表示同情和赞许。时任左台监察御史的苏颋还专门为杜并写了墓志铭，赞其曰：“安亲扬名，奋不顾命，行全志立，殁而犹生。”[2]对杜并为父报仇的行为给予高度评价。

一传十，十传百，事情最后传到了武则天耳朵里，女皇也深受感动，下旨将杜审言召回京城并亲自接见，当面考查了他的文才，发现他果然才气过人，对其大加赞赏，不但为其平反昭雪，还授予其著作佐郎（从六品上）一职，不久又将其升任膳部员外郎。

杜审言因祸得福，摇身一变，成为宫廷御用文人。

先是遭受牢狱之灾，几乎丧命，紧接着是丧子之痛，最后又受到女皇陛下的召见和器重，杜审言的心情如同过山车一般，大起大落。

人们惊奇地发现，昔日锋芒毕露、桀骜不驯的杜审言经历了这一番变故之后，似乎变了，变得谦和内敛、谨小慎微，甚至学会了卑躬屈膝、阿谀奉承。

武则天提拔他之后，他感恩戴德，立刻写了《欢喜诗》来讨好女

---

① 《新唐书·杜审言传》：“审言有孝子，吾不知，若讷故误我。”

② 苏颋《大周故京兆男子杜并墓志铭》。

皇；见张易之、张昌宗兄弟与武则天关系亲近，便对张氏兄弟曲意逢迎，尽管还没到宋之问给人家倒尿壶的那种程度，但也是极尽巴结讨好之能事。

然而，官场有风险，站队需谨慎。正是因为过分依附张氏兄弟，杜审言再次为自己惹来祸端。

伍

神龙元年（705年），太子李显与宰相张柬之等人在洛阳紫微城发动“神龙政变”。武则天被逼退位，李显登基，张氏兄弟被诛杀，杜审言、宋之问、沈佺期等人因依附二张，参与“嘲诋公卿，淫蛊显行”[①]，被罢官，流放他乡。

宋之问被流放到了千里之外的岭南，也就是广东一带，当时是标准的贫穷落后地区。杜审言和沈佺期就更惨了，一个流放峰州，一个流放驩州。

这俩地方在哪儿？也不算很远，都在越南。

对，唐朝时期，越南北方局部地区是我国的领土，不但杜审言、沈佺期到过那里，初唐四杰之一的王勃也去过，最后死在了越南，埋葬在了那里。

那一年，已到花甲之年的杜审言骑着一匹瘦骨嶙峋的马出了洛阳城门，失魂落魄地缓缓向南而去。古道西风，长路漫漫，杜审言回望神都，禁不住仰天长叹：这一去，不知道还能不能活着回来！

生活就像一盒巧克力，你永远不知道下一颗是什么味道。

---

① 《新唐书·张行成传》。

万万没想到，杜审言流放后不久，唐中宗又觉得，杜审言这个人主要是政治上不够成熟，一时糊涂站错了队，其实没啥大问题，挺有才的一个人，扔到越南有点儿可惜，算了，召回来吧。

唐中宗不但把杜审言召回京城，还有意让其发挥文学特长，任命其为国子监主簿。不久，又任命其为修文馆直学士。

杜审言喜出望外，感觉久违的春天又回来了。他漫步在长安街头，想起家乡洛阳的无限春光，一时思绪万千，赋《春日京中有怀》诗一首：

今年游寓独游秦，愁思看春不当春。
上林苑里花徒发，细柳营前叶漫新。
公子南桥应尽兴，将军西第几留宾。
寄语洛城风日道，明年春色倍还人。

字里行间尽显春风得意：看，我老杜又回来啦！

陆

唐中宗景龙二年（708年），历经宦海沉浮的杜审言一病不起，生命垂危。已从岭南回来的宋之问等一众文坛好友前往探望。

病榻之上，杜审言奄奄一息，宋之问俯身问道："老杜，还有什么话要交代吗？"

杜审言努力睁开双眼，环顾众人，长叹一声，留下临终遗言："我这辈子受够了命运的苦，还有啥好说的？以前有我在，把你们压得出不了头，如今我快死了，你们可以高兴了。唯一遗憾的是，没有一个真正有才华的人能接替我在文坛的地位啊！”[①]

宋之问等人听罢，面面相觑，心里说：江山易改，本性难移，都死到临头了，还吹牛呢！

唐中宗景龙二年（708年）冬，杜审言病逝，享年六十四岁，死后葬于洛阳偃师首阳山下，其墓碑至今犹在。

杜审言死后不到四年，唐睿宗景云三年（712年）正月初一，伴随着噼里啪啦的鞭炮声，杜审言的长孙杜甫在河南巩县出生，一声洪亮的啼哭，拉开了唐诗辉映古今的序幕。

---

① 《新唐书·杜审言传》：“甚为造化小儿相苦，尚何言？然吾在，久压公等，今且死，固大慰，但恨不见替人。”

贺知章

在唐朝论学历我说第二，
没人敢说第一

唐玄宗天宝三载（744年）正月初五上午，西京长安东门外南广场北面，临时搭建的帐幕四周，鼓乐喧天，人声鼎沸，一派热闹景象。

帐幕上方有巨型横幅，上书一行大字：“欢送贺知章先生光荣退休”。

已经八十六岁高龄的前太子宾客、银青光禄大夫兼正授秘书监、著名诗人兼书法家贺知章，红光满面、神采奕奕，不停与周围人打招呼。

太子李亨受当今天子委托，率朝中文武官员齐聚东门，为贺知章告老还乡举行送别仪式，首都文艺界代表、贺知章在京好友悉数到场。

唐玄宗虽然没有亲临现场饯行，但派人专程送来了两首赠别诗，其一曰：

遗荣期入道，辞老竟抽簪。

岂不惜贤达，其如高尚心。

裹中得秘要，方外散幽襟。

独有青门饯，群僚怅别深。[1]

诗中对贺知章半个多世纪的政治生涯给予了高度评价，对贺知章的退休表达了深深的敬意和无限的不舍。

一个三品官员的退休仪式搞得这么隆重，规格这么高，在大唐历史上还是第一次。

朝野上下羡慕之余，不禁要问：贺知章究竟何德何能享此殊荣？贺知章为官五十年，政绩平平，乏善可陈，却能在复杂的官场中长期屹立不倒，最后以八十六岁高龄平稳退休，到底有何秘诀？

壹

我们知道，学历并不代表能力，学历不高但成绩斐然的名人数不胜数，比如陈寅恪、梁漱溟、沈从文、齐白石、华罗庚、钱穆、巴金、启功等等，这些人都没上过大学，有的甚至只是小学毕业。

古代也是如此，就以大唐文坛为例，唐诗排行榜前两位的李白、杜甫都没有学历。可那又怎样？这并没有影响他们日后成为唐代诗坛的两颗巨星。

当然，说这些并不是想证明知识无用，学历不重要。恰恰相反，学历在任何时候都非常重要，以上成功案例都是特例。这些人要么是天赋异禀，要么是机缘巧合，要么是另辟蹊径，总之不具有广泛的代

---

① 李隆基《送贺知章归四明并序》。

表性。一般来说，还是高学历群体更容易出成绩，仍以大唐文坛为例，我们耳熟能详的那些大诗人，没学历的是极少数，多数都是进士出身，有的甚至是状元，比如贺知章。

贺知章，字季真，出生于唐高宗显庆四年（659年），越州永兴（今浙江杭州萧山区）人，武则天证圣元年（695年）乙未科状元，是浙江历史上有记载的第一位状元，也是唐代学历最高的著名诗人。那一年，贺知章三十七岁。

在他之后，据说王维也中过状元，但对于他这个状元，史学界一直有争议。《旧唐书》《新唐书》和《唐才子传》中的描述各不相同，有的说是进士，有的说是状元，还有的说王维是因为唐玄宗的妹妹玉真公主的关系才被内定为状元的，总之不如贺知章的状元来得硬气，来得实在。

人家贺知章是凭自己的本事考上的，高中状元后，被授予国子四门博士的职位。以长安的首都地位来说，这个职位相当于今天的北京大学教授。从此，贺知章立足三尺讲台，教书育人，一干就是二十七年。

之后，已年过花甲的贺老师步入仕途，历任太常博士、太常少卿、礼部侍郎、集贤院学士、太子右庶子、侍读、工部侍郎等职。

在工作中，贺知章恪尽职守，廉洁自律，不迟到，不早退，不拉帮结派，不搞小团体，没有政治野心，自然也就没有政敌，工作虽无建树，但也没出过什么差错，踏踏实实，勤勤恳恳，任劳任怨，仕途一帆风顺，几无波折。

在生活上，贺老师安分守己，与世无争，平时为人随和，尊老爱幼，生活作风严谨，洁身自好，数十年来从无绯闻，堪称正人君子、道德楷模。

当然，金无足赤，人无完人，这个世界上没有缺点的人是不存在的。贺知章有什么缺点？怎么说呢，其实也算不上啥缺点，就是一点儿业余爱好，喜欢喝酒。

贰

古往今来，文化人没有几个不喜欢喝酒的。不抽烟、不打牌、不钓鱼，再不喝点儿酒，生活还有什么乐趣？而且，文化人喝酒不仅是为了享受，更是为了激发写作灵感，为广大人民群众创作出更多更好的文艺作品。

史料记载："知章晚年尤加纵诞，无复规检，自号'四明狂客'，又称'秘书外监'，遨游里巷。醉后属词，动成卷轴，文不加点，咸有可观。"①

贺知章许多脍炙人口的佳作，就是在这样的情况下完成的，比如这首《咏柳》：

碧玉妆成一树高，万条垂下绿丝绦。
不知细叶谁裁出，二月春风似剪刀。

把春风比作剪刀，说细细的柳叶是裁剪出来的，如此别出心裁的绝妙比喻，我就问一句，没有半斤白酒谁能想得出来？

除了写诗，贺知章还擅长书法，尤其是草书，与当时的书法家张

---

① 《旧唐书·贺知章传》。

旭难分伯仲。贺知章写字笔走龙蛇，气势磅礴[1]，深受追捧，平时一字难求，但他喝完酒就不一样了，喜欢到处题字。有人动脑筋，专门准备好笔墨纸砚，等贺知章喝高兴了再求字，贺知章来者不拒。[2]“天道酬勤”“厚德载物”“上善若水”“宁静致远”“自强不息”……写啥都行，拿回去一裱，既可以挂在客厅、办公室彰显文化品位，也可以拿到市场上拍卖。贺知章随便一幅字，如果留到现在，起码上亿元。

有人喝完酒写诗，斗酒诗百篇；有人喝完酒打虎，威震景阳冈。对贺知章来说，无论书法还是诗歌，作品能够流传后世，可以说，酒所起的作用不容忽视。

叁

唐玄宗天宝元年（742年），李白不远万里来到长安，与贺知章在紫极宫道观中偶遇。

古代官员实行终身制，没有任期和年龄限制。当时，贺知章已经八十四岁高龄，仍担任太子宾客（正三品）、银青光禄大夫兼正授秘书监，虽然是闲职，但按月拿俸禄，到了这把年纪，权力已经不重要了，图的就是个待遇。

贺知章很早就听说过李白的名字，便与之亲切交谈，手捻胡须，慈祥地问道：“小李啊，最近又写了什么好诗啊？”

李白便拿出自己的新作《蜀道难》，双手递给贺知章：“信手涂

---

① 吕总《续书评》：“纵笔如飞，奔而不竭。”

② 《新唐书·贺知章传》：“好事者具笔研从之，意有所惬，不复拒，然纸才十数字，世传以为宝。”

鸦之作，请贺老指正。”

贺知章接过诗稿，眯着眼睛一看，看到头一句就吓了一跳：“‘噫吁嚱，危乎高哉！’嚯，不得了！上来就是感叹句，现在的年轻人都这么写诗了吗？”

接着往下看：

蜀道之难，难于上青天！
蚕丛及鱼凫，开国何茫然！
尔来四万八千岁，不与秦塞通人烟。
西当太白有鸟道，可以横绝峨眉巅。
地崩山摧壮士死，然后天梯石栈相钩连。
…………

读罢，贺知章颤抖着双手放下诗稿，长叹一声：“这简直不是人写的东西啊！”

一句话把李白给整蒙了：“贺老，啥意思？我写得不好你也不能骂人啊。”

贺知章赶紧解释：“公非人世之人，可不是太白星精耶？”[①]意思是说，你写得太好了，完全超越了我们人类的智力，你不会是太白金星下凡吧？分明就是个“谪仙人”啊。

如此高的评价让李白受宠若惊，他连忙起身作揖：“不敢当，不敢当，贺老过奖了！这样，中午我请您吃个饭吧。”

贺知章一摆手：“小李，你远道而来，哪儿能让你掏腰包？我

---

① 王定保《唐摭言》卷七。

请你。”

俩人在一家酒店找了个包间坐定，四个凉菜、四个热菜、一份汤、一份主食，点完菜，贺知章问李白：“小李，喝啥酒？”

李白说：“贺老，客随主便，我喝啥都行。”

贺知章一招手：“小二，先上两坛绍兴花雕。”

李白一边倒酒，一边琢磨：老爷子这么大岁数了，喝酒意思一下得了，别喝出啥毛病来。

没想到，贺知章袖子一撸，慨然道：“人生苦短，给我倒满。”端起酒与李白碰杯，一饮而尽。

李白不由暗暗佩服：贺老好酒量!

不知道那顿饭俩人一共喝了多少酒，反正都有点儿喝高了。最后贺知章买单，才发现身上没带钱。

朝廷三品大员，出门有几个身上带钱的？李白说：“贺老，还是我来吧。”

贺知章不高兴了，一伸胳膊：“去，小李，没你的事儿。”随即从腰间解下金龟配饰，往桌上一扔，豪气冲天：“小二，拿去抵酒钱。”

这个金龟是朝廷发给官员的配饰，不同的级别有不同的配饰，贵重无比。李白赶忙阻拦：“贺老，这不合适，不合适。”

店老板也赶紧过来推辞：“贺老，啥钱不钱的，您这么大官能光临小店，是小店的荣幸。”死活不肯收。

东西虽然没有收，但江湖上从此留下了贺知章“金龟换酒”的故事，被传为一段佳话。

李白后来专门写诗纪念这段难忘的经历：

四明有狂客，风流贺季真。
长安一相见，呼我谪仙人。
昔好杯中物，翻为松下尘。
金龟换酒处，却忆泪沾巾。[1]

肆

金龟换酒之后，贺知章与李白结下深厚友谊，对李白从文才到酒量都十分欣赏，便主动向唐玄宗推荐。

一而再，再而三，加上玉真公主推波助澜，唐玄宗终于被打动，在皇宫亲切接见了平民李白。一番面试之后，唐玄宗十分满意，当场决定破格录用没有学历的李白为翰林供奉。李白从此陪王伴驾，受宠于宫中，达到了人生的顶峰。

翰林供奉也是个闲职，除了偶尔给皇帝和贵妃写几首诗，没啥具体工作，也不用坐班，所以，李白没事儿经常找贺知章玩，很快就融入了上流社会。

当时，经常跟李白、贺知章在一起喝酒的，有皇室宗亲汝阳王李琎、宰相兼兵部尚书李适之、玉树临风的齐国公崔宗之、河内郡公苏晋、著名书法家张旭，以及平民焦遂等。这六个人加上贺知章和李白，一共八个人，虽然年龄、身份、地位各不相同，但都喜欢喝酒，嗜酒如命，因为这个共同的爱好走到了一起，江湖人称“醉八仙”。

---

① 李白《对酒忆贺监二首》（其一）。

其中以贺知章年龄最大，大家对他都很照顾，每次都让他少喝点儿。可贺知章坚持与年轻人一样，坚决不搞特殊，所以经常喝多。

有一次，八个人又聚在一起喝酒，喝得昏天黑地、酩酊大醉，把酒店的酒都给喝光了。

散场的时候，贺知章要骑马回家，李白劝阻道："贺老，这样可不行，您这属于酒驾。骑马不喝酒，喝酒不骑马，万一摔下来咋整？我找个代驾送您。"

贺知章死活不让送，晃晃悠悠走了，结果半路掉进一口井里，幸好水不深，贺知章就坐在水里，靠着井壁呼呼大睡，好在路过的人发现了他，费了好大劲儿才把老头儿给弄上来送回了家。

后来杜甫听说了这件事，便将八个人的醉态以诗歌的形式记述了下来，取名《饮中八仙歌》，头一句说的就是贺知章：

知章骑马似乘船，眼花落井水底眠。
汝阳三斗始朝天，道逢麴车口流涎，恨不移封向酒泉。
左相日兴费万钱，饮如长鲸吸百川，衔杯乐圣称世贤。
宗之潇洒美少年，举觞白眼望青天，皎如玉树临风前。
苏晋长斋绣佛前，醉中往往爱逃禅。
李白一斗诗百篇，长安市上酒家眠。
天子呼来不上船，自称臣是酒中仙。
张旭三杯草圣传，脱帽露顶王公前，挥毫落纸如云烟。
焦遂五斗方卓然，高谈雄辩惊四筵。

杜甫这首诗一经发布，很快疯狂刷屏，流传颇广。

家里人看了，劝贺知章：“都八十多岁的人了，别跟李白他们瞎胡闹，你看上次酒驾掉井里多危险。”

贺知章说：“有啥危险的？在水里睡了一觉而已，舒服着呢。”

家里人说：“喝醉了耍酒疯多丢人，酒醒了以后多尴尬啊！”

贺知章说：“喝酒的人谁没干过几件丢人事儿？只要我不尴尬，尴尬的就是别人。”

家里人说：“不管怎么讲，醉酒总归对身体不好。”

贺知章说：“不好？那你们以为我是怎么活八十多岁的？”

家人一时竟无言以对。

伍

别说在唐朝，就是搁现在，八十多岁身体还这么硬朗，还能这么喝酒的，也不多见。贺知章身体一直很好，直到八十五岁那年才生了一场大病，差点儿要了老命。

病愈之后，贺知章自知天寿将尽，打报告请求告老还乡，入道修行。唐玄宗礼节性地挽留了一番后，于第二年年初批准了他的离职申请。

贺知章离京时，唐玄宗下诏在京城东门设立帐幕，让太子代表自己与文武百官为之饯行，场面隆重，气氛热烈，尽显朝廷对致仕官员的尊敬和关爱。

唐玄宗天宝三载（744年）正月，须发皆白的贺知章与家人一起从长安启程，历经两三个月的舟车劳顿，终于回到阔别近五十年的故乡。

车队行进到老家一个岔路口时，因为没有导航，一时不知该往哪里走，见不远处有个放牛的小孩儿，贺知章就从马车上下来，走过去笑着问放牛娃："小朋友，去思家桥村怎么走啊？"

放牛娃用手一指："那就是思家桥。老爷爷，你是谁啊？从哪里来？到我们村去干啥？"

贺知章手捻胡须，一时百感交集，两首诗脱口而出：

少小离家老大回，乡音无改鬓毛衰。
儿童相见不相识，笑问客从何处来。①

离别家乡岁月多，近来人事半消磨。
惟有门前镜湖水，春风不改旧时波。②

史料记载，贺知章返乡后，在山清水秀的大自然中，专心修道，颐养天年。奇怪的是，脱离了醉生梦死的都市生活后，贺知章反倒不适应了，当年便因病去世，享年八十六岁。

几个月之后，李白在长安被唐玄宗"赐金放还"。有人说是因为得罪了高力士，有人说是因为跟杨贵妃关系暧昧，总之，李白被赶出了京城。

此后，李白浪迹天涯，四处漂泊，在人生的低谷听闻贺知章去世的噩耗后更是如遭雷殛，悲痛之余，提笔赋诗，缅怀前辈：

① 贺知章《回乡偶书两首》（其一）。
② 贺知章《回乡偶书两首》（其二）。

狂客归四明，山阴道士迎。
敕赐镜湖水，为君台沼荣。
人亡余故宅，空有荷花生。
念此杳如梦，凄然伤我情。[1]

① 李白《对酒忆贺监二首》（其二）。

卢藏用

我的IP定位，取决于武则天在哪里

二十世纪八十年代后期，美国学者比尔·波特（Bill Porter）深入终南山腹地，探访隐居在这里的中国当代隐士，写出了著名的《空谷幽兰——寻访当代中国隐士》一书，并由此引发了人们对中国隐逸文化的关注。终南山再次进入大众的视野。

据不完全统计，目前在终南山隐居修行的隐士大约有五千人，也有人说超过一万人。

我国幅员辽阔，名山大川众多，为什么大家偏偏对终南山情有独钟，喜欢扎堆在此处修行？

客观因素很多，比如优越的地理位置、独特的气候条件、适宜的自然环境等等，但最主要的原因是，终南山自古就是隐士修行之所。

换句话说，终南山并不是最近这几年才火的，虽然终南山没有入选三山五岳、四大名山，但其归隐文化源远流长，很早就以适合清修隐居而闻名。

历史上，曾在终南山隐居修行过的名人数不胜数，比如老子、姜子牙、张良、孙思邈、王重阳、王维、韦应物等等。

特别是唐代，隐逸之风一度颇为盛行，许多在社会上有一定影响的人物，纷纷选择归隐山林。

壹

经过隋朝末年的战乱，唐朝一统天下，正值朝廷用人之际，有些人为什么要选择这种消极的生活方式？为什么不投身火热的振兴大唐的事业中去？

唐王朝的统治者对此百思不得其解，后来一打听才知道，朝廷虽然沿用了隋朝创立的科举制来选拔人才，为底层知识分子提供了一条上升通道，但社会上总有那么一些人，才能出众、名声在外，是大家公认的人才，但一遇到考试就不行，怎么考也考不上，一生气：算了，老子不考了，到山里隐居去！

对这种人怎么办？唐朝政府求贤若渴，礼贤下士，三番五次派人到山里寻找这些世外高人，邀请他们出山，共襄盛举。

隐者往往会推辞："不行，不行，山野之人，哪懂什么治国理政，光是科举这关就过不了。"

过不了没关系，从唐太宗开始，朝廷就针对这些"非常之才"，专门设立了"制举"制度。这些人由皇帝本人亲自面试，皇帝一旦认可，当即破格任用，相当于特招，比正常科举上来的官员升职还快。

考不考试不重要，不拘一格降人才，朝廷此举为特殊人才开了绿灯，避免了人才的大量流失，但同时也让一些人敏锐察觉到其中隐藏的机会。于是，民间的隐士忽然多了起来。

贰

今天要讲的这位隐士，名叫卢藏用。单说名字，可能很多人听都没听说过，简单介绍一下。

卢藏用出生于唐高宗显庆元年（656年），幽州范阳（今河北涿州）人，出身名门望族、官宦人家，才华横溢，一专多能，《旧唐书·卢藏用传》中说他“少以辞学著称”“工篆隶，好琴棋，当时称为多能之士”。

《全唐诗》中收录了他八首诗，大多是应制之作，传播度不高，但后世将卢藏用与李白、王维、孟浩然、陈子昂、贺知章、宋之问、司马承祯、王适、毕构等诗坛大咖并列，合称“仙宗十友”，足见其在诗坛的地位。

而且，卢藏用学识渊博，初次参加科举便金榜题名，考中了进士。但让卢藏用郁闷的是，虽然自己考中了进士，却迟迟得不到官职。

考中进士只是取得了任职资格，想要获得官职还需要参加吏部组织的“铨选”，难度极大。比如后来享誉文坛的韩愈，二十五岁考中进士，但吏部的铨选考了五次才过关，然后还要等职位空缺，直到三十四岁才被授予官职。也就是说，韩愈成为进士九年后，才走上工作岗位——这还不是时间最长的。

这谁受得了？一个人的青春才多少年？卢藏用的情况跟韩愈差不多，空顶着进士的头衔，却一直得不到工作安排，这让卢藏用如坐针毡、心急如焚。

当时的皇帝是唐高宗李治，老婆武则天辅政，两口子继承了唐太宗的优良传统，经常派人到民间寻访隐逸山林的世外高人。

于是，卢藏用灵机一动，决定做个隐士。

叁

归隐前，卢藏用专门写了一篇《芳草赋》，以此表明归隐的心志。这个必须高调，要让所有人知道你的去向，不然别人找不到你怎么办？

但是，去哪儿隐居合适？卢藏用冥思苦想，想到了一个地方——道教名山终南山。终南山与长安相距不过百里，进可攻繁华，退可守自然，是最理想的隐居地。

卢藏用马上背起行囊，进入山谷，从此开始了隐居生活。

真的隐士，敢于直面寂寞的人生，敢于正视生活的清苦，停机断网销号，中断与外界的所有联系，不管世事如何变迁，风云如何变幻，我自岿然不动、心如止水，不知有汉，无论魏晋。

卢藏用跑到终南山租了个院子，养点儿花，种点儿菜，喂一只狗、两只猫、三只鸡、四只鸭、五只鹅，没事儿就去山里住上几天。天气好的时候，温暖的阳光透过树枝斑驳地洒在院子里，卢藏用穿着中式粗布衣服，坐在藤椅上晒太阳，泡好一壶茶放在石桌上，随意翻开一本书，拿起手机调整好角度，各种拍照，然后精心修好九张图发朋友圈，配上文案：“我们曾如此渴望命运的波澜，到最后才发现，人生最曼妙的风景，竟是内心的淡定与从容。”

朋友圈发出去以后，卢藏用平均每三秒看一次，看有多少人点赞，多少人留言，一一回复，不失礼貌。

卢藏用这样的高调“隐居”方式，在社会上引起强烈反响：一个众人眼中的青年才俊、新科进士，正是大展宏图实现人生价值的好时候，为何会看破红尘，远离尘世，归隐山林？这背后究竟隐藏着哪些不为人知的秘密？

大家纷纷猜测原因，各种小道消息满天飞，特别是一些自媒体，说啥的都有，居然有人说卢藏用是为情所困，还说得有鼻子有眼。

卢藏用听了笑而不语——这正是他期待的结果。

在终南山，卢藏用每日与苍松翠柏为邻，与清风明月为伴，打坐冥想，抚琴吹箫，舞剑下棋，烹茶煮雪，饮酒赋诗，过着“采菊东篱下，悠然见南山”的田园生活。

当然，最重要的是，做每件事一定要拍照，然后发朋友圈，带定位的那种。做完这些之后，卢藏用便躺在竹椅上，静静地凝望着远方，许久不动。

他一直在等，等待一个人的到来。

肆

等待是漫长的，这样的日子过了很久，生活仍没有任何变化，卢藏用忍不住了，决定下山。下山一打听才知道，最近这段时间，实际掌权的武则天长住洛阳，很少回长安。

这让卢藏用如梦方醒：无论身处何地，越是人迹罕至的地方，越要保证信号满格、信息畅通，这一点非常重要，要不然也不会白白浪费了这么长时间。

卢藏用及时调整方案，迅速赶往洛阳，在中岳嵩山选址隐居。

没想到，卢藏用刚在嵩山安顿好，武则天又回长安了。卢藏用马不停蹄，跟着返回终南山。几年来，卢藏用数次辗转于长安、洛阳两地。总之武则天住哪儿，卢藏用就在当地附近隐居，IP地址[①]一定要在武则天的居住范围内，当时被人戏称为“随驾隐士”。

为了扩大影响，吸引更大的流量，博取更多的关注，卢藏用除了日常摆拍田园生活之外，又增添了一项新技能：辟谷。据他自己说，他经常十天半个月不吃饭，仍精力旺盛，一点儿不觉得饿。

此外，他还不断拓展新业务，经常给慕名前来拜访的粉丝展示“蓍龟九宫术”，就是用蓍草和龟甲占卜凶吉，给人算卦。

由于卢藏用算卦的准确率太高，被称为“卢半仙”。终于，一传十，十传百，进士放弃城市生活隐居山林的事迹传到了皇宫。

长安元年（701年），女皇武则天派人将隐居多年的卢藏用请出山，面试之后，授予其左拾遗一职。卢藏用象征性地推辞了一番后，欣然赴任。

人生没有白走的路，每一步都算数。卢藏用多年的苦心终于获得回报，从此步入仕途。

左拾遗是个什么官？顾名思义，就是负责捡起皇帝遗漏的东西，引申一下，就是提醒皇帝决策上的失误、遗漏之类。这个官职隶属于谏诤机构，后来的杜甫、白居易也做过这份工作，行政级别虽然不高，八品官，但在朝廷中枢工作，能经常见到皇帝，在皇帝面前建言献策表现自己，相对比较容易进步。

卢藏用就是从这个位置开始，一步一个台阶，短短几年，便做到礼部侍郎兼昭文馆学士、工部侍郎、黄门侍郎、尚书右丞等职，初步

① Internet Protocol Address的简称，指互联网协议地址，是互联网上每台设备用来标识自己的唯一地址，类似于现实生活中的门牌号。根据IP地址，可确定用户具体所在地点。

实现了自己的人生目标。

伍

卢藏用以退为进、以隐求官的故事，被一些人当作卧薪尝胆、另辟蹊径的成功案例，广为传颂。卢藏用入朝为官后，终南山归隐蔚然成风，以至于当地的房价都被来自全国各地的隐士们抬高了。

但更多的人说起卢藏用的入仕经历，都嗤之以鼻。

当时有个道士叫司马承祯，文才出众，也是“仙宗十友”之一，与卢藏用正好相反，一心修道，无意仕途。被武则天召入宫中后授予官职，司马承祯坚辞不受，说啥也要回天台山继续修行。

人各有志，武则天也没有强留。司马承祯离京之时，卢藏用前来送行，指着终南山对道长说：“此中大有嘉处。”意思是这座山很好啊，我以前曾在这里隐居，不如你就在终南山修道吧。

司马承祯微微一笑，说了一句：“以仆视之，仕宦之捷径耳。”[①]意思是，终南山有啥好的？在我看来，不过是一条当官的捷径罢了。一句话把卢藏用说得满脸通红，无言以对。

有个成语叫“终南捷径”，说的就是这件事。

人的欲望是永无止境的，凡是靠投机取巧、不择手段爬上来的官员，都不可能本本分分安于现状。

随着卢藏用的职位越来越高，他的野心也越来越大。后来，卢藏用跟武则天的女儿太平公主搞到了一起，关系暧昧，结党营私。卢藏用当上了太平公主的男宠，而且积极参与谋反。太平公主叛乱被平定

① 《新唐书·卢藏用传》。

后，卢藏用被唐玄宗流放到了岭南地区。开元初年（713年），卢藏用被起用，被任命为黔州（今重庆黔江、彭水一带）都督府长史，兼判都督事，还没有赴任就去世了，终年五十八岁。[①]

后世对卢藏用的评价很差，《旧唐书》中说他“及登朝，趑趄诡佞，专事权贵，奢靡淫纵，以此获讥于世”[②]。

卢藏用的诗歌没有什么知名度，且大多已经失传，仅《全唐诗》收录了八首，比如这首《奉和九月九日登慈恩寺浮图应制》：

化塔龙山起，中天凤辇迂。
彩旒牵画刹，杂珮冒香萸。
宝叶擎千座，金英渍百盂。
秋云飘圣藻，霄[③]极捧连珠。

这首诗估计没有几个人读过，这也难怪，唐代诗坛群星璀璨，名作佳句不计其数，不是专门搞唐诗研究的，谁会注意一个十八线诗人的作品呢？写在这里只是想告诉大家，人家卢藏用其实是个诗人。

虽然自己的诗不怎么流行，但卢藏用也为诗坛做出过积极的贡献。他曾全力支持好友陈子昂的诗文变革主张，盛赞陈子昂“卓立千古，横制颓波，天下翕然，质文一变”[④]。

陈子昂冤死狱中后，卢藏用不但收养了他的遗孤，还将他的诗文

---

① 《旧唐书·卢藏用传》：“先天中，坐托附太平公主，配流岭表。开元初，起为黔州都督府长史，兼判都督事，未行而卒，年五十余。”

② 《旧唐书·卢藏用传》。

③ 一作“睿”。

④ 卢藏用《右拾遗陈子昂文集序》。

整理成册，编辑为《陈伯玉文集》，陈子昂的许多作品才得以流传至今。

此外，卢藏用还用自己的实际行动为后世贡献了一个典故“随驾隐士”，以及一个成语“终南捷径”。

只是，对于这条用人格、尊严乃至生命探索出来的道路，卢藏用晚年也曾感到迷惑：走捷径真的好吗?

张九龄

我早就看出安禄山必反

唐玄宗开元二十四年（736年），范阳节度使张守珪奉命讨伐契丹，因手下裨将安禄山“恃勇轻进”[1]，损兵折将，招致大败。张守珪一怒之下，将安禄山押解进京，请朝廷处置。

按大唐刑律，安禄山当斩，但唐玄宗觉得，胜败乃兵家常事，为体现皇恩浩荡，决定赦免安禄山。

宰相张九龄一听，立刻上奏说：“昔穰苴诛庄贾，孙武斩宫嫔。守珪军令若行，禄山不宜免死。”[2]军令如山，安禄山必须杀。

唐玄宗表态道：“安禄山忠肝义胆，人才难得，杀掉太可惜了，不如让他重返战场，戴罪立功。”

但张九龄坚持自己的看法，不肯改变：“禄山失律丧师，于法不可不诛。且臣观其貌有反相，不杀必为后患。”[3]“禄山狼子野心，面有逆相，臣请因罪戮之，冀绝后患。”[4]

---

① 《资治通鉴·唐纪三十》。
② 《资治通鉴·唐纪三十》。
③ 《资治通鉴·唐纪三十》。
④ 《旧唐书·张九龄传》。

唐玄宗说："哎呀，张爱卿，你啥时候还学会相面了？咱可不能以貌取人，枉害忠良啊！"唐玄宗不由分说，执意将已是阶下囚的安禄山赦免死罪。

张九龄无力阻止，长叹一声道："乱幽州者，此胡雏也。"[①]

一语成谶，十九年后的天宝十四载（755年），安禄山果然造反，安史之乱爆发。就是在那一刻，命运的齿轮开始转动，盛世大唐的丧钟敲响了。

壹

这位精准预言安禄山必反的宰相张九龄，唐高宗仪凤三年（678年）出生于岭南韶州曲江，也就是今天的广东韶关西南一带。别看今天的广东经济发达，经济总量长年保持全国第一，但在唐朝，岭南地区可是标准的蛮荒之地、贫困落后地区，官员犯错误受罚，经常被流放到岭南。

好在张九龄家境不错，祖辈世代为官，虽说都是些县丞、参军之类的地方小官，但好歹也算是官宦世家、书香门第。他的叔叔张弘矩是韶州历史上的第一位进士。

张九龄在这样的家庭环境里长大，自幼饱读诗书。史书中说他"幼聪敏，善属文"[②]，十三岁写出的文章受到广州刺史王方庆的高度评价，王方庆当时就预言"此子必能致远"[③]，意思是张九龄将来一定大有作为。

---

① 《新唐书·张九龄传》。
② 《旧唐书·张九龄传》。
③ 《旧唐书·张九龄传》。

王方庆的预言成真了。

武则天长安二年（702年），二十五岁的张九龄离开家乡，赴京赶考。

唐代科举实行统一招生、统一试卷、统一分数线，但同样存在录取不公的问题。当时的进士录取有“先两监而后乡贡”[①]的规则，就是在同等条件下，优先录取东西两京国子监的考生。张九龄作为外地乡贡考生，又是岭南人，在地域歧视严重的科举考场上，本来就不占优势，本人又没有显赫的家庭背景（祖辈当过的那些芝麻小官，在京城约等于零），要想在众多考生中脱颖而出，难度可想而知。

好在当时的主考官是大诗人沈佺期，他慧眼识珠，对张九龄的诗文十分欣赏，大笔一挥，让来自贫困山区的张九龄得以进士及第。

贰

金榜题名，乃人生一大喜事，必须大摆筵席，好好庆祝一下。可是，酒店都订好了，请帖也发出去了，偏偏就在这时，出事了。

有人弹劾主考官沈佺期在考试期间收受贿赂、徇私舞弊。朝廷震怒，派出专案组调查，发现情况基本属实。结果，沈佺期入狱，张九龄这一批新科进士受到牵连，成绩全部作废，一律不授予官职。

人生无常，世事难料，你永远不知道明天和意外哪个先来，张九龄收拾行李，黯然回了老家。

---

① 王定保《唐摭言》卷一。

经此打击，张九龄变得有些消沉。恰在此时，宰相张说因为得罪了武则天的宠臣张昌宗，被贬职流放到了岭南。他偶然看到张九龄的诗文，大为赞赏，为此专门约见了张九龄。一见之下，张说顿时有种“颇有老夫当年风采”的惺惺相惜之感。张说夸奖其文章简练干净而且经世致用[①]，对其青睐有加，给予其厚遇[②]，又勉励他振作精神，不要随波逐流，“再苦再难也要坚强”“心若在，梦就在，只不过是从头再来”。

张说不仅是前任宰相，也是著名文学家、当时的文坛领袖，他的一番话让意志消沉的张九龄重新鼓起了生活的勇气。

政治风云瞬息万变，不久，宫廷发生“神龙政变”，武则天被逼退位，唐中宗李显再次登基。

为显皇恩浩荡，朝廷将因沈佺期案受牵连的张九龄那一届中榜进士全部召回复试。张九龄的学问是真材实料，才堪经邦科[③]再次登第，被授予校书郎一职，从此开始了仕宦生涯。

因为朝中无人，张九龄在校书郎的位置上默默无闻，干了五年都没有得到升迁，心中不免有些失落。

唐睿宗复位后，太子李隆基胸怀大志，为广招天下贤才，亲自组织选拔考试，张九龄应试道侔伊吕科[④]，对策优等，被升任为右拾遗。李隆基登基后，改任其为左拾遗。

不管是左拾遗还是右拾遗，都属于谏官，从八品，级别虽然不高，但位置很重要，专门给皇帝提意见。这对于刚正不阿、敢于直言

① 《旧唐书·杨炯传》：“张九龄之文，如轻缣素练，实济时用，而微窘边幅。”
② 《新唐书·张九龄传》：“会张说谪岭南，一见厚遇之。”
③ 科举制科之一。唐代设置，属于吏治类科目。
④ 科举制科之一。唐代设置，属于吏治类科目。

的张九龄来说，算是专业对口了。

那年秋天，唐玄宗李隆基想出宫“行亲郊之礼”[①]，顺便放松一下，泡泡温泉打打猎，张九龄上书表示反对，说皇帝出行必然影响当地百姓生活，眼下正是秋收的大忙季节，不宜扰民，能不能等农民收完粮食再出行?

唐玄宗一听，觉得有道理，不好反驳，只好回后宫跟嫔妃们说，别收拾了，有个叫张九龄的不让去，等下个月再说吧。

皇帝虚怀纳谏，张九龄深受鼓舞，意见提得更起劲儿了，他把矛头指向了当朝宰相姚崇。

张九龄认为姚崇在选人用人上有任人唯亲之嫌，为此上书姚崇，劝谏他要远离阿谀奉承的小人，多提拔忠厚善良的人。[②]

话虽然说得不错，但谁听了心里也不舒服：我堂堂宰相，轮得到你一个小小拾遗教我做事？姚崇虽然表面应承，采纳了他的建议，但内心已经对张九龄心生反感。

谏官本来就是个容易得罪人的职位，更何况得罪的是当朝宰相?

唐玄宗开元四年（716年），张九龄以“封章直言，不协时宰”[③]，招致姚崇弹劾，不少人跟着落井下石。张九龄眼看在朝廷混不下去了，这年秋天，索性以老母需要照顾为由，辞官回归故里。

临行前，京城的同事为他送行，都为他鸣不平，张九龄黯然无语，赋《南还以诗代书赠京师旧僚》诗一首，其中有这样几句:

---

① 《旧唐书·张九龄传》。

② 《资治通鉴·唐纪二十六》：“左拾遗曲江张九龄，以元之有重望，为上所信任，奏记劝其远谄躁，进纯厚。”

③ 徐浩《唐尚书右丞相中书令张公神道碑》。

不谄词多忤，无容礼益卑。
微生尚何有，远迹固其宜。

意思是，我这个人啊，不懂得察言观色，不会甜言蜜语，说话太直，老是得罪人，算了，城市套路深，我要回农村。

叁

仕途不顺，张九龄再次陷入迷茫。

返乡途中，张九龄思绪万千，夜不能寐，于一叶扁舟之上，写下《西江夜行》诗一首：

遥夜人何在，澄潭月里行。
悠悠天宇旷，切切故乡情。
外物寂无扰，中流澹自清。
念归林叶换，愁坐露华生。
犹有汀洲鹤，宵分乍一鸣。

回到家乡后，张九龄终日与好友饮酒赋诗、谈古论今，最初的日子过得倒也逍遥自在，但很快，他就感受到诸多不便。

比如，想找邻村朋友喝个小酒，都得翻山越岭、跋山涉水、历尽艰辛，更别说那些外出做买卖、搞运输的老百姓了[①]。交通不畅，成

① 张九龄《开凿大庾岭路序》："行径夤缘，数里重林之表；飞梁嶫嶫，千丈层崖之半。颠跻用惕，渐绝其元。故以载则曾不容轨，以运则负之以背。"

为制约当地经济发展的最大因素。

俗话说得好，“要想富，先修路”，岭南地区虽然贫困落后，但靠近大海，海上贸易十分发达，广州已成为当时最繁忙的港口。在这种情况下，打通梅关古道，修建一条南北交通大动脉显得尤为重要。

说干就干，张九龄立刻上书朝廷，建议修建大庾岭路。朝廷批准后，开元四年（716年）冬，张九龄便自任项目总规划师和总负责人，带领当地农民投身于火热的工程建设。无论严寒酷暑、阴晴雨雪，张九龄总是率先垂范，亲临现场，指挥施工。

很快，一条全长三十余里、宽近六米的公路修通了。这条宽阔平坦的大庾岭路自此成为连接南北交通的主要通道，不仅极大地促进了岭南地区和中原地区的交流，而且泽被后世。[①]北宋末年，衣冠南渡，大庾岭路也是南下通道之一，后世誉之为“古代的京广线”。

因修路有功，开元六年（718年），张九龄被召回长安，担任左补阙一职，专门负责官员的任用选拔。张九龄在这个位置上干得风生水起，一路升迁。

肆

应该说，张九龄一路升迁，个人能力出众是一方面，与宰相张说

---

① 《广东省志·公路交通志》：“开元四年（716年），张九龄受唐玄宗之命修凿扩建大庾岭路，长30余里，多数路段由‘以载曾不容轨，以运则负之以背’，加宽到5轨（5.97米），可容两车对行，沿途设置凉亭客栈，方便商旅往来。越过大庾岭经韶关至广州880里。从此，大庾岭路成为广州与岭北各道来往的主要途径。”

的大力提携也不无关系。后来两人查了一下家谱，居然还属于同宗同族的兄弟，关系由此更加紧密。

张九龄对张说虽感恩戴德，但并不一味盲从，遇到不合理的事情，也丝毫不留情面，敢于直言劝谏。

开元十三年（725年），唐玄宗要前往泰山举行封禅大典。这是唐朝政治生活中的一件大事，对大臣们来说，能跟随皇帝一同登临泰山是巨大的政治荣誉，所有人都趋之若鹜。

皇帝封禅带谁去，不带谁去，对于官员来说，事关重大。当年司马迁的父亲司马谈，本是跟随汉武帝去泰山封禅的，没想到走到洛阳时身体出现不适，被汉武帝留在了半路上，结果，司马谈竟因此被活活气死了。[①]所以，皇帝封禅随行人员的选定历来十分慎重。

张说负责拟定名单，之后让张九龄起草诏书。张九龄一看名单，基本都是张说的亲信，鱼龙混杂，良莠不齐，当时就觉得不妥，便劝张说重新拟定名单，免得被群臣说闲话，授人以柄。[②]

但张说不听，固执己见。果然，名单公布后，朝中议论纷纷，意见很大。[③]张说因此被李林甫等人弹劾，二次罢相。

没有了张说的关照，张九龄在朝中很快失势，不久便被调离京

---

① 《史记·太史公自序》："是岁天子始建汉家之封，而太史公留滞周南，不得与从事，故发愤且卒。"

② 《旧唐书·张九龄传》："初，令九龄草诏。九龄言于说曰：'官爵者，天下之公器，德望为先，劳旧次焉。若颠倒衣裳，则讥谤起矣。今登封霈泽，千载一遇。清流高品，不沐殊恩；胥吏末班，先加章绂。但恐制出之后，四方失望。今进草之际，事犹可改，唯令公审筹之，无贻后悔也。'"

③ 《旧唐书·张九龄传》："说曰：'事已决矣，悠悠之谈，何足虑也！'竟不从。及制出，内外甚咎于说。"

城，外放为官，先后担任太常少卿、冀州刺史、洪州都督、桂州刺史。

在洪州，也就是著名的滕王阁所在地南昌，张九龄写下《在郡秋怀》诗二首，表达自己怀才不遇、忧郁思归的心情。

其一为：

秋风入前林，萧瑟鸣高枝。
寂寞游子思，寤叹何人知。
宦成名不立，志存岁已驰。
五十而无闻，古人深所疵。
平生去外饰，直道如不羁。
未得操割效，忽复寒暑移。
物情自古然，身退毁亦随。
悠悠沧江渚，望望白云涯。
露下霜且降，泽中草离披。
兰艾若不分，安用馨香为。

开元十九年（731年），也就是张九龄在外任地方官五年后，唐玄宗念及张九龄的才学，一纸诏书又将他召回了京城。这是张九龄第三次进京为官。

这次，张九龄被委任为秘书少监，兼集贤院学士副知院事，专门为皇帝起草敕文。这对于文采过人的张九龄来说，可谓轻车熟路。张九龄撰文经常不打草稿，援笔立成，深为唐玄宗倚重。

不久，张九龄又升任中书侍郎、工部侍郎兼知制诰等职。

开元二十一年（733年）十二月，五十六岁的张九龄被任命为中书侍郎同中书门下平章事，也就是宰相之一（唐朝实行群相制，宰相不止一人）。半年后，张九龄迁升中书令（首席宰相），达到了个人事业的顶峰。

伍

张九龄是中国历史上第一个担任宰相的岭南人。他担任宰相期间，正值开元盛世，是唐朝最鼎盛的时期。按理说，他完全可以做个太平宰相，安安稳稳地度过余生。

可张九龄偏不，他未雨绸缪、居安思危，不改谏官本色，一如既往，秉公直言，不管对方是谁。

比如，唐玄宗的宠妃武惠妃欲废太子，改立自己的儿子，希望得到张九龄的支持。张九龄严词拒绝，据理力争，硬是把人家撅了回去。

唐玄宗过生日，别的大臣送的都是奇珍异宝，张九龄与众不同，送给皇帝自己写的《金镜录》五卷，讲解古今兴亡的道理[①]，劝导皇帝引以为戒，励精图治。

唐玄宗想任用奸佞之臣李林甫为宰相，张九龄坚决反对，称：“陛下要让李林甫当宰相，恐怕日后有亡国的危险！”[②]

唐玄宗想提拔范阳节度使张守珪为宰相，张九龄再次反对，说：“虽然张守珪战功卓著，但不能以宰相的职位作为奖赏，这可不是一

① 《旧唐书·张九龄传》：“言前古兴废之道。”

② 《资治通鉴·唐纪三十》：“宰相系国安危，陛下相林甫，臣恐异日为庙社之忧。”

介武夫能干得了的。”[①]

唐玄宗想提拔庸懦的牛仙客，张九龄多次强烈表示反对。[②]

唐玄宗想封牛仙客爵位，张九龄依然反对，说给钱可以，封地不行。[③]

干啥你都反对，眼里还有没有领导！唐玄宗最后也急了，不听张九龄的劝谏，坚持任用李林甫、牛仙客为相。

张九龄也因此成为李林甫、牛仙客等人的眼中钉、肉中刺，李林甫、牛仙客等人急欲除之而后快。

机会终于来了。开元二十五年（737年），监察御史周子谅因言获罪。由于周子谅是张九龄举荐提拔上来的，李林甫等人趁机弹劾张九龄荐人失误。[④]

为此，唐玄宗免去了张九龄的相位，将其调任荆州大都督府长史。六十岁的张九龄再次离开了京城。

贬谪张九龄，唐玄宗也是经过激烈的思想斗争的。因为张九龄无论是工作能力还是个人品德，都是有目共睹的，就连平时的仪表举止都令人敬佩。以至于张九龄罢相后，有人向唐玄宗举荐人才，唐玄宗还经常以张九龄为标杆，问对方：“风度是否比得上张九龄？”[⑤]

唐玄宗既然如此欣赏张九龄，为什么还要将其贬出京城？因为张九龄这个人的优点是“直”，缺点是“太直”，得罪一大片同僚，还

---

① 《新唐书·张九龄传》：“宰相代天治物，有其人然后授，不可以赏功。”

② 《旧唐书·张九龄传》：“屡言不可。”

③ 《新唐书·张九龄传》：“陛下必赏之，金帛可也，独不宜裂地以封。”

④ 《旧唐书·张九龄传》：“九龄坐引非其人。”

⑤ 《旧唐书·张九龄传》：“风度得如九龄否？”

屡次忤逆圣意，实在不好相处。

晚年的李隆基疏于理政，溺于享乐，对于张九龄的直言进谏早已心生厌倦，再加上李林甫等人的蛊惑，才最终将其贬出了京城。

陆

张九龄历经宦海浮沉，三起三落。

在荆州，远离了朝廷内部的争权夺利、尔虞我诈，日子比以往悠闲了许多，漫步在荆州古城，张九龄这才想起，自己在京城每日忙于政务，已经很久没有好好写诗了。

是的，张九龄首先是一个才华横溢的诗人，其次才是一个出色的政治家。他是继陈子昂之后，力排齐梁颓风，提倡汉魏风骨，打开盛唐诗歌局面的重要人物，只不过他的诗歌被他的政绩掩盖了应有的光芒。

离开权力中枢后，张九龄的诗文创作开始爆发。在荆州，张九龄写下了大量对后世产生深远影响的佳作名篇，有《曲江集》二十卷传世。

比如五言诗《感遇》，张九龄一口气写了十二首，以芳草美人的意象托物言志：

兰叶春葳蕤，桂华秋皎洁。
欣欣此生意，自尔为佳节。
谁知林栖者，闻风坐相悦。
草木有本心，何求美人折。

这是《感遇十二首》之一，被《唐诗三百首》收为开篇之作。还有那首流传甚广的《望月怀远》：

海上生明月，天涯共此时。
情人怨遥夜，竟夕起相思。
灭烛怜光满，披衣觉露滋。
不堪盈手赠，还寝梦佳期。

这首诗是张九龄的代表作，其中的“海上生明月，天涯共此时”更是千古名句。在唐代众多的咏月诗中，《望月怀远》被评价为可与张若虚的《春江花月夜》相媲美。

开元二十八年（740年），张九龄病逝，享年六十三岁。

也是在那一年，唐玄宗对儿媳杨玉环一见钟情，让杨玉环出家为女道士，不久又下诏令其还俗，接入宫中，封为贵妃，“春宵苦短日高起，从此君王不早朝”“后宫佳丽三千人，三千宠爱在一身”[①]。

张九龄去世十五年后，三镇节度使安禄山在范阳起兵十五万南下反唐，叛军一路烧杀抢掠，攻城略地，所向披靡，直逼长安。唐玄宗仓皇逃往蜀地，在马嵬坡杨玉环香消玉殒。史称“安史之乱”。

叛乱平定后，已被迫成为太上皇的唐玄宗回想起当初张九龄苦口婆心的劝谏，这才意识到什么叫慧眼如炬，什么叫远见卓识，什么叫良药苦口，什么叫忠言逆耳。

念及此处，唐玄宗老泪纵横，悔恨不已，长叹道：“自从爱卿死

---

① 白居易《长恨歌》。

后，再也听不到忠诚正直的话了。”[1]随后，专门派人前往曲江祭奠张九龄，并亲笔题写挽联：

蜀道铃声，此际念公真晚矣；

曲江风度，他年卜相孰如之。

① 徐浩《唐尚书右丞相中书令张公神道碑》：“自公殁后，不复闻忠谠言。”

李白

都是月亮惹的祸

唐代宗宝应元年（762年）冬，午夜时分，皓月当空。宣州（今安徽宣城）当涂县（今属安徽马鞍山）境内的采石矶（一名牛渚矶，在当涂县北。采石矶有李白的衣冠冢）附近，一艘游船漫无目的地漂荡于江面之上。

一位须发皆白的老者坐在船头，独自饮酒。

船主人犹豫再三，鼓足勇气上前对老者说：“咳咳，先生，时候不早了，别喝了，早点儿回舱睡觉吧。”

老者斜了船主一眼，不满地说：“睡什么睡？反正明天又不用上班，老子还没喝够呢。”

船主说：“酒虽好喝，也不要贪杯啊！河运管理法规定，喝酒不乘船，乘船不喝酒，乘客一滴酒，亲人两行泪。万一出点事儿可咋整啊？”

老者把杯子往桌上一放：“你要说这个，我可得跟你好好唠唠。众所周知，老夫平生有三大爱好：喝酒、写诗、旅游。别的不敢吹，要论喝酒，我老李除了扶过墙还服过谁？你去打听打听，当年在长安，我们八个人喝酒，喝得那叫一个昏天黑地、气壮山河，皇帝召我进宫我都没去。”

船主说：“听说了，听说了，您的光辉事迹家喻户晓，尽人皆知。可毕竟岁数不饶人呐，都这把年纪了，还是少喝一点儿吧！再说，您一个人喝酒，不觉得孤单吗？”

老者说：“你啥眼神儿啊，我怎么是一个人呢？你再好好看看，举杯邀明月，对影成三人。要不然你也过来，咱四个一起喝，人生得意须尽欢，莫使金樽空对月。”

船主一看这老头儿是真喝多了，劝也劝不动，叹了口气，转身回舱。

此时，月明如水，唯有江水反复拍打船舷的声音，在午夜回响。

过了许久，忽听老者在外面大叫：“哎呀，不好了！月亮怎么掉水里了？都别拦着我，让我把它捞上来。”

船主从舱中探出头去，只见老者望着水中月亮的倒影，晃晃悠悠站起身，纵身一跃，跳入水中。

船主大惊失色，连忙呼喊两名船员赶来营救，但老者早已被江水吞没，消失得无影无踪。

壹

第二天，消息不胫而走，各大媒体头版头条几乎都是关于这件事的报道：《青莲居士水中捞月，一代诗仙魂断长江》《诗仙酒醉水中眠，都是月亮惹的祸》……

没错，死者正是享誉文坛的一代诗仙——李白。

对许多人来说，李白简直就是神一般的存在。

你看，李白虽然没有学历，却在诗坛享有无人能及的崇高地位；

虽然没有担任过什么重要职务，却与多名朝廷重臣甚至当今天子关系密切；虽然没有稳定的工作，却一直有花不完的钱；虽然整天游山玩水、无所事事，每天不是在喝酒，就是在去喝酒的路上，却一点儿不耽误文学创作。李白斗酒诗百篇，随便一出手就是“10万+”的爆款。

更重要的是，李白拥有体制内的人所不具备的自由。像王维、高适、元稹、白居易这些人，也“曾梦想仗剑走天涯，看一看世界的繁华”①，但请假太难了，只能借着出差或者工作调动的机会顺便旅个游。

李白就厉害了，想去哪儿就去哪儿，足迹遍布祖国大江南北，朋友遍天下，粉丝到处有，走到哪儿都有人接待，吃住行游购娱一条龙，临走有人踏歌相送，还有红包，就问你感动不感动？

一介文人，无以为报，李白只能赠诗一首：

李白乘舟将欲行，忽闻岸上踏歌声。
桃花潭水深千尺，不及汪伦送我情。②

路人汪伦凭借这首诗快速成为百万粉丝的网红，蜚声海内外。有了巨大的流量，汪伦开始在直播间带货，背景板上就写了李白的这首诗，直播间的商品主打家乡特产——桃花饼、桃花酥、桃花酒等等。依靠李白的这首诗，汪伦获得丰厚的打赏和利润，赚得盆满钵满。

总之，在人们的印象中，李白一生自由洒脱、放浪不羁、潇洒飘

① 歌词，出自歌曲《曾经的你》，许巍作曲、作词、演唱。收录于专辑《每一刻都是崭新的》，2004年12月发行。

② 李白《赠汪伦》。

逸，一直过着快乐幸福的神仙生活。

其实，这些都是表象。

生活就像脚上的鞋子，舒服不舒服，只有自己最清楚。如果说李白活得潇洒自在，那也是前半生，晚年的李白，境况大不如从前。怎么说呢？可以说是颠沛流离，寄人篱下，狼狈不堪，苦不堪言。

特别是李白生命中的最后五年。

贰

唐玄宗天宝十四载（755年），安史之乱爆发，李白与家人一起逃往南方避难，几经辗转，最后隐居于江西庐山。

唐肃宗至德二载（757年），五十七岁的李白出山，加入永王李璘幕府，成为一名幕僚。

所谓幕僚，大致相当于参谋、秘书，平时负责出谋划策，替领导起草文件，没有官位品级，也没有正式编制，基本上属于朝廷重臣、封疆大吏自行招募的临时工。

李白一向藐视权贵，声称“安能摧眉折腰事权贵，使我不得开心颜！”[①]为什么老了却跑到李璘那里去做一名幕僚，导致晚节不保？

李璘是唐玄宗的第十六个儿子，唐肃宗李亨同父异母的兄弟，受封永王，时任山南东路、江南西路、岭南、黔中四道节度使，兼江陵大都督，拥兵百万，大权在握。听说大诗人李白隐居在庐山，李璘求贤若渴，派人专程拜访，三顾茅庐，请李白出山，辅佐自己，共谋大业。

---

① 李白《梦游天姥吟留别》。

工资待遇各方面条件都很优厚，李白怦然心动，但老婆宗氏极力反对。

宗氏是李白的第二任妻子，是唐高宗时期宰相宗楚客的孙女。顺便说一下，李白原配妻子许氏的爷爷许圉师也曾做过宰相。

总有人问：李白成天不上班，到处游山玩水，哪儿来的那么多钱？答案不言而喻，李白家境本就殷实，婚后又多了两个宰相爷爷留下的遗产，再加上皇帝给的巨额遣散费、朋友的慷慨赠送、粉丝的踊跃打赏，还用得着担心没钱花吗？

当时，宗氏再三告诫李白："老李，听我的，千万别去，不是啥好事儿，你要是缺钱花，我给你。"

李白说："不是钱的事儿。我老李如今已年过半百，难得永王如此器重，这可能是我事业上最后的机会了。男子汉大丈夫立于天地之间，总得有所作为吧？总不能吃一辈子软饭吧？"

李白不听劝阻，义无反顾地加入了永王幕府。临行前，作诗明志：

徒为风尘苦，一官已白须。
气同万里合，访我来琼都。
披云睹青天，扪虱话良图。
留侯将绮里，出处未云殊。
终与安社稷，功成去五湖。[①]

李白仗剑出山，准备大展宏图，却怎么也没想到，自己踏上的竟是一条危机四伏的不归路，以致差点儿丢了性命。

---

① 李白《赠韦秘书子春二首》（其二）。

叁

李白的老婆宗氏为啥拦着李白不让他出山？毕竟出身高官家庭，宗氏见多识广，深知政治的复杂凶险。别的不讲，就永王李璘与朝廷的关系，怎么说呢？一句话，这里面的水太深了。

当初安史之乱爆发，都城长安失守，唐玄宗携家眷仓皇逃往成都，途中发生马嵬坡兵变，杨贵妃被迫自缢。太子李亨借机与唐玄宗分道扬镳，在灵武（今宁夏灵武）即位称帝，是为唐肃宗。

李亨称帝，唐玄宗事前并不知情，属于先斩后奏，擅自登基，生米煮成熟饭了才通知父亲唐玄宗，让他退居二线做太上皇。

这事儿搁谁身上谁不生气？但儿大不由爹，李亨年富力强，手握重兵，已经失去人心的唐玄宗确实拗不过他，于是，唐玄宗便暗中扶持另一个实力雄厚的儿子——永王李璘，牵制李亨。

李璘对李亨趁乱篡权的行为也有意见，但表面上依然装作服从朝廷，只是暗地里不断招兵买马，扩充实力。手下有人怂恿李璘在南方称帝，与李亨划江而治，李璘未置可否，他有自己的想法。

唐肃宗至德元载（756年）十二月，李璘以剿匪的名义，率大军沿长江东巡，途中邀请李白加盟，为自己宣传造势，摇旗呐喊。

李白一介文人，一天到晚只知道喝酒、写诗、旅游，哪知道这些内情，头脑一热，高高兴兴跑去幕府上任。

初来乍到，总要表现表现，李白在随军东进期间，创作了大量诗歌，盛赞永王的丰功伟绩和大军的威武雄壮，光是《永王东巡歌》，一口气就写了十一首。

大军突然东进，吴郡太守慌了，责问李璘为何擅自发兵，用意何在。李璘大怒：你算哪根葱？我堂堂皇子用兵，哪儿轮得到你瞎嚷嚷！当即命令部下攻打吴郡，两军兵戎相见，李璘与朝廷彻底翻脸。

唐肃宗李亨随即宣布李璘叛乱，派出几路节度使讨伐。其中的淮南节度使，正是李白当年的好友高适。

李璘野心大，本事小，打仗就是个草包，很快兵败被杀。李白作为附逆分子，随即被捕入狱，关押在浔阳（今江西九江）大牢。

肆

一石激起千层浪，李白入狱，在社会上引发强烈反响。究竟该如何处置，朝野上下议论纷纷，说啥的都有。

有人说，只知低头写诗，不知抬头看路，李白平时不了解时事，不懂政治，缺乏政治敏感性，其实人本质并不坏，只是一时糊涂站错了队，入狱后认罪态度不错，能够积极主动交代自己的罪行，应该给他一个改过自新的机会，让他重新做人，发挥自己的文学特长，为朝廷效力。

但也有人说，画龙画虎难画骨，知人知面不知心。原以为只有像安禄山那样面目丑陋的人才会叛变，没想到浓眉大眼的李白也做了叛徒，太让人意外了，那十一首《永王东巡歌》，充分暴露了李白的本来面目和险恶用心，必须依法严惩，从重从快，杀一儆百，坚决打击反动文人的嚣张气焰。

墙倒众人推，破鼓万人捶，李白平时目中无人，得罪过不少权贵和同行，一时间，朝廷内外喊杀之声不绝于耳。

李白的老婆宗氏决定，不管花多少钱，一定要把老公救出来，因此使尽浑身解数，利用金钱和家族关系，上下活动，全力营救李白。

在监狱中，李白也没有放弃，积极展开自救，写信给当年的老友、如今的政治对手——淮南节度使高适，说：“老高啊，看在当年咱俩还有杜甫把臂同游的情分上，能不能拉哥一把？”

身为朝廷重臣的高适收到李白的求救信后，内心十分矛盾：从情感和义气角度出发，应该搭救老友李白一把；但从理智和政治角度出发，应该站在李白的对立面。

经过一番激烈的思想斗争，最终理智战胜了情感，政治战胜了义气，高适决定秉公灭私、大公无私，与李白彻底划清界限，并烧毁了所有与李白往来的书信和唱和诗词。周勋初《高适年谱》考证：“高适对李白之厄难，似无所帮助。”

一个人只有在落难的时候，才能看清谁是自己真正的朋友。

与高适的冷酷无情相反，多年未见偶像的杜甫则力挺李白，公开写诗表明态度：“世人皆欲杀，吾意独怜才。”[①]不管别人怎么说，我杜甫永远跟李大哥站在一起！

只是，杜甫人微言轻，基本帮不上忙。老朋友完全指望不上，反倒是宣城郡太守宋若思和余杭太守崔涣爱惜李白之才，仗义出手相救，才让李白免于一死，李白最后被朝廷以“附逆作乱”的罪名判流放夜郎，也就是今天的贵州西部、北部与云南东北部、四川南部和广西北部部分地区，成语“夜郎自大”的出处。

虽然夜郎地处偏远，穷困落后，但李白总算保住了一条性命。

---

① 杜甫《不见》。

伍

流放之路艰难而漫长，一路上李白失魂落魄，以为自己要老死他乡。但人生总是充满意外，唐肃宗乾元二年（759年）三月，当李白行进到重庆奉节白帝城时，突然喜从天降——朝廷大赦天下。已经五十九岁的李白得知消息，顿时欣喜若狂，当即乘船返回江陵，途中压抑不住重获自由的喜悦，作《早发白帝城》诗一首：

朝辞白帝彩云间，千里江陵一日还。
两岸猿声啼不住，轻舟已过万重山。

此后，李白基本上游走于宣州、金陵（今江苏南京）两地之间。因为一直没有工作，没有稳定的收入，再加上为了捞他出狱，家里可谓倾家荡产，所以李白的生活日渐窘迫，精神也愈加消沉。

唐肃宗上元二年（761年），李白已经六十一岁，在听说威震四方的名将李光弼出镇临淮（今安徽泗县）后，顿时大喜过望，认为自己建功立业的机会来了，这次一定要洗刷“附逆”的罪名，还想去投奔李光弼，结果走到半路就因病折回。他的愿望落空了。

无奈之下，贫病交加的李白不得不放下自尊，投奔在宣州当涂做县令的族叔李阳冰，寄人篱下，聊以度日。

唐代宗宝应元年（762年）十一月，一代诗仙李白因“腐胁疾”[①]黯然死于宣州，享年六十二岁。李白死后，李阳冰将其葬于龙山东麓（今安徽当涂县南）。直到五十四年后的唐宪宗元和十二年

---

① 一种因过度饮酒引起的脓胸穿孔症，胁肋部出现溃烂、疼痛等病症。

（817年），李白的故人范伦之子范传正出任宣歙池观察使时，出于对李白的崇拜以及自己父亲与李白的交情，四处寻访李白的后人，在见到李白的两个孙女后，得知李白的遗愿是“悦谢家青山”，便与时任当涂县令的诸葛纵合力将李白墓迁往其偶像谢朓故居所在的青山（今安徽当涂县东南）。

关于李白的死因，史学界有不同的说法。

有人说李白是病死的。说临死之前，李白将毕生诗稿交付给叔叔李阳冰，并作《临终歌》一首，溘然长逝。

有人说李白是喝酒喝死的。李白一生嗜酒，每天饭可以不吃，酒不能不喝，据《旧唐书》记载，李白“以饮酒过度，醉死于宣城”。

还有人说，李白是酒后水中捞月淹死的。五代王定保《唐摭言》中说：“李白着宫锦袍，游采石江中，傲然自得，旁若无人，因醉入水中捉月而死。”

北宋诗人梅尧臣曾作《采石月赠郭功甫》：

采石月下闻谪仙，夜披宫锦坐钓船。
醉中爱月江底悬，以手弄月身翻然。
…………

不管李白具体是怎么死的，反正人已经没了，李白的族叔李阳冰极为伤心。但更让他伤心的是，李白死后不久，京城便传来消息，皇帝李亨驾崩，其子李豫继位，新皇帝上任第一件事，就是与其父唱反调，为叔叔永王李璘平反昭雪，并册封李白为左拾遗，令其即刻上任。

任命书送达的那天，李阳冰到墓前将这个好消息告诉了李白。当时，李白的坟头已经长出了一丛嫩绿的青草，在午后阳光的照射下，格外醒目。

三十七年后，也就是唐德宗贞元十五年（799年），一个叫白居易的年轻人来到安徽宣州祭拜李白，在墓前赋诗一首：

采石江边李白坟，绕田无限草连云。
可怜荒陇穷泉骨，曾有惊天动地文。
但是诗人多薄命，就中沦落不过君。
渚苹溪藻犹堪荐，大雅遗风已不闻。[①]

① 白居易《李白墓》。最后两句在多种古籍中佚失，系根据《当涂县志》增补。

杜甫

如何把人生的一手好牌打得稀烂

唐代宗大历五年（770年），一个寒冷的冬天，“雪花飘飘，北风萧萧，天地一片苍茫”[①]。湖南耒阳（今湖南耒阳）县衙接到村民报案，在停靠于江岸边的一条小木船上，发现一名死者。

死者看上去五六十岁，衣衫褴褛，面有菜色，瘦骨嶙峋，唯独腹部高高隆起。经现场勘查，死者身上没有外伤，现场没有发现遗书，没有发现任何管制刀具、钝器，没有挣扎搏斗的痕迹，也没有发现任何血迹，初步排除他杀和自杀的可能。

船舱内的饭桌上，残留着一些酒肉。法医在进行尸检后，发现其胃部塞满了未消化的食物，因此得出结论：男子因暴饮暴食导致胃部血管撕裂而亡。

这一判断很快得到了证实：死者生前曾连续五天没有吃过任何东西，船舱内的酒肉，系耒阳县令聂某日前所赠。饥寒交迫、奄奄一息的老人突然得到大量食物，喜出望外，当晚暴饮暴食，导致猝死。

---

① 歌词，出自歌曲《一剪梅》，陈彼得作曲，娃娃（陈玉贞）作词，费玉清演唱。收录于专辑《长江水·此情永不留》，1983年4月发行。

据了解，死者生前曾是朝廷官员，唐玄宗时期担任河西尉、右卫率府胄曹参军，唐肃宗时期先后出任左拾遗、华州司功参军、节度使参谋、检校工部员外郎等职，本朝代宗时期为自由职业者，平时爱好写诗，今年五十九岁，名叫杜甫。

壹

杜甫真是撑死的吗?

关于这一点，史学界有不同的说法。有说是糖尿病病死的，有说是醉酒后淹死的，有说是食物中毒死的，有说是吃多了撑死的。众说纷纭，莫衷一是。

《旧唐书》记载：“甫尝游岳庙，为暴水所阻，旬日不得食。耒阳聂令知之，自棹舟迎甫而还。永泰二年，啖牛肉白酒，一夕而卒于耒阳，时年五十九。”

《新唐书》记载：“游岳祠，大水遽至，涉旬不得食，县令具舟迎之，乃得还。令尝馈牛炙白酒，大醉，一昔卒，年五十九。”

比起各种野史和传说，《旧唐书》和《新唐书》还是相对靠谱的，从以上内容分析，杜甫撑死的可能性较大。

那么问题来了，杜甫号称“诗圣”，与“诗仙”李白齐名，这样一个名满天下的大诗人，又曾是朝廷官员，为啥混得这么惨，几天吃不上饭，差点儿没饿死，最后竟活活撑死了?

要搞清楚这一点，首先必须了解，杜甫至高无上的诗坛地位，是在他死后多年才逐渐被后世认可的。也就是说，杜甫生前在诗坛并没有太大的名气。

别看他跟李白混过一段时间，一起旅游，一起喝酒，还“醉眠秋共被，携手日同行”[1]，俩人合盖一条被子，那是李白喝多了。

杜甫与李白的关系，怎么说呢？基本上属于粉丝与偶像的关系，不可相提并论。李白如皓月当空，光华四射；杜甫作为诗坛新秀，只是那时满天繁星中极为普通的一颗，其微弱的光芒完全被月光所掩盖。

这也难怪，你看李白写的，“云想衣裳花想容，春风拂槛露华浓”[2]“飞流直下三千尺，疑是银河落九天”[3]“君不见，黄河之水天上来，奔流到海不复回”[4]，笔走龙蛇，尽情讴歌大唐盛世与锦绣山河，所谓“绣口一吐，就是半个盛唐”[5]，满满的正能量，谁看了不喜欢？

再看杜甫，“朱门酒肉臭，路有冻死骨”[6]“国破山河在，城春草木深”[7]“万里悲秋常作客，百年多病独登台”[8]，还有“三吏”“三别”，《兵车行》《丽人行》《茅屋为秋风所破歌》，等等，无不悲天悯人、沉郁顿挫，全是揭露社会阴暗面的，这怎么行？没被封禁已是皇恩浩荡，就偷着乐吧，还想出名？

所以，杜甫的诗在生前并不被人看好，直到死后四十年，文坛领袖韩愈、诗坛翘楚白居易以及官居要职的诗人元稹等慧眼识珠，发现了杜甫诗的出类拔萃并极力推崇，给予杜甫极高的评价，杜诗的艺术价值才逐渐为人所知，杜甫在诗坛的地位也日渐提升，最终成为与李

---

① 杜甫《与李十二白同寻范十隐居》。
② 李白《清平调》（其一）。
③ 李白《望庐山瀑布》。
④ 李白《将进酒》。
⑤ 余光中《寻李白》。
⑥ 杜甫《自京赴奉先县咏怀五百字》。
⑦ 杜甫《春望》。
⑧ 杜甫《登高》。

白齐名的一线诗人。

放眼历史长河，纵观古今中外，这种生前默默无闻、穷困潦倒，死后声名鹊起的案例比比皆是，荷兰画家凡·高、法国画家莫奈、德国哲学家尼采、奥地利作家卡夫卡、美国作家梭罗、中国诗人海子、中国作家王小波等等，莫不如此。

只是，对当事人而言，人都已经不在了，这种身后名，又有什么意义呢？

贰

杜甫这一辈子，混得确实有点儿惨。

杜甫出生于唐玄宗先天元年（712年），河南巩县（今河南巩义）人，是名门望族京兆杜氏后人，家族世代为官：曾祖父杜依艺是巩县县令；祖父杜审言是高宗时期的进士、著名诗人，曾任修文馆直学士；父亲杜闲是朝议大夫、兖州司马。

杜甫的祖辈虽然都不是什么大官，但在当地享有很高的威望。

杜甫自幼聪慧，学习成绩始终保持年级前三名，“七龄思即壮，开口咏凤凰”[①]，七岁就已经会写诗了，想想看，李白七岁的时候还蹲在河边看老太太磨铁杵呢！可以说，与同龄人相比，杜甫已经赢在了起跑线上。

那么，杜甫后来是如何做到把一手好牌打得稀烂的呢？

上学时，大家其实都差不多，无非是你家庭条件好点儿，我家庭条件差点儿；你学习成绩好点儿，我学习成绩差点儿；你是课代表、

① 杜甫《壮游》。

学生会主席，我是校足球队候补守门员、运动会百米纪录保持者。说到底都是学生，本质上是一样的。

真正的人生分水岭是高考。

唐玄宗开元二十四年（736年），二十五岁的杜甫背负着亲人的期望和嘱托，信心满满，在洛阳参加进士考试，结果出师不利，名落孙山。

当然，这很正常，大多数人的科举之路都不是一帆风顺的，“不经历风雨怎么见彩虹，没有谁能随随便便成功”[①]，明年再考就是了。

落榜后的杜甫并没有气馁，因为父亲当时在山东兖州任司马，杜甫也随之到了兖州，一面复读，一面四处游历名山大川，“放荡齐赵间，裘马颇清狂”[②]。在此期间，杜甫登上东岳泰山，写下了那首著名的《望岳》：

岱宗夫如何？齐鲁青未了。
造化钟神秀，阴阳割昏晓。
荡胸生层云，决眦入归鸟。
会当凌绝顶，一览众山小。

从这首脍炙人口的诗中可以看出，尽管科举失利，没有工作，但当年的杜甫意气风发、豪情满怀，完全是一个积极向上的有志青年的

① 歌词，出自歌曲《真心英雄》，李宗盛作曲、作词，成龙、周华健、李宗盛、黄耀明演唱。最早收录于合辑《滚石九大天王　纵夏欢唱十二出好戏》，1993年6月发行。

② 杜甫《壮游》。

形象。

老话说得好：先成家，后立业。唐玄宗开元二十九年（741年），杜甫三十岁，到了而立之年，终于回到老家，迎娶杨氏为妻。

婚后，杜甫并没有放松学习，而是认真复读，积极备考，准备东山再起，直到遇见了李白。

这次偶然的相遇，彻底改变了杜甫的一生。

叁

唐玄宗天宝三载（744年）四月，正是洛阳最美的季节，春光明媚，牡丹飘香。

那一年，杜甫三十三岁，李白四十四岁。在东都洛阳的一家小酒馆里，李白一仰脖子喝下第八碗酒，对杜甫说：“真的，兄弟，不是我说你，你费劲巴拉考什么科举？你看你哥哥我，啥学历都没有，还不是照样混得好？”

杜甫羡慕不已，由衷地说：“李兄才高八斗，小弟自愧不如。”

李白毫不客气，又一碗酒下肚，嘴里嘟囔道：“学历不代表能力，文凭不代表水平。听哥哥一句劝，把应试科举的时间花在写诗上，多写几首好诗不比啥都强？说不定哪天就红了，到时候你要什么就有什么。”

杜甫被李白这么一劝，顿时信心满满：“李兄说的是，说的是，十年寒窗无人问，一诗成名天下知，我也期待那一天早点到来。”

李白后来明显有点儿喝高了：“不是我跟你吹啊，兄弟，哥哥我在长安的时候，进出皇宫跟回自己家一样，当今圣上亲自给我端茶，宰相杨国忠给我磨墨，高力士为我脱靴，夸杨贵妃的那些诗，都是我喝高兴了现场随便写的，一挥而就，立等可取。”

杜甫一面为李白斟酒，一面频频点头：“李兄，听说了，听说了，听说你在长安深得圣上器重，受封翰林供奉，春风得意，风生水起。哎，那好端端的怎么又不干了呢？”

李白脸一红，一摆手道：“嗜，别提了，喝酒，喝酒。服务员，再来两串大腰子。”

李白把话题岔开，杜甫也就没好意思再问。坊间传言，李白在长安恃才傲物，放浪形骸，得罪了不少权贵，皇帝一怒，将李白“赐金放还”①，给了李白一大笔遣散费，把他赶出了长安。

杜甫与李白的这次短暂会面，对杜甫的人生观产生了很大影响。两人分别后不久，又相约同游梁（今河南开封）、宋（今河南商丘），并偶遇诗人高适。三个人都没有工作，但手里都还有点儿闲钱，于是结伴同游，度过了一段醉生梦死的日子。

李白这个人，生活上放浪洒脱，相当随性，不仅表现在喝酒的时候，更表现在喝完酒以后，正所谓：

> 五陵年少金市东，银鞍白马度春风。
> 落花踏尽游何处，笑入胡姬酒肆中。②

但杜甫跟李白的个性截然不同。在古代，大多数诗人喝点儿酒动不动就上青楼，动不动就跟歌妓闹绯闻，作品（无论是唐诗还是宋词）中，动不动就涉及灯红酒绿、青楼妓馆。再看杜甫，他一生很少

---

① 《新唐书·李白传》。
② 李白《少年行》（其二）。

写青楼诗，只娶了一个老婆，没有纳过妾，流传至今的一千五百多首诗[1]，诗歌内容不是忧国忧民就是悲天悯人，偶尔写到女性，写得最多的就是自己的老婆和女儿。

所以，无论从诗歌内容还是从为人处世来说，杜甫被后世称为“诗圣”都实至名归。

肆

这次同游后不久，杜甫又跟李白在山东见过一次。当时李白正沉迷于道教，杜甫每天陪着李白炼丹求仙、饮酒访友，俩人度过了一段愉快的时光。

也就是在这次，杜甫写下了《与李十二白同寻范十隐居》，其中有几句是这么说的：

余亦东蒙客，怜君如弟兄。
醉眠秋共被，携手日同行。

出于礼貌，在饯别宴上，李白也回赠了一首《鲁郡东石门送杜二甫》，诗中说：

秋波落泗水，海色明徂徕。
飞蓬各自远，且尽手中杯。

① 宇文所安《盛唐诗》。

天下没有不散的筵席，啥也别说了，兄弟，喝酒吧。

这之后，杜甫再也没有见过李白。

有些人，注定只是生命中的过客。李白虽已远去，但对杜甫的影响巨大。别的不说，杜甫这几年就没好好复习功课，也放弃了好几次科举考试，诗倒是写了不少，但终究没有出现一炮走红的“爆款”。

周围很多朋友都劝杜甫：“阿杜，你可千万别跟李白学啊，他是没资格参加考试才靠写诗混社会的，你是官宦子弟，出身于书香世家，当然应该坚持走正道、考科举。”

李白为什么不能参加科举？史学界有各种说法。有人说，唐朝科举规定“工商不得入仕”①，李白出身于商人家庭，没有考试资格；有人说，李白的祖上在隋末获罪被流放西域，李白因为家族有犯罪前科，不被允许参加科举；还有人说，从李白自称“十五好剑术，遍干诸侯”②来看，他年轻时就是个社会不良青年。史料记载，李白“少任侠，手刃数人”③，他杀过人，所以没办法参加考试。

总之，李白是想考考不成，才装作视功名如粪土，其实如果真给他个官当，他比谁都兴奋。当年听到皇帝召他进京的消息，他什么反应？“仰天大笑出门去，我辈岂是蓬蒿人”④，笑得嘴都合不上。

朋友这番话，让杜甫幡然醒悟：“哎呀，老李差点儿误了我的前程！”啥也别说了，暂时放下诗词创作，重新拿起书本备考吧。

天宝六载（747年），唐玄宗为选拔人才，诏令天下“通一艺以

---

① 杜佑《通典》卷十四。
② 李白《与韩荆州书》。
③ 魏颢《李翰林集序》。
④ 李白《南陵别儿童入京》。

上”者会聚长安应试[1]，三十六岁的杜甫踌躇满志，欣然前往。

功夫不负有心人，这次考试，杜甫沉着应战，发挥稳定，自我感觉良好。不出意外的话，又出意外了。

万万没想到，这一年的主考官是以“口蜜腹剑”著称的李林甫。李林甫嫉贤妒能，竟然一个考生都不录取。唐玄宗询问其原因，他大言不惭地给出了四个字的回复：“野无遗贤。”[2]意思是，民间已经没有遗漏的人才了，所有的人才都已为朝廷所用。唐玄宗听了李林甫的话大喜过望，对李林甫的工作表示高度认可。

然而，李林甫这一句话，却断送了杜甫的科举之路。

伍

此后，杜甫只得剑走偏锋，通过“干谒”的办法，就是托关系走后门向达官显贵投递自己的个人简历和诗文作品，谋求职位。所谓“骑驴十三载，旅食京华春。朝扣富儿门，暮随肥马尘。残杯与冷炙，到处潜悲辛”[3]，杜甫在长安饱尝人间冷暖。

今非昔比，杜甫的爷爷和父亲早已过世，此时杜甫家道中落，朝中无人关照，结果可想而知。杜甫在长安漂泊多年，一直没有找到合适的工作。

直到天宝十载（751年），唐玄宗举行祭祀大典，杜甫呕心沥血写的马屁文章“三大礼赋”（《朝献太清宫赋》《朝享太庙赋》《有事于南郊赋》）得到唐玄宗的赏识，所以杜甫被特招进集贤院，获得

---

① 《资治通鉴·唐纪三十一》：“上欲广求天下之士，命通一艺以上皆诣京师。”

② 《资治通鉴·唐纪三十一》。

③ 杜甫《奉赠韦左丞丈二十二韵》。

“参列选序”资格，也就是排队等候分配工作。

一没有关系，二没有背景，三没学历，那就等吧！这一等就是四年。

人生有多少个四年可以浪费？天宝十四载（755年），已经四十四岁的杜甫被授予河西尉一职，大致相当于县长助理，负责辖区内治安巡逻、抓捕审案、征收赋税之类的杂事，还要迎来送往，应付各种检查、考核，天天加班，天天挨训，总之又辛苦又无聊，毫无成就感。

工资低，活儿多，还要挨骂，这谁受得了？杜甫干了没多久便提出辞职，要求调动工作，上级问：“这是你家啊？想去哪儿就去哪儿？想换地方也可以，除非降级使用。”杜甫表示无所谓，只要能离开这里就行。

于是，副县改正科，朝廷改授杜甫为右卫率府胄曹参军。听名字挺唬人，其实就是个兵器仓库管理员。

看仓库就看仓库吧，好歹还是个官，工作清闲，也不用怎么跟人打交道，正好可以抽出时间写诗。

遗憾的是，就是这样一份工作，杜甫也没能保住。短短几个月后，安史之乱爆发了。此后的杜甫，便开始了颠沛流离的苦难生活。

唐肃宗至德元载（756年）八月，杜甫将家小安置在鄜州（今陕西富县），只身北上前往灵武投奔唐肃宗，途中不幸被叛军俘虏，困于长安。好在杜甫官职低微，叛军看守不严，杜甫趁其不备，成功逃脱，逃出长安。

唐肃宗至德二载（757年）五月，杜甫冒着生命危险，一路餐风饮露，投奔已经转移到凤翔（今属陕西宝鸡）的唐肃宗，被授予左拾遗一职。这差不多是杜甫职业生涯的巅峰，但很快就因为上书替宰相房琯的全军覆没辩解，得罪了唐肃宗，次年被贬为华州（今陕西渭南）司功参军。

其间，杜甫目睹并亲身经历了战乱给百姓带来的深重苦难，有感而发，创作了唐诗中的不朽史诗“三吏”（《新安吏》《石壕吏》《潼关吏》）和“三别”（《新婚别》《垂老别》《无家别》）。

唐肃宗乾元二年（759年），四十八岁的杜甫几经辗转到了成都，在严武、高适的帮助下，在城西浣花溪畔安了家，其居所被后世称为“杜甫草堂”。

房子盖得怎样？怎么说呢，别看现在像个别墅一样，进去还要门票，但其实今天的杜甫草堂是后来重建的。当时的房子质量很差，大风一刮，屋顶的茅草乱飞，房子还漏雨，有杜甫亲笔所写《茅屋为秋风所破歌》为证，一家人饥寒交迫，杜甫还经常被村里的熊孩子们欺负，日子过得别提有多惨了。

陆

之后的几年，经历很多波折，杜甫真的以为人生就这样了，以为自己已经到达人生的谷底，但他并没有想到，生活其实还有很大的下降空间。

安史之乱虽已结束，但藩镇割据日益严重，各地军阀混战时有发生，大唐王朝早已失去了往日的辉煌与荣光，变得满目疮痍、日薄西山、摇摇欲坠。

唐代宗永泰元年（765年），杜甫离开成都；唐代宗大历元年（766年），杜甫漂泊到了夔州（今重庆奉节）。大历二年（767年）的某一日，他独自登上白帝城外的高台，极目远眺，百感交集，写下了被后世称为“七律之冠”的《登高》：

风急天高猿啸哀，渚清沙白鸟飞回。
无边落木萧萧下，不尽长江滚滚来。
万里悲秋常作客，百年多病独登台。
艰难苦恨繁霜鬓，潦倒新停浊酒杯。

同样是登高远眺，同样是有感而发：遥想当年，在泰山之巅，“会当凌绝顶，一览众山小”是何等的激情豪迈；如今，“万里悲秋常作客，百年多病独登台”，又是何等的感伤悲凉。

唉，人生啊！

树高千丈，叶落归根，常年漂泊在外的游子到了年老的时候，总是格外想念家乡。唐代宗大历三年（768年）正月，年老体衰、思乡心切的杜甫携家人从夔州出发，乘舟出峡，打算回老家河南。[①]

二月，杜甫一行抵达江陵（今属湖北荆州）；在江陵逗留了半年后，江陵发生变乱，杜甫一家人不得不南下公安（今湖北公安），结果公安又不太平，杜甫一行于年底漂泊到了岳州（今湖南岳阳）。在岳州，五十七岁的杜甫强撑着病体登上岳阳楼，一眼望去，八百里洞庭湖烟波浩渺、一望无际，回顾自己坎坷多舛的一生，杜甫不禁泪如雨下，提笔作《登岳阳楼》诗一首：

昔闻洞庭水，今上岳阳楼。
吴楚东南坼，乾坤日夜浮。

① 冯其庸《中国文学史稿》。

亲朋无一字，老病有孤舟。

戎马关山北，凭轩涕泗流。

次年年初，杜甫又从岳州前往衡州（今湖南衡阳）去投奔衡州刺史韦之晋，但韦之晋突然改任潭州（今湖南长沙），等杜甫赶到潭州，韦之晋就去世了，杜甫的求职愿望落了空。杜甫一家人在潭州待了大半年，唐代宗大历五年（770年）四月，潭州又发生兵乱，杜甫一行又乘船逃难到了衡州。在衡州，杜甫计划去郴州（今湖南郴州）投靠远房亲戚，但是不幸遇到洪灾，河水暴涨，无奈之下，杜甫只好改变计划，北上汉阳（今湖北汉阳），沿汉水回长安，暂时放弃回河南老家。途经湖南耒阳时，杜甫已是身无分文，连续五天没有吃过东西，饿得奄奄一息。

耒阳的聂县令是个文艺青年，很早就拜读过杜甫的诗，对杜甫十分敬佩，听说杜老师经过耒阳，生活遇到了困难，马上派人送来酒、肉。

船舱外，北风凛冽，带走了最后一片飘落的黄叶。

那天黄昏，天空开始飘起了雪花，那是770年的第一场雪，比以往时候来得更晚一些。

江水滚滚东逝，忧伤开满山岗，一出悲剧正在上演，结局谁也无法改变。

崔颢

有没有那么一首诗，会让你突然想起我

唐开元年间，长江岸边，黄鹤楼上。

负责黄鹤楼日常招待的管理员一面研墨，一面赔笑道：“李老师大驾光临，敝楼不胜荣幸，请李老师一定留下墨宝，以供天下瞻仰。”

李白手捻胡须，应承道：“好说，好说。”说完，在楼里来回踱步，打着腹稿。

李白酷爱旅游，每到一处风景名胜，必定题诗留念，就算对方没有盛情邀请，他本来也打算在这里题首诗的。

留言、题字、题诗是一项延续千百年的优良传统，不光朝廷官员和文人骚客喜欢，老百姓也有这个爱好。

李白一面浏览已有的题词，一面叹气：“唉，这都什么乱七八糟的！”

正看着，忽然，李白只觉眼前一亮，一首题为《黄鹤楼》的七言律诗映入眼帘：

昔人已乘黄鹤去，此地空余黄鹤楼。

黄鹤一去不复返，白云千载空悠悠。
晴川历历汉阳树，芳草萋萋鹦鹉洲。
日暮乡关何处是，烟波江上使人愁。

李白连读数遍，忍不住击节赞叹：“好诗！好诗啊！”

再看作者——崔颢，根本没听说过，李白当即陷入了沉思。

此时的李白名满天下，是社会公认的诗坛翘楚，难免有些偶像包袱：如此佳作竟出自一个无名作者之手，我题诗若不能超过他，岂不是自取其辱？

正盘算着，管理员手捧笔墨，恭恭敬敬递上前道：“李老师，都准备好了，请您挥毫吧。”

李白主意已定，转身向对方一拱手：“不好意思啊，今天没有灵感，恕在下不能从命。”

管理员一愣：什么情况？刚才答应得好好的，怎么突然变卦了？对一个景区来说，名人的题词非常重要，江西的滕王阁、山西的鹳雀楼，都因诗文而名扬四海，今年黄鹤楼要想晋级5A级景区，就指望李白的诗了。

管理员以为是李白嫌没有润笔费不肯写，于是小心翼翼地赔笑道：“李老师，您有什么要求尽管吩咐，润笔费我们已经准备好了。”

李白一摆手：“不是钱的事儿。”

管理员诧异道：“那是因为啥？”

李白用手一指：“眼前有景道不得，崔颢题诗在上头。你们这儿已经有一首旷世佳作了，李某甘拜下风，告辞了。”

说罢，转身下楼，扬长而去。

望着李白远去的背影，管理员一时不知所措。要知道，李白一向狂傲，在业务上从来就没服过谁，今天这是怎么了？

这时，下属上来汇报："中午醉仙楼的包间已经安排好了，您看几点开席？"

"饭局取消吧。"管理员这才缓过神来，叹了口气，然后一指墙上的题诗，"去打听一下，这个崔颢到底是个什么来头。"

壹

也难怪大家不认识崔颢。

崔颢出生于武周长安四年（704年），汴州（今河南开封）人，从小就喜欢写诗，但在盛唐时期，诗坛群星闪耀，崔颢的诗名完全被李白、杜甫、王维、高适、岑参、孟浩然、王之涣、王昌龄、贺知章等一众大咖的光环掩盖。在这首《黄鹤楼》之前，崔颢在业内确实没什么名气，很多人对他不熟，连他的名字都经常念错。我打赌就算是现在，能背出崔颢第二首诗的人也不多。

但崔颢绝非等闲之辈，别的不说，光是家庭出身就能吓你一跳，他是唐代顶级门阀士族"博陵崔氏"的后人。

这个"博陵崔氏"是姜子牙的后裔，祖先因为封地在崔邑（今山东济南章丘西北）改姓崔，从汉朝开始就是名门望族，人才辈出，仅唐代就出过十六个宰相。

唐玄宗开元十一年（723年），崔颢参加进士科举，一举成功，金榜题名，轰动一时。此时，崔颢才二十岁。

一次就考中，这在科举史上都不多见。要知道，古代的进士可比清华、北大难考多了，所谓"三十老明经，五十少进士"，意思是五十岁能考上进士都算年轻的。后世白居易二十九岁中进士已经很厉害了，兴奋地留下“慈恩塔下题名处，十七人中最少年”[①]的诗句。

像崔颢这样二十岁就进士及第的情况，是十分罕见的。与同龄人相比，崔颢可以说已经赢在了起跑线上，前途一片光明。

考中进士三年后，崔颢被分配到河南一个叫扶沟（今河南周口扶沟县）的小地方，做了一名小小的县尉。

在唐代，考中进士后等上个三年五载才安排工作很正常，一般都是从八品、九品干起，只有状元才会授予七品县令这样的职位。

没关系，来日方长，毕竟崔颢年轻，有年龄上的优势，只要政治上别站错队，早晚会出人头地。

但令人大跌眼镜的是，崔颢的仕途并不顺利。

史料记载，崔颢长期混迹于基层，一生事业的顶峰就是太仆寺丞、司勋员外郎。太仆寺丞负责朝廷马匹的饲养和调度，类似于孙悟空担任过的“弼马温”；司勋员外郎基本上是个闲职。这两个职位都是从六品的低微官职。

很多人不理解，崔颢青年才俊，根正苗红，二十岁进士及第，年少有为，文才出众，在官场混迹这么多年，为什么才混个副厅级？到底是什么影响了他的仕途？

---

① 王定保《唐摭言》卷三。

贰

平心而论，崔颢的个人素质和工作能力还是不错的。但是，怎么说呢，他就是在生活作风上不太检点，不太注意个人形象，群众反映不太好，所以影响了他的进步。

具体表现在哪些方面？据《新唐书》记载，崔颢“有文无行。好蒱博，嗜酒。娶妻惟择美者，俄又弃之，凡四五娶”。身为朝廷官员，崔颢有文才，无德行，既酗酒，又赌博，视婚姻如儿戏，离了四五次婚。

爱美之心人皆有之，贪图美色可以理解，古代是允许纳妾的，大不了多娶几房妾。崔颢倒好，一有新欢就休妻，始乱终弃，完全一副“渣男”的做派，社会影响极为恶劣。

当然，影响崔颢进步的原因还不止这些。

崔颢爱好文学，平时喜欢写诗。这本来是件好事，但崔颢喜欢写什么？史料记载，崔颢文风轻浮，喜欢写一些艳词，有三俗之嫌。①

当时有个叫李邕的官员（李白也拜访过，被李邕瞧不起，气愤之下写过《上李邕》一诗），也是个文学爱好者，有心提拔崔颢，主动邀请他到家中一叙。

两人一见面，李邕就问：“小崔啊，最近写了什么好诗啊？”崔颢很激动，当即献诗一首，名为《王家少妇》：

十五嫁王昌，盈盈入画堂。
自矜年最少，复倚婿为郎。

---

① 辛文房《唐才子传·崔颢》：“少年为诗，意浮艳，多陷轻薄。”

舞爱前溪绿，歌怜子夜长。
闲来斗百草，度日不成妆。

这是一首五言律诗，对仗工整，朗朗上口，感情到位，表达生动，而且很有画面感。崔颢自我感觉还不错，没想到，李邕读罢，面色一沉，叱责道：“小儿无礼！”[①]竟拂袖而去。当时就把崔颢晾在那儿了，崔颢一下子蒙了：这是什么情况？

此事在《新唐书》和《唐才子传》中均有记载。关于这件事，史学界有多种解读。

有人说李邕是正人君子，见不得此类艳词；有人说崔颢在诗中以美人出嫁比喻自己被知音赏识，在李邕看来是一种侮辱；还有人说，诗中“十五嫁王昌”一句与李邕的家室有关，有影射之嫌。

总之一句话，领导很生气，后果很严重，因为一首“艳词”，崔颢的晋升之路从此受阻。

叁

什么叫“艳词”？古代的所谓“艳词”，并不是我们想的那种。实际上，凡是描写美人、爱情、闺怨、相思、感怀，以及酒宴、歌舞等娱乐场景的，统统归为艳词，并不仅限于色情。

我们耳熟能详的许多诗词大咖都写过艳词，但你把他们的作品翻出来看看，最多是格调不高，根本够不上低俗的标准。只有极个别作者，比如宋徽宗赵佶，曾经给开封某青楼的当家花旦李师师写过一首

① 《新唐书·崔颢传》。

叫《醉春风》的词，确有低俗色情之嫌。

再来看崔颢的那些所谓“艳词”。比如，描写男女搭讪的《长干行》：

君家何处住？妾住在横塘。
停船暂借问，或恐是同乡。

比如，描写冷宫怨妇的《长门怨》：

君王宠初歇，弃妾长门宫。
紫殿青苔满，高楼明月空。
夜愁生枕席，春意罢帘栊。
泣尽无人问，容华落镜中。

比如，描写船家女生活的《川上女》：

川上女，晚妆鲜，日落青渚试轻楫。
汀长花满正回船，暮来浪起风转紧。
自言此去横塘近，绿江无伴夜独行，独行心绪愁无尽。

比如，描写失足女青年的《邯郸宫人怨》：

邯郸陌上三月春，暮行逢见一妇人。
自言乡里本燕赵，少小随家西入秦。
母兄怜爱无俦侣，五岁名为阿娇女。

七岁丰茸好颜色，八岁黠惠能言语。
十三兄弟教诗书，十五青楼学歌舞。
我家青楼临道傍，纱窗绮幔暗闻香。
日暮笙歌君驻马，春日妆梳妾断肠。
…………

这首诗比较长，就不全文抄录了，但是大家看一看，哪有一点儿香艳色情？

崔颢的诗作流传至今有四十二首，其中所谓“艳词”有十五首，占比超过三分之一。这些“艳词”顶多算是儿女情长、缠绵悱恻，但从内容上看，并没有什么问题，跟宋徽宗的词相比，简直就是一股清流。

肆

平心而论，历史上写这种诗的人太多了，虽然不是什么主旋律，但也无伤大雅，且颇有生活情趣，为广大人民群众所喜闻乐见，如果就因为这个得不到提拔，理由未免过于牵强了，讲不通。

但是，事情就是这么个事情，情况就是这么个情况。崔颢仕途受阻，颇受打击，一气之下，索性离开了长安，开始浪迹天涯，四处漂泊。

也就是从这个时候开始，崔颢诗风突变，“晚节忽变常体，风骨凛然，一窥塞垣，状极戎旅”[①]。此后，崔颢开始大量创作边塞诗和

① 辛文房《唐才子传·崔颢》。

山水诗。

比如这首《辽西作》：

燕郊芳岁晚，残雪冻边城。
四月青草合，辽阳春水生。
胡人正牧马，汉将日征兵。
露重宝刀湿，沙虚金鼓鸣。
寒衣著已尽，春服与谁成。
寄语洛阳使，为传边塞情。

这首诗写得慷慨豪迈、雄浑奔放，尽得边塞诗之精髓，颇有高适、岑参、王之涣、王昌龄的风格。

所有读过这首诗的人都感叹道：“小崔变了。”

崔颢在外漂泊长达二十年，足迹遍布大江南北。就是在此期间，崔颢写出了传世名作《黄鹤楼》。

此诗意境开阔，气魄宏大，堪称神品，就连诗仙李白都为之折服。南宋严羽也在《沧浪诗话》中认为：“唐人七言律诗，当以崔颢《黄鹤楼》为第一。”清代蘅塘退士编选的《唐诗三百首》，更是将《黄鹤楼》放在了“七言律诗”的首篇，一举奠定了崔颢的诗坛地位。

崔颢晚年回到长安，任司勋员外郎。

唐玄宗天宝十三载（754年），崔颢死于从长安返回故乡开封的途中，享年五十一岁。

伍

也许临终之前，崔颢回顾自己的一生，会为自己的仕途惋惜，但一定会对自己的诗自信满满：有没有那么一首诗，会让你突然想起我？

仙人驾鹤西行，空余危楼高耸。站在黄鹤楼上，极目远眺，只见暮色苍茫，倦鸟归林，池鱼回渊，烟波浩渺。

此时，另外一首与黄鹤楼有关的诗正在民间广为流传：

故人西辞黄鹤楼，烟花三月下扬州。
孤帆远影碧空尽，唯见长江天际流。①

坊间传言，当年李白看到崔颢的诗，一时才思枯竭，留下那句“眼前有景道不得，崔颢题诗在上头”后搁笔而去，事后想想，颇为懊悔。

不久，好友孟浩然乘船去广陵（今江苏扬州）旅游，李白在百忙之中抽空到江边为其送行。

开船前，李白非要拉着孟浩然登黄鹤楼。孟浩然推辞道：“我年纪大了腿脚不好，咱别上了吧，一会儿船就开了。”李白死活不答应，硬把孟浩然拉了上去。

在楼上，李白望着窗外的风景，漫不经心地随口吟诵出上面那首诗。

据黄鹤楼的管理员后来回忆，当时孟浩然听了连声赞叹：“高！

① 李白《黄鹤楼送孟浩然之广陵》。

实在是高！比崔颢那首不知高到哪里去了！到底是诗仙，这诗坛第一把交椅，非老弟莫属！”

李白手捻胡须，微微一笑，谦虚道：“哪里哪里，突发灵感，随口之作，让孟哥见笑了。”

此时，正值烟花三月，滔滔江流，莽莽平川。鹦鹉洲上，烟波浩浩，芳草萋萋，一片渺茫。

李益

一个多情的、痴情的、绝情的、无情的人

唐宪宗元和四年（809年），一部名为《霍小玉传》的传奇（小说）在长安横空出世并迅速走红，雄踞各大书店畅销书排行榜榜首数月，一时成为街头巷尾热议的话题。

无论是官员还是书生，只要是识字的，一见面不出三句话准有人问："看过《霍小玉传》吗？没看过？赶紧买去，最近这本书可火了。"

小说的作者叫蒋防，没什么名气，书中描写的是一个老套的故事：才子遇佳人，始乱终弃。这样的情节在生活中屡见不鲜，并不离奇，但这部小说为何能一炮走红？是花钱买热搜了，还是雇水军炒作了？

并没有。《霍小玉传》之所以引起社会广泛关注，不仅是因为霍小玉是长安名妓，更是因为书中的男主角是朝廷官员，时任正五品中书舍人的大诗人李益。

壹

李益的名字，可能很多人都没听过，毕竟唐代诗坛群星荟萃、大咖云集，如果不是一线诗人，很容易被忽视。但不管在后世的待遇如何，李益在当时绝对是红极一时的诗坛大V。

李益出生于唐玄宗天宝七载（748年），陇西姑臧（今甘肃武威）人，出身“陇西李氏”，祖辈世代为官。早在南北朝时期，陇西李氏便与范阳卢氏、清河崔氏、荥阳郑氏、太原王氏，并称五大家族，势力庞大。唐朝建立后，李唐皇族也自称源于陇西李氏，使得李氏家族愈加显贵。

身为世家子弟，李益并没有像有些人那样依靠父辈，坐享其成，花天酒地，游戏人生。相反，他勤奋刻苦，热爱学习，尤其擅长诗词，屡有佳作问世。

比如，这首描写洛阳牡丹的诗：

紫蕊丛开未到家，却教游客赏繁华。
始知年少求名处，满眼空中别有花。[①]

诗中将蜂拥而至的赏花游客比作追逐功名的少年，构思巧妙，立意新颖，饱含哲理，耐人寻味，颇有大家风范。

当时，李益的诗与另一位皇族子弟李贺的诗在乐府诗领域齐名。[②]《新唐书》中说，李益每写完一首诗，宫廷乐师争相抢购，谱成曲后，专门演唱给皇帝听。[③]

唐代宗大历四年（769年），李益参加科举，进士及第，轰动一

① 李益《牡丹》。
② 《新唐书·李益传》：“贞元末，名与宗人贺相埒。”
③ 《新唐书·李益传》：“每一篇成，乐工争以赂求取之，被声歌，供奉天子。”

时，因为当时他才二十二岁。[1]

那年一同上榜的共有二十六人，大多是复读生，有的已经考了几十年，须发皆白。李益如此年轻便考中了进士，在当时非常少见。

李益一鼓作气，第二年再赴长安参加制科考试，再次顺利通过。按照如此顺风顺水的势头，不出意外的话，李益将很快就将走上领导岗位，成为大唐的年轻官员。

就在长安等消息的这段时间里，百无聊赖的李益遇到了长安名妓霍小玉。

贰

世家子弟，青年才俊，李益从小也是见过大世面的，但在陇西那种地方，就娱乐业这块儿，怎么能跟长安比？

后来，因为西北战乱，李益全家迁往东都洛阳，才算长了点儿见识。

金谷园中柳，春来似舞腰。
何堪好风景，独上洛阳桥。[2]

洛阳人好客，李益每次从一些地方经过，总有几个漂亮的小姐姐

---

① 据朱自清《李贺年谱补记》考证："盖据李尚书集从军诗序云，'君虞（益字）长始八岁，燕戎乱作'。'燕戎'指安禄山，事在唐玄宗天宝十四载（七五五），益是年八岁，则当生于天宝七载（七四八）。又新书本传云'（文宗）太和初，以礼部尚书致仕，卒。'若在太和元年（八二七），则益当年八十也。益以代宗大历四年（七六九）进士擢第，年二十二。"注：《新唐书》中写作"大和"，一作"太和"，下同。

② 李益《上洛桥》。

站在门口热情相邀：“帅哥，进来坐坐嘛。”

李益当时正忙于备考，心无旁骛，所以总是红着脸推托：“不了，不了，要考试了，我模拟试卷还没做完呢。”

虽然婉言谢绝，但过后李益不免心神荡漾，充满好奇。

现在好了，十年寒窗苦读，终于通过了考试，只需要坐等录取通知书了。这段难得的空闲时间，不该好好放松一下，庆祝一下吗？

西京长安，国际大都市，比洛阳更繁华、更热闹，十里长街，灯红酒绿，车水马龙，青楼妓馆鳞次栉比，应有尽有。李益正值青春年少，孤身一人客居长安，无所事事，一天下午，不知不觉走进了胜业坊古寺巷一处青楼。

第一次来这种地方，李益内心不免有些忐忑，但表面上还是尽量表现得很有经验，于是他气宇轩昂，目不斜视，大大咧咧走向前台，仗着身上鼓鼓囊囊的腰包，直接点了青楼的头牌。

那是李益第一次见到霍小玉。

当小玉进门的那一刻，李益只觉眼前一亮，一时惊为天人。《霍小玉传》中如此描写道：“但觉一室之中，若琼林玉树，互相照曜，转盼精彩射人。”

叁

孤男寡女同处一室，李益难免春心荡漾，为避免尴尬，便故作镇静，问东问西：“姑娘多大了？哪里人啊？干这个多久了？为啥要做这一行啊？”诸如此类。

对于这种“查户口”的客人，经验丰富的歌妓都有一套固定的说辞，比如父赌、母病、弟读书之类。小玉也不例外，说自己今年十六岁，本是良家少女，母亲原是长安霍王府上的婢女，霍王死后，母女二人被赶出了王府，走投无路，生活所迫，这才沦为歌妓。

李益对小玉的这番话深信不疑，这么漂亮的姑娘，怎么可能骗人？

事实也是如此，小玉气质高雅，言谈举止与其他歌妓完全不同，“言叙温和，辞气宛媚”[1]，且多才多艺，现场为李益演唱了一首歌曲：

微风惊暮坐，临牖思悠哉。
开门复动竹，疑是故人来。
时滴枝上露，稍沾阶下苔。
何当一入幌，为拂绿琴埃。[2]

莺声燕语，婉转悠扬，李益听罢，惊喜万分，因为这首歌的歌词正是自己所写的诗。

小玉听说自己最喜欢的歌的词作者就是眼前这位公子，不由芳心大动，对李益更是爱慕有加。二人双双陷入情网，你侬我侬。

当晚，李益留宿青楼，与小玉缱绻缠绵。《霍小玉传》一书中如此写道：“解罗衣之际，态有余妍，低帏昵枕，极其欢爱。”

李益对霍小玉十分满意，认为宋玉梦到的巫山神女、曹植遇到的洛水神女也不过如此。[3]

---

① 蒋防《霍小玉传》。
② 李益《竹窗闻风寄苗发司空曙》。
③ 蒋防《霍小玉传》：“生自以为巫山、洛浦不过也。”

霍小玉却沉默不语，过了许久，忽然嘤嘤地哭了起来，一下把李益给整蒙了：“宝宝咋了？哭啥呀？”

小玉抽泣道：“公子，我是做这一行的，知道自己配不上你。现在你喜欢我，只是因为我年轻漂亮，一旦我年老色衰，你肯定移情别恋，抛弃我，想到这里，不由得悲从中来。”①

李益一听，当即指天发誓：“不可能，绝对不可能！‘多少人曾爱慕你年轻时的容颜，可知谁愿承受岁月无情的变迁；多少人曾在你生命中来了又还，可知一生有你我都陪在你身边！’②”

小玉扭着身子噘着小嘴：“我不信，我不信，男人的嘴，骗人的鬼。”

李益急了：“不信？我给你立个字据。”当场取出笔墨，奋笔疾书，立下誓言：“我李益此生非霍小玉不娶。‘山无陵，江水为竭，冬雷震震，夏雨雪，天地合，乃敢与君绝。’③”援笔成章，引谕山河，指诚日月，句句恳切，闻之动人。

霍小玉见此，这才露出了满意的笑容。

肆

就这样，一对才子佳人幸福地生活在了一起，日复一日，度过了一段激情燃烧的岁月。

---

① 蒋防《霍小玉传》：“妾本倡家，自知非匹。今以色爱，托其仁贤。但虑一旦色衰，恩移情替，使女萝无托，秋扇见捐。极欢之际，不觉悲至。”

② 歌词，出自歌曲《一生有你》，卢庚戌作曲、作词，水木年华演唱。收录于同名专辑《一生有你》，2001年9月发行。

③ 佚名《上邪》。

欢乐的时光总是短暂的。唐代宗大历六年（771年）春，李益终于等来了朝廷的诏命，被任命为陕西郑县（今陕西渭南华州区）主簿，相当于县长秘书，即刻上任。

暮春时节，草长莺飞，小玉十里相送，依依惜别。李益安慰小玉："宝宝放心，等我那边安顿好了，就回来接你。"

霍小玉年纪虽小，但阅人无数，心里很清楚，以李益的家世和身份，不可能与自己白头偕老，还不如现实一点儿，不求天长地久，但求曾经拥有。她说："我十八，你二十四，你距离三十而立还有六年时间，我希望能跟你好好享受这六年，我把自己最美好的青春年华给你，六年后就任你去迎娶大家闺秀，然后我剃发出家，这辈子也就满足了。"①

李益听罢，十分感动："别瞎说，什么六年？'说的是一辈子，差一年，一个月，一天，一个时辰，都不算一辈子。'②'你要相信我，再不用多久，我要你和我今生一起度过。'③"说罢，转身离去。

当时，两个人谁也没想到，这一转身，就是一辈子。后面发生的事情不难想象，李益走的完全是"渣男"薄情寡义、喜新厌旧、始乱终弃的常规流程。

---

① 蒋防《霍小玉传》："妾年始十八，君才二十有二，迨君壮室之秋，犹有八岁。一生欢爱，愿毕此期。然后妙选高门，以谐秦晋，亦未为晚。妾便舍弃人事，剪发披缁，夙昔之愿，于此足矣。"据《辞海》，李益生于748年，此时（771年）虚岁应为二十四岁，即使按周岁来算也是二十三岁，非二十二岁。本文采信《辞海》说法。

② 台词，出自电影《霸王别姬》，陈凯歌导演，李碧华、芦苇编剧，张国荣、巩俐、张丰毅领衔主演。1993年1月1日在中国香港上映，1993年7月26日在中国内地上映。

③ 歌词，出自歌曲《其实不想走》，刘志宏作词、作曲，周华健演唱。收录于专辑《风雨无阻》，1994年6月发行。

家里已经为李益定了亲，女方是大户人家，在当地颇有势力。“妈宝男”李益不敢忤逆父母，权衡利弊之后，便答应了这桩婚事。

可怜霍小玉这边还蒙在鼓里，苦苦等待，却一直没有李益的消息，朝思暮想，夜不能寐。

霍小玉猜李益可能是变心了，闺蜜劝小玉道：“不可能，怎么会！李公子不是那种人，啥事你别总往坏处想。”

霍小玉派人去郑县打探后才得知，李益已离开郑县，此时正在长安装修新房，筹备婚礼——当然，新娘不是自己。

没想到啊没想到，日思夜想的心上人竟与自己在同一座城市。“不怕你另有新欢，你倒是跟我说一声啊！就这样玩失踪，玩人间蒸发，躲着不见我，考虑过我的感受吗？”霍小玉越想越生气，越想越心痛，悲愤交加，抑郁成疾，不久便一病不起。

伍

霍小玉在长安娱乐圈还是有些名气的，当初傍上青年才俊李益，招来许多同行的嫉妒，她们如今听说小玉被甩了，不免幸灾乐祸：“我说什么来着？当时看她那么风光，那么得意，我就知道没有好下场，男人靠得住，母猪能上树。”

只有闺蜜守在小玉身旁，反复开导小玉：“天涯何处无芳草，不行咱再重新找，何必一棵树上吊死？多试几棵嘛。”

多情女偏遇薄情郎，霍小玉的遭遇很快传遍了长安。有人同情，有人嘲笑，有人愤怒。一位平素喜欢穿黄色麻布衫的无名侠客，是小玉多年前的客人，对小玉倾慕已久，眼见小玉被爱折磨，危在旦夕，决定出手相助，主持公道。

在一个月黑风高的夜晚，黄衣侠客直接把李益绑架到了霍小玉家里。李益见到病榻上的霍小玉，羞愧难当，一时无言以对。

霍小玉此时已病入膏肓，强撑着坐起来对李益说：“我现在这个样子，都是拜你所赐，咱们就此永别。我死之后一定化为厉鬼，让你和你以后的妻子终日不得安宁！”①说罢，喷出一口鲜血，气绝身亡。

霍小玉之死，在社会上引发强烈反响。公众舆论一边倒，纷纷谴责李益的薄情寡义。李益身心受到极大刺激，自此郁郁寡欢。更要命的是，霍小玉临死前留下的恶毒诅咒，也开始应验。

婚后，李益在家中不时看到一些诡异的景象，开始疑神疑鬼，总感觉妻子身边有个陌生男子，趁自己不在家行苟且之事，由此百般猜忌、处处防范。夫妻终日为此争吵，最终一拍两散。

之后，李益又结了两次婚，每次都无端猜疑妻子有外遇，并为此对妻子大打出手，实施家暴，其心理变态程度和行为恶劣程度，比电视剧《不要和陌生人说话》里的安嘉和有过之而无不及。

最后，李益的疑心病发展到出门前要用浴盆把妻子扣在床上，周围贴上封条，回来后详细查看。②总之，李益后来心理极度扭曲，到了变态的程度。

陆

一个家庭生活不和谐的人，工作上也很难有所建树。李益在县主簿的位置上干了三年，不但一直得不到升迁，还天天被上级呵斥，

---

① 蒋防《霍小玉传》：“李君李君，今当永诀！我死之后，必为厉鬼，使君妻妾，终日不安！”

② 蒋防《霍小玉传》：“出则以浴斛复营于床，周回封署，归必详视……”

一气之下弃官辞职，开始在各地方节度使的幕府中任职。

此后，李益辗转苍凉大漠、西部边陲，开始了漫长的军旅生涯。风沙吹老了岁月，也改变了一个人的性格，李益的诗歌由此转型。

在幕府工作有时间写诗吗？有，李益在军中只是个幕僚，没有编制，和平时期没有战斗任务，所以有大量时间搞文学创作。

以往李益的诗都写点儿什么？写闺中怨妇：

嫁得瞿塘贾，朝朝误妾期。
早知潮有信，嫁与弄潮儿。

这首名为《江南曲》的乐府诗是李益早期的代表作，全诗以白描手法叙述了一位丈夫常年在外经商的妇人的闺怨之情，心理描写传神入微，寥寥数语，道出了一位妇人的心声，深受女性读者的喜爱。

除了写闺怨，李益还喜欢写一些感时伤春、思乡离愁的诗，比如这首流传很广的《行舟》：

柳花飞入正行舟，卧引菱花信碧流。
闻道风光满扬子，天晴共上望乡楼。

此外，还有一些酬赠送别的诗。比如这首《喜见外弟又言别》：

十年离乱后，长大一相逢。
问姓惊初见，称名忆旧容。
别来沧海事，语罢暮天钟。
明日巴陵道，秋山又几重。

其中的“问姓惊初见，称名忆旧容”是流传甚广的名句。

总体来说，李益早期的诗歌，特色并不鲜明。

柒

现在的情况就不一样了，经过几十年军旅生活的磨炼，李益早已脱胎换骨，开始把目光投向广阔的大漠边疆，创作了一大批脍炙人口、广受好评的边塞诗。

王维、岑参、高适、王昌龄等诗坛前辈也以边塞诗见长，但他们大多只有短暂的边塞生活体验，而李益则不同。李益从军十年[①]，有丰富的边塞生活体验，所以他能创作出丰富的边塞诗篇。比如这首《夜上受降城闻笛》：

回乐烽前沙似雪，受降城外月如霜。
不知何处吹芦管，一夜征人尽望乡。

没有亲身经历的人，很难写出这种深切的思乡之情。还有这首《塞下曲》：

伏波惟愿裹尸还，定远何须生入关。
莫遣只轮归海窟，仍留一箭射天山。

---

① 辛文房《唐才子传·李益》：“（李益）从军十年，运筹决策，尤其所长。往往鞍马间为文，横槊赋诗，故多抑扬激厉悲离之作，高适、岑参之流亚也。”

还有《从军北征》：

天山雪后海风寒，横笛偏吹《行路难》。
碛里征人三十万，一时回首月中看。

可以看出，李益的边塞诗跟以往的边塞诗相比，似乎缺少一些乐观豪迈的英雄气概，大多描写的是将士久戍思归之情，更多体现的是凄凉与悲壮。然而，也正是由于这一点，李益的边塞诗与前人的同类诗产生了差异，独具特色，而且更具人文关怀，更能打动人心。

李益的创作颇丰，现存《李益集》两卷。其中以边塞诗最受好评，尤其是他的七言绝句，业内认为可与“七绝圣手”王昌龄的相提并论，李益也因此被后世贴上了“边塞诗人”的标签。

唐宪宗元和元年（806年），已年近六旬的李益终于结束了异乡漂泊，被朝廷召回京城任职，起初担任都官郎中，后被提拔为中书舍人。

就在他担任中书舍人期间，那本《霍小玉传》横空出世，在坊间迅速流传。

捌

作者蒋防虽然后来官居翰林学士、连州刺史，但在当时尚未步入仕途，只是一个普通作家，为什么敢公然发表这种诋毁朝廷高官的小说？李益堂堂五品大员，面对这样的负面新闻，为什么没有公开辟谣，而是任由其在社会上大肆流传？

有人说，这篇小说背后有很深的政治背景。

当时正值朝廷内部“牛李党争”白热化之际，蒋防的政治倾向与李绅、元稹一样，他们几人同属李德裕集团，而李益则是牛僧孺集团的人，双方水火不容。

正是在李绅和元稹的授意下，蒋防依据外界传言写了这篇小说，重点攻击李益薄情寡义、道德败坏、心理变态的私人生活。

喜新厌旧、背弃婚约这种事很常见，元稹也干过不少，也是闹得满城风雨，可你看人家通过创作《莺莺传》，把责任全归在女方身上，把自己始乱终弃的道德污点洗得一干二净。以李益当时的职位，对于外界的非议，他根本无力辩驳，只能听之任之。

还有人说，小说中所描述的情况基本属实。

霍小玉确实是殉情而死，李益也确实有心理疾病。不只小说里这么写，与李益同时代的官员、学者李肇在《唐国史补》中也写过李益年轻时有疑心病[1]。

李益目睹昔日恋人死在自己面前，身心受到极大刺激，对霍小玉满怀愧疚，悔恨交加，从此“伤情感物，郁郁不乐”[2]，所以才对《霍小玉传》的流传听之任之，多少有些自暴自弃、自我惩罚的心理。

李益后来的一首《写情》诗，表达的正是这样一种复杂的心情：

水纹珍簟思悠悠，千里佳期一夕休。
从此无心爱良夜，任他明月下西楼。

令李益的政治对手没想到的是，《霍小玉传》的流传并没有影响到李益的仕途，相反，李益此后一路升迁，历任河南少尹、秘书少

---

① 李肇《唐国史补》卷中：“散骑常侍李益，少有疑病。”
② 蒋防《霍小玉传》。

监、集贤殿学士、太子右庶子、右散骑常侍等职，最后官居正三品礼部尚书。

唐文宗大和三年（829年），李益以八十二岁高龄去世[①]，成为唐代最长寿的诗人之一。

过了七百五十多年，明代戏剧家汤显祖以《霍小玉传》为蓝本，创作了戏曲《紫钗记》。《紫钗记》上演后，再次引起轰动。

一部传奇，一出戏剧，刻画了李益始乱终弃、薄情寡义的形象。后世提起“李益”这个名字，几乎已经忘了他是中唐边塞诗的代表人物，只记得他是那个害死了一代名妓霍小玉的“渣男”。

① 《旧唐书·李益传》：“大和初，以礼部尚书致仕，卒。”据《辞海》，李益生于748年，卒于829年（大和三年）。由此推算，李益享寿应为八十二岁。本文采信《辞海》说法。

孟郊

从失意中寻找诗意

唐德宗贞元十二年（796年）[1]，早春二月，长安城礼部南院东墙外，熙熙攘攘，人头攒动，万众瞩目的进士科放榜日到了。

这是决定命运的时刻，举子们寒窗苦读数十载，为的就是今天。

四十六岁的孟郊在人群中踮着脚尖，拼命伸长了脖子，紧张地在榜单上寻找自己的名字。那一刻，孟郊感觉自己的心都快要跳出来了。

突然，只听孟郊大叫一声，众人以为有人发疯了。紧接着，只见他拍手大笑道："呀！我中了！中了！"他手舞足蹈，冲出人群，一边跑一边喊："我中了！我中了！"

众人望着他疯跑的背影，面面相觑。

壹

疯就疯吧，再不疯就老了。"等了好久终于等到今天，梦了好久

① 此处采信五代王定保《唐摭言》卷十的说法："（郊）贞元十二年及第。"湖州市人民政府网站关于"孟郊"的词条亦从此说。

终于把梦实现”[①]。不久，一首名为《登科后》的诗开始在社会上广为流传：

昔日龌龊不足夸，今朝放荡思无涯。
春风得意马蹄疾，一日看尽长安花。

字里行间，那种扬眉吐气的喜悦之情，那种心花怒放的得意之态，简直溢于言表。

没错，作者正是金榜题名后欣喜若狂的大龄考生孟郊。

这首诗后来成为孟郊流传最广的两首诗之一，而且为后世贡献了两个成语，一个叫“春风得意”，一个叫“走马观花”。

但许多人对这首诗颇有微词：有人说他做人太没格局、太没风度，中榜高兴到失态，简直没出息[②]；有人说他都快五十岁了才考中，没啥可得意的，又是放荡天涯，又是写诗自夸，就冲这一点，这人也不会有什么前途[③]；还有人说长安花不可一日看尽，要留着日后慢慢欣赏，“一日看尽”是不祥的谶语，预示着此人仕途不会走得太远。[④]

总之，社会各界对孟郊中第后的志得意满颇为不忿。毕竟能考上进士的人是极少数，当周围人都饿肚子的时候，你吃肉不吧唧嘴，既

① 歌词，出自歌曲《今天》，黄庆元作曲，陈乐融作词，刘德华演唱。收录于专辑《真永远》，1995年8月发行。

② 辛文房《唐才子传·孟郊》：“气度窘促。”

③ 葛立方《韵语阳秋》卷十八：“年五十始得一第，而放荡无涯，哦诗夸咏，非能自持者，其不至远大，宜哉。”据《辞海》，孟郊是近五十岁中进士，而非五十岁中进士。

④ 瞿佑《归田诗话》卷上：“然长安花，一日岂能看尽？此亦谶其不至远大之兆。”

是一种善良，也是一种美德，你得尽量克制自己，照顾一下别人的感受。

不行，孟郊做不到，根本做不到。没有经历过别人的痛苦就不能与之共情。鲁迅也说过："楼下一个男人病得要死，那间壁的一家唱着留声机；对面是弄孩子。楼上有两人狂笑；还有打牌声。河中的船上有女人哭着她死去的母亲。人类的悲欢并不相通，我只觉得他们吵闹。"①

孟郊，字东野，唐玄宗天宝十载（751年）出生于湖州武康（今浙江德清武康镇），父亲是昆山县尉，一个芝麻大的小官。孟郊童年时父亲就去世了，这让原本就不富裕的孟家雪上加霜。

孟郊和他的两个弟弟全靠母亲含辛茹苦拉扯长大，在这样的单亲家庭里，孟郊从小养成了孤僻的性格。《旧唐书》中说他"性孤僻寡合"，《新唐书》中说他"性介，少谐合"，总之寡言少语不合群，一天到晚就是闷头看书。

长大后，孟郊沉迷于写诗，曾一度离家出走，隐居嵩山。后来，又四处云游，与诗僧皎然、茶圣陆羽、诗人韦应物等有诗词往来，在诗坛也算混出了一点儿名气。

日子就这样一天天过去，孟郊似乎很满足于这样的生活，但他的母亲看不下去了，对他说："儿啊，你不能再这样混下去了，你看看你都多大了，也不找个正经工作，写诗能当饭吃吗？你得参加科考，考取功名才是正路啊。"

孟郊是个大孝子，平时最听母亲的话了，当即答应母亲，一定好好复习功课，准备科举考试。

---

① 鲁迅《小杂感》。

这么多年来，家里的农活儿全靠母亲和两个弟弟，孟郊两耳不闻田里事，一心只读圣贤书，不说学富五车、才高八斗，自认为考取个功名应该不是什么难事。

孟郊万万没想到，科举之路竟是如此艰难。

贰

唐代科举不比宋代，当时尚未扩招，进士科全国一年也就录取二三十人，难度之大，可想而知。

考生首先要通过各州县组织的院试，再通过省里组织的乡试，合格后才有资格进京参加会试。孟郊一共参加了多少次院试、乡试，谁也不知道，史料中没有记载，只知道他直到四十岁，才通过湖州乡贡，获得进士科的考试资格。

临行前，母亲千叮咛万嘱咐一定要好好考，孟郊不耐烦道：“您就等着我的好消息吧。”

唐德宗贞元八年（792年），孟郊离开家乡，踌躇满志，怀着必胜的信心来到长安。在考场上，他面对试卷，沉着冷静，笔走如飞，一气呵成。

经过漫长的等待，进士科终于放榜了，孟郊兴冲冲跑去看榜，从头看到尾也找不到自己的名字。

希望有多大，失望就有多大。是的，孟郊落榜了。

落榜生的痛苦谁懂啊？当晚，孟郊辗转反侧，夜不能眠，起床赋《落第》诗一首：

晓月难为光，愁人难为肠。

谁言春物荣，独见叶上霜。
雕鹗失势病，鹪鹩假翼翔。
弃置复弃置，情如刀剑伤。

辜负了亲人的期望，孟郊心情失落，只能垂头丧气回到家乡，母亲没有一丝埋怨，炖了满满一锅鸡汤安慰他："没关系，人生不如意十有八九，花开花落是风景，起起伏伏是人生，不是所有的人都能一次考过。心若有所向往，何惧道阻且长？"

母亲的鼓励，让孟郊重新拾起了生活的勇气，他头悬梁，锥刺股，卧薪尝胆，埋头复读，第二年再入长安应试。

努力未必会成功，功夫有时专负有心人，孟郊再次落榜。

梦想总是遥不可及，是不是应该放弃？一首《再下第》，诉说着大龄落榜生无尽的哀怨与痛苦：

一夕九起嗟，梦短不到家。
两度长安陌，空将泪见花。

返乡途中，孟郊感到万分沮丧，甚至开始怀疑人生，见路边有大师算命，就过去占卜。大师眯着眼睛，掐指一算，口中念念有词："命里有时终须有，命里无时莫强求。"

孟郊听得一头雾水："大师，啥意思？你就说我到底有没有进士那个命吧。"

大师说："现金还是扫码？微信、支付宝都行。"

孟郊转身便走，路上赋五言《叹命》诗一首：

三十年来命，唯藏一卦中。
题诗还问易，问易蒙复蒙。
本望文字达，今因文字穷。
影孤别离月，衣破道路风。
归去不自息，耕耘成楚农。

本想靠写诗出人头地，如今却一事无成、穷困潦倒，早知如此，还不如回家种地当农民算了。

叁

两度落榜，让孟郊陷入情绪的低谷。但是，天无绝人之路，当上帝为你关上一扇门，就会为你打开一扇窗。如果窗户也关了，不要心急，那可能是上帝要开空调了。

正所谓“失之东隅，收之桑榆”[①]，虽然科举接连受挫，但孟郊的两次长安之行也并非毫无收获，因为在此期间，他有幸结识了后来名满天下的大文豪韩愈。

韩愈比孟郊小十七岁，但两人性格相近、情趣相投，身世经历也差不多，同样幼年丧父，同样屡试不第。二人惺惺相惜，互为知己，结下了深厚的友谊。

孟郊第一次落榜那年，韩愈是第四次应试，最终以第十三名的成绩进士及第。

虽然韩愈的仕途也很坎坷，但后来在文坛发展得很好，是古文运

① 《后汉书·冯异传》。

动的倡导者，“文起八代之衰”[①]，有“文章巨公”和“百代文宗”之称，后世尊其为“唐宋八大家”之首。

韩愈对孟郊的诗十分欣赏，对孟郊非常推崇，后来在汴州任职时请孟郊喝酒，写下一首名为《醉留东野》的杂言诗，对孟郊极尽赞美之能事，与李白的《赠孟浩然》一样充满对偶像的崇拜：

昔年因读李白杜甫诗，长恨二人不相从。
吾与东野生并世，如何复蹑二子踪。
东野不得官，白首夸龙钟。
韩子稍奸黠，自惭青蒿倚长松。
低头拜东野，原得终始如駏蛩。
东野不回头，有如寸筳撞巨钟。
吾愿身为云，东野变为龙。
四方上下逐东野，虽有离别无由逢。

从诗的遣词造句上看，韩愈应该是喝高了，但酒后吐真言，字里行间不难看出孟郊在韩愈心中的崇高地位。

有了韩愈对孟郊的大力推介，孟郊在诗坛的名气越来越大，两人共创“韩孟诗派”，业内一直有“孟诗韩笔”的说法，认为孟郊的古诗与韩愈的古文可并称双绝。

当然，这些对科举是有好处的。唐代的科考试卷并不密封考生姓名，考生如果在文坛有一定知名度，会对录取有很大帮助。所以，考前“请托之风”“行卷之风”盛行，考生各显神通，有的找达官显

① 苏轼《潮州韩文公庙碑》。

贵、社会名流背书，有的给考官呈送自己创作的诗词文章。

总之，多少要做些幕后工作。如果本身没有显赫的出身背景，又什么都不做，光依靠自己的本事，想在千军万马的科举考试中脱颖而出是非常困难的。

唐德宗贞元十二年（796年），在诗坛崭露头角的孟郊终于如愿以偿，金榜题名。

所谓“朝为田舍郎，暮登天子堂”①，考中进士的孟郊命运从此改变，就此走上人生巅峰了吗？

并没有。进士科考是礼部组织的任职资格考试，接下来还要参加吏部组织的“铨选”，难度一点儿不比考进士小。韩愈考进士考了四次才考上，而“铨选”也是四次才过关。②

孟郊考了几次不知道，反正是考中进士四年后，也就是唐德宗贞元十七年（801年），他才通过了吏部的考试，被任命为江苏溧阳（今江苏常州溧阳）县尉——跟他父亲当年的官职一样，相当于副县长兼县公安局局长，正九品，主管社会治安。

那一年，孟郊已经五十一岁了，已经过了知天命的年纪。

肆

孟郊年过半百，才在体制内混了个职位，有了固定收入，总算是对母亲、对自己有了个交待。

唐德宗贞元十八年（802年），孟郊前往江南赴任。临行前，时

---

① 汪洙《神童诗》。

② 韩愈《上宰相书》：“四举于礼部乃一得，三选于吏部卒无成。”由此可知韩愈一共参加了四次吏部的铨选考试，第四次才通过。

任国子监四门博士的好友韩愈前来送行，并作《送孟东野序》相赠，为孟郊时至今日才得到一份工作而且是职位低微的工作而鸣不平。

孟郊倒也没有嫌弃职位低微。到任后，孟郊迅速安顿好了溧阳的一切，紧接着便向县令告假，要回农村老家，接母亲过来一起住。

母亲为了孟郊，可以说是耗尽了心血。这些年，不管家里多困难，她也要供儿子读书。孟郊每次落榜，她都积极鼓励，坚持让孟郊复读。

邻居们看她实在辛苦，都劝她："孟大娘，不行就让孩子回家种地吧，也能帮你减轻点儿负担。"孟母坚决拒绝，坚信"万般皆下品，唯有读书高"，只有知识才能改变命运，当农民能有什么出息？孟母让孟郊只管学习，啥活儿都不用干，硬是把孟郊培养成了一名进士。

母亲辛苦了大半辈子，也该享几天清福了。孟郊把母亲接到溧阳的那天，已经很晚了，母亲房里的灯依然亮着，孟郊悄悄走过去，只见灯光下，母亲正在为自己缝补衣服。

"噢，妈妈，烛光里的妈妈，您的黑发泛起了霜花；噢，妈妈，烛光里的妈妈，您的脸颊印着这多牵挂……"[①]

那一刻，孟郊的眼角湿润了。他转身回到自己房间，一时思绪万千，心情久久不能平静，当即铺纸研墨，笔走龙蛇，一首脍炙人口的《游子吟》跃然纸上：

---

① 歌词，出自歌曲《烛光里的妈妈》，谷建芬作曲，李春利作词，段品章原唱。词创作于1987年，曲创作于1988年，1989年获得全国十大金曲奖；后由毛阿敏在1990年央视三八晚会翻唱，收录于专辑《20世纪中华歌坛名人百集珍藏版·毛阿敏》，发行于1999年4月。

慈母手中线，游子身上衣。
临行密密缝，意恐迟迟归。
谁言寸草心，报得三春晖。

全诗语言淳朴，通俗易懂，清新流畅，情真意切，感人泪下。这首诗发表后，流传之广，影响之大，甚至超过了那首《登科后》。正是这首诗，巩固了孟郊在大唐诗坛的地位。

1992年，在香港举办的“我最爱的十首唐诗”评选活动中，孟郊的《游子吟》名列榜首。这首诗长年入选全国小学生课本，还被联合国教科文组织定为向世界各国学生推荐的优秀作品。

一心不能二用，一情不能两许，孟郊在诗坛越混越好，工作却越干越糟糕。

孟郊性格孤僻，在单位没什么朋友，对工作也没什么兴趣。县尉日常要组织治安巡逻、侦破抓捕，又要亲自审案，哪儿还有时间搞创作？

起初孟郊是上班“摸鱼”，后来干脆翘班。县令有事联系不上他，后来才得知，他上班时间总喜欢去城外一处水塘边写诗，一坐就是一天。

县令很生气，说他又不听，又没权力撤他的职，只好向上级汇报，找了个人临时代替孟郊主持县尉工作，把孟郊的工资分出一半给人家，只给孟郊发一半薪水。

此事载于《新唐书·孟郊传》：“郊间往坐水旁，裴回赋诗，而曹务多废。令白府以假尉代之，分其半奉。”

这下可好，月薪三千变成了一千五，让孟郊原本就不富裕的生活更加捉襟见肘。唐德宗贞元二十年（804年），孟郊自知理亏，在上级处理结果下来之前，索性主动递交了辞职报告，辞职理由是：世界那么大，我想去看看。

满打满算，孟郊在溧阳一共就干了三年。

伍

人生如果没有诗和远方，只有眼前的苟且，那这人生还有什么意义？孟郊冲动之下离职，但生活还要继续，毕竟还有年迈的母亲需要奉养。

困难时刻，还是老友韩愈出面，把孟郊推荐到河南府尹郑余庆那里找一份差事。孟郊被郑余庆任命为水陆运从事，试协律郎，属于编制外的幕府人员。

孟郊从此定居洛阳，在立德坊安家落户。那一年是唐宪宗元和元年（806年），孟郊五十六岁。

在洛阳期间，孟郊的生活有了很大改善，毕竟新工作的薪水比之前高不少，工作也没有在县里那么忙，生活似乎在向好的方向发展。

孟郊心情渐好，诗也写得相对平和淡然，比如这首《洛桥晚望》：

天津桥下冰初结，洛阳陌上人行绝。
榆柳萧疏楼阁闲，月明直见嵩山雪。

然而，天有不测风云，人有旦夕祸福。这样的日子并没有持续多久，厄运降临，孟郊的三个孩子竟然在短短两年内先后夭折，一个不剩。老年丧子以至绝后，还有什么比这更令人悲伤的呢？

麻绳专挑细处断，厄运专挑苦命人，孟郊还没有从白发人送黑发人的悲痛中解脱出来，紧接着，唐宪宗元和四年（809年）初，母亲也撒手人寰。此时，孟郊五十九岁，已经年近花甲。

幼年丧父，中年漂泊，老年丧子、丧母，生活的打击接二连三，孟郊丁忧居丧期间，万念俱灰，心情低落到了极点。

唐宪宗元和九年（814年），河南尹郑余庆调任兴元（今陕西汉中）尹，奏请朝廷让孟郊担任兴元军参谋，试大理评事。

接到任命，孟郊强打精神，带着妻子从洛阳出发，前往陕西兴元。不料走到阌乡县（今属河南灵宝）时，孟郊突发疾病，就此与世长辞，终年六十四岁。

孟郊突然离世，因为没有子嗣，两个兄弟又都远在江南，妻子举目无亲，手足无措。最后，还是韩愈和郑余庆出面料理了后事，特别是郑余庆，不但给钱数万帮助厚葬孟郊，还出钱接济孟郊的遗孀多年。①

孟郊归葬东都洛阳，诗友张籍私谥其为“贞曜先生”，韩愈为孟郊题写了墓志铭，对孟郊的诗和为人大加赞赏②。

陆

孟郊一生困顿，郁郁不得志，可谓穷困潦倒，所以其诗作也多寒苦之音，这是他屡试不第、仕途艰辛、老年丧子等生活遭遇所决定的。

---

① 《旧唐书·孟郊传》：“余庆给钱数万葬送，赡给其妻子者累年。”

② 韩愈《贞曜先生墓志铭》：“於戏贞曜！维执不猗，维出不訾；维卒不施，以昌其诗。”於戏，同呜呼。

他把自己一生的不幸都写进了诗里，但难得的是，孟郊并不局限于对个人命运的哀叹，而是更多地聚焦百姓生活、民间疾苦。比如他在《寒地百姓吟》中的“寒者愿为蛾，烧死彼华膏”之句，以及通过“霜吹破四壁，苦痛不可逃”和“高堂捶钟饮，到晓闻烹炮”的鲜明对比，大胆揭露贫富不均、阶级悬殊的社会现象，与杜甫的“朱门酒肉臭，路有冻死骨”[①]有异曲同工之妙。

闻一多对孟郊给予了高度评价：“从中国诗的整个发展过程来看，我认为最能结合自己生活实践继承发扬杜甫写实精神，为写实诗歌继续向前发展开出一条新路的，似乎应该是终生苦吟的孟东野，而不是知足保和的白乐天。”[②]

在艺术上，孟郊的诗古朴凝重，用字造句险奇艰涩，避熟避俗，精思苦吟。苏轼评价四位中唐诗人：“元轻白俗，郊寒岛瘦。”[③]意思是元稹的诗轻佻、白居易的诗通俗、孟郊的诗寒苦、贾岛的诗瘦硬。

元好问曾有“东野穷愁死不休，高天厚地一诗囚”[④]的诗句，孟郊因此被称为“诗囚”。

孟郊的诗现存五百多首，以五言诗为主。与孟郊同时代的诗人李观评价孟郊的五言诗：“高处在古无上，平处下顾两谢。”[⑤]夸孟郊的五言诗写得好的超越了所有古人，写得一般的也足以俯视谢灵运、谢朓这样的诗人。

---

① 杜甫《自京赴奉先县咏怀五百字》。

② 郑临川记录、徐希平整理《笳吹弦诵传薪录：闻一多、罗庸论中国古典文学》。

③ 苏轼《祭柳子玉文》。

④ 元好问《论诗三十首》（十八）。

⑤ 《新唐书·孟郊传》。

韩愈对孟郊的诗更是极其推崇，盛赞“东野动惊俗，天葩吐奇芬”[①]，对孟郊的写作风格也十分赞赏。在他看来，“夫和平之音淡薄，而愁思之声要妙；欢愉之辞难工，而穷苦之言易好也”[②]。所谓“文章憎命达”[③]，一个诗人，一个创作者，客观上只有穷困潦倒，只有经历挫折，才能写出伟大的作品。杜甫、柳宗元、刘禹锡、韩愈、李贺、贾岛莫不如此。

其实，没有人喜欢苦难，也没有人喜欢一直苦吟。如果心情好，困窘的孟郊也会写出“春风得意马蹄疾”这样神采飞扬的诗，也会写出“谁言寸草心，报得三春晖”这样语浅情深的名句。

毕竟，每个人都希望远离苦难。

---

① 韩愈《醉赠张秘书》。

② 韩愈《荆谭唱和诗序》。

③ 杜甫《天末怀李白》。

白居易

需要付出怎样的努力，才能在首都买套房

唐德宗贞元三年（787年）春，长安。

繁华的承天门大街上，车来人往，人头攒动，路两旁各种店铺鳞次栉比，叫卖声此起彼伏，热闹非凡。人群中，一个十六岁的外地少年，背着沉重的行囊向前走去，左顾右盼，四下张望。眼前的一切，让他感到既兴奋，又有一丝惶恐。

直到一处宅院门前，少年才停下脚步，上前把一个装有自己简历、诗文的包裹递给了门房，请门房代为传达，请求拜见顾大人。

这里是秘书省著作佐郎、大诗人顾况的府第。

少年自称是顾大人旧友徐州别驾白季庚的公子，名叫白居易，专程到长安投奔顾叔叔。

顾况听说是老白家的孩子，立刻让下人将其请进客厅，见面免不了一番客气："坐什么车来的啊？路上还顺利吧？累不累啊？令尊身体还好吗？这次来长安有什么打算啊？想上学还是想找工作？找到住的地方了吗？"

顾况一面问东问西，一面翻看少年递上来的简历，当看到白居易的名字时，不禁笑了："长安百物皆贵，居大不易。"[①]意思是，首都

---

① 辛文房《唐才子传·白居易》。

的生活成本很高的，特别是房价，想居留下来并不容易啊，年轻人。

少年尚未答话，顾况在简历附带的材料中看到了一首诗，顿时眼前一亮：

离离原上草，一岁一枯荣。
野火烧不尽，春风吹又生。
远芳侵古道，晴翠接荒城。
又送王孙去，萋萋满别情。[①]

细细品味之下，顾况不禁拍案叫绝：“小白啊，这几句写得很不错啊！是你自己写的吗？”

少年连忙声明：“顾叔叔，拙作确实是小侄原创，抄袭代笔这种事我是绝对不会干的。”

顾况欣然点头：“有句如此，居天下亦不难。老夫前言戏之尔。”[②]意思是，小小年纪能写出这样的佳句，别说长安，全天下都随便你居住，你叔刚才跟你开玩笑的。

得到顾况如此夸赞，白居易不禁也有些飘飘然。

当晚，白居易在顾况府上留宿。从窗户往外看，夜色中的长安，楼阁林立，灯火辉煌。

白居易在心里默默对自己说：长安，我来了！用不了多久，这里就会有一扇窗是属于我的。

当时，那个意气风发的少年并不会想到，在大城市拥有一套属于自己的房子，竟是那么艰难。

---

① 白居易《赋得古原草送别》。
② 辛文房《唐才子传·白居易》。

壹

长期住在别人家里毕竟不方便，所以，白居易很快就搬出来在外面租房住了。

让白居易没想到的是，京城的房租这么高，小巷子里没装修、没家电、没暖气的简陋民房，一个月居然要五千租金。

白居易在京城漂泊了三年，确实开阔了眼界，增长了见识。除此之外，一无所获，带来的钱也基本花光了。

顾况多次在朋友圈推荐白居易的诗作，走在路上逢人必夸，但他只是个从六品的官员，这种级别的官员，在京城一抓一大把，根本不算个啥。

在文坛，顾况的影响力也很有限，跟李白、杜甫、王维这些已故的前辈没法儿比，再加上白居易此时没有过硬的文凭，想把白居易安排进体制内并不是一件容易的事。

顾况就劝白居易："小白啊，要想找到好工作，还是得参加科举啊，光写诗可不行，像李白那种光凭诗好就混得风生水起的能有几个？咱不能跟他学，还是回去踏踏实实准备考试吧。"

唐德宗贞元六年（790年），白居易离开长安，回到父亲新的任职地符离（今安徽宿州市埇桥区境内），在那里闭门苦读。"昼课赋，夜课书，间又课诗"①，累得"口舌生疮，手肘成胝"②，连头发都白了。

经过整整九年的辛苦努力，白居易通过了宣州乡贡考试，并在第二年（800年）再次来到长安，参加进士科考。

那一年，全国进士及第共十七人，二十九岁的白居易不负众望，

---

① 白居易《与元九书》。

② 白居易《与元九书》。

考了第四名，是录取考生中年龄最小的一个。

发榜当天，白居易按捺不住兴奋的心情，写诗发朋友圈：

慈恩塔下题名处，
十七人中最少年。[①]

前文说过，考中进士的人不会被立刻授予官职，还要参加吏部的选拔考试。唐德宗贞元十九年（803年），白居易参加吏部拔萃科考试，再次高中，被授予秘书省校书郎一职，从此开始了他的“长漂”生涯。

秘书省校书郎大致相当于今天的国家图书馆管理员，负责国家典籍的编辑、整理、校对等事项，虽然只是个芝麻大的九品官，却是个特别神奇的岗位，因为近距离接触权力中枢，所以相对容易进步。

翻翻中国文学史，你就会发现，许多赫赫有名的大人物都是从这个岗位起步的，比如（排名不分先后）：杨炯、张九龄、张说、王昌龄、元稹、李商隐、卢纶、李绅、李德裕、柳公权、韩愈、苏辙、苏洵、欧阳修、程颐、黄庭坚等等。

出任秘书省校书郎那一年，白居易已经三十二岁，这个年龄无论在古代还是今天都已经老大不小了，但他的仕途还有很长的路要走。

贰

唐代官员的工资虽然比不上宋朝，但比其他朝代强很多，校书郎职位虽低，月薪却高达一万六千，这个收入已经超过了全国99%的同

① 王定保《唐摭言》卷三。

龄人，白居易很满足，写诗向朋友炫耀，其中有这么几句：

> 俸钱万六千，月给亦有余。
> 既无衣食牵，亦少人事拘。
> 遂使少年心，日日常晏如。[①]

这个薪资水平，如果不考虑买房，光吃吃喝喝的话，根本花不完。但在高昂的房价面前，这个收入又显得微不足道。

据统计，唐玄宗时期，大唐帝国的总人口有五千二百多万[②]，其中多达百万人常住长安[③]，加上大量的外来人口，长安人满为患。因安史之乱造成的楼市低迷早已成为过去，长安房价触底反弹，虽然朝廷一直宣称要调控，要去杠杆，要挤泡沫，但房价始终居高不下。

所以，在长安买得起房子的，在官员中也是少数。

据《旧唐书》记载："内侍省见管高品官白身，都四千六百一十八人，除官员一千六百九十六人外，其余单贫，无屋室居止，宜每人加衣粮半分。"[④]由此可见，当时长安官宦中，有房子的仅占36.7%，另外63.3%的人属于无房户。

白居易也不例外，在长安一直租房子住，也搬过几次家，常乐坊、永崇里、昭国里，都曾是白居易的安身之所。

---

① 白居易《常乐里闲居偶题十六韵，兼寄刘十五公舆、王十一起、吕二炅、吕四颖、崔十八玄亮、元九稹、刘三十二敦质、张十五仲元，时为校书郎》。

② 杜佑《通典》卷七："（天宝）十四载，管户总八百九十一万四千七百九……管口总五千二百九十一万九千三百九……此国家之极盛也。"

③ 陈桥驿《日本学者的中国历史地理研究》："唐朝的长安，人口发展到百万，是当时世界上最大的政治城市。"

④ 《旧唐书·穆宗本纪》。

其间，白居易与同样在外租房的同事元稹结下了深厚的友谊。

元稹当时租住在靖安里，二人同一批入选拔萃科，同时被授予秘书省校书郎，都是“长漂”，性格相近，爱好相同，都喜欢诗歌，二人聚在一起总有说不完的话题，比如：大唐如何才能重振雄风，再现辉煌？李白和杜甫究竟谁的诗更好？长安城里哪家羊肉泡馍最正宗？

而何时买房，在哪里买房，则是二人永恒的话题。

是的，总不能一直在外面租房吧？没有房子，找个女朋友都难。

叁

为了买房，白居易省吃俭用，节衣缩食。

那段时间，白居易特别关注楼市信息，四处看楼盘，下班就泡在售楼部。毕竟是首都，好房子是真不少，白居易如此写道：

谁家起甲第，朱门大道边。
丰屋中栉比，高墙外回环。
累累六七堂，栋宇相连延。
一堂费百万，郁郁起青烟。
洞房温且清，寒暑不能忏。
高堂虚且迥，坐卧见南山。
绕廊紫藤架，夹砌红药栏。
攀枝摘樱桃，带花移牡丹。[①]
…………

① 白居易《秦中吟十首·伤宅》。

山水华府，水景洋房，高档住宅，尊贵领地，紧邻闹市生活区，交通便利，离繁华不远，距自然很近，超越人生巅峰，尽享豪门气派，品质生活触手可及。

房子哪儿都好，就是价格接受不了。好不容易存够了首付，兴冲冲跑去付款，售楼小姐说："不好意思，先生，现在已经不是这个价了，您现在的首付，只够买一个卫生间。"

攒钱的速度永远赶不上房价上涨的速度，万般无奈之下，白居易做出了一个重要决定：在长安郊县置业。

市区的房子买不起，就买郊县的；再不行，就买周边农村的。虽然上班远点儿，但价格要低很多。

唐德宗贞元二十年（804年），白居易倾其所有，在长安附近的下邽（今陕西渭南北）买了一套房子。

这套房子与其说是白居易为自己买的，不如说是为母亲买的。当时白居易三十三岁，还没结婚，也没有女朋友，把母亲安顿到那里后，雇了两个用人照顾母亲的生活起居。

房子咋样？怎么说呢，村里的房子咋能跟城里比？白居易在诗里说得很清楚：

茅屋四五间，一马二仆夫。[1]

因为距离太远，白居易平时上班仍住在长安出租屋里，只有休假才回家。

当时，官员每十天放假一天，为此，他专门买了马，一路奔驰，

① 白居易《常乐里闲居偶题十六韵，兼寄刘十五公舆、王十一起、吕二炅、吕四颖、崔十八玄亮、元九稹、刘三十二敦质、张十五仲元，时为校书郎》。

紧赶慢赶回到家，天也黑了。平时还好，赶上冬天刮风下雨，“冷冷的冰雨在脸上胡乱地拍，暖暖的眼泪跟寒雨混成一块”[①]，那种悲凉的心情可想而知。

这首《晚归早出》，正是白居易当时生活的写照：

筋力年年减，风光日日新。
退衙归逼夜，拜表出侵晨。
何处台无月，谁家池不春。
莫言无胜地，自是少闲人。
坐厌推囚案，行嫌引马尘。
几时辞府印，却作自由身。

肆

好在天无绝人之路，虽然房价一直在涨，但随着职务的升迁，白居易的工资也一直在涨。

白居易的收入很好查，因为每次涨工资他都忍不住要写诗，公开财产。担任盩厔（今陕西周至）县尉时，白居易有诗如下：

月惭谏纸二百张，岁愧俸钱三十万。[②]

由此可知，白居易当时的年薪是三十万，平均一个月两万五。

---

① 歌词，出自歌曲《冰雨》，潘协庆作曲，刘德华、李密作词，刘德华演唱。收录于专辑《爱在刻骨铭心时》，1997年12月发行。

② 白居易《醉后走笔酬刘五主簿长句之赠兼简张大贯二十四先辈昆季》。

担任京兆府户部参军时，白居易有诗如下：

…………

俸钱四五万，月可奉晨昏。
廪禄二百石，岁月盈仓囷。[①]

…………

当时的月薪是四五万，另外还有二百石的粮食补贴。

此时，大龄青年白居易已经成婚，还生了个女儿。妻子说：“咱们存点儿钱买套房子吧。”白居易不以为然道：“花那钱干吗？够住就行了。”[②]硬是没买。

后来白居易又担任江州（今江西九江）司马，虽是闲职，但待遇很高：

岁廪数百石，月俸六七万。[③]

月薪已经涨到了六七万，加上平时帮人家写东西赚的稿费，白居易买房子的钱早就存够了。但因为长期在地方任职，工作地点不断变动，白居易居无定所，也就一直没有在长安市区购置房产。

小产权的农家小院倒是有一套，那是在江州担任司马期间买的。白居易有一次去庐山游玩，山上有座遗爱寺，听说大诗人白居易大驾光临，方丈亲自接待，亲自安排食宿，又是导游又是讲解又是茶水又是斋饭的，照顾得无微不至。

---

① 白居易《初除户曹，喜而言志》。
② 白居易《秋居书怀》：“何须广居处，不用多积蓄。丈室可容身，斗储可充腹。”
③ 白居易《江州司马厅记》。

白居易说："大师您太客气了，有什么事儿您就直说吧。"方丈这才说明，想请白老师为该寺一位圆寂的大德高僧撰写一篇墓志铭，当然，润笔费照付。

这对白居易来说不过是小事一桩，反正住在人家寺里，饭也吃了，闲着也是闲着，他欣然提笔，一挥而就。

方丈十分高兴，庙里香火旺盛不差钱，当场给了白居易十万润笔费，白居易象征性地推辞了一番，便接受了。

他用这笔钱在庐山香炉峰与遗爱寺之间盖了一所房子，也就是今天的白居易草堂。草堂"三间两柱，二室四牖，广袤丰杀，一称心力"[①]，落成时，白居易专门写了一篇文章记录此事，是为《庐山草堂记》。

此后，白居易一有时间就逃离喧嚣的城市，跑到山里住上几天。草堂所在，"春有锦绣谷花，夏有石门涧云，秋有虎溪月，冬有炉峰雪"[②]。白居易置身幽静之所，每日看庭前花开花落，望天外云卷云舒，心里别提有多美了。那首著名的《大林寺桃花》，也是在此时此地写就的：

人间四月芳菲尽，山寺桃花始盛开。
长恨春归无觅处，不知转入此中来。

然而，白居易悠闲的日子并没有持续多久。

唐穆宗长庆元年（821年），朝廷一纸调令将白居易召回长安，官拜正五品中书舍人，白居易在长安买房的事情终于提上了日程。

这一年，已经五十岁的白居易终于在长安城内买下了属于自己的第一套房。

---

① 白居易《庐山草堂记》。
② 白居易《庐山草堂记》。

拿到房子钥匙的那一刻，白居易百感交集，写下《卜居》诗一首：

游宦京都二十春，贫中无处可安贫。
长羡蜗牛犹有舍，不如硕鼠解藏身。
且求容立锥头地，免似漂流木偶人。
但道吾庐心便足，敢辞湫隘与嚣尘。

新房位于长安四环外新昌里，地段不是很好，白居易自嘲“省吏嫌坊远，豪家笑地偏”[①]。

搬进去以后，白居易就后悔了，嫌面积小，院子窄，房屋设计不合理，采光不好，交通不便，总之，各种不满意。他在《题新昌所居》中抱怨道：

宅小人烦闷，泥深马钝顽。
街东闲处住，日午热时还。
院窄难栽竹，墙高不见山。
唯应方寸内，此地觅宽闲。

今非昔比，此时的白居易大概已经忘记当年在出租屋的生活了吧。

伍

唐文宗大和三年（829年），五十八岁的白居易因病退居二线，

① 白居易《新昌新居书事四十韵，因寄元郎中、张博士》。

离开长安到洛阳任太子宾客分司。

大和四年（830年），任河南尹。大和七年（833年），因病免河南尹，再任太子宾客分司，白居易的收入又达到一个新的高度：

> 俸钱七八万，给受无虚月。[①]

在这里，白居易置办了人生中最后一套房子。

辛辛苦苦工作了大半辈子，是该好好享受一下了，房子看中哪个，直接掏钱就完了，又不是没那个条件。一定要选最好的黄金地段，买就买最高档的住宅，马上拎包入住。户型最少也得四千平方米，楼后有花园，花园里有游泳池，周围邻居不是皇亲国戚就是达官贵人，你要是个普通诗人，你都不好意思跟人家打招呼。

这套房子是白居易住过的最豪华的一套。白居易对这套房非常满意，有诗为证：

> 十亩之宅，五亩之园。有水一池，有竹千竿。勿谓土狭，勿谓地偏。足以容膝，足以息肩。有堂有庭，有桥有船。有书有酒，有歌有弦。有叟在中，白须飘然。识分知足，外无求焉。如鸟择木，姑务巢安。如龟居坎，不知海宽。灵鹤怪石，紫菱白莲。皆吾所好，尽在吾前。时饮一杯，或吟一篇。妻孥熙熙，鸡犬闲闲。优哉游哉，吾将终老乎其间。[②]

---

① 白居易《再授宾客分司》。

② 白居易《池上篇》。

乔迁新居那天，白居易很高兴，多喝了几杯，写文章发朋友圈：

都城风土水木之胜在东南偏，东南之胜在履道里，里之胜在西北隅。西闬北垣第一第，即白氏叟乐天退老之地。[1]

“我生本无乡，心安是归处。”[2]此后，白居易再也没有离开过洛阳。在履道里的豪宅里，白居易每日“静拂琴床席，香开酒库门。慵闲无一事，时弄小娇孙”[3]，而且与胡杲、吉皎等八位友人在香山举办“九老尚齿会”，经常诗酒唱和，度过了悠闲安逸的晚年。

唐武宗会昌六年（846年）八月十四日，白居易病逝于洛阳，享年七十五岁，死后葬于洛阳龙门东山琵琶峰，墓园所在，山清水秀，曲径通幽，极为雅致。

这是白居易最后的归宿。

值得一提的是，后来唐宣宗李忱写诗悼念白居易，给白居易官方认证了“诗仙”这一称号，比贺知章给李白认证的“诗仙”更加权威：

缀玉联珠六十年，谁教冥路作诗仙。
浮云不系名居易，造化无为字乐天。
童子解吟《长恨》曲，胡儿能唱《琵琶》篇。
文章已满行人耳，一度思卿一怆然。[4]

---

① 白居易《池上篇序》。
② 白居易《初出城留别》。
③ 白居易《池上早夏》。
④ 李忱《吊白居易》。

李绅

从悯农诗人到贪官污吏

锄禾日当午，汗滴禾下土。

谁知盘中餐，粒粒皆辛苦。[1]

这大概是孩子们最早能背诵的一首唐诗。

从上幼儿园开始，每次饭吃得不干净，或者不小心掉了饭粒儿，父母和老师一准儿会搬出这首《悯农》诗来教育你，所以，想忘记都难。

诗是张嘴就能来，但你要问作者是谁，有的人立刻一脸茫然：“谁？是不是李白？”

错，答案是李绅。许多人对他不太熟悉，典型的诗红人不红。

关于李绅的为人，民间有许多传言：有人说，李绅官居宰相，却是个贪官污吏，《悯农》写得好，那是写给别人看的，其实，他本人生活极度奢靡；有人说，李绅是新乐府运动倡导者，关心群众疾苦，同情农民，被称为“悯农诗人”，但当官之后腐化堕落了；还有人

① 李绅《悯农》（其二）。

说，关于李绅的种种传说，大多是谣言，是政治对手的恶意抹黑，并没有事实依据，纯属以讹传讹。

总之，众说纷纭，褒贬不一。那么，历史真相究竟如何？李绅到底是一个怎样的人呢？

壹

李绅出生于唐代宗大历七年（772年），亳州谯县（今安徽亳州）人，后随父母迁居润州无锡（今江苏无锡），出身名门望族“赵郡李氏”，家族世代为官，曾祖父李敬玄当过唐高宗时期的宰相。

出生在这样的家庭，李绅从小就过着锦衣玉食的日子。

他曾经天真地以为，每个人的生活都是这样的：居住有房，出门有车，冷了有衣穿，饿了有饭吃，渴了有水喝；他曾经天真地以为田园生活充满诗情画意，日出而作，日落而息，累了就坐在树荫底下哼着小曲儿喝着茶，等着收获。直到有一天，他站在烈日暴晒的田野里，看到真正的农村，接触到真正的农民，他才发现社会底层的生活竟是如此艰难。

有的人一出生就在罗马，有的人一出生就当骡马。农民辛辛苦苦劳作一辈子，到头来却一无所有，甚至被活活饿死，这还有天理吗！

少年时期的李绅，正直善良，嫉恶如仇，在残酷的现实面前，他感慨万千，写下流传千古的《悯农》诗二首。

除了尽人皆知的那首“锄禾日当午”之外，还有下面这首：

春种一粒粟，秋收万颗子。
四海无闲田，农夫犹饿死。

这两首诗不仅在民间广泛流传，而且在中国文学史上也有一定影响，确立了李绅既有人文关怀又有现实批判精神的正面诗人形象。

唐德宗贞元十四年（798年），二十七岁的李绅赴长安应试科举。为了提高成功率，在考试之前，李绅四处找人行卷[①]，推销自己，在此过程中结识了一个叫吕温的山西考生。吕温与李绅同龄[②]，二人志同道合，互以兄弟相称。

考试结束，俩人一起喝酒，酒过三巡，菜过五味，李绅问吕温："吕兄，这次考试感觉咋样？"

吕温连连摆手，说："唉，别提了，一塌糊涂，准备复读吧。对了，李兄，你考得咋样啊？"

李绅微微一笑："还行吧。"说罢，拿出自己写的两首《悯农》诗递给吕温，说："考试前闲着没事儿写了两首小诗，吕兄给指点指点。"

吕温接过来一看，连声赞叹："哎呀，李兄真是大才啊！就凭这两首诗，李兄今年肯定金榜题名，将来一定能当公卿宰相啊。"[③]

李绅连忙摆手："小弟写着玩的，不值一提，不值一提。"嘴上谦虚，心里却暗自得意，对这次考试结果更是胸有成竹，志在必得。

---

① 唐代流行的一种干谒行为，考生在考试前提前将自己最为出色的诗文写成卷轴，投送给名流显贵以求推荐或重视，进而顺利通过科举考试。

② 据《辞海》，吕温、李绅均出生于772年。

③ 范摅《云溪友议》："初，李公赴荐，常以《古风》求知，吕化光温谓齐员外煦及弟恭曰：'吾观李二十秀才之文，斯人必为卿相。'果如其言。"注：《古风》即《悯农》，吕温，字和叔，一字化光。部分史料认为李绅是干谒吕温，但吕温与李绅同龄，此时（798年）才二十七岁，本年才考中进士，无论身份、地位、知名度还是资历、社会资源，都远未达到值得李绅干谒的程度，故本书未采信此种说法，而认为李绅是与吕温同年在长安应考时偶遇。

结果，成绩一出来，李绅名落孙山，吕温进士及第。

第二年，吕温又考取了博学宏词科[1]，后来被授予集贤殿校书郎一职，正式步入仕途，李绅则气呼呼回家复读。

三年后，唐德宗贞元十七年（801年），李绅再赴长安应试，跟孟郊一样，遇到了后来成为文坛领袖的韩愈，韩愈对李绅的文才、诗作也大加赞赏。

李绅备受鼓舞，在考场上沉着应战，冷静答题，胜券在握，结果大失所望，再次落榜。

虽然屡战屡败，但李绅也不是没有收获。这次考试期间，李绅认识了两个好朋友，一个叫白居易，一个叫元稹。

贰

白居易和元稹在前一年已双双中举，白居易是进士及第，元稹是明经及第，相当于一个是双一流，一个是民办三本，但都算考上了大学，取得了任职资格，只等接下来的吏部铨选。

元白二人性格相近，志趣相投，关系十分密切，经常结伴出游。李绅与他们一见如故，很快加入其中。

---

① 唐代明经、进士及第和考满后的六品以下前资官（已离职之官）不会被立即授官，而是需要在家等候吏部安排的铨选期限，称为“守选”。进士及第后平均需要守选三年，明经及第则需要守选七年，有的甚至要等十几年才能通过铨选获得官职。守选的进士若想尽快获得官职，需参加由吏部主持的博学宏词科或书判拔萃科考试。韩愈《东雅堂昌黎集注》卷一八《应科目时与人书》：“唐举子礼部及第，例须守选，选未满，或就制举，或书判拔萃，方获出仕。”杜佑《通典》卷一五《选举三》：“选人有格限未至，而能试文三篇，谓之宏词；试判三条，谓之拔萃，亦曰超绝。词美者，得不拘限而授职。”

毕竟是文化人，游戏人生之余，他们经常在一起探讨诗歌艺术。三人对文学创作有着相同的理解和追求，都主张诗歌改革，恢复《诗经》和汉魏乐府讽喻时事的传统，使诗歌发挥“补察时政”“泄导人情”的作用，所谓“文章合为时而著，歌诗合为事而作”[①]，强调以新的乐府题目咏写时事。这些文学主张和创作实践，被称作“新乐府运动”。

李绅和白居易、元稹，加上韩愈的学生张籍，便是这场诗歌改革运动的主要发起人和积极倡导者。

李绅与元稹关系最好，情同手足。当时元稹因为与崔莺莺分手一事，被公认为是个始乱终弃的“渣男”，情绪一度有些消沉。

李绅给他出主意：“元兄要发声啊，你得跟人解释。这件事抛开事实不谈，难道崔莺莺就没有责任吗？”

在李绅的鼓励下，元稹的传奇小说《莺莺传》横空出世。在故事的结尾，元稹借张生之口为自己抛弃崔莺莺辩解：“大凡天之所命尤物也，不妖其身，必妖于人。”“昔殷之辛，周之幽，据百万之国，其势甚厚。然而一女子败之，溃其众，屠其身，至今为天下僇笑。予之德不足以胜妖孽，是用忍情。”

什么意思？意思是莺莺实在太漂亮了，属于人间尤物，自古红颜祸水，不祸害自己，就祸害别人。这在历史上是有过教训的，当年商纣王、周幽王拥有那么强大的国家，却都因为一个女人而亡国，至今被人耻笑。我这个人哪，德行不够，自制力很差，抵御不了美色的诱惑，如果跟她在一起，轻则影响事业，重则有伤身体，早晚得出事儿，所以才忍痛割爱，跟她分手。

---

① 白居易《与元九书》。

“渣男”不可怕，就怕“渣男”有文化。元稹寥寥数语，把喜新厌旧、移情别恋说得有理有据、清新脱俗，让人目瞪口呆。

为了配合元稹《莺莺传》的出版发行，李绅推波助澜，专门写了一首《莺莺歌》：

伯劳飞迟燕飞疾，垂杨绽金花笑日。
绿窗娇女字莺莺，金雀娅鬟年十七。
黄姑上天阿母在，寂寞霜姿素莲质。
门掩重关萧寺中，芳草花时不曾出。

叁

在唐朝，除了李白，其他人光会写诗可不行，考取功名才是正道。之后李绅又多次参加科举，屡战屡败，屡败屡战，直到唐宪宗元和元年（806年），三十五岁的李绅才终于考取了进士，不久被分配到国子监担任助教，开始了仕宦生涯。

虽然李绅个子矮小，被人称为“短李”，但矮小往往意味着精悍，李绅的确是个人才，不仅诗写得好，从政也有一套。混官场最关键的是站队，李绅慧眼识珠，很快与朝中风头正劲的李德裕结为政治同盟，之后一路升迁，李绅、李德裕、元稹形成“铁三角”，并称“三俊”。

当时，李德裕与牛僧孺争权夺利，双方各有自己的政治阵营，展开了持续数十年的政治斗争，史称“牛李党争”。李党失势，李绅被贬谪；李党得势，李绅跟着升官。李绅一路起起伏伏，历任右拾遗、翰林学士、中书舍人、御史中丞、江西观察使、户部侍郎、瑞州司马、江州长史、滁州刺史、寿州刺史、浙东观察使、河南尹、汴州刺史、宣武军节度使、淮南节度使、中书侍郎、同中书门下平章事。

唐文宗开成五年（840年），六十九岁的李绅出任尚书右仆射、门下侍郎，也就是宰相，加封赵国公，至此达到了仕途的巅峰。

然而，伴随着事业的成功，有关李绅的一些负面消息也开始在社会上流传开来。

流传最广的一个说法是，李绅当官之后，随着职务的升迁，“渐次豪奢”，完全背离了当官为民请命的初心，再也没有了写《悯农》时对劳动人民的同情和关切，生活腐化，奢靡无度。该说法称李绅特别喜欢吃鸡舌头，每顿饭要杀三百只鸡凑一盘鸡舌才肯动筷。

还有一件事，说刘禹锡任苏州刺史的时候，曾应邀参加李绅的家宴，看到李绅府上美女如云，歌妓成群，很是羡慕。饭局上有个叫杜韦娘的歌妓，长得沉鱼落雁，肤白貌美。那天，刘禹锡只是因为在人群中多看了她一眼，就再也没能忘掉她的容颜，情之所至，赋诗一首：

鬖髻梳头[①]宫样妆，春风一曲《杜韦娘》。
司空见惯浑闲事，断尽苏州刺史肠。[②]

意思是，这种花天酒地美女相伴的日子啊，你李司空早就习以为常了，可惜我老刘却无福享受，想想真是让人肝肠寸断啊。

李绅说：“刘兄啊，辛苦了大半辈子，就不能享受享受吗？刘兄

---

① 一作“高髻云鬟”“发鬟梳头”。
② 刘禹锡《赠李司空妓》。“苏州”一作“江南”。

喜欢这位姑娘，带走就是了。”

李绅说到做到，当场就把杜韦娘送给了刘禹锡，把刘禹锡惊呆了：老李这样的朋友为什么不多来一打？①

肆

类似的事例还有，比如唐代范摅在笔记小说集《云溪友议》中讲了几个关于李绅的小故事。

该书称李绅在发迹之前，称呼一个叫李元将的远房亲戚为叔叔。李绅发迹之后，李元将主动自称为“弟”为“侄”，李绅都不高兴，直到李元将自降为孙辈，李绅才勉强接受。

该书还说李绅有个姓崔的同学来到他管辖的地界，因为家仆与当地居民发生殴斗，李绅将双方都处以极刑，然后派人将崔同学抓来问话：“咱们过去是同学，既然你来到我的地盘，为何不来见我？是看不起我吗？”

崔同学赶紧解释：“不是不是，李大人，知道您工作挺忙的，我怕打扰您。”李绅不听，让人把崔同学按在地上狠狠打了二十板子。

当时人们对这两件事议论纷纷，都指责李绅薄情寡义。②

该书还称李绅为政残暴，老百姓无不畏惧，宁愿背井离乡，也要逃离他的管辖范围。下属向李绅报告，李绅不以为意道：“你见过筛

---

① 孟棨《本事诗·情感第一》：“刘尚书禹锡罢和州，为主客郎中，集贤学士。李司空罢镇在京，慕刘名，尝邀至第中，厚设饮馔。酒酣，命妙妓歌以送之。刘于席上赋诗曰：‘鬖髻梳头宫样妆，春风一曲《杜韦娘》。司空见惯浑闲事，断尽苏州刺史肠。’李因以妓赠之。”

② 范摅《云溪友议》卷上：“时人相谓曰：‘李公宗叔翻为孙子，故人忽作流囚。’”

麦子吗？饱满的颗粒总是在下面，只有秕糠才随风而去，让他们走吧，以后这样的事不必向我报告。”①

生活腐化堕落，对亲友刻薄冷酷，还不顾百姓死活，以上事例基本上把李绅钉在了历史的耻辱柱上。那么，事实果真如此吗？

不一定。关于李绅的种种劣迹，史学界一直存有争议。

首先，李绅杀三百只鸡吃鸡舌一事，专家学者翻遍了正史野史竟找不到相关记载。史料中有吃鸡舌记载的，是清朝褚人获的《坚瓠集》，说的是宋朝吕蒙正吃鸡舌，与李绅并无关联。

那李绅吃鸡舌的说法是从哪来的呢？说来可笑，是前些年一位中学教师在某杂志发表的一篇缺乏史料佐证的小文章，被人反复引用，张冠李戴，以讹传讹，慢慢变成了李绅的污点。

其次，关于刘禹锡“司空见惯”的那首诗，史料记载是刘禹锡担任苏州刺史以后写的，诗名为《赠李司空妓》，“司空”是正一品官职，当时李绅并没有做到司空。也就是说，所谓“李司空”并非后人理解的李绅。②

再次，关于李绅当官变脸、刻薄亲友、为政苛刻导致百姓逃离的故事，均来源于唐代笔记小说集《云溪友议》。此书既非正史，也算不上野史，基本等同于《故事会》，里面充满鬼怪奇谈，不足以采信。而作为正史的《旧唐书》和《新唐书》，都没有李绅这方面的记载。

---

① 范摅《云溪友议》卷上：“汝不见掬麦乎？秀者在下，秕粺随流者不必报来。”

② 岑仲勉《唐史馀瀋》考证：“刘自和州追入，约大和元、二年，至六年复出，于时绅方贬降居外，曾未作镇，何云‘罢镇在京’？”“同时守司空者乃裴度，此涉于李绅之全误也。”卞孝萱根据自己所作的《李绅年谱》《刘禹锡年谱》，逐年对比二人事迹，也认为《太平广记》将《本事诗》中的“李司空”直接改为李绅不能令人信服。

换句话说，关于李绅劣迹的种种传闻未必属实，李绅未必如传闻中那么不堪。

伍

有人不同意，说：“无根不长草，无风不起浪，苍蝇不叮无缝的蛋。你如果没有问题，为啥大家都说你，咋就没人夸你好呢？”

其实是有人夸的，比如白居易就夸过李绅。在《淮南节度使检校尚书右仆射赵郡李公家庙碑铭并序》中，白居易盛赞李绅的政绩和为人：“卧理二郡，以去害为先，故有盗奔兽依之感；廉察浙右，以分忧为功，故有恤邻活殍之惠；尹正河洛，以革弊为急，故有摘奸抉蠹之威。”

李绅任越州（今浙江绍兴）刺史时，曾以低价粮食接济灾民，在他离任时，“越人父老男女数万，携壶觞至江津相送”[①]。李绅十分感动，因此写下“海隅布政惭期月，江上沾巾愧万人”[②]的诗句。

李绅担任河南尹时，重拳打击黑恶势力，《新唐书》中说“河南多恶少，或危帽散衣，击大球，户官道，车马不敢前。绅治刚严，皆望风遁去”，地痞流氓纷纷逃离。百姓感激李绅的德政，在他离任时，再次上演万人相送的感人一幕：“五月赴镇，出都门，城内少长士女相送者数万人。至白马寺，涕泣当车者不可止。”[③]

李绅担任宰相四年，后以年老体衰、腿脚无力不能上朝为由辞去

① 李绅《宿越州天王寺序》。
② 李绅《宿越州天王寺》。
③ 李绅《拜宣武军节度使序》。

相位，改任淮南节度使。[①]唐武宗会昌六年（846年），李绅病逝于扬州，享年七十五岁。死后朝廷追赠其为“太尉”，赐其谥号“文肃”，对李绅的一生给予了高度评价。

总之，李绅至死都是一个十足的正面形象。那么，是从什么时候开始，李绅变成反面典型的呢？

李绅的官场命运与长达四十年的“牛李党争”紧密相关，其个人声誉完全是政治斗争的产物。

唐武宗时期，李德裕集团得势，李绅混得风生水起，直至官居宰相，死后受到朝廷的追赠。李绅死后，唐武宗驾崩，唐宣宗即位，政治形势发生反转，李德裕被罢免了宰相之职，李党失势，一些人遭到政治清算。

作为李党骨干，李绅虽已故去，但依然没能逃脱政敌的反攻倒算，其生前主持办理的“吴湘案”，被牛党要求复查，结果牛党认定其以权谋私、打击报复、草菅人命，李绅因此受到“官爵皆夺，子孙不得进宦”[②]的处罚。

墙倒众人推，破鼓万人捶，以唐代笔记小说《云溪友议》为代表，社会上编排李绅种种劣迹的故事纷纷出炉。再加上现代人张冠李戴“吃鸡舌”和错误解读“司空见惯”，一个忘记悯农初心、腐化堕落的李绅，就这样作为历史的反面教材应运而生。

翻手为云，覆手为雨，历史从来都是由胜利者书写的。因年代久远，许多有关李绅的事迹是非真伪已无从考证，只有那两首脍炙人口的《悯农》诗亘古未变，传诵至今。

---

① 《新唐书·李绅传》：“武宗即位，徙淮南，召拜中书侍郎、同中书门下平章事，进尚书右仆射、门下侍郎，封赵郡公。居位四年，以足缓不任朝谒，辞位，以检校右仆射平章事，复节度淮南。”

② 《新唐书·李绅传》。

韦应物

我有一瓢酒，可以慰风尘

在长安城，提起韦应物的大名，无人不知，无人不晓。韦应物本人倒没有什么特别的，主要是人家的出身非同一般。

韦应物出生于唐玄宗开元二十五年（737年），京兆万年（今陕西西安）人，是名门望族“京兆韦氏”之后。这个家族老厉害了，从西汉开始，连续三代位列三公，家族中当过公卿、宰辅、尚书、将军之类要职的不计其数，仅在唐朝，光宰相就出过多位。史料中说：“议者云自唐以来，氏族之盛，无逾于韦氏。”[①]京兆韦氏被称为“百世卿族”。

当时，“京兆韦氏”与“京兆杜氏”是社会公认的两大士族门阀，江湖上流传着这样一句话：“城南韦杜，去天尺五。”[②]意思是韦、杜两大家族就快够着天了，要多牛有多牛，家族势力根深蒂固，权倾朝野，声名显赫。

韦应物的太爷爷是武周时期的宰相，爷爷官至宗正少卿，父亲是

① 《旧唐书·韦述传》。

② 杜甫《赠韦七赞善》诗“时论同归尺五天”自注：“俚语曰：‘城南韦杜，去天尺五。’”

宣州司法参军。有如此家庭背景，韦应物可以说是含着金汤匙出生，他在青少年时期飞扬跋扈，无恶不作。

多年以后，韦应物用诗歌的形式回忆自己年轻时那段无法无天的日子：

少事武皇帝，无赖恃恩私。
身作里中横，家藏亡命儿。
朝持樗蒲局，暮窃东邻姬。
司隶不敢捕，立在白玉墀。
骊山风雪夜，长杨羽猎时。
一字都不识，饮酒肆顽痴。[①]
…………

什么意思？翻译成白话就是：年轻时在皇帝身边做事，仗着家族势力和朝廷的恩宠，欺压邻里，打架斗殴，窝藏罪犯，调戏妇女，衙门还不敢抓，本人虽然一个字都不认识，但道上的朋友见了我都得叫一声大哥。

长安城的百姓敢怒不敢言，都在心里暗暗诅咒：善有善报，恶有恶报，不是不报，时候未到。就这种熊孩子，绝不会有好下场。

可谁也没想到，这个熊孩子后来长大了摇身一变，居然成了著名诗人。其山水田园诗与王维、孟浩然的作品齐名，他与柳宗元并称"韦柳"。其千古名句"春潮带雨晚来急，野渡无人舟自横"[②]至今

① 韦应物《逢杨开府》。
② 韦应物《滁州西涧》。

为人传诵。

人们惊叹之余，不禁要问：究竟是什么原因，让一个纨绔子弟幡然悔悟，走上正途？又是什么力量，让一个“一字都不识”的问题少年成功逆袭，化身中唐一代大诗人？

壹

韦应物说自己年轻时“一字都不识”，显然有点儿夸张，但他成绩不好是肯定的，因为历届科举录取名单上都没有他的名字，别说进士，连个秀才也不是。

正常情况下，一个人要想走仕途，必须通过科举，吏部根据考试成绩择优安排录用。当然，这是对一般人而言，韦应物可不是一般人，韦氏是名门望族、官宦世家。针对这样的人，朝廷有一项特殊政策，叫“门荫制度”。简单来说，就是可以凭借父祖先辈的官阶爵位入仕，不需要通过科举。

这项制度并非唐代独有，它起源于先秦时期，历史悠久，唐代不过是沿袭旧制，规定凡五品以上官员的子弟均享有此项待遇。

门荫制度的好处是显而易见的，它让每个官宦子弟都能有个好的归宿，充分体现了朝廷对广大官员的爱护，解除了官员的后顾之忧，使他们感恩戴德，更加热爱工作，报效朝廷。

按《唐律》规定的唐制，“三品以上荫曾孙，五品以上荫孙”，韦应物的曾祖韦待价是武则天时期的宰相，韦应物有资格享受制度的福利。

唐玄宗天宝九载（750年），十四岁的韦应物以门荫补右千牛卫，后改为左羽林仓曹[①]，第二年便以“三卫郎”[②]的身份成为唐玄宗的贴身侍卫，因资历高，韦应物担任的是三卫中的亲卫，一时风头无两，出入宫闱，“扈从游幸”[③]。

皇帝侍卫这种工作，听起来好像很重要、很危险，每天精神高度紧张，随时准备应对突发情况，随时准备英勇牺牲，但其实皇帝深居简出，几百年也难遇到一回行刺。当时正值开元盛世，所谓御前侍卫，基本就是个摆设、排场。

所以，韦应物平时的工作十分清闲，但工资可不少拿，福利待遇还特别好。

那时候，韦应物“曾经真的以为人生就这样了，平静的心拒绝再有浪潮”[④]。

然而，人生无常，世事难料，“渔阳鼙鼓动地来，惊破霓裳羽衣曲”[⑤]，唐玄宗天宝十四载（755年），安史之乱爆发。第二年六月，长安沦陷，唐玄宗李隆基带着杨贵妃等人仓皇逃往成都。

途中马嵬坡兵变之事暂且不表，我们单说韦应物，作为御前侍卫，本应追随皇帝左右，但那天他刚好轮休，不在宫里，当时情况紧急，宫内外一片慌乱，谁还顾得上通知一个在家休假的御前侍卫？就

---

① 丘丹《韦应物墓志》：“丱角之年，已有不易之操，以荫补右千牛，改左羽林仓曹。”千牛，也叫千牛卫，为左右千牛卫大将军所领，正九品下；羽林仓曹，全称“羽林仓曹参军事”，为左右羽林军卫大将军所领，正八品下。

② 《唐才子传·韦应物》：“初以三卫郎事玄宗。”唐制，亲卫、勋卫、翊卫合称“三卫”。

③ 辛文房《唐才子传·韦应物》。

④ 歌词，出自歌曲《鬼迷心窍》，李宗盛作曲、作词、演唱。最早收录于合辑《滚石九大天王之十二出好戏》，1992年2月发行。

⑤ 白居易《长恨歌》。

这样，韦应物滞留在了长安。

叛军进驻京师，作为李唐时期的贵族，韦氏家族不免受到冲击。好不容易平定了安史之乱，李隆基返回长安，唐朝早已是唐肃宗的时代，一朝天子一朝臣，上一任的侍卫一律清退，韦应物自此失业。

贰

那是韦应物人生中的一段低谷，特别是唐玄宗李隆基死后，韦氏家族在唐肃宗时期颇不得志，就像韦应物后来在诗中所说的："武皇升仙去，憔悴被人欺。"①

人情冷暖，世态炎凉，经过了这一番变故，韦应物仿佛一夜之间成熟许多。

说什么王权富贵，夸什么名门望族，这些都靠不住，皇帝尚且不能自保，何况御前侍卫？韦应物明白，要想在今后的人生道路上立于不败之地，要想在平淡的生活中有所作为，要想真正被世人看得起，只能依靠自己。

韦应物幡然悔悟，下定决心，痛改前非，重新做人，谢绝一切娱乐活动，闭门不出，发奋读书。

唐肃宗乾元二年（759年），韦应物进入大唐最高学府太学读书。根据相关规定，太学的入学年龄应在二十岁以下，韦应物当时二十三岁，早已超龄，所谓"读书事已晚，把笔学题诗"②，但学校照顾官宦子弟，破例允许其入学。

---

① 韦应物《逢杨开府》。此处的"武皇"指唐玄宗，并非武则天。

② 韦应物《逢杨开府》。

在校期间，韦同学深知勤能补拙、笨鸟先飞的道理，每天焚膏继晷、废寝忘食、孜孜不倦地学习，最终以优异成绩毕业。

唐代宗广德元年（763年），二十七岁的韦应物被朝廷任命为洛阳县丞，再次走上仕途。

经过安史之乱，曾经繁华热闹的洛阳城变得面目全非，战争留下的创伤随处可见。韦应物赴任之际，面对满目疮痍，感慨万千，提笔写下一首《广德中洛阳作》：

生长太平日，不知太平欢。
今还洛阳中，感此方苦酸。
饮药本攻病，毒肠翻自残。
王师涉河洛，玉石俱不完。
时节屡迁斥，山河长郁盘。
萧条孤烟绝，日入空城寒。
蹇劣乏高步，缉遗守微官。
西怀咸阳道，踯躅心不安。

你看，当年不学无术的纨绔子弟已经会写诗了，而且写得还挺好。特别是“萧条孤烟绝，日入空城寒”这两句读起来寒气逼人，颇有意境，广受好评。《洛阳诗刊》发文称：“浪子回头金不换，大唐诗坛新星起。”

叁

知识改变命运，韦应物的人生从此掀开了新的一页。

在仕途上，从洛阳到长安，从滁州到苏州，韦应物历任洛阳县丞、河南兵曹、京兆府功曹、鄠县县令、栎阳县令、尚书比部员外郎、滁州刺史、朝散大夫、江州刺史、左司郎中、苏州刺史，一步一个脚印，一年一个台阶，从八品升到了正四品。

在创作上，韦应物的小宇宙大爆发，写出了大量佳作，且风格自成一派，上追先秦风雅之源，下承盛唐王孟之绪，气韵悠长，清韵秀朗，特别是山水田园诗，清冷疏淡、幽寂意远，他也因此被视为王维、孟浩然之后最杰出的山水诗人。

比如这首《秋夜寄邱员外》：

怀君属秋夜，散步咏凉天。
空山松子落，幽人应未眠。

而真正确立韦应物诗坛地位的作品，当属这首《滁州西涧》：

独怜幽草涧边生，上有黄鹂深树鸣。
春潮带雨晚来急，野渡无人舟自横。

这是韦应物流传最广的一首诗，意境清幽旷远，读来朗朗上口，连续多年入选中学课本，堪称唐诗经典，许多人正是通过这首诗认识韦应物的。

唐德宗贞元七年（791年），韦应物病逝于苏州，享年五十五岁。

韦应物一生创作颇丰，流传至今的有《韦苏州集》。《全唐诗》收录其诗作多达十卷，在唐代诗人中排名前十。

后人常将韦应物与王维、孟浩然、柳宗元相提并论，合称“王孟韦柳”。白居易曾给予韦应物极高评价：“如近岁韦苏州歌行，才丽之外，颇近兴讽。其五言诗，又高雅闲淡，自成一家之体，今之秉笔者，谁能及之？”[①]苏轼对韦应物也不吝溢美之词：“李、杜之后，诗人继出，虽间有远韵，而才不逮意。独韦应物、柳宗元发纤秾于简古，寄至味于澹泊，非余子所及也。”[②]

听起来好像很厉害，但平心而论，除了《秋夜寄邱员外》《滁州西涧》这两首诗脍炙人口之外，韦应物其他诗作的传播力，与他本人的知名度一样，相比别的诗词大家，还是要逊色很多，甚至比崔颢、孟郊、贾岛还差好几个档次。

肆

前些年，网络上有一句话颇为流行，叫“我有一壶酒，足以慰风尘”。寥寥数语，莫名戳中了人内心最柔软的角落，在社会上引起强烈共鸣，一时间，许多人跟着接龙，出现了很多版本。

比如公益版：

我有一壶酒，足以慰风尘。
尽倾江海里，赠饮天下人。

比如豪情版：

---

① 白居易《与元九书》。
② 苏轼《书黄子思诗集后》。

我有一壶酒，足以慰风尘。

三杯倾日月，半盏洗昆仑。

比如江湖版：

我有一壶酒，足以慰风尘。

风雪围炉夜，天涯羁旅人。

比如三国版：

我有一壶酒，足以慰风尘。

兵戈九州乱，江山三鼎分。

比如水浒版：

我有一壶酒，足以慰风尘。

青山聚忠义，水泊藏乾坤。

诗词接龙活动得到社会各界的广泛关注，全民参与热情一浪高过一浪，各行各业积极响应，纷纷加入其中。

比如婚介版：

我有一杯酒，足以慰风尘。

单身数十载，不见梦中人。

比如饭店版：

我有一壶酒，足以慰风尘。
可我不敢喝，因为要开车。

比如外卖版：

我有一杯酒，足以慰风尘。
客官你等着，这就送上门。

正说唐代诗人韦应物呢，为啥突然聊到这个？是不是跑题了？并没有。因为“我有一壶酒，足以慰风尘”这个网络金句，正是从韦应物一首叫《简卢陟》的诗里演化出来的，只是改动了其中两个字而已，原文如下：

可怜白雪曲，未遇知音人。
恓惶戎旅下，蹉跎淮海滨。
涧树含朝雨，山鸟哢馀春。
我有一瓢酒，可以慰风尘。

试问，除了李白、杜甫、白居易，谁的诗这么风靡网络过？

别的咱不说，就凭“我有一瓢酒，可以慰风尘”这两句诗，韦应物足以雄霸诗坛，含笑九泉。

崔护

有些人，
一旦错过就不在

作为一个诗人，生活在唐代，可谓喜忧参半。

喜的是，全社会尊重知识，尊重人才，诗人的社会地位很高。比如李白，连个像样的学历都没有，仅仅因为诗写得好，就被朝廷破格任命为翰林供奉，陪王伴驾，吃香喝辣，令人羡慕不已。后世有人感叹："要是能重来，我要选李白，创作也能到那么高端，被那么多人崇拜。"①

忧的是，唐代诗坛大咖云集，人才辈出，李白、杜甫、白居易、王维、杜牧、李商隐，享誉诗坛的名家数不胜数，竞争激烈，想要在这个圈子里混出点儿名堂，并不容易。

比如崔护，我敢打赌很多人都不认识他，如果搞个唐代诗人排行榜，他能不能进前五十名都不好说。

如果有文学爱好者知道崔护的名字，那也只能是一个来源，就是这首《题都城南庄》：

---

① 歌词，出自歌曲《李白》，李荣浩作曲、作词、演唱。收录于专辑《模特》，2013年9月发行。

去年今日此门中，人面桃花相映红。

人面不知何处去，桃花依旧笑春风。

这是崔护唯一的代表作。《全唐诗》一共收录了崔护六首诗，除非是专门搞唐诗研究的，否则没人能背出他的第二首诗来。

当然，这在诗歌史上很正常。

张若虚被人记住的就一首《春江花月夜》，号称“孤篇压全唐”；吴承恩一生写过很多短篇小说，现存还有二百四十余首诗歌、词曲和众多杂记，但除了《西游记》，有谁记得其他？罗贯中写过很多话本小说，人们记住的只有他的《三国演义》。

作品历来重质不重量，一个人一辈子有一首能拿得出手的作品就很了不起了。乾隆皇帝爱好诗词，创作能力惊人，一生写了四万多首诗，是历史上最高产的诗人，但是谁记得他的一首诗？

多年以来，崔护就凭这首《题都城南庄》混迹诗坛。这首诗是他的安身立命之本，也是他胸口永远的痛，每次吟诵完这首诗，他都会自言自语：“人家说一个人有烦恼，是因为记性太好。从那年开始，很多事我都忘了，唯一能记住的，就是我喜欢桃花。”[①]他会想起那年的春天，在那桃花盛开的地方，桃树倒映在明净的水面，桃林环抱着秀丽的村庄，桃花映红了姑娘的脸庞……

---

① 台词，出自电影《东邪西毒》，王家卫导演，王家卫、金庸编剧，张国荣、林青霞、张曼玉、梁家辉、梁朝伟等领衔主演。1994年9月17日在中国香港上映。

壹

这是一个令人悲伤的故事。唐贞元年间，来自博陵（今河北定州）[①]的考生崔护科举落榜，独自一人滞留在长安。

既然没考上，为啥不回家？在古代，通信基本靠吼，交通基本靠走，博陵与长安距离遥远，往返就要差不多两个月。唐代科举每年春天开考，要求考生提前三个月报到，回去一趟还不够折腾的。

更重要的是，一旦回到家乡，将面临父老乡亲、街坊邻居的七嘴八舌、议论纷纷，一个落榜生心里是何感受？

所以，许多考生落榜后干脆不回家，经济条件好的长租客栈，条件差的就找个破庙之类的地方栖身，复读一年，准备明年再考。

对读书人来说，科举几乎是通向成功的唯一途径，毕竟像李白那种没有学历还能混得风生水起的是极少数，绝大多数人都要通过科举改变命运。拼十载寒窗，赢一生荣光，只要学不死，就往死里学。

对博陵考生崔护而言，这更是人生的必经之路。

崔护出身书香门第，别人家孩子上不上大学无所谓，老崔家的必须上，不能让别人看笑话。今年没考上，明年接着考，苦是苦了点儿，但他牢记“天将降大任于是人也，必先苦其心志，劳其筋骨，饿其体肤，空乏其身，行拂乱其所为，所以动心忍性，曾益其所不能”[②]的古训，常常以此自勉。

靠着这些心灵鸡汤的支撑，崔护孤身一人在长安复习，两耳不闻窗外事，一心只读圣贤书。

---

① 孟棨《本事诗·情感第一》：“博陵崔护，资质甚美，而孤洁寡合。”

② 《孟子·告子下》。

然而，人终究不是机器，何况崔护正值青春年少，日久天长，不免有些寂寞。

话说这一天，正值早春时节，草长莺飞，风和日丽，望着窗外明媚的春光，崔护心神荡漾，一时无心学习，于是决定给自己放一天假，去郊外散散心。

主意已定，崔护简单收拾了一下便走出房门，走出喧闹的长安城，沿着乡村小道，一路向南。树上的鸟儿成双对，绿水青山带笑颜，天气不错，风景不错，崔护的心情也不错。

不知不觉走到了一个山清水秀、桃花盛开的地方，崔护因为在途中喝了点儿随身携带的酒，忽觉口渴难耐，便径直往前走去，只见密林深处有一户人家，便上前敲门。崔护敲了很久都没人应，过了半天才有位女子从门缝中朝外张望问是谁，崔护告知了自己的名字，并坦承自己是来郊外踏春的，因为喝了酒口渴想讨碗水喝。①

这时，门吱的一声打开，里面走出一个十六七岁的小姑娘，崔护顿觉眼前一亮。

所谓“深山育俊鸟，茅屋出佳丽”，小姑娘杏脸桃腮，眉清目秀，肤白如雪，亭亭玉立，虽然衣着朴素，但只要人长得好看，穿啥都好看。

崔护当时都看呆了，张着嘴半天合不上，小姑娘担心地问道：“公子你咋啦？”

崔护这才回过神来，忙说：“没事，没事，小生只是口渴。”

小姑娘嫣然一笑，转身进屋给崔护搬来一张交椅，端来一碗水，

---

① 孟棨《本事诗·情感第一》：“扣门久之，有女子自门隙窥之，问曰：‘谁耶？’以姓字对，曰：‘寻春独行，酒渴求饮。’”

然后便静静地站在院子里的一棵桃花树下。[①]

微风轻轻吹过，花瓣如雪，缤纷飘落，在桃花的映衬下，小姑娘风姿绰约，落落大方，史料中用了八个字形容姑娘当时的形象，叫“妖姿媚态，绰有余妍”[②]。小姑娘虽然年龄不大，但风情万种，楚楚动人，崔护偷眼望去，不禁心中一荡。

爱情如潮水般涌来，一个声音在崔护心底呼喊：是她，是她，就是她，我的梦中情人，我要把她娶回家！

贰

第一次见面，还不知道人家姓甚名谁，多大年纪，什么学历，什么星座，在哪儿工作，收入多少，性格怎样，爱好是什么，对于这些信息一无所知就喜欢上了，这速度未免太快了，是不是太草率了？

其实一点儿也不草率。等啥都了解清楚了，再结合自身情况，权衡利弊，科学分析，准确判断，制定严谨周密的行动方案，稳步推进双方关系健康有序发展，那不叫爱情，那叫商业合作。爱情这东西，讲究的就是一见钟情，哪儿有那么多理由？

崔护一边喝水，一边“以言挑之”[③]。以前总说文言文简练，其实现代汉语更简练，这句话翻译过来就一个字：撩。

崔护这一撩才知道，小姑娘名叫绛娘，年方十六，早年丧母，靠父亲每天外出打工维生，目前没有工作，而且没有男朋友。崔护不禁

---

① 孟棨《本事诗·情感第一》：“女子以杯水至，开门，设床命坐，独倚小桃斜柯伫立。”

② 孟棨《本事诗·情感第一》。

③ 孟棨《本事诗·情感第一》。

怦然心动：这是天意啊！没有约定，是缘分让我遇见你，“莫名我就喜欢你，深深地爱上你”[①]“你在我眼中是最美，每一个微笑都让我沉醉”[②]，我一定要把你娶回家。

崔护的内心波涛汹涌，绛娘对崔护也颇有好感。史料记载：“目注者久之。”[③]双方确认过眼神，就是自己想找的那个人，郎有情，妾有意，才子佳人，天作之合。

两人相谈甚欢，不知不觉已近天黑。唐代有宵禁制度，到点就关城门。眼看天色不早了，必须赶紧回去，崔护只得起身告辞，内心满是不舍。

从此，崔护陷入情网，每天茶不思，饭不想，满脑子都是绛娘的身影，再也无心学习。

“每个夜晚来临的时候，孤独总在我左右”[④]，崔护的内心在矛盾中挣扎，脑海中经常浮现出两个小人吵架的声音。

一个说：小崔呀，快醒醒吧！这样下去怎么行？你还年轻，应该把精力放在学习上，岂能因儿女情长影响考取功名？天涯何处无芳草，何必单恋一枝花？如果这次再考砸了，你有何面目见父老乡亲？没有功名，将来如何在社会上立足？哪个姑娘愿意跟你？

另一个说：小崔呀，茫茫人海，能遇到自己心爱的人不容易。人生在世，功名利禄不过是过眼云烟，‘曾经在幽幽暗暗反反复复中追

---

① 歌词，出自歌曲《你知道我在等你吗》，张洪量作曲、作词、演唱。收录于专辑《心爱妹妹的眼睛》，1989年10月发行。

② 歌词，出自歌曲《最美》，羽泉作曲、作词、演唱。收录于同名专辑《最美》，1999年11月发行。

③ 孟棨《本事诗·情感第一》。

④ 歌词，出自歌曲《执着》，许巍作曲、作词，田震演唱。收录于专辑《田震》，1996年3月发行。

问，才知道平平淡淡从从容容才是真’[①]，与美人相守山林田园，一座小院，两间瓦房，几亩薄田，养一头牛，喂几只鸡，日出而作，日落而息，人生最美满最惬意的生活莫过于此。

两个声音交织在一起，此起彼伏，互不相让。经过激烈的思想斗争，最终，理智战胜了情感，崔护毅然决定，忘掉绛娘，专心备考，一切等明年科举考试之后再说。

叁

第二年，也就是唐德宗贞元十二年（796年），崔护终于金榜题名，进士及第。

欣喜之余，崔护忙着差人把喜讯送到家乡，接着在长安大酒店宴请亲朋好友、老师同学，又登门拜谢礼部官员和各位考官，还托关系拜见吏部领导，因为考中进士并不能立刻被授予官职，还需经过吏部的考试，然后排队等职位空缺，所以，京城上上下下的关系都要打点。

等好不容易忙过了这阵子，已是春光明媚，鸟语花香，到处莺歌燕舞，更有潺潺流水，十里桃花朵朵开。当花瓣离开花朵，轻轻飘落在崔护的肩上，他才忽然想起城外那个姑娘。

第二天，崔护凭着记忆，又找到了那个幽静的小院。然而，物是人非，桃花尚在，却是人去屋空，绛娘早已不知去向。

桃花残，满地伤，花落人断肠。崔护呆呆地坐在院子里，一直等

---

① 歌词，出自歌曲《再回首》，卢冠廷作曲，陈乐融作词，姜育恒演唱。收录于专辑《多年以后·再回首》，1989年6月发行。

到夕阳西下，也不见绛娘归来，一时思绪万千，从包裹中取出笔墨，在房门上写下七言绝句一首：

> 去年今日此门中，人面桃花相映红。
> 人面不知何处去，桃花依旧笑春风。

崔护写罢掷笔，长叹一声，依依不舍，黯然离去。

爱情有时候就像夜空中划过的流星，稍纵即逝，没有人会一直留在原地等你。此时，在崔护心里有一个声音在啜泣：“‘微风吹动你的发梢，就像风的线条，总是在我的眼里颤动。微笑挂在你的嘴角，荡漾我的情怀，总是叫我无法言语。每次都想呼喊你的名字，告诉你心中的话。’[①]‘谁娶了多愁善感的你，谁给你做的嫁衣？’[②]‘后来，我总算学会了如何去爱，可惜你早已远去消失在人海。’[③]”

崔护“终于在眼泪中明白，有些人，一旦错过就不在”[④]。

这是一个令人悲伤的故事。这个故事告诉我们，只要遇到喜欢的人，不要等待，不要犹豫，只管大胆向前冲，无论最后成与败，都不要留下遗憾。

---

① 歌词，出自歌曲《每次都想呼喊你的名字》，姚凯禄作曲、作词，李恕权原唱。最早收录于李恕权专辑《赤子》，1984年6月发行；后由张学友翻唱，收录于张学友专辑《情无四归》，1986年5月发行。

② 歌词，出自歌曲《同桌的你》，高晓松作曲、作词，老狼演唱。收录于专辑《校园民谣1》，1994年4月发行。

③ 歌词，出自歌曲《后来》，玉城千春作曲，施人诚作词，刘若英演唱。收录于专辑《我等你》，2000年1月发行。

④ 同上。

肆

故事到这里本来已经结束了，但有人觉得不够完美，他们更喜欢大团圆的结局。于是，崔护的故事出现了另外一个版本。

这个版本的大意是，崔护没找到绛娘，不死心，不久又去了一趟，结果遇到了绛娘的父亲。

老头儿气呼呼地指责崔护害死了绛娘，抓住崔护不让他走，哭着说去年一别后，绛娘就害了相思病，前几天出门回来看到门上的题诗，知道崔护来找过自己，二人失之交臂，懊悔不已，就此一病不起，刚刚故去。[①]

崔护大惊，进入灵堂，抱着绛娘的遗体号啕大哭，一边哭一边说："绛娘，我在这里，我在这里！"结果感动了苍天大地，绛娘死而复生，二人从此幸福地生活在了一起。[②]

后世有人据此编排了杂剧，全国巡演，颇受欢迎，前些年还拍了个电视剧，片名就叫《人面桃花》。

这个版本，个人感觉有些画蛇添足、狗尾续貂，把一出悲剧的美学意义毁灭殆尽。

在历史上，崔护考中进士后不久便步入仕途，曾先后出任京兆

---

① 孟棨《本事诗·情感第一》："后数日，偶至都城南，复往寻之。闻其中有哭声，扣门问之。有老父出曰：'君非崔护耶？'曰：'是也。'又哭曰：'君杀吾女！'崔惊怛，莫知所答。老父曰：'吾女笄年知书，未适人。自去年以来，常恍惚如有所失。比日与之出，及归，见左扉有字，读之，入门而病，遂绝食数日而死。吾老矣，惟此一女，所以不嫁者，将求君子，以托吾身。今不幸而殒，得非君杀之耶？！'又持崔大哭。"

② 孟棨《本事诗·情感第一》："崔亦感动，请入哭之。尚俨然在床。崔举其首，枕其股，哭而祝曰：'某在斯！某在斯！'须臾目开，半日复活。老父大喜，遂以女归之。"

尹、御史大夫、岭南节度使等职，仕途一帆风顺。

唐文宗大和五年（831年）[①]，崔护病逝，由于其生年不可考，故其享寿未知。

初恋总是令人难以忘怀。坊间传言，崔护在长安任职期间，旧情难舍，曾派人四处寻访绛娘的下落，但始终一无所获。日复一日，年复一年，又是一个桃花盛开的春天，这一日，身为京兆尹的崔护带着几个随从，微服私访。

不料在长安郊外一条乡村小路上偶遇一家人，好像是回娘家省亲的。只见男的瘦高个儿，背着一大包行李，左右一手拉扯一个孩子；女的特别胖，长得五大三粗，“身穿大红袄，头戴一枝花，胭脂和香粉她的脸上擦，左手一只鸡，右手一只鸭，身上还背着一个胖娃娃呀”[②]。

就在与他们擦肩而过的那一瞬间，崔护忽然有一种感觉：这个女人好像以前在哪儿见过。

“一阵乌云来，一阵风儿刮，眼看着山边就要把雨下”[③]，崔护来不及多想，赶忙钻进车里。

只可怜那一家人，“躲又没处躲，藏又没处藏”[④]，豆大的雨点往他们身上打，“淋湿了大红袄，吹落了一枝花，胭脂和花粉都变成了红泥巴”[⑤]。把那个女人给气的，扯着嗓子不停骂瘦高男人：“都

---

① 此处采信《辞海》词条。

② 歌词，出自歌曲《小媳妇回娘家》，汤尼作曲，孙仪作词，邓丽君演唱。收录于专辑《初次尝到寂寞》，1982年9月发行。

③ 同上。

④ 同上。

⑤ 同上。

怪你，都怪你，我说早点儿上路，你磨磨蹭蹭像个娘们儿一样半天出不了门，赶早不赶晚懂不懂？嫁给你我算是倒八辈子血霉了！”

男的并不生气，一直赔着笑哄老婆：“都怪我，都怪我，都是我不好，别生气嘛……”

大雨滂沱依旧，一家人渐行渐远。

远处依稀有春雷滚滚，如千军万马，动人心魄。

柳宗元

没有谁的诗比我的更孤独

对大唐来说，805年是极不平凡的一年。

这一年的正月，唐德宗李适驾崩，太子李诵即位，是为唐顺宗。唐顺宗改年号为“永贞”，开始了以打击宦官势力、革除政治积弊为目的的改革，史称“永贞革新”。

然而，改革遭到利益集团的强烈抵制，在一场宫廷政变中，唐顺宗被迫禅位于太子李纯，李纯即位，是为唐宪宗。至此，仅仅持续了一百多天的“永贞革新”宣告失败。

一朝天子一朝臣，秋后算账是免不了的，革新派无一例外遭到了政治清算。作为“永贞革新”的核心成员，三十三岁的柳宗元在这一年的九月，被贬为邵州（今湖南邵阳）刺史。

柳宗元黯然离京赴任，人还没走到邵州，又接到朝廷命令，被贬为永州（今湖南永州）“司马员外置同正员”，且“逢恩不原”[①]。

“司马”比刺史的级别低一级，是个闲职，没有任何实权；“员外置”的意思是司马这个位置已经有人了，你属于编外人员；但“同

---

① 《旧唐书·刘禹锡传》：“初，禹锡、宗元等八人犯众怒，宪宗亦怒，故再贬。制有‘逢恩不原’之令。”

正员”，享受正式司马待遇；“逢恩不原”是说即使遇到朝廷大赦，你也不在赦免之列。

这相当于宣告了一个人政治生命的终结。

柳宗元万念俱灰，转头改道永州，一路上陆续得到消息，此次被处理的革新派骨干一共十人，为首的“二王”，其中王叔文被贬为渝州司户（后被赐死），王伾被贬为开州司马（不久病死），其余柳宗元、刘禹锡、韦执谊等八人，全部贬到了偏远落后之地担任司马。

所以，后世也称“永贞革新”为“二王八司马事件”。

作为一个犯了错误被贬谪的官员，柳宗元客居永州，一待就是十年。

壹

柳宗元出生于唐代宗大历八年（773年），河东解（今山西运城）人。其出身非常显赫，是山西名门望族河东柳氏之后。这个河东柳氏非常厉害，男的世代为官，女的作风彪悍。著名的“河东狮吼”，说的就是柳氏家族。

出生在这样的家庭，柳宗元自幼就接受了最好的教育。他也很争气，从不沾染社会恶习，专心学习，认真读书，考试成绩始终名列前茅，二十一岁就考取了进士。

柳宗元的第一份工作是秘书省校书郎。

柳宗元从正九品的校书郎开始步入仕途，虽然一路升迁，但体制内讲究论资排辈，按部就班，晋升缓慢，距离权力中心还很遥远，直到他认识了王叔文。

王叔文是谁？他跟宋朝的蹴鞠运动员高俅一样，是个特长生，最初就是个下围棋的，因为棋下得好，被朝廷聘为翰林院棋待诏，每天的工作只有两项，一是陪皇帝对弈，二是教太子下棋，对外称“太子侍读”。所以说，人一定要有一技之长，才能在社会上立足。

太子侍读属于几品官？根本没有品级。但是古代官场上有些职位不能只看品级，要看它的实际作用和对人未来前途的影响，比如太子的老师、皇帝跟前的太监，这些职位都不可小觑。

治大国若烹小鲜，理朝政如下围棋。王叔文在教太子李诵下棋时，经常以棋喻理，议论朝政，针砭时弊，其政治见解深得太子赏识和信任。

太子李诵登基后，立刻破格起用了自己的围棋老师王叔文和书法老师王伾。

两位王老师在皇帝学生李诵的全力支持下，广泛搜寻志同道合者，准备开展一场轰轰烈烈的政治改革。

就在此时，柳宗元进入了王叔文的视野。

贰

柳宗元当时只是个正八品下的监察御史里行，但他胸怀大志，有治国安邦的理想，对宦官专权、藩镇割据、朋党之争的积弊深恶痛绝，早有革新的想法，这一点与王叔文不谋而合。于是，在王叔文的举荐下，柳宗元被提拔为礼部员外郎。

虽然只是个从六品的官职，但对柳宗元来说，从监察御史里行到礼部员外郎，属于连升三级。

更重要的是，柳宗元由此正式登上了政治舞台。

锐意革新变法的太子李诵运气不佳，父亲唐德宗身体强健，以至于他当太子长达二十六年，迟迟不能接班，成为唐朝历史上做储君时间最长的太子。

李诵好不容易熬到登基，终于可以按自己的想法执政了，可是身体又不行了，最后中风了，行动不便，口不能言，所以，“永贞革新”基本上由“二王”和柳宗元、刘禹锡四人主导。

变法小组先后推出了一系列改革措施，包括打击宦官、惩治腐败、抑制藩镇势力，重建中央集权、取消宫市五坊使、取消官员进奉、遣散多余宫女，等等。

变法阻力巨大，从中央到地方，反对的声音此起彼伏，不光利益集团，比如手握兵权的宦官首领俱文珍、武则天的后人御史中丞武元衡、剑南西川节度使韦皋等人竭力反对，指责王叔文等朋党勾结，“挟天子以令群臣”，就连朝中三位宰相也不支持革新变法。

这种情况下，变法怎么可能取得成功？

贞元二十一年（805年）八月四日，宦官俱文珍等人发动政变，迫使唐顺宗李诵退位，改称太上皇，并下诏宣布皇太子李纯（原名李淳）继位。八月九日，太子李纯即位，也就是唐宪宗。几个月后，太上皇李诵死于宫中。

就这样，仅持续了一百多天的“永贞革新”以失败告终，力推变法的“二王八司马”全部被贬出京，曾风光一时的柳宗元也随之坠入了人生低谷。

叁

永州，在唐朝时期属于“南荒”之地，环境恶劣，交通不便，经济落后，毒蛇很多。

柳宗元到任之初，连个住的地方都没有，堂堂一州司马，只能跟老母亲一起暂住在当地一个叫龙兴寺的破庙里。

由于水土不服、条件艰苦、生活困难，短短半年后，柳宗元的母亲便去世了。

在事业受挫、亲人离世的双重打击下，柳宗元一度陷入消沉迷茫、孤独抑郁之中，经常与一同落难、在朗州担任司马的好友刘禹锡书信往来，诗文唱和，诉说苦闷。这首《入黄溪闻猿》，正是当时柳宗元灰暗心情的写照：

溪路千里曲，哀猿何处鸣？
孤臣泪已尽，虚作断肠声。

塞翁失马，焉知非福。远离了官场的勾心斗角、尔虞我诈之后，柳宗元被工作埋没的文学热情水涨船高。在永州期间，柳宗元以考察调研的名义，“而自肆于山水间”[①]，在排解郁闷的同时，创作了大量诗歌。

比如下面这首《溪居》，是柳宗元从龙兴寺乔迁新居后所写。此时柳宗元似乎已从苦闷中走了出来，字里行间洋溢着对田园生活的满足，悠闲惬意，无拘无束，自得其乐：

久为簪组累，幸此南夷谪。
闲依农圃邻，偶似山林客。
晓耕翻露草，夜榜响溪石。

---

① 韩愈《柳子厚墓志铭》。

来往不逢人，长歌楚天碧。

隆冬时节，永州郊外冰天雪地，寒气逼人。柳宗元独自一人跋涉到江边，只见一叶扁舟之上，一位老翁端坐垂钓。其时天地苍茫，万籁俱寂，老翁一动不动，物我两忘，超然世外。柳宗元望着渔翁的背影，一时感慨万千，一首震古烁今的《江雪》脱口而出：

千山鸟飞绝，万径人踪灭。
孤舟蓑笠翁，独钓寒江雪。

这是柳宗元的代表作，也是唐代五言诗的巅峰之作。宋人范晞文在《对床夜语》中对这首诗给予了极高的评价："唐人五言四句，除柳子厚《钓雪》一诗之外，极少佳者。"《唐人绝句精华》中则说："此诗读之便有寒意，故古今传诵不绝。"

肆

尽管柳宗元的诗很厉害，一首《江雪》已足以傲视诗坛，但他最大的文学成就并不是诗歌，而是散文。

所谓"唐宋八大家"，全称是"唐宋散文八大家"，唐代文坛人才济济，但若论散文，只有柳宗元和韩愈入选。

六朝直至唐朝初期，讲究排偶对仗、典故音律、华丽辞藻的骈文十分盛行，也产生了许多流传千古的名篇，比如王勃的《滕王阁序》、骆宾王的《为徐敬业讨武曌檄》等。但总体而言，骈文存在过分讲究形式、华而不实的弊端。

柳宗元和韩愈对此十分不满，他们推崇先秦两汉时期那种不受格式拘束、可以自由表达的散文，极力主张改变文风，推行古道，复兴儒学。由他们二人发起的这场将文言文的主流文体从骈文转变为古文的运动，被称为“古文运动”。

变法搞不成，改改文坛创作风气总可以吧。

柳宗元是唐代古文运动的积极倡导者，也是积极实践者，其流传至今的诗文有六百余篇，绝大多数属于古文，而且绝大部分创作于永州。其作品题材广泛，形式多样，有论说、辞赋、寓言、传记、游记等，包罗万象。

柳宗元的散文作品中，尤以山水游记最为人所称道。比如著名的《永州八记》，语言精巧，生动简洁，借景抒怀，立意深远。其中的《小石潭记》入选中学语文课本，柳宗元也因此被后世誉为“游记之祖”。

同样入选语文课本的柳宗元作品，还有寓言故事《黔之驴》、散文《捕蛇者说》等，都是中国古代散文中的名篇。因为当中的大部分段落被要求背诵，所以人们对柳宗元散文的印象极为深刻。

伍

柳宗元贬居永州整整十年，以为仕途止步于此了，可万万没想到，突然有一天，朝廷传来圣旨，召他即刻回京。

正义可能会迟到，但永远不会缺席。听闻喜讯，柳宗元十分激动，立刻收拾行李，一路马不停蹄，返回长安。

行至陕西灞亭，魂牵梦绕的长安城已近在咫尺，柳宗元喜不自禁，作七言绝句《诏追赴都二月至灞亭上》一首：

十一年前南渡客，四千里外北归人。
诏书许逐阳和至，驿路开花处处新。

柳宗元写完之后发朋友圈：“长安，我老柳又回来啦！”

回到阔别已久的京城，柳宗元才知道，不光是自己，刘禹锡等因“永贞革新”被贬的“八司马”全都被召回了，正待重新启用。

这八个人欣喜若狂，纷纷上书皇帝，感谢皇恩浩荡，感谢朝廷给了自己第二次政治生命，决心在新的岗位上奋发图强，再创佳绩，报效朝廷。

不料，在等待分配工作期间，几个人又出事了。

这事儿要怪就怪刘禹锡。阳春三月，刘禹锡邀请柳宗元等几个难兄难弟到玄都观春游赏花，兴之所至，赋诗一首：

紫陌红尘拂面来，无人不道看花回。
玄都观里桃千树，尽是刘郎去后栽。

刘禹锡写完还不算，还要发朋友圈。除了这首《元和十年自朗州承召至京，戏赠看花诸君子》之外，还配了一句话：“长安，我老刘又回来啦！”

本来召回“八司马”，朝廷内部就有争议，你还要这么高调，这不是自寻死路吗？

反对派以宰相武元衡为首，看到此诗立刻向皇帝告状：什么叫“玄都观里桃千树，尽是刘郎去后栽”？这分明是含沙射影，是在讥讽朝廷新提拔的官员，是对自己先前被贬心怀不满。而且，八个犯过错误的人凑在一起，涉嫌拉帮结派，不可不防啊。

武元衡几句话就把唐宪宗给说动了，唐宪宗原本打算将八个人留在京城委以重任，现在决定，再度外派。

陆

这次，柳宗元被任命为柳州刺史，比原来的虚职司马高了一级，刘禹锡则被任命为播州刺史。

柳州在广西，虽地处偏远，条件也还可以。

播州在哪儿？就是今天的贵州遵义，那时候茅台酒还没有问世，遵义没有什么经济支柱，穷乡僻壤，自然条件十分恶劣，完全不适合人类居住。吏部把刘禹锡分配到这种地方，就是要狠狠打击他的嚣张气焰，看他还说不说什么“尽是刘郎去后栽”！

对此，刘禹锡还没表态呢，柳宗元看不下去了，当即上书唐宪宗：“播州那不是人待的地方，刘禹锡家里还有老母亲，母子一起去播州不合适，我愿意‘以柳易播’，跟他对调，决不反悔。”①

按理说，柳宗元再度被贬出京，是受到刘禹锡那首诗的牵连，但柳宗元不仅没有埋怨刘禹锡，反而仗义出手，舍身相助，什么叫刎颈之交？什么叫情深义重？这就是。后来柳宗元去世，韩愈在《柳子厚墓志铭》中回忆此事忍不住赞叹道：“呜呼！士穷乃见节义。”

柳宗元的高风亮节感动了天，感动了地，也感动了朝廷，唐宪宗破例改令，将刘禹锡派往条件稍好的地区，改任其为连州（今广东清远）刺史。

---

① 韩愈《柳子厚墓志铭》：“子厚泣曰：‘播州非人所居，而梦得亲在堂，吾不忍梦得之穷，无辞以白其大人；且万无母子俱往理。’请于朝，将拜疏，愿以柳易播，虽重得罪，死不恨。”

长路漫漫，前往南方赴任时，柳宗元与刘禹锡结伴同行，一路互相安慰。行至湖南衡阳，到了不得不分别的时候，柳宗元作《衡阳与梦得分路赠别》：

十年憔悴到秦京，谁料翻为岭外行。
伏波故道风烟在，翁仲遗墟草树平。
直以慵疏招物议，休将文字占时名。
今朝不用临河别，垂泪千行便濯缨。

刘禹锡随即作《再授连州至衡阳酬柳柳州赠别》一首唱和道：

去国十年同赴召，渡湘千里又分岐。
重临事异黄丞相，三黜名惭柳士师。
归目并随回雁尽，愁肠正遇断猿时。
桂江东过连山下，相望长吟有所思。

一对挚友就此洒泪分别，彼此心里都清楚，山高路远，水阔天长，这一别，或许今生再也没有机会相见了。

柒

柳宗元到柳州后的第四年，也就是元和十四年（819年），在宰相裴度的力争下，唐宪宗召柳宗元回京。

但可惜的是，圣旨送达柳州时，柳宗元已因病去世，死时年仅四十七岁。

临终前，柳宗元将自己的子女和全部作品托付给了好友刘禹锡。刘禹锡不负所托，将柳宗元的子女抚养成人，在柳宗元的儿子中，有一个还考取了进士。

柳宗元的诗文作品也经刘禹锡之手编纂成册，全书共四十五卷，名为《柳河东集》，流传至今。

柳宗元一生仕途不顺，政绩乏善可陈，但这反而成全了他的文学创作，所谓“有心栽花花不开，无心插柳柳成荫”。

苏轼曾对柳宗元给予高度评价，认为柳宗元的诗在陶渊明之下，在韦应物之上。①

多年以后，人们说起柳宗元，很少有人提及那场决定了他一生命运的“永贞革新”，人们记住的是他那些不朽的诗文，是“千山鸟飞绝，万径人踪灭”，是“黔驴技穷”，是“苛政猛于虎”。

这正是：

文章千古事，得失寸心知。
作者皆殊列，名声岂浪垂。②

---

① 苏轼《评韩柳诗》：“柳子厚诗，在陶渊明下，韦苏州上。”

② 杜甫《偶题》。

薛涛

最恨你那么久都不来见我一次

唐德宗贞元元年（785年），吏部收到剑南西川节度使韦皋递交的一份拟任职报告，该报告申请授予薛涛秘书省校书郎官职。[①]

吏部主管各级官员的任免、升迁、调动、考核等事务，为六部之首，最高长官称吏部尚书。

那天，吏部尚书接到报告后，起初并没有太在意。

秘书省校书郎不过是个九品芝麻官，剑南西川节度使是封疆大吏，韦皋是朝廷重臣，提名举荐手下做个小小的校书郎，吏部通常不会不给面子。

吏部尚书大致扫了一眼报告，正准备提笔签“同意”，忽然被《拟任职干部简历》惊到了：薛涛，字洪度，女，十七岁，长安人，出身官宦家庭，十五岁入乐籍，在成都从事乐伎[②]工作，本人“辨慧工诗，有林下风致”[③]，现为剑南西川节度使文字秘书、生活助理。

---

① 何光远《鉴诫录·蜀才妇》：“大凡营妓比无校书之称。韦公南康镇成都日，欲奏之而罢，至今呼之。”

② 从事歌舞表演或乐器演奏的艺人。

③ 《全唐诗·薛涛传》。

尚书读罢，不由得倒吸一口凉气：这是什么情况？这位韦大人居然举荐一名女子为官？还这么年轻，还没有学历，还做过乐伎？这……成何体统？！

要知道，秘书省校书郎虽然是个小官，但对从业者的要求很高，一般得是进士出身。韦皋举荐一名风尘女子做校书郎，显然不合规矩，在大是大非面前，吏部尚书还是经受住了考验，毅然将报告驳回。

尚书大人在被韦皋的举动震惊之余，不禁有些好奇：这个薛涛到底是个什么样的女子，有着怎样的魔力，让韦大人亲自举荐？这背后究竟隐藏着什么不为人知的秘密？

壹

正如简历中所写，薛涛出身官宦家庭，父亲原本在长安任职，后来因为犯了点儿错误，被贬到四川成都任职，不久便病故了。

那一年，薛涛十三岁。

失去了父亲之后，薛涛和母亲的生活陷入困境。薛涛人小志气大，为了生存，勇敢地挑起了生活的重担。

所谓燕赵多美女，蜀地多才女[①]，凭借沉鱼落雁的外貌，出尘脱俗的气质[②]和琴棋书画、诗词歌赋样样精通的文艺特长，薛涛十五岁正式加入乐籍，成为一名乐伎。

当然，薛涛并不是一般的青楼女子。唐代的乐籍人员分很多种，

---

① 何光远《鉴诫录·蜀才妇》：“吴越饶营妓，燕赵多美姝，宋产歌姬，蜀出才妇。”

② 何光远《鉴诫录·蜀才妇》：“容姿既丽，才调尤佳。”

针对一些达官显贵，一种叫作“教坊”的青楼妓馆应运而生，属于官办，娱乐内容以歌舞表演、吹拉弹唱、琴棋书画为主。

初入教坊的薛涛年纪虽然不大，但千娇百媚，风情万种，才貌俱佳，色艺双绝，在教坊如鱼得水，事业蒸蒸日上，很快成长为巴蜀地区最具市场价值、最具人气的当红乐伎。

一切成功都不是偶然的，薛涛的文学才艺源于家庭的熏陶。薛涛从小就由父亲亲自教授诗词歌赋，她自幼聪慧，勤奋好学，进步神速。

薛涛七岁那年，父亲闲坐庭院，诗兴大发，随口吟出“庭除一古桐，耸干入云中”两句诗，薛涛当即续出“枝迎南北鸟，叶送往来风”。

薛涛出口成章，对仗工整，构思巧妙，众宾客都交口称赞：“哎呀，这小姑娘真聪明！”

可薛父却在惊喜之余，隐隐有一种不祥之感，因为这两句诗分明预示着，其女日后将沦为迎来送往的风尘女子。

结果，一语成谶。

薛涛在业内的名气越来越大，身价也水涨船高，普通人千金难买一夜，当地达官贵人、文人骚客举办各种聚会、筵席，无不以能请到薛涛为荣。

薛涛越来越忙，越来越不好约。

当然，这是针对一般顾客而言。对于真正想见的人，比如剑南西川节度使韦皋，薛涛永远有时间。

贰

薛涛与韦皋相识，源于一次酒宴。当时韦皋刚刚到任，当地官员为韦皋接风，请薛涛作陪。

席间，谈及蜀中风景名胜巫山，薛涛展示才艺，现场作《谒巫山庙》诗一首：

乱猿啼处访高唐，路入烟霞草木香。
山色未能忘宋玉，水声犹是哭襄王。
朝朝夜夜阳台下，为雨为云楚国亡。
惆怅庙前多少柳，春来空斗画眉长。

韦皋是朝廷高官，同时也是个诗人，读罢此诗，不禁为薛涛过人的才情和美貌所折服，从此成为薛涛的座上宾。

薛涛的许多同行不免心生嫉妒，暗地里议论纷纷：她有啥了不起的？不就长得有几分姿色吗？有姿色的女人多的是，不比她差在哪儿。

其实，这是一个误区。薛涛长得确实漂亮，风姿绰约，娇艳妩媚，但光漂亮是不够的，薛涛不仅外貌出众，色艺双绝，而且文采斐然，还能帮韦皋撰写文书。

换句话说，薛涛绝不是一个仅靠颜值混社会的艺人，她既是男人生活中的好伴侣，更是事业上的好帮手。

韦皋对薛涛一见钟情，不久便顶着巨大的社会压力把薛涛带出教坊，让她搬进了节度使官邸。

可是，让一个乐伎经常出入办公场所，毕竟影响不好，所以韦皋突发奇想，决定上书奏请朝廷授予薛涛秘书省校书郎的官职。

让一个没有文凭的乐伎担任校书郎一职，历史上从未有过这样的先例，所以此事最终未能获准。

事情虽然没办成，但此后，所有人都知道了薛涛在韦皋心目中的地位。

叁

薛涛与韦皋的这段感情持续了大约五年，这五年薛涛可以说是备受宠爱。据后蜀何光远《鉴诫录》记载："涛每承连帅[①]宠念，或相唱和，出入车舆，诗达四方。中朝一应衔命使车，每届蜀，求见涛者甚众。而涛性亦狂逸不□□□□[②]，遗金帛，往往上纳。"[③]

也就是说，薛涛因为韦皋的宠爱而不知天高地厚，竟然私自收受官员的贿赂。

韦皋得知之后大惊：这还了得！这不是败坏我清廉的名声吗？一怒之下，将薛涛逐出成都，发配至偏远的松州（今四川松潘县）当乐伎"劳军"。

薛涛也知道自己闯祸了，一口气写了十首七言绝句，依次为《犬离主》《笔离手》《马离厩》《鹦鹉离笼》《燕离巢》《珠离掌》《鱼离池》《鹰离鞲》《竹离亭》《镜离台》，合称"十离诗"，比如这首《犬离主》：

驯扰朱门四五年，毛香足净主人怜。

---

① 唐代多指节度使。

② 原文缺字，故用□代替。

③ 傅璇琮、徐海荣、徐吉军主编《五代史书汇编》。

无端咬着亲情客，不得红丝毯上眠。

薛涛在诗中极尽卑微讨好之情，乞求韦皋原谅，允许自己回去。

最终打动了韦皋。因念及旧情，不

但感情的裂痕已无法修补，两人再

以，怎么可能跟一个乐伎来真的？

系心如明镜：你图我年轻貌美有才

家两厢情愿，各取所需。

有停下进取的脚步。自韦皋之后，

李德裕等，均与薛涛有往来。薛涛

后无来者，令人难以置信的行业奇

位的武元衡。

了让“女校书”的称呼名副其实，

朝廷要求授予薛涛校书郎一职。此

武元衡入相，奏授校书郎。蜀人呼

从此以后，蜀中都尊称薛涛为“女

书》诗：

里①闭门居。

扫眉才子于今少[①]，管领春风总不如。

后世将薛涛与苏小小、李师师、梁红玉、陈圆圆、柳如是、董小宛、李香君、赛金花、小凤仙一起，并称“中国十大名妓”，可见薛涛绝非浪得虚名。

薛涛的一生，桃花盛开，绯闻不断。

最让人津津乐道的一段情史，发生在她四十二岁那年。唐宪宗元和四年（809年），徐娘半老、风韵犹存的薛涛与比自己小十一岁的诗人元稹相识，两人发生了一场旷日持久的“姐弟恋”，轰动一时。

那一年，三十一岁的元稹一表人才，与白居易共同倡导新乐府运动，在文坛并称“元白”，其根据自身经历所写的《莺莺传》一书更是被奉为爱情经典，连续多年雄踞畅销书排行榜榜首，元稹由此名满天下，如日中天，一跃成为大众情人、国民偶像。

因此，“诗坛一姐”薛涛对后起之秀元稹不免心生爱慕。

元稹当时官任监察御史，其办公驻地与成都相距四百多里，因为对薛涛也仰慕已久，所以到任没两天就迫不及待地策马扬鞭，翻山越岭与薛涛相会。

二人一见钟情。那段时光，是薛涛一生最快活的日子。这首《池上双鸟》，描写的正是她当时的心情：

双栖绿池上，朝暮共飞还。
更忆将雏日，同心莲叶间。

---

① 一作“知多少”。

这一次，薛涛动了真感情，阅人无数的她以为这一次终于可以结束爱情的游戏，元稹就是她感情的归宿。

然而，幸福的时光总是短暂的。很快，朝廷一纸调令，命元稹赴洛阳任职。

分别之际，薛涛依依不舍，十里相送。元稹也很深情，对薛涛说："其实不想走，其实我想留，留下来陪你每个春夏秋冬。你要相信我，再不用多久，我要你和我今生一起度过。"①

元稹信誓旦旦地承诺，在洛阳安顿好之后，就派人来接薛涛团聚。谁料想，这一别两人就再也没有见面的机会。

此后，元稹历经宦海沉浮，历任江陵（今湖北荆州）士曹参军、通州（今四川达州）司马、虢州（今河南灵宝）长史、膳部员外郎、祠部郎中、知制诰、中书舍人等职。

其间某一天，元稹忽然心血来潮，写信告诉薛涛："趁着我到四川出差的机会，不如见一面？"

"风乍起，吹皱一池春水。"②已年过半百、心如止水的薛涛对元稹的旧情死灰复燃，重新焕发了生机，连忙梳妆打扮，每日翘首以盼旧情人的到来。

然而，薛涛最终还是没有等到，因为风流成性的元稹在途中与一个叫刘采春的文艺女青年相识，双双坠入情网，此时的薛涛还蒙在鼓里。

据史料记载，元稹初见刘采春之时，就为她的美貌所倾倒，忍不

---

① 歌词，出自歌曲《其实不想走》，刘志宏作曲、作词，周华健演唱。收录于专辑《风雨无阻》，1994年6月发行。

② 冯延巳《谒金门·风乍起》。

住夸赞道：“篇韵虽不及涛，容华莫之比也。”[1]刘采春虽然诗才不如薛涛，但颜值比薛涛有过之而无不及，不仅更年轻、更漂亮、更妩媚，而且，还是当红歌星。

元稹有了新恋情之后，把已经过气的薛涛抛诸脑后。

元刘二人的绯闻很快传遍了文艺圈，当时没有网络，远在成都的薛涛对此一无所知，每天还在痴痴地等待元稹的到来。

多情女偏遇薄情郎，此情此景连元稹的好朋友白居易都看不下去了，派人给薛涛送去一首诗劝她放弃：

蛾眉山势接云霓，欲逐刘郎北路迷。
若似剡中容易到，春风犹隔武陵溪。[2]

啥意思？意思就是，“早知道伤心总是难免的，你又何苦一往情深？因为爱情总是难舍难分，何必在意那一点点温存？要知道伤心总是难免的，在每一个梦醒时分，有些事情你现在不必问，有些人你永远不必等。”[3]

唐穆宗长庆元年（821年），元稹当上翰林承旨学士之后，想起自己跟远在四川的薛涛已经十二年没有相见，一时思绪万千，于是挥毫作诗一首寄给她：

锦江滑腻蛾眉秀，幻出文君与薛涛。

---

① 范摅《云溪友议》卷下。

② 白居易《与薛涛》。

③ 歌词，出自歌曲《梦醒时分》，李宗盛作曲、作词，陈淑桦演唱。收录于专辑《跟你说听你说》，1989年11月发行。

言语巧偷鹦鹉舌，文章分得凤凰毛。
纷纷辞客多停笔，个个公卿欲梦刀。
别后相思隔烟水，菖蒲花发五云高。[①]

热恋中的女人总是容易犯傻，为情所困的薛涛执迷不悟，靠鸿雁传书，又与元稹进行了多年的异地恋。

闺蜜问薛涛为什么要这么傻，为了一个不值得的男人苦苦等待，白白牺牲自己的幸福，薛涛长叹一声道："唉，'只是女人，容易一往情深，总是为情所困，终于越陷越深，可是女人，爱是她的灵魂，她可以奉献一生，为她所爱的人。'[②]"闺蜜听到她这话，只能替她惋惜。

其间，薛涛对元稹的思念与日俱增，百般相思化作笔墨，写下了五言古体诗《春望词》四首：

（一）

花开不同赏，花落不同悲。
欲问相思处，花开花落时。

（二）

揽草结同心，将以遗知音。

---

① 元稹《寄赠薛涛》。

② 歌词，出自歌曲《问》，李宗盛作曲、作词，陈淑桦原唱。首次收录于滚石群星大陆演唱会现场专辑《大家乐》，1992年10月发行；后经重新编曲，收录于陈淑桦个人专辑《爱的进行式》，1994年1月发行；后由林忆莲翻唱，收录于林忆莲专辑《回忆莲莲》，2006年8月发行。

春愁正断绝，春鸟复哀吟。

（三）

风花日将老，佳期犹渺渺。

不结同心人，空结同心草。

（四）

那堪花满枝，翻作两相思。

玉箸垂朝镜，春风知不知。

因为嫌平时写诗的纸张太大，不够浪漫，薛涛以女性特有的心灵手巧，对造纸工艺加以改造，将纸染成桃红色，裁成精巧的窄笺，人称“薛涛笺”。“薛涛笺”一经推出，迅速风靡全国，在市场上深受广大文艺女青年的喜爱，成为畅销百万的文创产品，一时成都纸贵，流传至今。

肆

元稹当时已有妻室，加上两人无论年龄还是身份地位差距都很大，所以，薛涛起初并没有奢望元稹会迎娶自己。

然而，后来发生的一些事，让薛涛的内心重新燃起了希望之火：首先是元稹被贬，事业陷入低谷；紧接着，元稹的妻子韦丛去世了。

后来流传甚广的“曾经沧海难为水，除却巫山不是云”[①]，正是

① 元稹《离思五首》（其四）。

元稹悼念亡妻之作。

薛涛一厢情愿地以为，自己的机会终于来了。谁料想，出于仕途方面的考虑，元稹续弦时还是娶了世族之女。

第二任妻子婚后仅仅三年就去世了，元稹化悲痛为力量，第三次婚姻娶的又是一位名门闺秀。

而那个曾经与之山盟海誓的薛涛，却始终徘徊在元稹的心门之外。薛涛不明白的是，对于男人来说，喜欢一个女人是一回事，娶她则是另一回事，二者不能画等号。

“记忆它总是慢慢地累积，在我心中无法抹去，为了你的承诺，我在最绝望的时候都忍着不哭泣。”[①]薛涛伤心欲绝。

伍

哀莫大于心死。垂暮之年，已经彻底厌倦了红尘的薛涛出家入道，隐居碧鸡坊吟诗楼（今成都金丝街附近），每日青灯黄卷，晨钟暮鼓，在孤寂中度过了人生的最后时光。

唐文宗大和五年（831年），元稹在武昌节度使任所猝然离世，享年五十三岁。好友白居易作《祭微之文》，哭得昏天黑地；薛涛得知消息后，沉默不语，面无表情。

第二年，一代才女薛涛郁郁而终，随元稹而去，享年六十五岁。

集美貌和才学于一身的薛涛，在大唐官场、诗坛和娱乐圈长袖善舞，叱咤风云，游走于无数男人之间，骤然香消玉殒，大唐文坛及社

① 歌词，出自歌曲《漂洋过海来看你》，李宗盛作曲、作词，娃娃（金智娟）演唱。收录于专辑《大雨》，1991年7月发行。

会各界无不为之扼腕叹息。

薛涛虽长年流连欢场，但创作颇丰，一生写了五百多首诗。后世编选的《全唐诗》一共收录四万八千多首诗，薛涛一人独占九十一首[①]，居女诗人之冠。她和鱼玄机、李冶、刘采春一起，合称“唐朝四大女诗人”；她与卓文君、花蕊夫人、黄娥一起，合称“蜀中四大才女”。

伊人已逝，如今成都的望江楼公园中薛涛墓冢犹在。墓前有元稹的下一任剑南西川节度使段文昌为她亲笔题写的墓志铭，墓碑上刻着“西川女校书薛涛洪度之墓”几个大字。

北宋词人晏殊曾作《清平乐》一首，缅怀薛涛：

红笺小字，说尽平生意。
鸿雁在云鱼在水，惆怅此情难寄。
斜阳独倚西楼，遥山恰对帘钩。
人面不知何处，绿波依旧东流。

① 《全唐诗》原收薛涛诗八十九首，删去因混淆而误选的薛能《牡丹》一首，补入薛涛《四友赞》《浣花亭》《朱槿花》三首，共九十一首。

刘采春

一见『渣男』误终身

唐穆宗长庆三年（823年）八月，浙江绍兴越州大剧院内，人头攒动，座无虚席，由江南名伶、著名歌星刘采春领衔主演的文艺演出即将开始。

面对这么大的场面，刘采春的心里多少有些紧张。

因为这不是一场普通的演出，是官府为欢迎地方官到任专门举办的文艺会演，而新任越州（今浙江绍兴）刺史，正是刘采春的偶像——名满天下的大诗人、朝廷前宰相元稹。

整个剧场的布置与以往大不相同，彩旗招展，红毯铺地，舞台四周摆放着盛开的鲜花，正中央上方是一行醒目的大字——“热烈欢迎元刺史到任主政”。两旁是一副对联，上联是“物华天宝浙东腾飞迎机遇”，下联是“人杰地灵越州发展续华章”。

下午二点三十分，新任浙东观察使兼越州刺史元稹迈着矫健的步伐步入会场，全体起立，人群中爆发出热烈的掌声，经久不息。

元稹微笑着向大家招手，坐定后小声对当地官员说：“不合适，这样不合适，要低调。”

这倒也不是客气话，因为元稹到任越州不是升职过来的，而是从同州（治今陕西渭南大荔）平调过来的。在这之前，元稹是堂堂宰相，出于一些政治原因，仅仅干了三个月就被贬为刺史，职位下降了，不是什么光彩事，所以确实不想过分张扬。

当地官员连忙赔笑道：“元大人，这都是百姓自发组织的。大人能莅临越州，这是越州之福、浙东之福、江南之福……”

元稹摆了摆手，打断了他的话：“好了，演出是不是可以开始了？”

当地官员回应道：“是，元大人，这就开始。”

大幕徐徐拉开，刘采春闪亮登场。

壹

刘采春是谁？听名字感觉有点儿土，但人家可是江南演艺圈最火的明星。

刘采春，淮甸（今江苏淮安一带[①]）人，家境贫寒，自幼加入戏班，跟江南名伶周季崇学戏，因天资聪颖，练功刻苦，加上长得漂亮，深得周季崇的喜爱。日复一日，在周季崇手把手的悉心栽培下，刘采春从梨园新秀，逐渐成长为演艺界极具市场号召力的“一线明星”。

二人朝夕相处，日久生情，感情急剧升温，并很快奉子成婚，婚后不到半年就生下了一个女儿。

此后，刘采春便跟随丈夫周季崇带着戏班浪迹江湖，四处走穴，巡回演出。

当时，戏班的保留曲目叫“参军戏”，是一种搞笑滑稽戏，类似

---

① 据程千帆、沈祖棻《古诗今选》。

于今天的相声、小品加二人转，有捧哏，有逗哏，插科打诨，风趣幽默，深受观众喜爱。

当然，刘采春并不是靠“参军戏”走红的，她的拿手绝活儿是情歌。

史料记载，刘采春有一副老天爷追着赏饭吃的好嗓子①，能演唱的曲目多达一百二十首，代表作《望夫歌》②哀怨婉转，如诉如泣，感人肺腑，有乐评说：“采春一唱是曲，闺妇、行人莫不涟泣。”③

更难得的是，刘采春还是一位创作型歌手，她演唱的许多曲目都由自己作词、作曲，《全唐诗》收录了其中六首，比如下面这首：

不喜秦淮水，生憎江上船。
载儿夫婿去，经岁又经年。④

每个少女在青春期都有自己的偶像，刘采春也不例外。作为一个文艺女青年，一直以来，刘采春的偶像就是名满天下、风流倜傥、才华横溢的元稹。

当时的元稹身居要职，公务缠身，但仍笔耕不辍，佳作频出，一首“曾经沧海难为水，除却巫山不是云”传遍大江南北，刘采春每次吟诵，都会流下感动的泪水。

今天能为偶像演出，刘采春十分激动。表演过程中，她千娇百媚，

---

① 范摅《云溪友议》卷下：“歌声彻云。”

② 又名《啰唝曲》。明代方以智《通雅》卷二十九《乐曲》云：“啰唝犹来罗。”“来罗”相当于“归来哟”，有盼望远行之人归来之意。

③ 范摅《云溪友议》卷下。

④ 刘采春《啰唝曲六首》（其一）。

万种风情，顾盼生辉，将《望夫歌》的哀怨婉转演绎得淋漓尽致。

元稹在台下看得如醉如痴，完全被刘采春的风姿迷住了。

演出结束，观众爆发出雷鸣般的掌声，元稹这才回过神来。依照惯例，演员谢幕，官员要上台与演员见面并合影留念。

在秘书的陪同下，元稹走到刘采春面前，亲切地握着她的手，和蔼地说道："小刘啊，唱得很好嘛，今年多大了？什么时候开始学唱歌的？家是哪里的？成家了吗？"

秘书赶紧介绍："旁边这位是刘采春的丈夫，江南名伶周季崇。"

听到这话，元稹脸上的笑容一下僵住了，空气突然变得很安静。元稹漫不经心地扫了周季崇一眼，只说了一个字："哦。"

贰

一见钟情的女孩已经名花有主，这是最让人痛心又恼火的事情。此后的几天里，元稹坐立不安，茶饭不思，常常望着远方出神。

秘书心领神会，赶紧提出建议："请大人在百忙中抽时间关心一下越州的文艺事业，不妨宴请当地文艺界代表，加强沟通交流，促进当地文艺发展。"

元稹欣然同意："好，你看着安排吧！下午我还有个会，最好安排到晚上。记住，范围不要太大。"

当天晚上，刺史元稹在越州大酒店亲切会见了青年歌手刘采春，双方在友好坦诚的气氛中，就共同感兴趣的话题进行了深入交流，并共进晚餐。

据酒店服务员后来回忆，那天晚上，两人一直谈话到很晚，三更时分，他们的包厢里依然亮如白昼，足见元大人对当地文艺的深切关心。

第二天，元稹的一首《赠刘采春》横空出世：

新妆巧样画双蛾，谩里常州透额罗。
正面偷匀光滑笏，缓行轻踏破纹波。
言辞雅措风流足，举止低回秀媚多。
更有恼人肠断处，选词能唱《望夫歌》。

诗中对刘采春的容貌风姿和演唱才艺给予了极高的评价。这首诗，连同两人的绯闻一起，很快传遍了浙东地区。

那一年，刘采春二十五岁，元稹四十五岁。

叁

众所周知，元稹是一个特别热爱生活的诗人，感情经历比较丰富。

他的初恋女友叫崔莺莺，就是《西厢记》里女主角的原型。两人已经到了谈婚论嫁的时候，为了事业，元稹毅然舍弃了莺莺，娶了京兆尹的女儿韦丛为妻。

婚后，元稹受不良社会风气影响，经常与白居易出入青楼妓馆，妻子韦丛经常独守空房，郁郁寡欢，常年以泪洗面，婚后七年便去世了。元稹大概是因为当时工作太忙，并没有出席妻子的葬礼，但留下了“曾经沧海难为水，除却巫山不是云”的千古名句，感动了无数痴男怨女。

紧接着，元稹被曝出在成都出差期间，与比他大十一岁的当地著名乐伎薛涛展开了一场“姐弟恋”，留下了“锦江滑腻蛾眉秀，幻出文君与薛涛”[①]的情诗。两人缠缠绵绵三个月后，元稹启程回京。

“轻轻的我走了，正如我轻轻的来；我挥一挥衣袖，不带走一片云彩”[②]，元稹留下薛涛一人在原地，一去不返。

此后，元稹娶了安氏；安氏之后，又娶了裴氏。掐指一算，刘采春应该是元稹的第六个女人。

当然，在古代，男人三妻四妾很正常，何况是元稹这种有身份、有地位、有名气的“优质男性”，身边自然不缺女人。

但刘采春的情况就不一样了，她是个有丈夫、有孩子的已婚女性，而且是著名歌星，这样公然出轨与元稹同居，就算不怕社会舆论，难道不怕丈夫怪罪吗？

如果这么想，还是太单纯了。

对刘采春来说，自己再红也不过是个民间艺人，出身低贱，能傍上元稹这样的成功人士、超级偶像，是多大的荣幸啊！如果能成为他的侧室，从此步入上流社会，整个人生都将发生改变。

而对元稹来说，浙东观察使兼越州刺史是绍兴地区最高行政长官，大权在握，想得到刘采春易如反掌。而且又不是强迫，双方一见倾心，两厢情愿，因为纯洁的爱情走到一起，郎才女貌，才子佳人，堪称一代佳话，谁敢说三道四？

至于刘采春的丈夫那边，无须元稹操心，秘书早就处理好了，给了周季崇一笔钱，让他带着女儿周德华和戏班离开越州，走得越远越好。

---

① 元稹《寄赠薛涛》。

② 徐志摩《再别康桥》。

就这样，元稹与刘采春幸福地生活在了一起。

肆

元稹在浙江任职六年，与刘采春同居了六年。起初，元稹对刘采春十分迷恋，毕竟是个比自己小二十岁的绝色美女，跟薛涛那个半老徐娘比起来，不知强多少。

有一年春节，元稹留在绍兴没回京探家，请朋友来家里喝酒，筵席上有一道鲈鱼，味道极其鲜美，大家赞不绝口。元稹喝得高兴，诗兴大发，作诗道："因循未归得，不是恋鲈鱼。"[①]意思是我不回家探亲，并不是因为贪恋鲈鱼的美味。

当时就有人开玩笑说："老元，你就别说了，我们还不知道你是因为什么不回家的吗！你虽然不是贪恋鲈鱼，但是贪恋这里的大好春色啊，不是吗？！"[②]众人哄堂大笑，刘采春在一旁听了满脸羞红，暗自窃喜。

恋爱有时会让人变得愚蠢，刘采春就是一个彻头彻尾的"恋爱脑"。为了元稹，为了爱情，她放弃了正处于上升期的事业，也抛弃了原本和睦的家庭。她天真地以为，自己会是元稹最爱的女人，也是他最后的女人。

女人哪里懂得，喜新厌旧是男人的本性！再好吃的菜，天天吃也腻，元稹怎么可能为了一棵小树而放弃整片森林?

当时，元稹的好友白居易在杭州担任刺史，写信邀请元稹来西湖

① 元稹《醉题东武》。

② 计有功《唐诗纪事》卷七十三："丞相虽不为鲈鱼，为好镜湖春色耳。"

玩。元稹欣然前往，结果，在杭州与白居易的新女友、西湖歌女商玲珑一见钟情，俩人瞒着白居易秘密约会。后来，元稹还带着商玲珑四处游山玩水长达一个月之久。

白居易后来得知此事气坏了，对元稹说："老元啊，朋友妻不可欺，你这事儿办得可不地道啊。"

元稹劝慰白居易道："白兄，咱哥俩儿的感情，咋能因为一个女人受影响呢？"

这段三角恋当时传得沸沸扬扬，远在越州的刘采春听说后也只能长叹一声：唉！江山易改，本性难移，自己选的男人，怨不得别人。

伍

唐文宗大和三年（829年）九月，朝廷一纸调令，将元稹调回京城，升任尚书左丞。元稹强压心头的喜悦，收拾行李准备回京。

刘采春幽幽地说："带上我一起，好不好？人家也要去。"

元稹安抚道："宝宝，别着急嘛，等我在京城那边安顿好了，就派人过来接你。"

刘采春默默无言，她心里隐隐有一种感觉，就像当年抛弃薛涛一样，元稹不会再回来了。

果不其然，元稹一去不返，从此音讯全无。刘采春不死心，几次托人捎信给元稹，希望他能念及旧情，回来与自己团聚。毫无悬念，刘采春捎过去的信全部石沉大海。

对元稹来说，自己堂堂朝廷大员，怎么可能娶一个出身低贱的民间艺人进门？

仗义每多屠狗辈，负心多是读书人。可怜刘采春孤苦一人，没有了经济来源，有心重返舞台，但时过境迁，自己离开演艺圈多年，技艺早已生疏，容颜也早已失去了昔日光彩，粉丝也流失殆尽，自己无颜与丈夫和女儿相见，一时走投无路，万念俱灰。

哀莫大于心死。最后，刘采春选择了自杀殉情，年仅三十二岁。死前，刘采春留下绝命诗一首：

> 闻道瞿塘滟堆怀，高山流水近阳台。
> 旁人哪得奴心事，美景良辰永不回！①

一代佳人刘采春，就此香消玉殒。

作为明星，刘采春虽然早已过气，但她的死还是在社会上掀起了不小的波澜，各大媒体紧跟热点纷纷报道，各种揭秘文章铺天盖地，连篇累牍。

刘采春的死讯传到京城，有记者采访元稹："元大人，请问您对刘采春的自杀有何评价？"

元稹抬起头问道："刘采什么？"

记者说："刘采春。"

元稹问："刘什么春？"

记者说："刘采春。"

元稹问："什么采春？"

记者说："没什么，元大人，您先忙着，我们走了。"

元稹说："唉，来都来了，吃了饭再走嘛。"

① 刘采春《绝命诗》。

鱼玄机

我生命中的三个男人

唐懿宗咸通十一年（870年），秋，长安，京兆府门死刑犯处决现场。

唐代承袭《周礼》“刑人于市，与众弃之”的做法，在闹市街头公开执行死刑，欢迎百姓围观，以此震慑犯罪，教育百姓。

广场上人山人海，围了个水泄不通。更何况，今天被行刑的犯人，是长安城声名远播、才貌双全的风流美女——女道士鱼玄机。

当鱼玄机被押上刑场的那一刻，人群中一阵骚动。

尽管穿着囚服，戴着刑具，未施粉黛，素面朝天，但二十七岁的鱼玄机看起来依然风姿绰约，美艳动人。

唯一与往日不同的是，她的眼里再也没有了勾人魂魄的妩媚，只有空洞和茫然。

壹

鱼玄机是因为男人而死的。她一生虽阅人无数，但生命中真正让她动心的，只有三个男人：一个是她的初恋，花间派鼻祖温庭筠；一个是她的前夫，当朝新科状元李亿；一个是她的情人，著名音乐人陈韪。

鱼玄机，本名鱼幼薇，出身贫寒，自幼丧父，母亲在长安一家青楼工作，负责洗衣、做饭。鱼幼薇从小在青楼长大。

少女时期的鱼幼薇不但长得眉清目秀，颇有姿色，而且爱好文学。第一次见到温庭筠的时候，她才十一岁。

得知青楼里的小姐姐们唱的那些好听的小曲儿许多都出自温庭筠之手，鱼幼薇对温庭筠不由得心生仰慕。

温庭筠也喜欢鱼幼薇的聪明伶俐、乖巧可爱，经常辅导她创作诗词，一来二去，便收鱼幼薇为弟子。二人以师徒相称，诗词唱和，在一起度过了一段美好的时光。

转眼鱼幼薇到了十四岁，情窦初开。她明知自己与温庭筠年龄悬殊，终究还是按捺不住内心的波涛汹涌，主动向温庭筠示爱。一首《冬夜寄温飞卿》，摆在了温庭筠的案上：

苦思搜诗灯下吟，不眠长夜怕寒衾。
满庭木叶愁风起，透幌纱窗惜月沉。
疏散未闲终随愿，盛衰空见本来心。
幽栖莫定梧桐树，暮雀啾啾空绕林。

这是一封充满少女哀愁的情书。温庭筠看罢，当即陷入痛苦的矛盾之中。

人贵有自知之明。首先，温庭筠长得奇丑无比，照片贴门上能辟邪，人送外号“温钟馗”，鱼幼薇花容月貌，跟他在一起，不是一朵鲜花插在牛粪上吗？

其次，温庭筠科考连续失利，功名无望，也没个正式工作，除了会写几首诗之外，一无所长，无房无车无存款，自己生活都成问题，拿什么结婚？

最后，温庭筠已年近半百，鱼幼薇正值豆蔻年华，虽说爱情不受年龄限制，但温庭筠总觉得师生恋有点儿不地道，非君子所为。

贰

本着对学生负责任的态度，温庭筠对鱼幼薇苦口婆心，晓之以理，动之以情：小薇啊，你不要冲动，老夫我年纪大了，给不了你想要的幸福，跟我在一起将来你会后悔的。这样吧，我给你介绍一位青年才俊。

“有一种爱叫做放手，为爱放弃天长地久。”[①]温庭筠以博大的胸怀，把自己的爱徒介绍给了好友的儿子——当朝新科状元李亿，表现出了令人尊敬的长者风范和一个知识分子的高风亮节。

但是，李亿已经结过婚了。

在古代，这不要紧，达官显贵三妻四妾很正常，而且李亿年轻有为，前途无量，家里条件也好。

温庭筠好言相劝，在鱼幼薇看来，这是落花有意，流水无情，一赌气就答应了，转身嫁给了李亿。

鱼幼薇嫁到李家以后，李亿对其宠爱有加，呵护备至，今天给她买包包，明天给她买口红，三天两头带她出去吃好吃的，喝好喝的。

李亿的正妻裴氏很生气：自从纳了妾，丈夫就再也不碰自己了，

---

① 歌词，出自《有一种爱叫做放手》，黄友桢作曲，张嘉兴作词，阿木演唱。收录于同名专辑《有一种爱叫做放手》，2007年5月发行。

整个心思都在这个小妖精身上，这还了得？是可忍孰不可忍！

裴氏开始对鱼幼薇百般刁难，对丈夫李亿更是约法三章：不许在老娘面前秀恩爱，不许偷偷给她买东西，不许在那个小妖精房里过夜。

裴家是京城的名门望族，有头有脸，李亿一个外乡人，能以状元及第，在朝廷谋个好职位，多半是靠岳父私下做的工作，所以李亿向来惧内。

鱼幼薇的好日子没过上几天，就开始在家里处处受气，后来发生了一次争吵，裴氏一怒之下，要求李亿将鱼幼薇赶出家门。

李亿对裴氏的话不敢不听，夹在两个女人中间身心疲惫，于是在外面租了套房子，将鱼幼薇安置下来，对她许诺道："宝宝，暂时受点儿委屈，我先做做她的工作，等过段时间就接你回家。"

鱼幼薇嗔道："回去还不是要受那个母老虎的气？就不回去！有她没我，有我没她！"

李亿安慰道："放心，宝宝，长则半年，短则一个月，我早晚休了那个黄脸婆，等着我，我会经常来看你的。"

一番海誓山盟之后，李亿从此消失。

叁

在鱼幼薇心理最脆弱、最需要关怀的时候，李亿无情地抛弃了她。分手后的这段时间里，鱼幼薇不仅寂寞难耐，也失去了经济来源，生活难以为继。

更糟糕的是，初恋情人温庭筠也不在她身边。早在鱼幼薇与李亿结婚的时候，温庭筠送上一个大红包就离开了长安，从此杳无音讯。

一个人的梦想一旦破灭，如果不能保持本心，随之而来的，就是无边无际的消沉。

羞日遮罗袖，愁春懒起妆。
易求无价宝，难得有情郎。
枕上潜垂泪，花间暗断肠。
自能窥宋玉，何必恨王昌。

这首《赠邻女》，就是鱼玄机看破红尘、心灰意冷的标志。

鱼幼薇举目无亲，一时万念俱灰。无奈之下，咸通七年（866年），二十三岁的鱼幼薇在长安咸宜观出家做了女道士，道号“玄机”。

此时的鱼玄机正值青春年华，不免空虚寂寞，孤枕难眠。于是，她在咸宜观中收了几个女弟子，然后在门上贴出一张告示：“鱼玄机诗文候教。”名为研讨诗文，其实就是披着文化交流的外衣行不轨之事。

鱼玄机既然要做这一行，那干吗不直接一点儿，还遮遮掩掩的呢？毕竟是道观，总得顾及一下社会影响。

鱼玄机好歹是个文艺女青年，跟社会上那些风尘女子不一样，讲情调，讲品位，能与她研讨诗词的都是有身份、有地位、有文化的人，大家聊得开心，情投意合，自然就水到渠成了。

鱼玄机才貌双全，又是文坛大咖温庭筠的绯闻前女友、当朝新科状元李亿的前妻，自带光环，身价不菲，于是，大批男人蜂拥而至。[①]

---

① 皇甫枚《三水小牍》卷下：“于是风流之士，争修饰以求狎。”

肆

日子一天天过去，鱼玄机与一个叫陈韪的青年乐师产生了感情。

鱼玄机从小爱好文学，早年曾得到温庭筠的指点，诗词功力颇深，被《全唐诗》收录的诗歌有五十首。

如果说李白、杜甫、王维、白居易是唐诗的“四大天王”，那么鱼玄机和李冶、薛涛、刘采春，就是当之无愧的“唐诗四大天后”。

作为著名音乐人，陈韪在同鱼玄机的交往中，为她的美貌和才华所倾倒，主动为她的诗词谱曲，为其制作专辑，其歌曲通过演唱会、MV等形式广为传唱，极大地提高了鱼玄机在首都文艺界的知名度。

在鱼玄机看来，自己跟其他男子不过是逢场作戏，跟陈韪则是灵魂碰撞、心灵相通，因为陈韪能带给她不一样的感受，还能帮助她的事业，二人的感情与日俱增。只是那时，深陷情网的鱼玄机并不会想到，这个男人将会毁掉她的一生。

故事是这样的：

有一天，鱼玄机的闺蜜请她中午去家里吃饭，鱼玄机欣然赴约。出门前，鱼玄机想到一会儿陈韪可能要来找自己，就对丫鬟绿翘交代道：“如果陈老师来了，就告诉他我去哪儿了，让他到那里来找我。他知道那里的。”

绿翘满口答应，结果鱼玄机一直等到吃完饭也没见陈韪过去找自己。

傍晚，鱼玄机回到道观，问绿翘：“陈老师来过吗？”

绿翘支支吾吾说：“来过，听说你出门了，就走了。”

女人的第六感是最准确的，鱼玄机看绿翘目光躲躲闪闪的样子，顿时心生疑虑，进房间转了一圈，出来就质问绿翘：“你老实说，下午你们是不是在一起？你们瞒着我都干了什么？你跟陈韪是不是早就有一腿？”

绿翘当然是死不承认，鱼玄机一怒之下，对绿翘一阵毒打。

也许是中午喝了点儿酒，加上怒火攻心，鱼玄机下手没有轻重，绿翘最后被她打得奄奄一息，对鱼玄机恨恨地说：“你一个修道之人，却不忘床榻之欢，自己天天跟男人胡来，反过来诬陷别人偷情，我今天要是被你打死了，变成鬼也不会放过你，让所有人都知道你有多淫荡！”[①]说完，气绝身亡。

鱼玄机当时被吓坏了，趁着天黑，偷偷在院子里挖了个坑，将绿翘埋了，第二天跟别人说绿翘辞职回乡下了。

天网恢恢，疏而不漏，若要人不知，除非己莫为。没过多久，天气转暖，道观里有人发现院子里的苍蝇总喜欢围着一个地方转，不禁心生疑惑，挖开一看，赫然是一具女尸。

此事载于晚唐皇甫枚所著《三水小牍》。

伍

案发后，鱼玄机因重大犯罪嫌疑被京兆府关押。经审讯，案犯鱼玄机对故意伤害致他人死亡以及毁尸灭迹的犯罪事实供认不讳。

虽然犯罪手段凶残，民愤极大，但毕竟属于过失杀人，嫌犯认罪态度良好，能主动坦白交代，死的又是个婢女，依照大唐刑律，本来

① 皇甫枚《三水小牍》卷下：“炼师欲求三清长生之道，而未能忘解佩荐枕之欢，反以沉猜，厚诬贞正，翘今必毙于毒手矣，无天则无所诉，若有，谁能抑我强魂？誓不蠢蠢于冥冥之中，纵尔淫佚。”

罪不至死，但偏偏负责审理此案的是京兆尹温璋。温璋温大人说啥也要办鱼玄机个死罪。

坊间传言，这位温大人对鱼玄机的美貌倾慕已久，之前曾去道观见过，可能鱼玄机拒绝了他的追求，两人闹了点儿不愉快，从此结仇。

冤家路窄，这次鱼玄机落在温璋手里，自然是砧板上的鱼肉，只能任其宰割。鱼玄机最后被判死刑，斩于长安京兆府门外，死时年仅二十七岁。

1984年，香港邵氏兄弟公司将鱼玄机的故事搬上了大银幕，片名《唐朝豪放女》，影片上映后，轰动一时，被视为邵氏经典艳情片之一。

鱼玄机行刑那一天，其情人陈韪拉着新欢的手，甜蜜地站在远处观望；也是在同一天，其前夫李亿接到升职通知，在家收拾行囊，准备赴任。

远在千里之外的初恋温庭筠，直到多年以后才辗转得到这个消息。当时，年逾花甲的温庭筠呆坐窗前，凝望远方，长叹一声，半晌未语。

又过了很久，鱼玄机临终前写的这两句诗被人抄写后才辗转传到温庭筠手里：

明月照幽隙，清风开短襟。[①]

① 鱼玄机《狱中作》。

李冶

乘风破浪的才女姐姐

唐开元年间，乌程（今浙江吴兴）李府后花园内，老李跟几个朋友一起喝酒。

作为东道主，那天老李喝了不少。正喝着，从前厅跑过来一个小女孩，五六岁的样子，跑到老李跟前奶声奶气地说：“妈妈让我来告诉你，少喝点儿，再喝醉了晚上让你睡客厅！”

众人大笑，朋友问道：“老李，这是你女儿吧？长得好漂亮好可爱啊！”

转头又问小女孩：“你叫什么名字啊？几岁了？上学了吧？”

小女孩一点儿也不怯场，忽闪着两只大眼睛，脆生生地说：“我叫李冶，小名兰兰[①]，今年六岁，啥叫上学？”

老李一把把孩子搂在怀里，骄傲地对朋友说：“咱家孩子还用上学吗？小女自幼跟着我学习，诗词歌赋、琴棋书画，一样不落。来，兰兰，给叔叔们表演个才艺。”

若是普通人家的孩子，一般就是唱个歌、跳个舞或者背首诗啥

---

① 李冶，字季兰。

的。老李家的孩子可不一样，不现场作诗一首都对不起老李家的书香门第、家学渊源。

当时，正值初夏，花园里蔷薇盛开，花香四溢，老李说："兰兰，就以蔷薇为题作首诗吧。"

兰兰一口答应，缓步走到花下，凝神静思片刻，两句诗脱口而出：

经时不架却，心绪乱纵横。①

一个六岁的孩子，能写出这么高深的诗，啥也别说了，直接夸就对了。众人一片喝彩，只有老李面色凝重，心事重重：这孩子，怎么说呢……从这首诗来看，过于早熟了，只怕早晚要在生活作风上出事儿。

壹

老李为什么会有这种奇怪的想法？一首诗而已，怎么还扯上生活作风了？老李是不是喝多了？

老李一点儿都没喝多，他担忧是因为这句"经时不架却，心绪乱纵横"，"架却"谐音"嫁却"，意思是待嫁女子春心荡漾，蠢蠢欲动。小小年纪就写出这样的诗句，将来恐怕会在男女关系方面出问题②。

---

① 李冶《蔷薇诗》。

② 辛文房《唐才子传·李冶》："其父见曰：'此女聪黠非常，恐为失行妇人。'"

时光荏苒，岁月如梭，眼看着女儿一天天长大，老李心急如焚。

所谓“上工治未病”，一定要把问题消灭在萌芽状态，等她长大再管就晚了，绝不能让女儿辱没了李家的门风。

于是，在李冶十一岁的时候，老李经过深思熟虑，做出了一个重大决定：让女儿出家当道士。

其实出家也没什么不好，在唐代，女子做道士很常见：唐玄宗的两个妹妹——玉真公主和金仙公主，几乎同时出家入道；宰相李林甫的女儿李腾空也是自幼入道；贵妃杨玉环和太平公主都曾做过一段时间的道士。

皇亲国戚以身作则，率先垂范，极大地促进了道教的发展，特别是在文艺圈，文艺女青年出家入道蔚然成风，如薛涛、鱼玄机等等。

前有车，后有辙，所以老李把女儿送到玉真观做道士也不算很离谱。

李冶当然不愿意去，又哭又闹，老李语重心长地对女儿说：“兰兰，不是爹狠心，这都是为了你好，等你长大了，自然就明白了。”

贰

可怜天下父母心，老李的本意是想让命犯桃花的女儿远离红尘俗世，从此青灯黄卷，晨钟暮鼓，在清静的道观中修身养性。可是，有些鸟儿是注定不会被关在笼子里的，因为它们的每一片羽毛都闪耀着自由的光辉。

哪个少男不多情，哪个少女不怀春？青春期少女春心萌动，再正常不过。李冶虽然做了道士，可道士这个职业一点儿也没耽误她谈恋爱。

喜欢李冶的人太多了。为什么？第一，李冶长得特别漂亮，风情万种；第二，李冶特别有才，是远近闻名的才女。据《唐才子传》记载，李冶“美姿容，神情萧散。专心翰墨，善弹琴，尤工格律”。

别小看这十八个字的介绍，《唐才子传》一共收录近四百位诗人，李冶是唯一被夸“美姿容”的，天生尤物，风华绝代，堪称大唐最美女道士。李冶不光漂亮，气质也好，而且吹拉弹唱、琴棋书画、诗词歌赋样样精通，这样的女人谁不喜欢？

玉真观里新来了个小美女的消息不胫而走，许多人不远百里，慕名而来，只为一睹芳容。昔日冷清的道观忽然变得热闹起来。

但李冶丝毫不为所动，因为情窦初开的她心里已经有意中人了。

李冶的初恋是个和尚，法号皎然，三十五岁，是山水诗鼻祖谢灵运的十世孙，也是著名的诗僧。

皎然所在的招隐寺与李冶的玉真观相距不远，李冶没事儿就跑去跟皎然和尚谈文学、谈理想、谈人生，一来二去，渐生情愫。

“鸳鸯双栖蝶双飞，满园春色惹人醉，悄悄问圣僧：女儿美不美？女儿美不美？”①

一个和尚，一个道士，两个出家人，还是孤男寡女，整天黏在一起，成何体统？寺院和道观上下对此早有不满，不免有些风言风语。

李冶才不管这些，“说什么王权富贵，怕什么戒律清规，只愿天长地久，与我意中人儿紧相随②”。谈自己的恋爱，让别人羡慕去吧！

---

① 歌词，出自歌曲《女儿情》，许镜清作曲，杨洁作词，吴静演唱。收录于专辑《西游记电视剧配乐原声》，1986年9月发行。

② 同上。

她给皎然写了一封情感浓烈真挚的情书，然后把信纸折成一对鲤鱼的样子，并附诗一首，托人捎给皎然：

尺素如残雪，结为双鲤鱼。
欲知心里事，看取腹中书。①

皎然收到信后十分感动，但他拒绝了她，并回诗一首：

天女来相试，将花欲染衣。
禅心竟不起，还捧旧花归。②

啥意思？意思就是：你是我的小仙女，我知道你的心意，但我已皈依佛祖，怎么好意思谈情说爱呢？还是算了吧。

大唐最美女道士的初恋就此夭折。

叁

“啊，一段感情就此结束，啊，一颗心眼看要荒芜。”③在那段日子里，李冶感到万分沮丧，甚至开始怀疑人生。

女神失恋，对于追求李冶的男人来说是最好的消息。每天都有男人跑来送温暖，对李冶百般安慰，让李冶最终从失恋的阴影中走了

---

① 李冶《结素鱼贻友人》。
② 皎然《答李季兰》。
③ 歌词，出自歌曲《领悟》，李宗盛作曲、作词，辛晓琪演唱。收录于同名专辑《领悟》，1994年8月发行。

出来。

忘掉前任的最好方式，就是开始一段新的恋情。

李冶的身边长年聚集着一大批追求者，其中既有文人骚客，也不乏社会名流、达官贵人，比如号称“五言长城”，写过“柴门闻犬吠，风雪夜归人”[①]的诗人刘长卿，“茶圣”陆羽，著名隐士朱放，江州判官阎伯钧等。

思想一变天地宽，李冶从此打开心门，凭借美貌和才华周旋于众多男人之间，成为文艺圈里最受欢迎的女明星、最令人心动的大众情人，不仅为世人留下许多可作谈资的八卦绯闻，也留下了许多脍炙人口的优秀诗歌。

有一次，李冶跟几个朋友一起喝酒，其中有诗人刘长卿。刘长卿对李冶倾慕已久，酒后有意留下来陪伴李冶，由于刘长卿那段时间得了“疝气”，李冶就用陶渊明的一句诗调侃他：“山气日夕佳。”[②]“山气”谐音“疝气”，意思是老刘你不行，等病好了再来吧。

一时举座大笑。刘长卿也不含糊，马上也用陶渊明的诗作答：“众鸟欣有托。”[③]意思是，好着呢，没事儿。[④]

还有一次，李冶生病了，陆羽提着礼物前来看望。

李冶说：“来就来嘛，怎么还带东西，上次给我的茶叶还没喝完呢。”

---

① 刘长卿《逢雪宿芙蓉山主人》。

② 陶渊明《饮酒》（其五）。

③ 陶渊明《读〈山海经〉》（其一）。

④ 辛文房《唐才子传·李冶》：“又尝会诸贤于乌程开元寺，知河间刘长卿有阴重之疾，诮曰：‘山气日夕佳。’刘应声曰：‘众鸟欣有托。’举坐大笑，论者两美之。”

陆羽说："这次不是茶叶，是老陶家新酿的美酒，你尝尝。"

李冶说："拉倒吧，我这生着病呢，咋喝酒？"

陆羽说："没事儿，酒治百病，喝点儿就好了。"

不管李冶如何拒绝，陆羽死活拉着她起来喝酒，没一会儿就把她给灌醉了。第二天早上，陆羽走后，李冶感觉神清气爽，病好了大半，起床赋诗一首：

昔去繁霜月，今来苦雾时。
相逢仍卧病，欲语泪先垂。
强劝陶家酒，还吟谢客诗。
偶然成一醉，此外更何之。[①]

肆

李冶毕竟是个出家人、女道士，同时与多人关系暧昧，这合适吗？难道就没人管吗？不怕别人说闲话吗？

唐朝以开放包容著称，女道士的开放程度远超我们的想象，李冶的这些事儿在唐朝根本不值一提。那些入道的皇亲国戚，哪个不是这样？有谁能真正做到远离尘世、清静无为？就拿玉真公主来说，她就经常召集名人雅士聚集在道观里饮酒作乐。

上行下效，后来入道的女诗人薛涛、鱼玄机等才女也是绯闻缠身，特别是鱼玄机。

李冶虽然年轻，但久经欢场，阅人无数，深谙人情世故。她清醒

---

① 李冶《湖上卧病喜陆鸿渐至》。

地懂得，与文人名士这些“流量大V”交往，可以获得更大的名气，赢得更多的粉丝。但一个女人要想在社会上真正立足，获得更可靠的保障，还得跟朝廷官员搞好关系。

时任江州判官的阎伯钧也是个文学爱好者，与李冶关系密切，隔三岔五就来道观找李冶切磋文学，有时还带她出去参加各种宴会。

这一次，李冶动了真情，打算对阎伯钧托付终身。当阎伯钧转赴浙江剡县（今浙江绍兴嵊州）任职时，李冶写下《送阎二十六赴剡县》一首，表白心迹：

流水阊门外，孤舟日复西。
离情遍芳草，无处不萋萋。
妾梦经吴苑，君行到剡溪。
归来重相访，莫学阮郎迷。

这首诗的大意是：老阎，你可别学那个好色的阮郎，别被剡县那些小狐狸精给迷住了，可别忘了我啊。

阎伯钧说：“放心吧，我的心里只有你，等我在那边安顿好了就接你过去。”

后来怎样了？还能怎样，阎伯钧一去不返，从此消失于茫茫人海。

伍

没什么大不了的，爱情这东西，岂能尽如人意？一个人并不是生来就要被打败的，在哪儿跌倒了就在哪儿爬起来。

不久，李冶又与著名隐士、才子朱放产生了感情。

做隐士能做成“著名隐士”，可想而知，朱放走的是“终南捷径”，隐居不过是个幌子，他的心思还是在仕途上。

功夫不负有心人，不久，朱放如愿以偿，受聘出山，担任江西节度使参谋。赴任前，李冶依依不舍，作《寄朱放》诗一首示爱：

望水试登山，山高湖又阔。
相思无晓夕，相望经年月。
郁郁山木荣，绵绵野花发。
别后无限情，相逢一时说。

朱放说：“放心吧，我的心里只有你，等我在那边安顿好了就接你过去。”

后来怎样了？还能怎样，朱放成了第二个阎伯钧，也是一去不返，消失于茫茫人海。

可怜李冶仍不死心，仍在苦苦等待，一等就是一年多，不免寂寞难耐，只能依靠弹琴寄托相思，一时肝肠寸断，作《相思怨》一首：

人道海水深，不抵相思半。
海水尚有涯，相思渺无畔。
携琴上高楼，楼虚月华满。
弹著相思曲，弦肠一时断。

长夜漫漫，孤枕难眠，闺蜜就劝她：“兰兰啊，‘夜深了你还不想睡，你还在想着他吗？你这样痴情到底累不累？明知他不会回来安慰。’”①

李冶幽幽地说：“‘我为什么还在等待？我不知道为何仍这样痴情。’②‘只不过想好好爱一个人，可惜他无法给你满分。’③‘曾经的承诺，只像雨里的彩虹，我受伤的心真的好痛。为什么受伤的总是我？到底我是做错了什么？我的真情难道说你不懂？’④”

闺蜜一时无语，最后叹了口气，说：“喔算了吧，就这样忘了吧。该放就放，再想也没有用，傻傻等待，他也不会回来，你总该为自己想想未来。⑤”

李冶怎么也想不通，自己年轻貌美、色艺双绝，平时有一大堆男人围着转，为什么在感情方面如此坎坷，总是找不到真爱？

其实，男人在谈恋爱上是感性的、冲动的，在娶妻上却是理智的，李冶的身份注定了她命运多舛。

这段无疾而终的感情，对李冶的打击很大。她在绝望和悲愤中写下了那首著名的《八至》：

至近至远东西，至深至浅清溪。

---

① 歌词，出自歌曲《心太软》，小虫作曲、作词，任贤齐演唱。收录于同名专辑《心太软》，1996年12月发行。

② 歌词，出自歌曲《等待》，张宏光作曲，蔼根塔娜作词，韩磊演唱。收录于专辑《帝王之声》，2004年12月发行。

③ 歌词，出自歌曲《心太软》，小虫作曲、作词，任贤齐演唱。收录于同名专辑《心太软》，1996年12月发行。

④ 歌词，出自歌曲《为什么受伤的总是我》，陈大力作曲、作词，林志颖演唱。收录于同名专辑《为什么受伤的总是我》，1992年12月发行。

⑤ 歌词，出自歌曲《心太软》，小虫作曲、作词，任贤齐演唱。收录于同名专辑《心太软》，1996年12月发行。

至高至明日月，至亲至疏夫妻。

陆

正所谓“失之东隅，收之桑榆”，李冶的个人感情接连受挫，但诗歌创作突飞猛进，成绩斐然。毕竟是亲身经历，有感而发，李冶创作了一系列流传颇广、深受好评的诗歌。

评论界认为李冶的诗“笔力矫亢，词气清洒，落落名士之风，不似出女人手”[①]“士有百行，女惟四德。季兰（李冶）则不然。形器既雄，诗意亦荡。自鲍昭（鲍照）以下，罕有其伦”[②]。刘长卿甚至将她与“诗豪”刘禹锡相提并论，称李冶为“女中诗豪”[③]。

多年以后，李冶的知名度越来越高，名气越来越大，最后连远在京城的皇帝都听说了。

当时的皇帝是唐德宗，听说南方有个女道士叫李冶，长得沉鱼落雁，明明可以靠颜值吃饭，却偏要靠才华，诗写得特别好。唐德宗也是诗歌爱好者，对李冶的传奇经历充满好奇，当即降旨，宣李冶进京面圣。

当时李冶住在广陵，意外收到圣旨，惊喜万分，马上收拾行囊，启程赴京。临行前，写下七律《恩命追入别广陵故人》一首：

无才多病分龙钟，不料虚名达九重。
仰愧弹冠上华发，多惭拂镜理衰容。

---

① 陆昶《历朝名媛诗词》。
② 高仲武《中兴间气集》。
③ 计有功《唐诗纪事》卷七十八。

驰心北阙随芳草，极目南山望旧峰。

桂树不能留野客，沙鸥出浦谩相逢。

没想到我李冶混迹文坛的这一点点虚名，竟然连当今圣上都知道了，惭愧，惭愧，只可惜自己年老色衰，体弱多病，但要进京面圣了，还是要好好打扮一下。离开家乡的山山水水，远赴千里之外的京城，开始自己全新的生活，想想还有点儿小兴奋呢！

李冶这条略带“凡尔赛”的朋友圈发出去以后，顷刻间收获点赞无数，许久没有联系的前男友陆羽留言：乘风破浪的姐姐，加油！

那一刻，李冶怎么也不会想到，此次北上之行，竟是一条不归路。

柒

建中四年（783年），唐德宗在长安皇宫亲切接见了女道士李冶，一见之下，不免有些失望。

没想到，传说中美艳绝伦、风情万种的才女李冶已经这么大年纪了，虽然徐娘半老，风韵犹存，但毕竟已年过半百，纳入后宫看来不太现实了。可是，人来都来了，就聊聊吧。

一番交谈之后，唐德宗对李冶的才情心悦诚服，评价道：“上比班姬则不足，下比韩英则有余。不以迟暮，亦一俊媪。”[①]西汉的班婕妤和南北朝的韩英都是公认的女中英才，唐德宗将李冶与她们相提并论，意思是这个女人不寻常，才华横溢，气质优雅，虽然年纪大了，但也是个漂亮的老太太。

① 辛文房《唐才子传·李冶》。

此次接见之后，唐德宗将李冶留在宫中，让她负责后宫嫔妃的诗词文化培训等工作。

李冶很满足，自己也算大器晚成，从一个民间道士到御用文人，怎么说也是人生的一次飞跃。

然而，天有不测风云，人有旦夕祸福。不久，发生了震惊朝野的“泾原兵变”，即将开赴前线的泾原（唐方镇，辖今甘肃、宁夏的六盘山以东、蒲河以西地区）士卒途经长安时突然哗变，唐德宗仓皇外逃，太尉朱泚自立为帝，在宫中的李冶被叛军俘获。

朱泚造反称帝，难免有些心虚，就命令李冶等一大批文人发挥各自特长，写诗、写文章为自己造势，歌颂改朝换代。

形势所迫，为了活着，李冶只能顺应时代，顺应潮流，写了一首诗。原文已经失传，大意是唐朝气数已尽，改朝换代上顺天意，下应民心。

没想到，政治形势风云变幻，第二年，唐军平定叛乱，伪政权轰然倒塌，历经战火洗礼的长安城回到了唐朝的怀抱。

秋后算账是免不了的，清算“唐奸”的工作开始了。身为大唐文人，李冶叛国投敌，敬献反诗，白纸黑字，证据确凿，怎么解释？

李冶喊冤道：“我也不想这样的，只是，我一个女人能有什么办法呢？只能忍辱负重，委曲求全，保全性命。请相信，我是身在曹营心在汉，虽然不得已写了反诗，但我心依然是大唐心。”

唐德宗怒斥李冶：“闭嘴！叛贼让你写诗你就那样写？同样是诗人，同样被俘虏，你看人家严巨川咋写的：‘手持礼器空垂泪，心忆明君不敢言。’[1]拳拳爱国之心，天地可鉴。再看看你，忘恩负义、

---

① 严巨川《建中四年十月感事》。

见风使舵、厚颜无耻、卖主求荣，你还有脸说你是大唐心！来人呐，把这个女人给朕拖出去乱棍打死！”

兴元元年（784年），一代女诗人李冶被乱棒扑杀于长安，死时五十四岁。

因为一首诗，李冶出家入道；因为一首诗，李冶魂断长安。

李冶死讯传出，大唐文坛无不为之扼腕叹息。

那一年，李冶的初恋皎然和尚已是名满天下的大德高僧；李冶前男友陆羽的《茶经》作为世界上第一部茶叶专著，畅销海内外；李冶前男友阎伯钧和朱放早已故去。

那一年，出任随州刺史的刘长卿在军阀割据的战乱中丢了城池，也丢了官职，辗转逃往江东避难。途中听闻李冶的死讯，刘长卿唏嘘不已，一时百感交集。当晚，他翻出李冶当年写给自己的那首《明月夜留别》重读：

离人无语月无声，明月有光人有情。
别后相思人似月，云间水上到层城。

韦庄

男人至死是少年

唐朝末年，春，又是一年一度科举放榜的日子。

长安城礼部贡院外，人头攒动，来自全国各地的考生紧张而又焦急地在榜单上寻找自己的名字。韦庄瞪大眼睛，把榜单从头到尾看了好几遍都没有看到自己的名字，才心有不甘地从人群中挤了出来。

跟随韦庄一起来京城的小书童立刻迎了上去："公子，咋样？考中没有？第几名？"

韦庄长叹一声："唉！别提了。"

书童立刻就明白了，劝道："公子，我就说嘛，光在学校上课哪行？你得参加补习班，才能'春风得意马蹄疾，一日看尽长安花'。"

韦庄说："唉，我哪有钱上补习班？没关系，大不了复读一年。我相信，世间自有公道，付出总有回报，只要肯努力，早晚有我金榜题名的那一天。"

旁边一位大龄考生忍不住了，操着浓重的山东口音冷笑道："兄弟，还是算了吧，我已经考八回了，还不是回回落榜。有些事注定是徒劳的，不是你的就别再勉强。"

韦庄当时就有点儿不高兴了：我这儿正给自己加油鼓劲儿呢，你倒好，在旁边给我泄气，居心何在？当即问道：“你谁啊？哪里来的？”

大龄考生满不在乎，大咧咧一拱手：“在下山东黄巢。”说罢，头也不回，扬长而去，边走边吟诗一首：

待到秋来九月八，我花开后百花杀。
冲天香阵透长安，满城尽带黄金甲。①

望着黄巢远去的背影，韦庄气不打一处来，书童赶紧劝道：“别生气啊，公子，咱不跟他一般见识。”

那一刻，韦庄无论如何也不会想到，就是这个山东落榜生，几年后投笔从戎，揭竿而起，敲响了大唐王朝的丧钟，很快摇身一变做了皇帝。

而韦庄的个人命运，也同那个时代一起，发生了翻天覆地的变化。

壹

韦庄和黄巢虽然都是屡试不第的落榜生，但两人年龄相差十六岁②，“三观”不同，性格迥异，家庭出身更有天壤之别。

黄巢出身商人家庭；韦庄正相反，名门望族京兆韦氏之后，祖上

---

① 黄巢《不第后赋菊》。

② 据菏泽市人民政府网站，黄巢的生卒年为820—884年；据《辞海》，韦庄的生卒年为约836—910年。

出过很多大官和名人，是文昌右相韦待价的七世孙，苏州刺史、诗人韦应物的四世孙，出身显赫。

这要搁以前，韦庄根本不用参加科举考试，凭借门荫制度就可入朝为官。可惜韦庄生不逢时，韦氏到了韦庄这一代，家族衰败，加上父母早亡，韦庄的青少年时期是在贫困中度过的。

作为一个没落贵族，韦庄并没有怨天尤人，他积极上进，刻苦学习，决心通过科举步入仕途，重拾家族荣耀。

可能因为学习方法有问题，或者没钱报补习班，韦庄同学参加科举，屡战屡败，连续落榜。

二十八岁那年，迫于生活压力，韦庄不得不暂停学业，参加工作，但并没有放弃科举入仕的理想。下了班，韦庄把所有的时间都用来看书学习。

唐僖宗广明元年（880年），已经四十五岁的韦庄踌躇满志，怀着必胜的信心，再次参加科举。

不出意外，还是出意外了。这一次，韦庄同学又落榜了。人到中年，一事无成，韦庄一时万念俱灰，心情低落到了极点。

福无双至，祸不单行。同年十二月，当年的落榜生黄巢率领起义军攻入长安，唐僖宗仓皇逃往咸阳，十二月十三日，黄巢登基称帝。

在战乱中，韦庄与家人失散。不久，他也离开了长安，前往洛阳谋生。

在逃亡过程中，韦庄目睹并亲身感受了战争的残酷，感慨之余，写下长篇叙事诗《秦妇吟》：

中和癸卯春三月，洛阳城外花如雪。
东西南北路人绝，绿杨悄悄香尘灭。

路旁忽见如花人，独向绿杨阴下歇。
凤侧鸾欹鬓脚斜，红攒黛敛眉心折。
…………

全诗共一千六百六十六字，是所有唐诗中最长的一首，篇幅所限，这里就不全文抄录了。

诗中借一位逃难妇女之口，描述了战争给百姓带来的深重灾难。全诗情节曲折，结构宏大，文辞华丽，感情真挚，描写真实，被认为是继杜甫“三吏”“三别”和白居易《长恨歌》之后，唐代叙事诗的第三座丰碑，与《孔雀东南飞》和《木兰辞》一起，并称“乐府三绝”。

这是韦庄最受好评的诗作，当年在社会上风靡一时，很多人传抄分享。但奇怪的是，这首诗后来莫名消失了。

据说是因为《秦妇吟》不仅揭露了黄巢军队的凶残，也反映了唐朝的腐朽黑暗，被“雪藏”了。出于人身安全考虑，韦庄个人作品集《浣花集》中并没有收录此篇，以致此诗一度失传。

直到近代，英国人和法国人在敦煌莫高窟中发现了该诗刻本。1923年，经王国维的努力，韦庄的《秦妇吟》才从巴黎图书馆被抄录回来，后又经王国维和罗振玉整理研究，才被国人看到。

贰

唐僖宗中和四年（884年），黄巢兵败身亡，农民起义以失败告终。

战事虽然平息，但此时的唐朝已元气大伤，藩镇割据，社会动荡，韦庄也随着工作的变动，四处辗转漂泊。

但无论风云如何变幻，世事如何变迁，韦庄埋藏在心底的科举梦从未破灭。唐昭宗景福二年（893年），五十八岁的韦庄再次回到长安参加科考，再次落榜。

韦庄长叹一声："没关系，早就习惯了，明年再考！"

此时，他的一位叫黄滔的诗友实在看不下去了，劝道："韦兄，条条大路通罗马，咱不能一条道儿走到黑啊。当朝郑尚书不是很欣赏你的诗词吗？你去找找他，让他给你说句话，比啥都强。"

韦庄如梦初醒，备了一份厚礼，前往河东道拜见郑尚书。

两人见面之后具体聊了什么，已无从得知，反正第二年，即唐昭宗乾宁元年（894年），韦庄便考中了进士，并很快被朝廷授予校书郎一职，从此步入仕途。

唐昭宗乾宁三年（896年），已年过花甲的韦庄奉命出使西蜀，受到割据军阀西川节度使王建的赏识，王建极力邀请韦庄留在四川，共图大业。韦庄犹豫不定，不置可否。

唐昭宗光化三年（900年），宦官发动宫廷政变，囚禁了唐昭宗。韦庄眼见朝廷风雨飘摇，大势已去，一番权衡之后，入川投靠了王建，当即被任命为掌书记，也就是机要秘书兼行政助理。

长安方面，几年后，最大的藩镇军阀、宣武军节度使朱温率军进驻关中，把持朝政，逼迫唐昭宗迁都洛阳，随后将其杀死，扶持李柷继位，是为唐哀宗。唐哀宗成为朱温手中的傀儡。

天祐四年（907年），唐哀宗被迫禅位于朱温。朱温按程序假意推让一番后，"勉为其难"地接受了传国玉玺，登基称帝，改国号为"梁"，定都开封，史称"后梁"。

延续了二百八十九年国祚的大唐王朝自此灭亡。

叁

覆巢之下无完卵，没有国，哪有家？国都亡了，大唐臣子该怎么办？

其实，所谓亡国，亡的只是李唐政权，对于其他人，特别是老百姓来说，并没有什么改变，只是换了皇帝而已。皇帝的宝座，朱温可以坐，难道别人就不能坐？

在韦庄的极力推动下，王建在成都登基称帝，定国号为“蜀”，史称“前蜀”。

前有车，后有辙，南方军阀一看这形势，纷纷僭越称帝，唐朝大一统的版图变得四分五裂，历史进入五代十国时期。

作为开国功臣、皇帝心腹，韦庄被任命为左散骑常侍，判中书门下事，第二年又晋升为宰相，权倾朝野。《十国春秋》记载：“凡开国制度号令，刑政礼乐，皆由庄所定。”

就这样，韦庄后来居上，大器晚成，在垂暮之年，达到了个人事业的巅峰。

然而，韦庄被后人记住，并不是因为他事业多成功，做了多大的官，而是因为他的诗词。

早年间，他以揭露现实的长篇叙事诗《秦妇吟》成名，当时所有人都以为他会沿着批判现实主义这条路走下去，就像杜甫一样心系苍生，胸怀国事，为百姓疾苦鼓与呼。

事实上，《秦妇吟》无论立意还是文辞，确有杜甫遗风，杜甫也是韦庄最钦佩的诗人之一。正是韦庄在成都主政期间下拨专款，修复了杜甫草堂，供人凭吊。

但是，不得不承认，人会随着地位的变化而变化。韦庄后来的创作风格发生突变，与之前截然不同，转而只写花前月下、男欢女爱、旅愁闺怨，文笔浓艳绮丽、缠绵婉转，与温庭筠的创作风格非常相近，文坛将二人并称“温韦”，“温韦”自成一派，业内称“花间派”。

韦庄的花间词代表作是《菩萨蛮》系列，我们抄录其中两首，感受一下韦词的风格变化：

其一

红楼别夜堪惆怅，香灯半卷流苏帐。残月出门时，美人和泪辞。
琵琶金翠羽，弦上黄莺语。劝我早归家，绿窗人似花。

其二

如今却忆江南乐，当时年少春衫薄。骑马倚斜桥，满楼红袖招。
翠屏金屈曲，醉入花丛宿。此度见花枝，白头誓不归。

字里行间不是“红楼别夜堪惆怅，香灯半卷流苏帐”的儿女情长，就是“骑马倚斜桥，满楼红袖招”的轻狂放荡，再也没有了《秦妇吟》中“内库烧为锦绣灰，天街踏尽公卿骨”的沉郁顿挫和直击社会现实的力量。

当然，这也可以理解：你让一个已经做了宰相的人怎么揭露社会现实？

肆

韦庄虽系出名门，但早年生活困顿，《太平广记》中说韦庄“数米而炊，称薪而爨”，意思是，每次煮饭，锅里下多少粒米都要数一数，做饭烧的柴也要事先称好，多一点儿都舍不得。

后来呢？韦庄发达了，忘记了劳动人民的本色，放松了对自己的要求。

有一年，韦庄在江南一家青楼结识了个姓谢的姑娘。小谢长得妩媚妖娆、风情万种，韦庄一见倾心，不顾自己年老体弱，把小谢带回了成都。

最美不过夕阳红，本来挺好的一件事，没想到被王建知道了，王建好奇心顿起，于是找了个借口，亲自上门，要一睹芳容。胳膊拗不过大腿，臣子哪里敢拒绝皇帝？韦庄只能同意。

一见之下，王建从此茶饭不思，说啥也要把小谢带回宫中，据为己有。

韦庄心里自然是老大不乐意，但是皇帝都把话说出来了，总不能驳人家面子，退一步想，自己这么大把年纪，好不容易得来的富贵，怎么能因小失大呢？

最后，韦庄不得不忍痛割爱，和小谢吃了顿分手饭，将小谢送进宫中。

那天，黄昏开始飘起了白雪，忧伤开满山岗，当岁月和美丽已成风尘中的叹息，二人执手相看泪眼，竟无语凝噎。

小谢走后，韦庄怀着无尽的感伤，一连写下两首《荷叶杯》，诉说自己的相思之情：

其一

绝代佳人难得，倾国，花下见无期。一双愁黛远山眉，不忍更思惟。

闲掩翠屏金凤，残梦，罗幕画堂空。碧天无路信难通，惆怅旧房栊。

其二

记得那年花下，深夜，初识谢娘时。水堂西面画帘垂，携手暗相期。

惆怅晓莺残月，相别，从此隔音尘。如今俱是异乡人，相见更无因。

啥意思？简单翻译一下：“从前从前，有个人爱你很久，但偏偏风渐渐把距离吹得好远，好不容易又能再多爱一天，但故事的最后，你好像还是说了拜拜。”①“对你的思念是一天又一天，孤单的我还是没有改变。”②

伍

唐朝以诗见长，两宋以词著称。唐诗与宋词是中国文学史上两颗璀璨的明珠，如同武林中的少林与武当，各有千秋，难分高下。

一般人都是诗、词偏重一方，韦庄就厉害了，诗词俱佳，齐头并进。

① 歌词，出自歌曲《晴天》，周杰伦作曲、作词、演唱。收录于专辑《叶惠美》，2003年7月发行。

② 歌词，出自歌曲《你怎么舍得我难过》，黄品源作曲、作词、演唱。收录于专辑《男配角心声》，1990年4月发行。

《全唐诗》中共收录了韦庄三百一十九首诗歌[1]，除了成名作《秦妇吟》广为人知之外，这首《金陵图》也是脍炙人口：

谁谓伤心画不成，画人心逐世人情。
君看六幅南朝事，老木寒云满故城。

同时，韦庄又是唐末大量写词的诗人，他的五首《菩萨蛮》更是好评如潮，被视为宋词的奠基之作。

除了前面提到的那两首外，流传颇广的还有这首：

劝君今夜须沉醉，尊前莫话明朝事。珍重主人心，酒深情亦深。
须愁春漏短，莫诉金杯满。遇酒且呵呵，人生能几何。[2]

这首词给人印象最深的就是最后这两句：“遇酒且呵呵，人生能几何。”完全不像出自韦庄的手笔，乍一看还以为是现代人写的，太有年代画面感了。

韦庄晚年仕蜀，政治上一帆风顺，文学上创作颇丰，几乎是波澜不惊地走完了余生。

前蜀武成三年（910年）八月，韦庄病逝于成都，享年七十五岁。这在古代算是高寿了。

韦庄死后，社会上对他的评价褒贬不一。

---

① 据袁行霈编著的《中国文学史纲要》（魏晋南北朝　隋唐五代文学）。
② 韦庄《菩萨蛮·劝君今夜须沉醉》。

有人说，韦庄在关键时刻洞察时局，毅然弃暗投明，不但具有卓越的政治智慧，而且具有超人的政治胆识，力主王建建国，是前蜀的开国功臣；有人说，韦庄身为大唐臣子，食君之禄，忠君之事，在国家生死存亡的危难时刻，不但不思忠心报国，复兴大唐，反而弃唐入蜀，助纣为虐，另立中央，是大唐的叛臣贼子。

这个世界就是这样，对于同样一个人、同样一件事，站在不同位置，从不同的角度，出于不同目的做出评价，就会得出完全不同的结论。但无论如何，有一点是公认的，那就是韦庄的诗词造诣很高。

在漫长的历史长河中，一个人不管做过多大的官，都可能很快被人遗忘，能让他名垂青史的，只有那些不朽的作品。

在大唐帝国最后的时光，社会动荡，文化凋零，那些灿若星辰、享誉天下的诗坛大咖已相继陨落，唐诗辉煌不再。在这种情况下，韦庄的诗词一枝独秀，几乎以一己之力为晚唐诗坛增添了最后一抹余晖，他也因此被后世称为“唐朝最后一位有成就的诗人”。

这正是：

洛阳城里春光好，洛阳才子他乡老。柳暗魏王堤，此时心转迷。

桃花春水渌，水上鸳鸯浴。凝恨对残晖，忆君君不知。①

① 韦庄《菩萨蛮·洛阳城里春光好》。

黄巢

从落榜生到杀人狂

唐朝末年，早春二月，春光明媚，又到了一年一度科举放榜的日子。

长安城礼部贡院外，来自全国各地的考生人头攒动，争相拥挤在榜单前，紧张地在上面查找自己的名字。

其中，既有二十几岁的翩翩少年，也不乏满脸沧桑的中老年人。年龄大的也未必是考生家长，所谓“三十老明经，五十少进士”，考进士比考清华北大要难一百倍，有人一考就是一辈子，所以，多大年龄的考生都有。

这是决定一个人命运的时刻。

人群中，一位四十岁的中年人，把榜单从头到尾看了足有八遍，失望地从人群中挤出来，仰天长叹：“苍天啊，命运为什么如此安排？大地啊，人生的路为什么越走越窄？”

这个人名叫黄巢，山东曹州（今山东菏泽）人，已经记不清自己是第几次落榜了。

落榜生心里的苦有谁能懂？再次遭受打击的黄巢失魂落魄，来到一家酒馆，喊店小二上二斤牛肉、一坛老酒，准备一醉方休。

考中的考生在隔壁狂欢庆祝，而黄巢在一个人伤心。只听黄巢唤道：“小二，取笔墨纸砚来！”

那天，黄巢借着酒劲儿，在墙上写下《不第后赋菊》诗一首：

待到秋来九月八，我花开后百花杀。
冲天香阵透长安，满城尽带黄金甲。

啥意思？表面看写的是菊花，但字里行间透着满满的杀气，其实就是一首反诗。

很多年后，一个叫宋江的山东郓城县县衙押司失手杀人后，在酒馆喝得醺醺然，借着酒劲儿也在墙壁上题了一首反诗，与黄巢隔空呼应：

心在山东身在吴，飘蓬江海谩嗟吁。
他时若遂凌云志，敢笑黄巢不丈夫。[①]

黄巢喝酒的那家酒馆的老板文化程度低，没看出那首诗啥意思。当然，他更不会想到，若干年后，就是这个醉醺醺的大龄落榜生眼见仕途无望，一怒之下揭竿而起，拉起一支队伍，仅用了短短五年时间，就打跑了大唐天子，自己取而代之，在长安登基做了皇帝。

壹

唐宪宗元和十五年（820年），黄巢出生于曹州冤句（今山东曹

① 《水浒传》第三十九回。

县西北），出身于盐商世家。

在古代，盐铁由朝廷专营，民间做这个叫贩私盐，属于违法生意。山东老黄家跟河南王仙芝家族，差不多是鲁豫一带最大的盐商。

干私盐生意的，家里自然不缺钱，可是有再多的钱也是个不法商贩、朝廷的打击对象，让人看不起，终究无法混迹上流社会。

所以，黄巢的父亲在儿子小时候就谆谆教导他不要染指私盐生意，让他只管专心读书，送他上最贵的学校，给他请最好的家教，期望他考取功名，走上仕途，以此改变黄家的身份地位。

黄巢小时候也确实挺聪明，下面这首《题菊花》，据说是他五岁时候写的：

飒飒西风满院栽，蕊寒香冷蝶难来。
他年我若为青帝，报与桃花一处开。

从这首诗就可以看出，黄巢小时候就胸怀大志，身上有股不服输、不认输的精神。

也不知道为什么，黄巢从小就对菊花特别感兴趣。他一共流传下来三首诗，有两首写的是菊花。

毕竟肩负的是整个家族的期望，可能心理压力太大了，黄巢多次参加科考，屡战屡败。

连续落榜，连续复读，不免有些泄气，黄巢开始逃课，与社会上的小混混们混在一起，终日舞枪弄棒，打架斗殴。《新唐书》记载，黄巢“善击剑骑射”“喜养亡命”，意思是黄巢武艺过人，喜欢收留亡命之徒。黄巢科举不上道，却天生是个混黑社会的苗子。

直到四十岁又一次落榜，黄巢对科举彻底死了心，开始接手家族私盐生意。

唐僖宗乾符元年（874年），中原地区爆发了百年不遇的旱灾，粮食大幅减产，有些地区甚至绝收。大灾之年，朝廷不但不想办法赈灾，反而“用兵不息，赋敛愈急”[①]，苛捐杂税越来越重，致使民不聊生，饿殍遍野。

屋漏偏逢连夜雨，本来经济就不景气，朝廷又加大了对民间走私的打击力度，私盐生意越来越不好做，几乎难以为继。

终于，黄巢的好友、多年的生意伙伴——河南的王仙芝恼了，在社会上纠集了一些人围攻县衙，双方发生激烈冲突。

一不做二不休，王仙芝干脆以此为起点，揭竿而起造反了，拉起一支队伍，号称“草军”，自封“天补平均大将军”兼“海内诸豪都统”，四处招兵买马，攻城拔寨，一连占领了好几个州县，一时声势大振。

山东的黄巢一看，老王都反了，咱还等啥？人生能有几回搏，此时不搏何时搏？啥都不说了，跟着干吧！

唐僖宗乾符二年（875年）六月，黄巢放弃了私盐生意，变卖家产作为创业启动资金，带领一帮人加入草军，从此走上了一条不归路。

那一年，黄巢五十六岁，已经过了知天命的年纪，半截身子都入土了，留给他翻身逆袭的时间不多了。

贰

比努力更重要的是选对方向，相比科举考试和走私生意，黄巢在

---

① 《资治通鉴·唐纪六十八》。

军事上堪称天赋异禀，天生就是领兵打仗的一把好手。

自从黄巢入伙以后，草军发展得更加迅猛。老百姓早就对朝廷心怀不满，所以草军所到之处，一呼百应，攻无不克，战无不胜，所向披靡，短短半年时间，队伍就扩充到了三十万人，占据的地盘也不断扩大。

朝廷调集重兵数次围剿，每次都是损兵折将，无功而返。

后来，蕲州刺史想了个办法：招安。奏请朝廷批准后，双方罢兵。刺史摆下酒席，请王仙芝和黄巢赴宴，当场宣读圣旨，册封草军首领王仙芝为左神策军押牙兼监察御史，所属部队接受朝廷改编，之前所为既往不咎。

王仙芝说到底还是小农意识，一听说封官，可以进体制吃皇粮，当时就动心了，准备接受招安。

这可把黄巢给气坏了："当初我们一起立誓打江山，现在你却想投降独自去当官，当年一起造反的五千弟兄怎么办？"①

黄巢也并不是真反对招安，主要是看不起王仙芝没出息，一个小小的七品官就把他给收买了。更可气的是，封官居然没有他黄巢的份儿，这让黄巢实在忍不了。

因为这件事，黄巢和王仙芝发生了激烈的争吵，黄巢一怒之下动手打了王仙芝，俩人彻底翻脸。最后，王仙芝怕惹起众怒，也没敢接受招安，拉了一帮人，跟黄巢分道扬镳。

此事在《新唐书》中有记载："因击仙芝，伤首。仙芝惮众怒，即不受命，劫州兵，渥、中人亡去。"

---

① 《资治通鉴·唐纪六十八》："始者共立大誓，横行天下，今独取官赴左军，使此五千余众安所归乎！"

王仙芝分裂队伍之后不久，与官军在湖北黄州（今属黄冈）展开激战，大败，被俘后壮烈牺牲。

王仙芝死后，余部回到黄巢麾下。众将召开紧急会议，一致推举黄巢为王。黄巢号称“冲天大将军”，继续领导草军，转战大江南北。

这是草军发展史上重要的转折点。此后，在黄巢的正确军事路线指挥下，起义军攻城略地，实力不断扩大。

唐僖宗乾符六年（879年），草军杀进岭南，“欲据南海之地，永为巢穴”[①]，准备就在这里安家，与唐王朝分庭抗礼。

连年征战，队伍也需要休整。没想到，春夏之交，广州暴发瘟疫，军中许多人被感染，重症患者死亡率近40%。[②]

这种情况下，部下纷纷“劝请北归，以图大利”[③]。没办法，同年十月，黄巢又率部离开广州，杀回中原。

此时，唐王朝已是风雨飘摇，军队更是不堪一击。黄巢领导的起义军从南杀到北，转战十二省，连战连胜，一路高歌猛进。

唐僖宗广明元年（880年）十一月，草军攻占洛阳。随后马不停蹄继续向关中挺进，又一举攻克了潼关。十二月初，百万雄师兵临长安城下。

唐僖宗大惊失色，跟大宦官田令孜带着四位皇子、几个妃子[④]和五百名卫兵一起，仓皇逃往咸阳，草军先头部队几乎没有遇到什么抵

① 《旧唐书·黄巢传》。

② 《旧唐书·黄巢传》：“是岁自春及夏，其众大疫，死者十三四。”

③ 《旧唐书·黄巢传》。

④ 《新唐书·黄巢传》：“方朝，而传言贼至，百官奔，令孜以神策兵五百奉帝趋咸阳，惟福、穆、潭、寿四王与妃御一二从……”

抗就占领了首都长安。

十二月五日，黄巢乘坐金色马车，在将士们的簇拥下，浩浩荡荡进入长安。长安卫戍司令主动投诚，率文武官员数十人至灞上（今陕西西安市东）迎接，草军“甲骑如流，辎重塞途，千里络绎不绝”[①]。

十二月十三日，黄巢在长安含元殿登基称帝，定国号为“大齐”。盛极一时的大唐王朝，沦为流亡政府。

谁能想到，此时距离黄巢起兵造反，才过去了五年时间。

叁

起义军第一次进首都，眼见灯红酒绿，不免眼花缭乱，自然要好好享乐一番。

作为新皇帝，黄巢更是如狼似虎，一头扎进后宫，把唐僖宗留下的嫔妃宫女全部接收，不分昼夜逐一宠幸。

除此之外，黄巢发动全军，对唐朝宗室和公卿士族进行了残酷镇压和彻底清算，“杀唐宗室在长安者无遗类”[②]，三品以上官员几乎都遭到杀戮，就连迎接黄巢入长安的卫戍司令也因为藏匿官员被杀。

不光士族官员遭受灭顶之灾，所有的富裕人家也都遭到清洗。据《新唐书》记载：“甫数日，因大掠，缚棰居人索财，号‘淘物’。富家皆跣而驱，贼酋阅甲第以处，争取人妻女乱之，捕得官吏悉斩之，火庐舍不可赀，宗室侯王屠之无类矣。”

---

① 《资治通鉴·唐纪七十》。

② 同上。

黄巢的军队在长安烧杀抢掠，奸淫妇女，无恶不作。唐末诗人韦庄有诗云：“华轩绣毂皆销散，朱门甲第无一半”[①]“内库烧为锦绣灰，天街踏尽公卿骨”，描述的就是当时长安沦陷后的景象。

几个月后，流亡在外的唐王朝政府趁黄巢的新政权立足未稳，集结部队反攻大齐，黄巢耽于享乐，放松了警惕，抵挡不力，被迫撤离，长安回到大唐怀抱，百姓欢欣鼓舞，夹道欢迎唐军回城。

但是没过多久，黄巢率部打了回来，二次占领长安。这下可坏了，为了泄愤，黄巢下令血洗长安。[②]史料记载，此次被屠杀的民众多达八万人。[③]

当时，有人在尚书省大门上写了一段话，谴责黄巢滥杀无辜，早晚必亡。

黄巢的宰相得知此事后十分恼火，派人全力追查，后来实在找不到作者，本着“宁可枉杀千人，不可使一人漏网”的原则，一怒之下将长安三千儒生尽数斩杀。[④]

唐僖宗中和三年（883年），唐军再次反攻大齐。

黄巢的大齐政权建立以后，官兵贪图享乐，骄傲自满情绪滋生，部队战斗力锐减，在前线节节败退。无奈之下，黄巢再次放弃长安，

---

① 韦庄《秦妇吟》。

② 《旧唐书·黄巢传》：“贼怒坊市百姓迎王师，乃下令洗城，丈夫丁壮，杀戮殆尽，流血成渠。”

③ 《新唐书·黄巢传》：“怒民迎王师，纵击杀八万人，血流于路可涉也，谓之‘洗城’。”

④ 何光远《鉴诫录》卷一：“忽一日，有人潜书七言四韵帖在都堂南门，讥讽颇深。伪相大怒，应堂门子及省院官并令剜眼倒悬，以令三省。又奏请宣下诸军火队内收得文官会吟诗者，宜令就营屏除。如只是识字者，宜令将内役使。是时京城内外杀戮三千余人，百司惊惶，皆悉逃窜。”

率十五万大军向东流窜。撤退前，一把大火将古都长安付之一炬。

黄巢的这一把大火，直接将千年古都长安城化为灰烬。由于重建成本太高，此后历朝历代再也没有选择将长安作为首都，长安从此失去了首都的地位，也失去了昔日繁华。

在流窜途中，黄巢的部队断粮了。去哪儿筹粮？地主家也没有余粮了，何况老百姓呢？怎么办？黄巢有办法——吃人。

黄巢下令抓老百姓，还有俘虏，放进一种叫作“舂磨砦”的巨碓里，采用机械化方法，将活人碾碎，做成肉酱，充作军粮。

《旧唐书》记载：“贼俘人而食，日杀数千。贼有舂磨砦，为巨碓数百，生纳人于臼碎之，合骨而食。”“纵兵四掠，自河南、许、汝、唐、邓、孟、郑、汴、曹、濮、徐、兖等数十州，咸被其毒”[①]。齐军所到之处，可谓“白骨露于野，千里无鸡鸣”[②]。

此后，黄巢率残部四处流窜，被唐军一路追杀，惶惶如丧家之犬。

唐僖宗中和四年（884年）六月十五日，在山东莱芜一带，齐军与唐军遭遇，黄巢“殊死战，其众殆尽”[③]，最终命丧狼虎谷，死时六十五岁。

肆

俱往矣。在几千年的中国历史上，曾经爆发过无数次农民起义：秦末的陈胜吴广，王莽时期的绿林军、赤眉军，东汉末年的黄巾军，

---

① 《资治通鉴·唐纪七十一》。

② 曹操《蒿里行》。

③ 《旧唐书·黄巢传》。

隋末的瓦岗寨，唐朝的黄巢，北宋的方腊，明末的李自成、张献忠，晚清的洪秀全……其中几次大规模的农民起义，几乎都风起云涌，直接敲响了统治者的丧钟，有的甚至建立了自己的政权。

然而，很多农民起义都是虎头蛇尾、有始无终，他们建立的所谓政权，要么昙花一现，要么为他人作嫁衣，义军领袖几乎无一善终。唯一的成功案例是元末的朱元璋起义，建立了明朝。

明清时期的著名思想家王夫之在《读通鉴论》中说："亡汉者黄巾，而黄巾不能有汉；亡隋者群盗，而群盗不能有隋；亡唐者黄巢，而黄巢不能有唐。"

为什么？因为农民起义的首领大多小农意识严重，一旦得势便迫不及待登基享乐，当了皇帝以后，其残暴、荒淫、疯狂、愚昧的程度，与前朝相比，有过之而无不及。

此外，起义军领袖个人素质普遍偏低，根本不具备管理国家的能力，打天下的时候叱咤风云，坐天下的时候一塌糊涂。

匹夫之勇，终难成大器。黄巢便是其中之一。

黄巢死后，头颅被送往长安，因已完全腐烂，无人能辨真伪。于是，民间便有了各种传说。

有人说，黄巢并没有死，死的是他的替身，黄巢乔装打扮逃到洛阳，在南禅寺出家为僧[①]，法号翠微[②]。

多年以后，有人在寺庙见过他，当时他须发皆白，神情黯然，早已没有了当年的杀气，但喜欢在墙上题诗的老毛病没改。在他房间的

---

① 《全唐诗》黄巢《自题像》诗注："陶毅《五代乱离纪》云：'巢败后为僧，依张全义于洛阳，曾绘像题诗，人见像，识其为巢云。'吴曾《能改斋漫录》卷八：'黄巢既败，为僧，投张全义，舍于南禅寺。'"

② 王明清《挥麈录》卷五："《僧史》言，巢有塔在西京龙门，号翠微禅师。"

墙上，写着这样一首诗：

记得当年草上飞，铁衣著尽著僧衣。
天津桥上无人识，独倚栏杆看落晖。[1]

没有人知道，那个在天津桥上独倚危栏的老僧，究竟在想些什么。

① 黄巢《自题像》。

罗隐

我未成名卿未嫁，可能俱是不如人

唐懿宗咸通十三年（872年），大唐的余晖洒落在苍凉的古道上，再次落榜的罗隐背着沉重的行囊，独自行走在返乡的路上，早已不再年轻的脸上写满了失意与惆怅。

罗隐都快记不清是第几次落榜了，从二十六岁开始应试进士科举，连考七年，连续落榜七次，之后又断断续续考了几次，每次都名落孙山。

灯火辉煌的长安成了罗隐的伤心之地，他心灰意冷，黯然离开这座寄托着自己青春梦想的国际大都市，准备回老家杭州。

一路饥餐渴饮，晓行夜宿。这一日，途经江西钟陵（今属江西南昌），见天色已晚，罗隐决定在自己曾经住过的一家星级酒店下榻。

酒店名叫花满楼，是钟陵县最高档的酒店，一楼是餐厅，二楼、三楼是休闲娱乐区，四楼以上是客房。

罗隐安顿好之后，独自一人来到餐厅用餐，因为心情郁闷，便点了一瓶酒，自斟自饮，借酒浇愁，不知不觉就喝多了。

壹

酒入愁肠愁更愁，准备再开第二瓶的时候，服务员过来劝：“先生，不能再喝了，我们要下班了。”

罗隐醉眼蒙眬，筷子一放，一首七言绝句脱口而出：

得即高歌失即休，多愁多恨亦悠悠。
今朝有酒今朝醉，明日愁来明日愁。①

罗隐作完诗，拿过来一只空杯子，一边倒酒，一边招呼服务员道：“来来来，坐下陪我喝两杯，喝完这杯，还有三杯。”

服务员说：“先生，您要找人陪酒可以上楼啊，楼上二十四小时营业，我们餐厅要下班了。”

罗隐将杯中酒一饮而尽，酒杯重重落在桌上，大手一挥，豪迈地说：“走，扶我上楼！”

幽暗的灯光下，领班进来悄声问罗隐：“先生，请问需要人陪酒吗？”

罗隐大手一挥：“让我先看看成色如何。”

不一会儿，一个浓妆艳抹的女子进来打招呼：“先生您好，很高兴为您服务。”开场白说罢，抬眼一看罗隐，不禁惊呼：“哎呀，这不是罗公子吗？”

罗隐当时就蒙了，只见这位女子大约三十岁年纪，杏脸桃腮，体态婀娜，眉眼间散发着妩媚的气息，感觉似曾相识，但一时又想不起

---

① 罗隐《自遣》。

在哪儿见过。

姑娘见状，噘着小嘴娇嗔道：“先生真是贵人多忘事啊，把人家忘得一干二净了。”

罗隐仔细端详了半天，这才猛然想起：“啊，你是……云英？”

贰

故事发生在十三年前。罗隐第一次进京赶考，途中也是在钟陵歇脚，也是住在这家酒店，也是酒后上楼休息，当时的姑娘也是云英。

那时候的云英，芳龄二八，体态轻盈，如赵飞燕一般可在人掌上起舞，舞姿婀娜，风情万种，色艺双绝，令罗隐如醉如痴，在酒店一连住了三天。

云英对这个年轻书生也很中意，听说罗隐是进京赶考的，连忙为其加油打气。

罗隐十分感动，望着云英娇媚的脸庞，当场表示：“小生此去志在必得，功名富贵如探囊取物，金榜题名之时，一定回来为姑娘赎身。姑娘花容月貌，秀外慧中，做这一行，唉，可惜了！”

云英一面补妆，一面满不在乎地说：“没事儿，这些年我早都习惯了。”

罗隐无言以对，叹了口气，拖着疲惫的身体，与云英挥手告别。

这一别，就是十三年。

如今的云英虽然上了点儿年纪，但风韵不减当年。更难得的是，身材依然苗条，说话依然快人快语：“多年不见，罗公子一定已经高中状元，做了大官吧？”

一句话说到了罗隐的痛处，罗隐老脸一红，连连摆手道：“惭愧，惭愧，未能高中。”

云英一听就笑了，笑得花枝乱颤：“哎哟，罗公子还说什么志在必得，什么如探囊取物，还要为我赎身，哈哈哈哈哈……”

被云英这一番嘲笑，罗隐十分尴尬，无地自容。可转念又一想：我科举失利，你不也没嫁人吗？外面的女人像你这个年纪孩子都上中学了，你徐娘半老至今还工作在一线，凭啥笑话我？当即赋诗一首：

钟陵醉别十余春，重见云英掌上身。
我未成名卿未嫁，可能俱是不如人。[①]

意思是，咱俩半斤八两，同病相怜，谁也别笑话谁。

以上故事并非虚构，五代后蜀何光远在《鉴诫录》中有明文记述。[②]

叁

也不怪云英笑话罗隐，罗隐的科举经历确实坎坷，在长安滞留了十几年，前前后后考了十几次，次次落榜，史称“十上不第”[③]。

是不是能力问题？也不是，罗隐的才学是有目共睹的。《唐才子

---

① 罗隐《赠妓云英》。

② 何光远《鉴诫录》卷八：“（罗隐）初赴举之日，于钟陵筵上与娼妓云英同席。一纪后下第，又经钟陵，复与云英相见。云英抚掌曰：‘罗秀才犹未脱白矣。’隐虽内耻，寻亦嘲之：‘钟陵醉别十余春，重见云英掌上身。我未成名君未嫁，可能俱是不如人。’”

③ 罗大经《鹤林玉露》卷六。

传》中说罗隐“少英敏，善属文，诗笔尤俊拔”，学习成绩一直很好，很早就以诗文名于天下，与同时代的李商隐、温庭筠并称“晚唐三才子”。

罗隐既然这么有学问，为什么会屡试不第？

首先，诗词写得好，文章写得妙，未必就一定能考中进士，这是两码事。科举应试有一套自己的逻辑规则，有些人天生就是考试型人才，俗称“小镇做题家”，逢考必中；有些人平时写东西还行，一到考场就歇菜，逢考必挂。很不幸，罗隐属于后者。

其次，唐朝科举试卷考生姓名是不密封的，宋朝才实行糊名制。要说唐朝的考官在评卷时完全能够做到公平公正，是很难让人相信的。罗隐的爷爷只当过小小的县令，而且到父亲这一辈，家境基本就没落了，所以在政治背景上毫无竞争力。

再次，罗隐这个人性格不太好，《唐才子传》说“隐恃才忽睨，众颇憎忌”，就是说他恃才傲物，谁都看不起，得罪了很多人。

有一年本来是要录取罗隐的，但有一个叫韦贻范的大臣坚决表示反对。原因是有一次罗隐和韦贻范共乘一条船，罗隐诗兴大发，正要吟诗一首，船家赶紧劝阻罗隐，说船上有朝廷官员，咱低调点儿。罗隐不以为意，大咧咧地说：“当官的有啥了不起的，要论写诗，我用脚夹着笔写也比他们写得好。”

你们说，如此狂傲的人怎么能用？当年李白因为狂被赶出长安，就是前车之鉴。

肆

这些还不是最主要的，最主要的是，罗隐平时写的那些东西，怎么说呢？太阴暗，太负面，朝廷不喜欢。

《旧五代史》中说罗隐“诗名于天下，尤长于咏史，然多所讥讽，以故不中第”，动不动就讽刺朝廷，所以一直不被录取。

比如，唐昭宗身边有个耍猴的艺人，猴子驯得特别好，为唐昭宗带来很多乐趣，唐昭宗一高兴，就给了耍猴人四品官的待遇，并赏赐深绯色官袍一件。罗隐听说后气坏了：老子考了十几年都没混个一官半职，还不如个耍猴的！当即赋诗一首：

十二三年就试期，五湖烟月奈相违。
何如买取胡孙弄，一笑君王便著绯。①

不光写诗讽刺朝廷，他还写了很多针砭时弊的小品文，编辑成册，取名《谗书》，里面全是愤世嫉俗之作。

《谗书》出版以后，在民间广受好评。但朝廷的态度可想而知，虽然没有将其查封，可皇帝心里终究不爽，所谓“《谗书》虽盛一名休”②，罗隐的科举之路由此变得愈加艰难。

除了上述原因之外，还有一点也很关键，那就是罗隐长得太难看了。

朝廷选拔官员虽然不是选美，但也是有标准的，标准有四：“身、言、书、判。”一看长相，二看言谈，三看字迹，最后才看文章。长得不说好看吧，起码不能太难看，毕竟要经常抛头露面，太丑的话确实影响朝廷形象。

---

① 罗隐《感弄猴人赐朱绂》。

② 姚合《使两浙赠罗隐》。

罗隐到底有多丑？《旧五代史》记载了这样一件事：

隐虽负文称，然貌古而陋。畋女幼有文性，尝览隐诗卷，讽诵不已，畋疑其女有慕才之意。一日，隐至第，郑女垂帘而窥之，自是绝不咏其诗。

大概意思是：当朝宰相郑畋的女儿是个文艺女青年，读了罗隐的诗赞叹不已，对罗隐极为仰慕。有一天，罗隐到郑畋府上拜访，郑畋的女儿便学卓文君躲在帘子后面偷看，不看不知道，一看吓一跳，原来自己心目中的偶像完全不像司马相如那样一表人才、风流倜傥，竟然长得这么丑，太意外了！转身回房把罗隐的诗文付之一炬，从此再也不读他的诗了。

伍

罗隐屡试不第，自然仕途无望，但他从未停止诗文创作。

罗隐的诗在社会上深受欢迎，其中一个重要原因，就是他的诗歌“敢于直面惨淡的人生，敢于正视淋漓的鲜血”[1]，反映民间疾苦，暗讽社会黑暗，且立意巧妙，视角独特，从不人云亦云，随波逐流。

比如，寒冬腊月，天降大雪，长安的文人们纷纷赋诗撰文，大多说的是瑞雪兆丰年，白茫茫一片的世界好美啊，雪花漫天飞舞好浪漫啊，诸如此类。罗隐跟他们可不一样，他眼中看到的是天寒地冻，还有许多百姓没有棉衣穿，没有柴火用，在雪中瑟瑟发抖，所以这样的

① 鲁迅《纪念刘和珍君》。

祥瑞还是少来点儿吧：

尽道丰年瑞，丰年事若何？
长安有贫者，为瑞不宜多。①

比如，别人都说红颜祸水、美色误国，国家灭亡都是那些狐狸精闹的，罗隐就明确表示反对。在他看来，亡国是因为男人自己没本事，怎么能怪女人呢？

家国兴亡自有时，吴人何苦怨西施。
西施若解倾吴国，越国亡来又是谁？②

比如，别人都赞美蜜蜂飞在花丛中辛苦采蜜是造福人类，罗隐则对此嗤之以鼻：你们这些无耻的人类，偷吃人家的蜂蜜、抢夺人家的劳动果实还有理了？

不论平地与山尖，无限风光尽被占。
采得百花成蜜后，为谁辛苦为谁甜？③

再比如，别人写黄河，基本上都赞美它是中华民族的摇篮、华夏文明的源头，罗隐就不一样，他独出机杼，以黄河的曲折和浑浊暗讽

---

① 罗隐《雪》。
② 罗隐《西施》。
③ 罗隐《蜂》。

科举制度的腐败与黑暗，比喻之新颖独特，构思之奇妙贴切，令人拍案叫绝：

莫把阿胶向此倾，此中天意固难明。
解通银汉应须曲，才出昆仑便不清。
高祖誓功衣带小，仙人占斗客槎轻。
三千年后知谁在，何必劳君报太平。①

罗隐的诗，在内容上有杜甫遗风，在形式上则效仿白居易的浅白通俗，读来朗朗上口，比如那句著名的“今朝有酒今朝醉，明日愁来明日愁”几近白话，传播甚广。

罗隐一生著述颇丰，除了被收入《甲乙集》的大量诗歌和以《谗书》为代表的众多小品文之外，还有关于治国理政的《两同书》，以及题材丰富的散文、小说。

因为科举连年落榜，罗隐无缘入朝为官，一直在民间从事文学创作。直到后来，发生了一件大事，罗隐的命运才发生了改变。

陆

事情是这样的：

唐僖宗乾符二年（875年），黄巢起义，大军攻城拔寨，所向披靡，只花了短短五年时间就攻占了大唐国都长安，唐僖宗沿着安史之乱时唐玄宗的逃跑路线，一路逃亡到了四川。

---

① 罗隐《黄河》。

罗隐作《帝幸蜀》诗一首：

马嵬山色翠依依，又见銮舆幸蜀归。
泉下阿蛮应有语，这回休更怨杨妃。

讥讽当权者：杨贵妃早不在人世了，这回你们怪不到人家杨贵妃头上了吧？

至唐僖宗广明元年（880年），长江以北大部分地区沦陷，为躲避战乱，罗隐举家南迁，隐居于安徽九华山。

世上流年短，山中日月长。唐僖宗光启三年（887年），已经五十五岁的罗隐最后一次参加科举，再次落榜后，终于死了这条心，返回江东，投奔了当时的杭州刺史钱镠。

钱镠虽是贩卖私盐出身，但爱好文学，那句著名的“陌上花开，可缓缓归矣”就出自钱镠之手。

钱镠尊重知识，尊重人才，对罗隐十分器重，任命他为钱塘令，拜著作佐郎，不久又升其为镇海军掌书记、观察判官、司勋郎中、镇海节度判官，直至给事中一职。

不是说没有学历不能做官吗？罗隐没有学历，为什么能被钱镠破格任用？

今非昔比，此时的大唐王朝已是日薄西山，摇摇欲坠，中央皇权日益衰败，藩镇割据愈演愈烈，各地军阀拥兵自重，各自为政，让朝廷任命个小官不算什么，钱镠自己甚至公开向朝廷要职务、要待遇，要当吴越王。当然，这一过分要求被朝廷拒绝了。

唐哀帝天祐四年（907年），宣武军节度使、梁王朱温篡唐称帝，建立后梁。

延续了二百八十九年的大唐王朝宣告灭亡，五代十国时代正式开启。

柒

国土四分五裂，各地群雄并起，天下一片混乱。此时，罗隐力劝钱镠起兵讨伐朱温，扛起“反梁复唐”的大旗：“就算不成功，也能退守东南，自立门户，称帝建国。”①

但钱镠并没有采纳他的意见，而是选择归顺了后梁，朱温则立刻封钱镠为吴越王兼淮南节度使。

其间，朱温曾许以谏议大夫的职务，请罗隐入朝为官，共建大梁，被罗隐断然拒绝。

虽然大唐并没有给罗隐什么好处，罗隐之前也一直写诗文揭露讽刺唐朝的腐败黑暗，“吐槽”自己遭受的种种不公，但在国家大义面前，罗隐立场坚定，是非分明，坚决不与反贼狼狈为奸。

所以，别看罗隐这种知识分子动不动就批评朝廷腐败，动不动就揭露社会黑暗，其实他们只是恨铁不成钢，是从内心里希望国家变得更好。

反倒是朱温这种人，平时“忠于大唐，效忠皇帝”的口号喊得比谁都响，还被唐僖宗赐名“朱全忠”，其实他的言行都是假的，时机一旦成熟，他就立刻翻脸，弑君夺权，逼迫皇帝禅位，自己取而代之。

吴越天宝三年（910年），罗隐病逝于杭州，享年七十八岁。

---

① 《资治通鉴·后梁纪一》：“纵无成功，犹可退保杭越，自为东帝。”

罗隐病重期间，有一天，吴越王钱镠前往探望，并在墙上亲笔题诗：

黄河信有澄清日，后代应难继此才。

看到写诗，罗隐一下子来了精神，从床上一骨碌儿爬起来，在墙上续写了两句："门外旌旗屯虎豹，壁间章句动风雷。"写完后用红纱盖住墙上这首诗。此后，终有唐一代，在文才上果然没有人能接罗隐的班。[①]

回顾罗隐的一生，与韦庄颇有几分相似：大半生执着于科举，屡战屡败，屡败屡战，徒劳无功，一无所获；晚年入仕地方小政权，仕途顺遂，大器晚成，却政绩平平，乏善可陈。唯一值得欣慰的是，罗隐那些脍炙人口的诗文佳作得以流传后世，为曾经辉煌的唐诗留下了最后一抹余晖。

清代诗人袁枚高度评价罗隐：

三生金榜无名字，一卷唐诗殿本朝。[②]

① 钱俨《吴越备史·罗隐传》："一日，隐寝疾，王亲临抚问，因题其壁云：'黄河信有澄清日，后代应难继此才。'隐起而续末句云：'门外旌旗屯虎豹，壁间章句动风雷。'隐由是以红纱罩覆其上，其后果无文嗣。"

② 袁枚《罗昭谏墓》。

晏殊

如何优雅地宣布自己失恋了

北宋年间，正值深秋时节。

天已破晓，但惨白的月亮依旧固执地挂在空中，月光透过窗棂斜照在摘星楼内，栏杆外的秋菊笼罩在晨雾之中，屋檐下的燕子已不知去向。

一阵寒风袭来，晏殊不禁打了一个寒战。

又是一个不眠之夜。这是晏殊失恋的第三十三天，燕子依然没有消息，晏殊也依然没有从痛苦中走出来。

“燕子，没有你我可怎么活啊？”[①]晏殊心如刀割，想写封信给前女友，诉说自己的思念，可又不知寄往哪里，一时间，思绪万千，肝肠寸断，爱如潮水，百转千回，提笔写下《蝶恋花》一首：

槛菊愁烟兰泣露，罗幕轻寒，燕子双飞去。明月不谙离恨苦，斜光到晓穿朱户。

---

① 台词，出自电影《从你的全世界路过》（改编自张嘉佳创作的同名小说），张一白导演，张嘉佳编剧，邓超、杨洋、张天爱、岳云鹏、杜鹃、柳岩领衔主演。2016年9月29日在中国内地上映。

昨夜西风凋碧树，独上高楼，望尽天涯路。欲寄彩笺兼尺素，山长水阔知何处？

真情实感，一气呵成，写完搁笔，发朋友圈，诗词前面附上两句话：感恩过去所有，未来仍是家人。

一石激起千层浪。其实用不着特别说明，光看那首词的内容也能猜到晏殊失恋了。

名人出事儿历来为广大“吃瓜群众”喜闻乐见，大家纷纷奔走相告。各种传言满天飞的同时，也让人不禁有些疑惑：晏殊少年成名，才华横溢，是大宋最年轻的进士，青年才俊，前途无量，多少未婚女青年的偶像，竟然也会被女朋友抛弃？

有人说：“这有啥奇怪的？萝卜白菜，各有所爱。人生哪能多如意，万事只求半称心，老天爷总得给你点儿遗憾，让你受点儿挫折。晏殊这个人哪，就是什么都太顺利了。”

壹

没错，晏殊就是太顺利了。

晏殊出生于宋太宗淳化二年（991年），抚州临川（今江西抚州）人，自幼聪慧过人，七岁就能写文章，是远近闻名的“神童”，万千家长口中的“别人家的孩子”。景德元年（1004年），晏殊十四岁时，被江南安抚使张知白推荐给朝廷。第二年，他以“神童”的身份参加了科举殿试。

北宋时期的科举采用三级考试制度，先在各州参加“解试”，也叫“州试”，通过后再参加由礼部举办的“省试”，最后的优胜者才进入“殿试”。

也就是说，晏殊作为特殊人才，跳过了前两步，直接参加殿试。

殿试由皇帝本人亲自担任主考官，录取时分为三甲：一甲三名，分别是状元、榜眼、探花，称“进士及第”；二甲若干名，称“进士出身”；然后是三甲，称“同进士出身”。

考生多大年龄的都有，有的须发皆白，都可以当晏殊的爷爷。史料记载，年仅十五岁的晏殊在考场上“神气不慑，援笔立成”[①]。第一场考试，晏殊“唰唰唰”，没一会儿就答完题了，提前交卷，举座震惊。

第二场考作文，卷子一发下来，晏殊立刻举手向主考官宋真宗报告：“陛下，这个作文我前两天刚写过，能不能给我换个题目？”[②]

连考官带考生都惊呆了：所有的学校都在考前拼命押题，特别是作文，之前写过是多么幸运的一件事啊，心里偷着乐就行了，你还主动要求换题目，是不是傻？

宋真宗当时听了十分感动，说：“真是个老实孩子，朝廷就需要你这样诚实本分的人。”

考试结束，晏殊被赐“同进士出身”，授职秘书省正字，并特许其在皇家藏书处秘阁读书深造。

晏殊是江西人，当时的宰相寇准对南方人抱有偏见，试图阻止皇帝的任命：“陛下，还请您三思，晏殊年龄太小不说，还是个南方人。”

宋真宗当即反驳：“地无论南北，人无论老幼，唯才是求，为缔

① 《宋史·晏殊传》。

② 《宋史·晏殊传》：“臣尝私习此赋，请试他题。”

造开元盛世立下汗马功劳的唐代名相张九龄也是南方人，出身岭南穷乡僻壤蛮荒之地，不也干得好好的吗？”①

一句话说得寇准满脸通红，无言以对。

那一年是宋真宗景德二年（1005年），十七岁的范仲淹仍在寒窗苦读，二十二岁的柳永还没有找到工作，终日流连于青楼妓馆，而十五岁的晏殊已经进入朝廷官员序列，并受到当今天子的赏识。

可以说，在人生的起跑线上，晏殊已将同龄人甚至比自己大的人远远甩在了身后。

贰

从这个小小的秘书省正字开始，晏殊的仕途一帆风顺，第二年便升职为太常寺奉礼郎。之后，几乎一年一个台阶，历任光禄寺丞、集贤校理、太常寺丞、户部员外郎等职。

天禧二年（1018年），宋真宗册立赵祯为太子，并为其选“太子舍人”。“太子舍人”也就是日常陪伴在太子身边的人，负责以自身的品德修养教导太子行为处事，差不多相当于太子的半个老师。

毫无疑问，这是一个非常有吸引力的职位，虽然行政级别不高，但太子就是未来的皇帝，能在太子身边工作，言传身教，将来太子登基，仕途可想而知。所以，朝中许多官员都主动要求担任这一职务，竞争非常激烈。

出乎所有人的预料，宋真宗选择了年仅二十八岁的晏殊。

---

①《续资治通鉴·宋纪二十五》：“朝廷取士，惟才是求，四海一家，岂限遐迩？如前代张九龄辈，何尝以僻陋而弃置耶？”

为什么？因为晏殊的人品令人钦佩，值得信赖。

相对而言，北宋时期，经济繁荣，国泰民安，是历史上少有的不实行宵禁的朝代之一，夜生活十分丰富，特别是东京汴梁（今河南开封），青楼妓馆鳞次栉比，每当夜幕降临，灯红酒绿，歌舞升平。但这种活动，晏殊从不参加，无论同事怎么叫他，他都不去，下班就回家，回家就看书。别人称赞他是天才，他连连摆手，说："哪有什么天才？我不过是把别人吃喝玩乐的时间都用在了读书上罢了。"

宋真宗对此早有耳闻，问晏殊："小晏哪，许多大臣向朕反映，说你不太合群，从不参加集体活动，缺乏生活情趣，是这样吗？"

晏殊的脸"腾"的一下就红了，有些不好意思地说："回陛下，不是我不喜欢出去玩，主要是因为穷，我要是有钱我也去。"①

宋真宗听了这番话，不禁感慨道：晏殊真是个老实人哪！其实他完全可以说点儿场面话，比如说自己喜欢读书、喜欢高雅艺术，或者说自己一心扑在工作上，把全部精力都献给了大宋的事业，没时间休闲娱乐之类，但是晏殊没有，人家就说是因为没钱。如此诚实又廉洁的官员，实在是不多见，太子就应该跟这样忠厚本分的人在一起。

叁

就这样，宋真宗力排众议，任命年轻的晏殊为太子舍人。

此后不久，晏殊又升任翰林学士、景灵宫判官、太子左庶子兼判

---

① 沈括《梦溪笔谈·人事一》："臣非不乐燕游者，直以贫，无可为之，臣若有钱，亦须往，但无钱不能出耳。"

太常寺、知礼仪院等职，不断接近权力中枢。

乾兴元年（1022年），宋真宗驾崩，太子赵祯继位，是为宋仁宗。

因宋仁宗年幼，朝廷重臣争权夺利，为避免大权旁落，晏殊以卓越的政治智慧，果断向朝廷建议，由太后垂帘听政，直至皇帝长大成人。

这一建议被朝廷采纳，对稳定政局起到了关键作用。

太后刘娥垂帘听政后，立刻升任晏殊为右谏议大夫兼翰林侍读学士，不久又升其为给事中、景灵宫副使。

宋仁宗亲政后，晏殊的仕途更是一路绿灯，历任礼部侍郎、知审官院、郊礼仪仗使、枢密副使、刑部侍郎、兵部侍郎、资政殿学士、翰林侍读学士兼秘书监，直至官居参知政事加尚书左丞，相当于副宰相。

总之，晏殊的官越做越大。

当然，自古官场如战场，其间晏殊也有过几次被贬出京、降职的经历，但时间都不长，没几年又被召回了京城。

晏殊在地方任职的那几年，也是政绩斐然，深受当地群众好评。

比如在应天府（治今河南商丘市南），他大力兴办教育，为应天府书院聘范仲淹为主讲。应天府书院从此名声大振，后成为中国古代四大书院之一，可以说功在当代，利在千秋，欧阳修曾评价说："自五代以来，天下学校废，兴学自殊始。"①

晏殊学识渊博，工诗善文，其文章能"为天下所宗"②，当时的

---

① 《宋史·晏殊传》。

② 欧阳修《晏公神道碑铭序》。

许多文坛大家、诗坛新秀，比如范仲淹、王安石、欧阳修、韩琦、富弼等，或师从晏殊，或受到晏殊的栽培提携，都算是他的学生。晏殊可谓桃李满天下，“至于台阁，多一时之贤”[①]。

宋仁宗庆历二年（1042年），五十二岁的晏殊以刑部尚书、集贤殿大学士、枢密使兼同中书门下平章事，成为当朝宰相，一时权倾朝野，达到了事业的顶峰。

肆

晏殊赶上了一个好时代，从政近半个世纪，波澜不惊。他参加工作那一年，宋朝正好与辽国停战和谈，签订了“澶渊之盟”，接下来就是近百年的和平局面。

所以，晏殊为官期间，宋朝除了跟西夏有过一些边境冲突外，国家基本上处于既无内忧也无外患的局面，可谓风调雨顺、国泰民安，后世因此称晏殊为“太平宰相”。

生逢盛世，工作压力又不大，作为一个文化人，晏殊正好借此机会，充实精神世界，丰富业余文化生活。

据史料记载，晏殊喜欢请客，动不动就请朋友来家里吃饭，几乎没有一天不喝酒的。[②]

所谓“谈笑有鸿儒，往来无白丁”[③]，晏殊请到家里来喝酒的都是文化人，喝完酒，大家最常做的事就是赋诗填词。

---

① 《宋史·晏殊传》。

② 叶梦得《避暑录话》卷上：“晏元宪（献）公虽早富贵，而奉养极约，惟喜宾客，未尝一日不燕饮。”

③ 刘禹锡《陋室铭》。

乐秋天，晚荷花缀露珠圆。风日好，数行新雁贴寒烟。银簧调脆管，琼柱拨清弦。捧觥船。一声声、齐唱太平年。

人生百岁，离别易，会逢难。无事日，剩呼宾友启芳筵。星霜催绿鬓，风露损朱颜。惜清欢。又何妨、沉醉玉尊前。①

类似这种娱宾遣兴，歌颂现世安稳、岁月静好的诗词，晏殊最擅长不过，半斤酒下肚，能一口气写好几首。

晏殊的创作能力非常惊人，作为一名朝廷官员、非专业诗人，他利用业余时间，几十年如一日，笔耕不辍，光诗词就写了一万多首，数量之多，为“唐人以来所未有”②。

正是这些诗词，加上晏殊在政界和文坛的身份，带动了北宋词坛的繁荣，为后来“宋词”异军突起，与“唐诗”齐名成为中国文学史上两座巍然耸立的高峰，打下了坚实的基础，也由此确立了晏殊在词坛的崇高地位。

伍

当然，仅就知名度和艺术成就而言，晏殊的词远不如苏轼、柳永、辛弃疾、李清照这些后辈的作品，晏殊在词史中的地位和作用主要是承前启后。

他吸取五代词风之精华，一手开创了婉约词派，并以雍容典雅的文人气质，实现了宋词由“伶工之词”向“士大夫之词”的过渡，全

---

① 晏殊《拂霓裳·乐秋天》。

② 江少虞《宋朝事实类苑》卷三十五。

面提升了宋词的艺术品位。

晏殊是宋朝第一个专攻“令词”的文人，被称为“北宋倚声家之初祖”[①]。

什么叫“倚声家”？就是依照固定的曲调、格式往里面填词的专家，晏殊就是这方面的开拓者、领军人物。其词风温润秀洁，语言清丽自然，音律婉转和谐，读起来朗朗上口。

比如大家耳熟能详的这首《浣溪沙》：

一曲新词酒一杯，去年天气旧亭台，夕阳西下几时回。
无可奈何花落去，似曾相识燕归来，小园香径独徘徊。

还有本文开头提到的那首《蝶恋花》，也是流传颇广。

毕竟是失恋后的刻骨铭心之作，真情流露，发自肺腑。其中的“昨夜西风凋碧树，独上高楼，望尽天涯路”一句尤为传神，被近代学者王国维认为是古今之成大事业、大学问者必经的第一重境界，柳永的“衣带渐宽终不悔，为伊消得人憔悴”[②]为第二重境界，辛弃疾的“众里寻他千百度，蓦然回首，那人却在，灯火阑珊处”[③]为第三重境界。王国维评价道：“此等语皆非大词人不能道。”[④]

宋仁宗至和二年（1055年），晏殊病逝于东京汴梁，享年六十五岁。

宋仁宗悲痛万分，为此辍朝两日，亲往晏府祭奠，赐晏殊谥号

---

① 冯煦《蒿庵论词》。
② 柳永《蝶恋花·伫倚危楼风细细》。
③ 辛弃疾《青玉案·元夕》。
④ 王国维《人间词话》。

“元献”，并在晏殊的碑上亲笔题写了“旧学之碑”四个大字。

学生欧阳修赋挽诗：

富贵优游五十年，始终明哲保身全。
一时闻望朝廷重，余事文章海外传。
旧馆池台闲水石，悲笳风日惨山川。
解官制胜门生礼，惭负君恩隔九泉。[①]

① 欧阳修《晏元献公挽词三首》（其一）。

司马光与王安石

从情同手足的好友，到水火不容的敌人

话说北宋年间，光州光山县（今河南光山）县令司马池家的后花园里，几个小朋友玩捉迷藏。

一个蒙住眼睛，另外几个藏起来。大家各显神通，有的藏在花丛里，有的藏在树后面，有个熊孩子胆子够大，爬到了假山上，结果脚下一滑，失足坠落。

无巧不成书，下面刚好有一口大水缸，只听噗通一声，这个熊孩子直接掉进了水缸里。

熊孩子在里面扑腾着喊救命，面对突如其来的状况，其他几个孩子都蒙了：有的呆若木鸡不知所措；有的吓得哇哇大哭；还有的干脆转身就跑。

这个时候，只有县令家的公子，年仅七岁的司马光表现镇定，临危不乱，搬起旁边的一块不大不小的石头，奋力砸向水缸，水缸应声而破，水落人出，化险为夷。

大人们都在前院客厅喝酒呢，听说这件事后大为惊奇，纷纷夸赞司马光：“你看县令家的孩子，就是与众不同。胆大心细，遇事不慌，聪明勇敢，机智顽强，从小救人砸缸，长大主政一方。不信走着瞧，将来必成大器。”

壹

司马光一砸成名，成了当地家喻户晓的童星。

东京汴梁和西京洛阳的著名作家、画家组成创作班子，将司马光砸缸的故事编成《小儿击瓮图》绘本，利用毕昇最新发明的活字印刷术大量出版，全国发行。

一时间，各大媒体纷纷采访报道，司马光砸缸救人的光辉事迹很快传遍天下。

此事在《宋史·司马光传》中有记载：“群儿戏于庭，一儿登瓮，足跌没水中，众皆弃去，光持石击瓮破之，水迸，儿得活。其后京、洛间画以为图。”

就这样，在多方面的共同努力下，在媒体舆论的推波助澜下，司马光终于成为众多家长口中那个“别人家的孩子”，年少成名，尽享荣耀。

但也有许多人对此表示不服，比如那天一起捉迷藏的几个小伙伴。

有人说：“司马光有啥了不起的？当时我没动，主要是在考虑有没有更好的办法，既不损坏私人财产，又能拯救个人生命，毕竟水缸也是工人师傅辛辛苦苦做出来的，主人家花了不少钱买的，砸烂太可惜了。”

也有人说：“都说那天我是被吓跑了，我是见死不救的人吗？我是去找梯子了好不好？如果按我的想法，架梯子上去就能把人拉出来，根本用不着砸缸这么愚蠢的办法，白瞎了一口好缸。”

甚至还有人公开质疑这件事的真实性：“小孩刚好掉进水缸，旁边刚好有块石头，石头大小刚好合适，能够让他搬起来，世界上哪有这么巧的事？绝对是炒作，我跟你讲……”

贰

三国文学家李康在《运命论》中早就说过：“木秀于林，风必摧之；堆出于岸，流必湍之；行高于人，众必非之。”司马光年少成名，不免遭人嫉妒，说什么的都有，不足为奇。

如果你真的了解司马光，了解他的学习成长经历，你就会明白，万事皆有因果，任何成功都不是偶然的。面对意外，为什么别人惊慌失措，只有他沉着冷静？哪有什么急中生智，靠的不过是平时的点滴积累。

应该说，司马光之所以能有如此优秀的表现，乃至后来取得巨大成就，其父司马池起了关键作用。

史料记载，司马池不但博学多才，而且在子女教育方面颇有心得。司马光六岁时，他就开始教儿子读书，注重从小培养孩子的学习能力，培养孩子的专注力、意志力，激发孩子主动学习的兴趣。所以，当别人家的孩子沉迷于游戏的时候，司马光多半在学习。

《宋史》记载：“光生七岁，凛然如成人，闻讲《左氏春秋》，爱之，退为家人讲，即了其大旨。自是手不释书，至不知饥渴寒暑。”

什么意思？意思就是当你还沉迷于《童话大王》的时候，人家司马光看的是《左氏春秋》，读书经常废寝忘食。司马光七岁的时候，听别人讲《左氏春秋》，回家就能给家里人讲解书中的故事，跟个大人一样。从此，他手不释卷，不知春夏秋冬。

司马池平时喜欢旅游，在司马光少年时期就带着他游遍名山大川，而且访古探奇，领略风土人情，极大地开阔了司马光的眼界，也丰富了司马光的生活阅历和社会知识。

尤其难得的是，司马池从不把儿子当成不懂事的孩子看待，每次与朋友同事聊天，无论谈政治、经济、军事、文化还是社会热点，都会把他带在身边，从来不会对他说：“大人说话，小孩子出去玩吧。”

司马池这种平等、独立的教育方法，使得少年司马光的心智比同龄人早熟，无论在知识、见识还是与人相处、处理突发事件等方面，都“凛然如成人”，因此才有了砸缸救人的淡定与从容。

这样的孩子，想平庸都难。

宋仁宗宝元元年（1038年），二十岁的司马光参加科举会试，一举高中进士，被授予华州（今属陕西渭南）判官一职，从此步入仕途。

叁

司马光年纪轻轻便进士及第，进而成为朝廷官员，在当地轰动一时，继十几年前砸缸之后，再次成为舆论的焦点。

青年才俊，年少有为，正当司马光仕途一片光明的时候，母亲病逝。在古代按规定，父母去世，子女须辞官回家守孝三年，叫“丁忧”。

好不容易熬过了两年，父亲又去世了，司马光继续居丧三年。

因为守孝，司马光一共有五年时间远离官场，赋闲在家，这对于一个正处于事业上升期的年轻官员来说，是非常不利的，但司马光并没有怨天尤人，而是利用这五年时间发奋读书。

在司马光看来，以往读书主要是为了应试，如今读书更多是为了充实完善自己的知识结构，以便应用于未来的工作中。

为此，司马光一面大量阅读经史子集，一面笔耕不辍，写下了许多历史研究和时政分析的论文，在当时的文坛和政界都产生了不小的影响。

就在司马光在家丁忧期间，宋仁宗庆历二年（1042年），比司马光小两岁的王安石进士及第，登上了历史舞台。

肆

据说，王安石原本是那一年的状元，卷子交给宋仁宗审阅时，宋仁宗对王安石文章中“孺子其朋”这句话颇为不悦。

这句话出自《尚书》，是周公旦辅佐年幼的周成王时说的一句话，意思是，你作为年轻人，对待大臣要像对待朋友一样，君臣要和睦相处。

这是长辈对晚辈说的话，王安石在文章中用这个典故劝诫皇上，显然不合适，至少不礼貌。因此，宋仁宗御笔批示：“此语忌，不可魁天下。”[①]王安石到手的状元桂冠就这样飞了。

好在不是什么原则性问题，王安石仍以第四名的身份被授予官职，历任扬州签判、鄞县知县、舒州通判、群牧判官、常州知州等职，任职期间，政绩斐然，受到上级和当地群众的一致好评。

宋仁宗嘉祐三年（1058年），王安石进京述职，向朝廷递交了长达万言的《上仁宗皇帝言事书》[②]，第一次提出了变法主张。

---

① 王铚《默记》卷下。

② 此奏疏名应为后世命名，类似于魏徵《谏太宗十思疏》。“宋仁宗”是赵祯去世之后获得的庙号。时赵祯尚在世，王安石的上书不会出现“仁宗”的称呼。

在报告中，王安石根据自己十几年的地方工作经验，向宋仁宗提出，应该对现行的政治、经济、军事制度进行全面改革，彻底革除积弊，扭转大宋积贫积弱的不利局面。

宋仁宗看了王安石的上书深受震撼，虽没有采纳他的建议，但由此对王安石的政治才能和政治抱负有了深刻的了解，不久便将其调入京城，任直集贤院（国家藏书、校书、修史的机关之一）一职，又任知制诰，负责替皇帝起草文告、命令。

同年，司马光也从地方调回中央，担任开封府推官，大致相当于开封市中级人民法院院长，从五品，与在集贤院任职的王安石从此有了更多的交集。

伍

司马光与王安石有许多共同之处，二人年龄相仿，性格相近，经历相似，且都为人正派，学识渊博，相互仰慕已久。

不说别的，就说生活作风方面吧。北宋时期，朝廷官员有几个家里没有个三妻四妾，下了班再去青楼妓馆逛逛？这都是常态。

司马光和王安石就不一样，他们绝对是北宋政坛的一股清流，坚守一夫一妻制，一心扑在工作上，从不出入青楼。

王安石刚进京的时候，妻子吴氏主动给王安石买回一名女子做妾，王安石事先不知情，下班回家进了房间，突然看到一名陌生女子，顿时大惊失色，问道：“你谁啊？怎么在我房间里？”女子回答说因为丈夫欠了官债，自己被迫卖身做妾。王安石一听，不但没收她做妾，还帮她还清了债务，派人送她回家，让其夫妻团聚，把女子感动得泪流满面。

司马光就更大度了，妻子张氏不能生育，这别说在古代，搁现在也是个事儿，但司马光毫不介怀，对待妻子一如既往。

张氏十分内疚，多次劝司马光纳妾，司马光一概回绝。张氏以为司马光不好意思，便趁丈夫上班，花钱买了个漂亮女孩安排进卧室。司马光下班回来一看，床上有个年轻貌美的女子对自己搔首弄姿，司马光二话不说，当即脱下朝服，吹灭烛火，转身去书房看书了。

所以，司马光一生没有子嗣，后来将侄子司马康收为养子，才算延续了香火。

总之，司马光和王安石在这方面就是一路人，堪称道德楷模。

以往两人各自在地方为官，难得相聚，这次双双调回京城，两人惺惺相惜，来往密切。史料记载，司马光与王安石“屡尝同僚”[①]“……游处相好之日久”[②]，一来二去，很快成了知己、至交。

陆

虽然是好友，但两人也有不一样的地方，特别是在为人处世方面。

两人在京城同为群牧司判官，有一次，领导请属下喝酒，司马光和王安石俩人平时都是滴酒不沾，但领导敬酒你能不喝？这位领导姓包，叫包拯，有名的脸黑脾气暴，司马光不敢得罪他，便硬着头皮喝了几杯，事后难受得要命。

---

① 司马光《与王介甫书》。

② 王安石《答司马谏议书》。

可王安石不畏权贵，坚持原则，说不喝就不喝，“终席不饮”[①]，包拯只能干生气，拿他也没辙。敢当着同事的面驳包公面子的人不多，司马光由此对王安石佩服不已。

王安石性格之执拗，由此可见一斑。后来，他也因此被人称作“拗相公”。

初到京城那些年，司马光与王安石互为知己，交往甚密，加上吕公著和韩维，四人合称“嘉祐四友”，下了班经常在一起纵论天下。

王安石是出了名的不修边幅，不讲卫生。《宋史》中说王安石“性不好华腴，自奉至俭，或衣垢不浣，面垢不洗”。王安石在地方任职的时候，早上经常蓬头垢面去上班，领导以为他昨晚去青楼夜不归宿没来得及洗漱，有意提醒他：“年轻人别光顾着玩，要注意自身形象。”后来才知道，人家就这个素面朝天的风格。

沈括在《梦溪笔谈》中也写过王安石不讲卫生的事，说王安石的下人发现他的脸越来越黑，都快赶上包公了，怀疑他得了什么病，便找了个大夫来给他看看。大夫皱着眉头望闻问切，一通操作，最后说了六个字：“此垢污，非疾也。”意思是你家老爷脸上污垢太多了，经常洗脸就好了。

司马光跟王安石在一起聊天时，最受不了的就是这个，身上都有味儿了。有一次，司马光忍不住问王安石：“王兄，你多长时间洗一次头？”

王安石漫不经心地回答：“不一定，得看啥时候下雨。”

司马光顿时语塞，只能经常拉着王安石去澡堂搓澡，二人在浴池坦诚相见，推心置腹。出了浴池，司马光还要再给王安石换身干净衣

---

① 邵伯温《邵氏闻见录》卷十。

服，时称“拆洗王安石”。

总之，那个时候，俩人的关系，怎么说呢？简直就是情同手足。

谁也没有想到，短短几年后，这对好友竟因政见不合，反目成仇，达到了水火不容、无法共事的地步，成为对抗一辈子的死敌。

柒

治平四年（1067年）正月，宋英宗驾崩，二十岁的太子赵顼即位，史称宋神宗。

宋神宗赵顼是个积极上进的年轻人，决心在任上干出一番事业。

他对王安石仰慕已久，很早就读过王安石给先皇的万字上书，对其治国理政的思想和锐意改革的精神十分欣赏，登基后立即对其委以重任，先是任命其为江宁（今江苏南京）知府，不久又将其调回京城，升任翰林学士兼侍讲。

其间，宋神宗与王安石就变法问题进行了深入的交流和探讨，并达成了共识。

此时的王安石踌躇满志，意气风发，于熙宁二年（1069年）新春佳节之际，写下传世名作《元日》：

爆竹声中一岁除，春风送暖入屠苏。

千门万户曈曈日，总把新桃换旧符。

熙宁二年（1069年）二月，主政刚满两年的宋神宗对领导班子做出重大调整，成立了变法工作领导小组，任命王安石为参知政事，相当于副宰相。第二年又任命其为同中书门下平章事，位同宰相，全面负责变法事宜。

王安石的变法以发展生产、富国强兵、改变宋朝积弱积贫面貌为目的，以理财、整军为中心，涉及政治、经济、军事、社会、文化等方方面面，是中国历史上继商鞅变法之后，又一次规模巨大、轰轰烈烈的政治变革运动，史称“王安石变法”。

随着变法大幕徐徐拉开，司马光与王安石的友谊也走到了尽头。

捌

起初，司马光并没有明确反对王安石变法。因为他深知国家面临的种种问题，表面的繁华盛世、岁月静好，难掩背后的千疮百孔、危机四伏。

别的不说，就说财政状况吧，满朝文武及有识之士心里都清楚，这几年国库空虚，朝廷已经没钱了，宋神宗即位后，收到的财政报告上赫然写着八个大字——“百年之积，惟存空簿”[①]。

宋朝经济何等繁荣，商业何等发达，咋说没钱就没钱了？首先是“三冗”问题——冗官、冗兵、冗费，日益严重。

宋朝机构臃肿，是历史上文官数量最多的朝代，大批官员身居高位并没有具体工作，却享受着优厚的薪资福利待遇。

此外，宋朝军队规模庞大，总兵力超过一百八十万人，在历史上仅次于明朝，虽然战斗力不堪一击，但军费开支巨大。

以上两类人群不会产生任何经济效益，国家却要耗费巨资维持相关机构运转，直接导致大宋财力枯竭，捉襟见肘。

---

① 《续资治通鉴·宋纪六十五》。

再加上朝廷每年对外邦诸国厚赏滥赐，各级官员生活腐化、堕落成风，贪污腐败现象层出不穷，“每有营造贸买，其所费财物十倍于前，而所收功利曾不一二”[①]。

国家再有钱，也经不起这么折腾，所以，虽然宋朝经济相对繁荣，但朝廷经费依旧入不敷出。

早在宋仁宗时期，司马光就意识到了这个问题的严重性，曾上书朝廷，明确指出，国家的隐患在于国库空虚，财力枯竭[②]。

为此，司马光提出了一套解决方案，包括节约开支，停止滥赐，反对奢靡，提倡朴素，鼓励工商，藏富于民，严惩贪污腐败，等等。

对朝廷上下的奢靡之风，司马光历来反感，并坚决抵制。他在担任谏官期间，曾反对宰执无故迁官，反对皇帝上元游幸，反对朝廷增修宫观，反对宫中宴饮过多，动不动就上书提意见。

司马光不仅严于律人，也严于律己。他平时为人温良谦恭，品行端正，一生没有纳妾，也从无绯闻，日常生活十分简朴，几乎不吃肉、不穿绸[③]，对于皇帝赏赐的财物，要么拒绝领受，要么上缴充公，堪称廉政标兵、道德楷模。后世一度将其与孔子、孟子并列，奉为“儒家三圣”，足见司马光的人品与操守。

从宋仁宗到宋英宗，再到宋神宗，司马光一直主张以宗法及伦理纲常治国，认为现行制度没有问题，错在用人不当，只要着力提高官员素质，加强官员管理就可以了，主张国家就像房子，房子漏雨了，找个手艺好的工匠修一修就行了，没必要大动干戈瞎折腾。[④]

---

① 司马光《论财利疏》。
② 司马光《论财利疏》：“臣恐国家异日之患不在于他，在于财力屈竭而已矣。”
③ 司马光《答刘贤良书》：“食不敢常有肉，衣不敢纯有帛。”
④ 《宋史·司马光传》：“治天下譬如居室，敝则修之，非大坏不更造也。”

司马光的观点在一些人眼里或许更为务实，但在宋神宗和王安石看来太保守了，小修小补根本无济于事。他们认为改革就要大刀阔斧，就要伤筋动骨，就要干脆彻底，大宋王朝的陈年老宅已经摇摇欲坠，仅靠修修补补怎么行？必须推倒重建！

玖

王安石推行的变法新政，大致分为三个部分：富国之法、强兵之法、取士之法。法令包罗万象，比如均输法、青苗法、市易法、免役法、方田均税法、农田水利法、置将法、保甲法、保马法等等。

新法颁布后，在朝野上下引发了强烈反响。以司马光为代表的保守派和以王安石为代表的变法派，就此展开了激烈的辩论和斗争，在宋神宗主持的晨会上，双方一言不合，说吵就吵起来了。

王安石说：变法的关键在于改变风俗，建立新的法令制度。①

司马光说：问题的核心在于用人，不在法令制度。②

王安石说：没有国哪有家？只有国家强大，百姓才会幸福。③

司马光说：老百姓才是国家的基础，百姓生活富裕，国家自然强大。④

王安石说：国家要想增加财政收入，必须开源。⑤

---

① 《宋史·王安石传》：“变风俗，立法度。”

② 司马光《论财利疏》：“在于择人，不在立法。”

③ 王安石《与马运判书》：“富其家者资之国，富其国者资之天下。”

④ 司马光《论财利疏》：“农工商贾皆乐其业而安其富，则公家何求而不获乎？”

⑤ 王安石《上仁宗皇帝言事书》：“盖因天下之力以生天下之财，取天下之财以供天下之费。”

司马光说：节流才是根本，省着点儿花比啥都强。①

王安石说：国家之所以财政紧张，是因为没有一个善于理财的人。②

司马光说：什么善于理财，不过是巧立名目搜刮民脂民膏罢了。③

王安石说：你说的不对，善于理财的人可以在不加重百姓税赋的前提下，提高国家财政收入。④

司马光说：哪有这个道理？天下财富就这么多，不在老百姓手里就在朝廷手里，你通过变法从老百姓手里巧取豪夺，比单纯增加赋税更坏。⑤

双方唇枪舌剑，针锋相对，经常吵得面红耳赤，宋神宗不得不站出来打圆场："好了好了，两位爱卿，这个问题我们今天先讨论到这里。下一个议题，那个谁，说说西夏那边有什么动静。"

拾

面对面吵也吵不赢，大家都是有身份的人，又不能动手，司马光回家越想越生气，气呼呼地给王安石一连写了三封信，反复陈述变法之

① 司马光《论财利疏》："损上益下，王者之仁政也。然臣闻古之圣王，养之有道，用之有节，上有余财，然后推以予民。"

② 《宋史·司马光传》："且国用不足，非当世急务，所以不足者，以未得善理财者故也。"

③ 《宋史·司马光传》："善理财者，不过头会箕敛尔。"

④ 《宋史·司马光传》："不然，善理财者，不加赋而国用足。"

⑤ 《宋史·司马光传》："天下安有此理？天地所生财货百物，不在民，则在官，彼设法夺民，其害乃甚于加赋。"

弊端，强烈要求废除新法，恢复旧制，并指责王安石固执己见，听不进去不同意见，迟早要摔跟头。[1]

王安石收到信后，一一回复，再次表明自己变法的决心坚如磐石，决不更改。其中有一封回信写得实在太好了，逻辑清晰，言辞犀利，文采斐然，以至于九百多年后，被选入中学语文课本，学生需要全文翻译并阅读分析。那封回信，就是著名的《答司马谏议书》。

历史上任何变法革新都会遇到阻力，王安石变法由于过于激进，许多政策不切合实际，一经推出，反对声一片，不仅司马光，欧阳修、苏轼、苏辙、韩琦、富弼等一大批德高望重的名臣在内，也都联合反对。

但王安石背后有宋神宗的支持，所以在新旧两党的斗争中，王安石丝毫未落下风，倒是那些反对变法的大臣，有的被免职，有的被迫辞职，有的被贬出京城，有的则自请外放为地方官。

熙宁三年（1070年），司马光再次上书宋神宗，要求废止新法，再次被驳回后，一时心灰意冷。

他深知自己与王安石已经到了水火不容的地步[2]，皇帝支持王安石变法，自己再怎么反对也无济于事，保守派大臣们的结局有目共睹。算了算了，干脆避其锋芒，让他们折腾去吧。

一番权衡之后，司马光决定退出变法之争，惹不起我还躲不起吗？为此，他连上五封札子，自请离京，要求去洛阳挂个闲职，理由是腾出时间和精力，完成从英宗时期就已开始的《资治通鉴》的编纂

① 司马光《与王介甫书》：“……其失在于用心太过，自信太厚而已。”

② 司马光《弹奏王安石表》：“臣之于王安石，犹冰炭之不可共器，若寒暑之不可同时。”

工程。

当然，这也是一件功在当代、利在千秋的大事，宋神宗礼貌性挽留了一下，便应允了。

拾壹

四月，牡丹飘香，正是洛阳最美的季节。退居二线的司马光在洛阳万安山山脚下的伊水之滨买下二十亩地，修建了一处园林，取名“独乐园”，从此远离政治漩涡，隐居山野田园，不问政事，专心著书。这段时间，他心情舒畅，精神愉悦，有诗如下：

四月清和雨乍晴，南山当户转分明。
更无柳絮因风起，唯有葵花向日倾。[1]

司马光写累了就放下笔，在园子里散散步，浇浇花，钓钓鱼，偶尔与长居洛阳的老朋友富弼、文彦博等人约个饭，见个面，喝喝茶，聊聊天，日子过得悠闲自在。

其间，赋闲在洛阳的前宰相富弼还效仿当年白居易的“香山九老会”，建了个微信群，给群取了个高端大气上档次的名字，叫“洛阳耆英会”。

“洛阳耆英会”共有会员十三人，年龄最大、职务最高的是群主富弼，七十九岁，司马光年龄最小，当时六十四岁，大家以年龄为

① 司马光《客中初夏》。

序，轮流坐庄，定期聚会。[1]

为此，众人还请司马光执笔，草拟了“洛阳耆英会”聚餐《会约》，一共八条：

序齿不序官；

为具务简素；

朝夕食不过五味，菜果脯醢之类共不过二十器；

酒巡无算，深浅自斟，饮之必尽，主人不劝，客亦不辞；

逐巡无下酒时，作菜羹不禁；

召客共用一简，客注可否于字下，不别作简；

会日早赴，不待速；

右有违约者，每事罚一巨觥。

简单翻译如下：

聚餐只论年龄长幼，不论职务高低；

要勤俭节约，不得讲排场；

主菜不得超过五种，佐酒的小菜不得超过二十碟；

座次按年龄排，酒壶按顺序传递，喝多喝少自便，不得强行劝酒；

如果酒还没喝完，菜没了，可适当加菜；

为节约用纸，请帖只写一份，逐家传递，能否出席，签注即可；

---

① 据司马光《洛阳耆英会序》自注，该文写于元丰五年（1082年），说明洛阳耆英会成立于元丰五年（1082年）。

聚餐之日，客人按时出席，不等不催；

上述规定，违反一条，即罚酒一大杯。

不得不说，“洛阳耆英会”的会约，没有一句空话套话，实实在在，既避免了官场的繁文缛节，又避免了不必要的铺张浪费，非常实用。

拾贰

致仕的官员聚在一起，都聊点儿什么？其实跟普通人一样，都是东家长西家短，七个碟子八个碗，特别是喝完酒以后，永恒的四大主题：点评时局、回忆过去、吹吹牛皮、发发牢骚。

大家开怀畅饮，畅所欲言，极大地丰富了老年人的业余文化生活。

光阴似箭，岁月如梭，司马光在洛阳一住就是十五年。

烟愁雨啸奈华生，宫阙簪蕖旧帝京。

若问古今兴废事，请君只看洛阳城。[①]

宋神宗元丰七年（1084年），六十六岁的司马光终于完成了大型编年体史书《资治通鉴》的编纂工作。

该书前后历时十九年，共计二百九十四卷，三百多万字，涵盖十六朝一千三百六十二年的历史，可与司马迁的《史记》比肩。司马

① 司马光《过故洛阳城二首》（其二）。

光将此书进献给宋神宗后，宋神宗十分重视，以其书“鉴于往事，有资于治道”[1]，赐书名《资治通鉴》，并亲自作序。同时，重赏司马光金银财物，并擢升司马光为资政殿学士。

就这样，司马光回到了阔别多年的京城，回到了权力的中心。

风云变幻，沧海桑田。司马光没有想到，在他离京著书的这十五年里，朝廷内部发生了许多大事，变法阻力重重，弊端不断显现，几乎难以为继，而亦敌亦友的王安石的个人命运更是几经沉浮。

三十年河东，三十年河西，司马光终于迎来了属于自己的春天。

拾叁

元丰七年（1085年），宋神宗驾崩，年仅十岁的赵煦继位，是为宋哲宗。因皇帝年幼，由太皇太后，也就是新皇帝的奶奶高氏垂帘听政。

高奶奶是司马光的忠实粉丝、坚定的保守派，一直反对变法，主政后立刻起用司马光，授予其门下侍郎（副宰相）之职，不久又加封其为尚书左仆射（位同宰相）。

就这样，六十七岁的司马光时隔十五年后，重返大宋权力中心。

据《宋史》记载，司马光回京城时，受到百姓的夹道欢迎，百姓跪地恳求：“司马大人，您可千万别再走了，留下来辅佐新皇帝吧，给我们老百姓一条活路吧！”[2]

司马光感动得热泪盈眶，说：“你们放心吧，老夫这次再也不

---

① 胡三省《新注〈资治通鉴〉序》。

② 《宋史·司马光传》：“所至，民遮道聚观，马至不得行，曰：‘公无归洛，留相天子，活百姓。’”

走了。”

司马光踌躇满志，意气风发，在一年多的时间里，连上百余道奏疏，称王安石的新法是“病民伤国，有害无益”[①]，要求全面废除。同时，建议将因反对新法而被贬出京的苏轼、苏辙、吕公著、文彦博等人召回朝中任职。

元祐年间，一场轰轰烈烈的“拨乱反正”运动开始了，王安石推行的新法相继被废，旧制全面恢复，史称“元祐更化”。

此时，变法的主要发起人王安石在干什么？司马光远离京城的那十五年里，王安石又做了什么？变法明明是好事，为什么那么多人反对？王安石的最终命运又是怎样的？

拾肆

当年，王安石在宋神宗的支持下，大力推行新法，司马光反对无效，负气出走，隐居洛阳编纂《资治通鉴》，不问政事，一晃就是十五年。

然而，在这十五年里，王安石的日子并没有因为政敌的离开变得好过一些，新法推行阻力重重，不断有大臣弹劾王安石。

宋神宗熙宁四年（1071年），也就是变法的第三年，京东、河北一带出现罕见的风灾。[②]紧接着，开封出现了百姓为逃避保甲法截指断腕的自残事件。

天怒人怨，宋神宗大惊，问王安石怎么办，王安石云淡风轻道：

---

① 《续资治通鉴·宋纪七十八》。

② 《宋史·王安石传》：“（熙宁）三年十二月，（王安石）拜同中书门下平章事。明年春，京东、河北有烈风之异，民大恐。”

“这些很可能是谣言，就算是真的也不足为怪，大臣们对新法尚且不能完全接受，更何况二十万户百姓？只有愚蠢的人才会被这些言行蛊惑，我们怎么能因此动摇变法的决心呢？”①

宋神宗只能咬紧牙关，顶住压力，继续支持王安石变法。

为感谢宋神宗的知遇之恩，抒发自己大展宏图的豪情壮志，王安石写下《浪淘沙令》一首：

伊吕两衰翁，历遍穷通，一为钓叟一耕佣。若使当时身不遇，老了英雄。

汤武偶相逢，风虎云龙，兴王只在笑谈中。直至如今千载后，谁与争功。

宋神宗熙宁七年（1074年），天下大旱，饥民流离失所，群臣纷纷上书控诉新法之害，有人绘制了触目惊心的《流民旱灾困苦图》献给宋神宗，直言干旱是王安石导致的，只要罢黜王安石，天一定会下雨②，强烈要求废止新法，让王安石下台。

宋神宗有些动摇，王安石仍不以为然：“洪灾旱灾是自然现象，就算尧舜时代也无法避免，不值得圣上您忧虑。”③

但紧接着，宋神宗的母亲，也就是后来垂帘听政的太皇太后，如

---

① 《宋史·王安石传》：“此固未可知，就令有之，亦不足怪。今士大夫睹新政，尚或纷然惊异，况于二十万户百姓？固有蠢愚为人所惑动者，岂应为此遂不敢一有所为邪？”

② 《宋史·王安石传》：“旱由安石所致。去安石，天必雨。”

③ 《宋史·王安石传》：“水旱常数，尧、汤所不免，此不足招圣虑。”

今的皇太后高氏也来哭诉“安石乱天下”[①]，宋神宗终于顶不住压力了，对变法也产生了怀疑，最终决定听妈妈的话，罢免了王安石的宰相职务，改任其为地方官。

这是王安石的第一次罢相，罢相三天后，天降大雨。

拾伍

王安石离京后，其继任者根本无力收拾残局，为了保住自己的位子，便网罗罪名构陷王安石，被宋神宗察觉。几个月后，宋神宗将王安石调回京城再次拜相，加封其为尚书左仆射兼门下侍郎。

王安石复相后，依然无法改变混乱的局面。宋神宗熙宁九年（1076年），身心俱疲的王安石迫于压力，称病辞职， 二次罢相，外调镇南军节度使，同平章事，判江宁府。

没有了王安石的强力推行，新法实施更加步履维艰，难以为继，就连变法派内部也开始出现意见分歧，宋神宗束手无策。三年后，宋神宗又把王安石调回京城，任命其为左仆射、观文殿大学士，封荆国公。

虽然重回宰相之位，但此时，倾注了王安石毕生心血的变法已基本宣告失败，许多法令名存实亡，一向倔强不服输的“拗相公”已无力回天。

风水轮流转。宋神宗驾崩，宋哲宗即位，改元元祐。太皇太后高氏垂帘听政，起用司马光为相，王安石由于身体欠佳，退居二线，黯然离开了政治舞台。

---

① 《宋史·王安石传》。

司马光一上任，便意图废止新法。为此，他递上《乞开言路状》，要求开放言论。当年朝廷为了推行新法，压制不同意见，导致民意无法上达，是时候听听群众的呼声了。

这一放开言论不要紧，全国上下官民指责变法的有数千人[①]。司马光说：“太皇太后您看，群众的眼睛是雪亮的，全面废止新法是民心所向，是众望所归。臣建议废止新法并非因为我司马光与王安石的个人恩怨。”

对此，高太后起初还有些顾虑，问司马光：“新皇帝刚登基就改变先皇的治国方略，是不是不太合适？”

司马光说：“太后，现在是您主政，属于‘以母改子’，并无不妥。”

在高太后的支持下，司马光发扬砸缸精神，大刀阔斧，开始着手将王安石苦心经营的新法逐一废除。

曾经极力反对新法的范纯仁、苏轼、李常等人一看，觉得司马光多少有点儿意气用事，明显用力过猛，纷纷劝阻司马光：新法不能尽废，法度没有新旧之分，只有好坏之分，好的可以保留，不好的取消。[②]

司马光根本听不进去，以摧枯拉朽之势，三下五除二，几乎把新法废除殆尽。

病榻上的王安石听说新法被司马光不分好坏全盘推翻，禁不住老泪纵横，仰天长叹。

宋哲宗元祐元年（1086年）五月二十一日，王安石病逝于南京

---

① 苏轼《司马温公行状》：“于是四方吏民，言新法不便者数千人。”
② 《宋史·李常传》：“法无新陈，便民者良。”

钟山，享年六十六岁。

司马光听闻王安石的死讯后，一下就呆住了，没想到斗了十几年的老朋友这么快就走了，不禁怅然若失，一个人闷坐在房间里，许久没有出来。

人活一口气，树活一张皮。一个人如果没有了对手，就会失去精气神，感到万分空虚。王安石死后五个月，司马光的生命也走到了尽头。十月十一日，司马光病逝，享年六十八岁。

半年之内，北宋政坛的两大巨星相继陨落。

拾陆

司马光与王安石曾是惺惺相惜的好友，最后却变成了政治上的死敌，结局不免令人唏嘘。但值得称道的是，在这场政治斗争中，两人始终保持着君子之风。

司马光曾说过：“我们的最终目标是一样的，只是方法不同而已。”[①]

当保守派有人对王安石实施人身攻击的时候，司马光表示，那些攻击王安石奸邪的人太过分了，人家人品没有问题，就是有些不明事理，性格过于执拗，固执己见。[②]

变法失败，王安石病故，功过是非该如何评价，成了一道难题。

此时，司马光并没有落井下石，而是站出来主持公道，不但对王

---

① 司马光《与王介甫书》：“然光与介甫，趣向虽殊，大归则同。”

② 《续资治通鉴·宋纪六十七》：“人言安石奸邪，则毁之太过；但不晓事，又执拗耳。”

安石的文章和人品给予高度评价，还建议朝廷厚礼相待。[1]正是在司马光的建议下，王安石才被追赠为太傅。

反观王安石生前又是怎么评价司马光的呢？

王安石不但称赞司马光是君子，而且称赞司马光为国之栋梁，说自己与司马光工作上合不来只是因为大家的工作方法不一样。[2]

王安石不但盛赞司马光的人品和才能，对其他政敌也处以公心。当年保守派苏轼因“乌台诗案”获罪，变法派一片喊杀之声，宋神宗问王安石意见，王安石表示：“岂有圣世而杀才士者乎？”[3]王安石一句话，让苏轼免于一死，胸怀之博大、坦荡，可见一斑。

子曰：“君子和而不同。”无论政治分歧有多大，大家都是为国为民，咱们就事论事，不落井下石，不搞小动作，不搞人身攻击，一切放在明处。所以，司马光与王安石的政治斗争，被后世誉为“君子之争”。

正如宋人冯澥所说：“王安石、司马光，皆天下之大贤。其优劣等差，自有公论。”[4]

拾柒

说了半天，那司马光和王安石到底谁是好人，谁是坏人？变法究

---

① 司马光《与吕公著书》：“介甫文章节义过人处甚多，但性不晓事而喜遂非，致忠直疏远，谗佞辐辏，败坏百度，以至于此。今方矫其失，革其弊，不幸介甫谢世，反复之徒必诋毁百端。光意以谓朝廷宜优加厚礼，以振起浮薄之风。”

② 王安石《答司马谏议书》：“……而议事每不合，所操之术多异故也。”

③ 周紫芝《诗谳》跋：“旧传，元丰间朝廷以群言论公，独神庙惜其才，不忍杀。大丞相王文公曰：‘岂有圣世而杀才士者乎？’当时议，以公一言而决。”

④ 洪迈《容斋续笔》卷二。

竟好不好？对于这两个问题，历史上一直存在争议。

平心而论，王安石变法还是有成效的。新法实施后，政府财政收入大幅增加，第一年就增加了20%，国库充裕，钱粟甚至“可以支二十年之用”[①]。

但是，新法是把双刃剑，有利必然有弊。它虽然充实了国库，但在许多方面不切实际，难以施行，而且加重了农民负担，加剧了社会矛盾，所以才受到来自社会各方面的不满和抵制，最终失败。

因为变法和反变法，历史上对王安石和司马光的个人评价也褒贬不一。别的不讲，仅从两人死后历朝历代对他们功过评判的变化，就能感受到意见分歧的巨大。

司马光死后，获赠太师、温国公，谥号“文正”，年幼的宋哲宗在太皇太后的授意下，赐其碑名“忠清粹德”，让司马光尽享荣耀。

可短短八年后，宋哲宗亲政，立刻下诏削除了司马光的赠谥，并毁坏所赐碑，甚至打算挖掘司马光的坟墓，开棺曝尸；宋徽宗下令将司马光、苏轼等三百零九人列为“元祐奸党”，把他们的名字刻在元祐党籍碑上，让其遗臭万年，永世不得翻身。

但到了宋理宗时期，情况再次反转。朝廷画二十四功臣神像于昭勋阁，司马光位列其中；咸淳年间，从祀于孔庙；明嘉靖年间，从祀时称“先儒司马子”；清康熙年间，司马光与历代功臣四十人从祀历代帝王庙；后世将司马光与孔子、孟子并称“儒家三圣”，又把司马光捧到了天上。

再看王安石死后的境况：先是被追赠为太傅，赠谥号“文”，配享神宗庙庭；宋徽宗时，又被追封为舒王，配享孔庙。

---

① 马端临《文献通考》。

可到了靖康年间，王安石又被视作“奸佞之臣”，被追夺王爵，毁去配享的画像；南宋时修《神宗实录》，将王安石列为“万世之罪人”，认定其变乱祖宗法度，“祸国殃民”；元代编修的《宋史》对王安石的评价也极为负面。

进入二十世纪后，由于人们的思想观念发生变化，政治、文化、教育和民间各界为王安石及其变法翻案的呼声渐起，普遍认为王安石是改革的先驱。梁启超甚至称赞王安石：“若乃于三代下求完人，惟公庶足以当之矣。悠悠千年，间生伟人，此国史之光。”[①]又把王安石推到了前所未有的高度。

拾捌

总之，对司马光和王安石的历史评价，从古至今都是毁誉参半，众说纷纭。

明代杨慎认为王安石是“古往今来第一小人”，是个大奸臣，认为“安石之奸邪，合（王）莽、（曹）操、（司马）懿、（朱）温为一人者”[②]；而近代学者吕思勉则认为：“王安石的变法，旧史痛加诋毁，近来的史家，又有曲为辩护的，其实都未免有偏。”[③]

仁者见仁，智者见智，两大巨星虽早已去世，史学界却一直没有定论。历史从来就是这样，没有简单的是与非，没有绝对的对与错，也没有纯粹的好人和坏人。同样一件事情，站在不同的角度，选用不同的标准，处在不同的历史时期，会得出完全不同的结论。

---

① 梁启超《王安石传·绪论》。

② 杨慎《丹铅录》。

③ 吕思勉《中国通史》。

那么，作为一个普通老百姓，如何判断谁是好人，谁是坏人呢？

其实不必纠结宏大叙事，也不用管什么历史背景，我觉得，标准只有一个，那就是谁能让老百姓过上好日子，谁就是好人。

苏轼

那些杀不死我的，终将使我更强大

宋神宗元丰二年（1079年），阳春三月，四十三岁的苏轼接到朝廷调令，由徐州（今江苏徐州）知州调任湖州（今浙江湖州）知州，即刻赴任。

这是一次正常的平级调动。干部交流制度古已有之，这不仅是为了锻炼队伍，激发官员的工作热情，也体现了朝廷对官员的爱护，让官员通过更换工作环境，在不同的地方发光发热。

依照惯例，这个时候，轮岗官员需要给皇帝写一份报告，大概的内容就是感谢皇帝信任，坚决服从朝廷安排，今后一定继续努力，在新的岗位上创造更大的成绩，为振兴大宋王朝做出新的贡献……诸如此类的套话。

但苏轼就不一样了，他可是享誉全国的文坛领袖，大宋第一支笔，豪放派词开创者，“唐宋散文八大家”之一，写出来的东西怎么可能跟一般人的一样？

很快，一篇文采飞扬的《湖州谢上表》呈到了宋神宗的手上。

让苏轼万万没想到的是，就是这篇文章，让他闯下了杀身之祸，拉开了“乌台诗案”的序幕，让他身陷囹圄，差点儿丢了性命。

壹

《湖州谢上表》全文三百余字，皇帝一口气读完，忍不住连声赞叹："好，好，好！苏爱卿果然有学问，文章辞藻华丽，字字珠玑！各位爱卿，你们都好好学学，看看人家这文笔。"

满朝文武灰头土脸，人手一份苏轼范文，现场学习。

看着看着，一个叫何正臣的监察御史突然站出来质疑道："不对啊，陛下，这文章有问题！"

宋神宗问："咋了，发现错别字了？"

何正臣说："回陛下，不是。臣觉得这篇文章的中心思想有问题，您琢磨琢磨这句话，'知其愚不适时，难以追陪新进；察其老不生事，或能牧养小民。'这是何意？这分明是对陛下推行的新政不满，冷嘲热讽，妄议朝廷！这是彻头彻尾的反动文章，要开历史倒车啊！"

一句话戳到了皇帝的痛处。

当时，宋神宗为改变国家积贫积弱的局面，起用王安石为参知政事，正大力推行改革，史称"王安石变法"。改革遇到了巨大阻力，以司马光、欧阳修为代表的保守派坚决抵制新政，朝廷内形成新旧两党之争，各不相让。而苏轼恰恰是保守派一方，平时就对新政颇有微词，正因为他与变法派水火不容，不久前才自请离京，到地方上任职。

平心而论，这篇《湖州谢上表》字里行间确实有对变法新政的不满情绪，但仅凭这一两句话就降罪于苏轼，显然难以服众。苏轼的政敌趁热打铁，御史台官员李定、何正臣、舒亶等人接连弹劾苏轼，指责苏轼在诗词文章中多次妄议新政，抹黑朝廷，对于这种人，不给他点儿教训怎么行？[①]

苏轼的这些言行无疑是宋神宗所不能容忍的。在变法派的弹劾下，宋神宗授意御史台，成立苏轼专案组，彻底清查其反动言论。

欲加之罪，何患无辞？很快，专案组就在苏轼的诗词中搜集到了一大堆妄议新政的证据。比如：

讥讽青苗法，“赢得儿童语音好，一年强半在城中”[②]；

讥讽均输法盐禁，“岂是闻韶解忘味，迩来三月食无盐”[③]；

讥讽农田水利法，“东海若知明主意，应教斥卤变桑田”[④]；

讥讽取士法课试郡吏，“读书万卷不读律，致君尧舜知无术”[⑤]。

诸如此类讥讽新政的诗词比比皆是，最恶毒的是《王复秀才所居双桧》：

凛然相对敢相欺，直干凌空未要奇。

根到九泉无曲处，世间唯有蛰龙知。

皇帝陛下犹如飞龙在天，洞察秋毫，苏轼却说只有地下的蛰龙才知道，居心何在？其不臣之心昭然若揭，其狼子野心暴露无遗，是可忍孰不可忍！

调查材料最后总结道：“至于包藏祸心，怨望其上，讪渎谩骂，

---

① 朋九万《东坡乌台诗案》：“正宜大明诛赏，以示天下。”

② 苏轼《山村五绝》（其四）。

③ 苏轼《山村五绝》（其三）。

④ 苏轼《八月十五日看潮五绝》（其四）。

⑤ 苏轼《戏子由》。

而无复人臣之节者，未有如轼也。”[1]如此狂妄大胆之徒，前所未有，必须予以严惩，以儆效尤。

宋神宗看罢，龙颜大怒，当即派钦差大臣赶赴湖州，缉拿苏轼。

贰

毕竟朝廷里有人，钦差还在路上，苏轼就已经从弟弟苏辙那里得到了消息，知道自己因言获罪，闯了大祸。

等钦差赶到，苏轼已经做了最坏的打算，只提了一个请求：与家人好好告别。[2]

钦差大臣表示：“苏大人，没那么严重啊，一切还没有定论，只是因为一些事情，需要你跟我们回去协助调查。”

当然，这都是场面上的话。苏轼心里知道，此去凶多吉少。为了不连累家人和朋友，同时免受皮肉之苦，在扬州渡江和经过太湖时，苏轼有过两次欲投水自尽的想法。[3]

御史台，中央最高行政监察及司法机关，也叫乌台。主审官在这里对苏轼进行了连续多天的审讯。在强大的威压和折磨下，苏轼彻底崩溃，对其所犯罪行供认不讳。

御史台立即向皇帝汇报苏轼诗案的审理情况，呈上苏轼的交代材料和悔过书。

---

① 朋九万《东坡乌台诗案》。

② 孔平仲《孔氏谈苑》：“轼自来殛恼朝廷多，今日必是赐死。死固不辞，乞归与家人诀别。”

③ 林语堂《苏东坡传》：“有人说途中苏东坡想自杀。根据他自己给皇帝上的奏章上说，在扬州渡江时，他想跳入江中。但按孔平仲的记载，开船之后不久，船停在太湖上修理船桨时，他想跳水自杀。”

既然已经铁证如山，接下来就是如何处置苏轼的问题了，朝野上下对此展开了激烈的争论。御史中丞李定等人主张对苏轼处以极刑。

为什么要判这么重？因为苏轼所犯虽然只是言辞之罪，但其在知识分子中影响力巨大，妖言惑众，诽谤朝政，造成的后果极其恶劣，必须从重从快，杀一儆百。只有这样，才能营造一个风清气正的舆论环境。

此言一出，朝野震惊。文武百官纷纷上书，刀下留人之声不绝于耳，甚至连变法派中的有识之士都站出来劝谏宋神宗，不可因言论不当而诛杀大臣。

宰相吴充说：“陛下，曹操能容得下击鼓骂曹的祢衡，您为何容不下苏轼呢？”[①]

曹太后也表示：“苏轼兄弟俩都是宰相之才，能说杀就杀吗？”[②]

到最后，就连苏轼的政治对手，已经退居二线的王安石也上书宋神宗，为苏轼求情：“哪有太平盛世诛杀读书人的道理？万万使不得！”

本无杀心的宋神宗当即送了个顺水人情给王安石：“王爱卿，就听你的吧，从轻发落。”

苏轼在狱中被关了一百零三天，以为难逃一死，给弟弟苏辙写了两首诀别诗，连后事都安排好了。

万万没想到，年终岁末，喜讯传来，宋神宗宽厚仁慈，法外开恩，仅下诏将苏轼下放到偏远地区挂职，职务相当于由正省级降为副

---

① 李焘《续资治通鉴长编》卷三百一：“陛下以尧舜为法，薄魏武固宜。然魏武猜忌如此，犹能容祢衡，陛下不能容一苏轼，何也？”

② 陈鹄《耆旧续闻》：“昔仁宗策贤良归，喜甚，曰：‘吾今又为子孙得太平宰相两人。’盖轼、辙也。而杀之，可乎？”

处级，贬为检校尚书水部员外郎、黄州（今湖北黄冈）团练副使，一个没有实权的虚职，接受监督，以观后效。

苏辙、司马光、黄庭坚等三十九名与此案有牵连的官员也受到不同程度的处理，轰动一时的“乌台诗案”就此结案。

叁

在封建专制社会，皇帝想置人于死地是一件轻而易举的事，历史上因“文字狱”而丢掉性命的人不计其数，同样是因言获罪，为什么苏轼能逃过此劫？

除了文武百官劝谏力保，社会舆论压力之外，还有一个重要原因——宋太祖赵匡胤临终前为后世立下了铁律：“不得杀士大夫及上书言事人。”①

赵匡胤出生于河南洛阳夹马营（今洛阳瀍河回族区），本是一介武夫，靠陈桥兵变黄袍加身，成为宋朝开国皇帝。虽然自己没受过高等教育，但宋太祖一向尊重知识、尊重人才，对喜欢发牢骚提意见、议论朝政的知识分子颇为宽容。

良药苦口利于病，忠言逆耳利于行。为防止子孙后代打压不同意见，阻塞言论，宋太祖专门定下这条遗训，刻于石碑之上：“子孙有渝此誓者，天必殛之。”②

这相当于给广大知识分子和持不同意见者的一块免死金牌。宋神宗也不敢违背祖训，所以从一开始就没打算杀掉苏轼，只想借机震慑

① 陆游《避暑漫抄》。
② 陆游《避暑漫抄》。

一下那些不听话、反对变法的官员和文人。

为什么会有那么多大臣为苏轼求情，甚至连他的政敌都站出来力保？

除了苏轼才学过人、人格魅力大之外，更主要的原因恐怕是为苏轼求情的正直之人担心唇亡齿寒。今天能杀苏轼，明天也能杀其他持不同意见者，一旦开了这个头，往后朝堂之上、市井民间必定人人自危，噤若寒蝉，谁还敢再说话？

所以，对于赵匡胤的这项决定，后世给予了高度评价。范仲淹说过：“祖宗以来，未尝轻杀一臣下，此盛德之事。”①

理学家程颐也有类似的评价：“太祖之有天下，救五代之乱，不戮一人，自古无之，非汉唐可比，固知赵氏之祀安于泰山。”②

在这种宽松的政治环境中，宋朝的各项事业取得了迅猛发展，使得宋朝成为中国历史上最富裕的朝代，远远走在了世界的前列。

经济的繁荣带来文化事业的大发展，宋朝文人的社会地位极高，收入有保障，无后顾之忧，广大知识分子的创作热情空前高涨，宋代文化艺术的天空群星璀璨，达到了封建社会的顶峰。

著名史学家陈寅恪曾说过：“华夏民族之文化，历数千载之演进，造极于赵宋之世。”③

宋朝这一切成绩的取得，固然有多方面原因，但不可否认的是，这与宋朝历代皇帝都矢志不渝地执行宋太祖定下的基本国策有着密不可分的关系。

---

① 苏辙《龙川别志》卷下。

② 程颐《上仁宗皇帝书》。

③ 陈寅恪《邓广铭〈宋史·职官志〉考证序》。

正是由于舆论环境相对宽松，苏轼的性命才得以保全。而社会内部的相对稳定和谐，也使得大宋王朝在外患不断的情况下，仍延续了三百多年，书写了中华民族的辉煌篇章。

肆

宋神宗元丰三年（1080年）二月，被贬谪的苏轼携家带口，长途跋涉，抵达黄州。

众所周知，苏轼多才多艺，诗、词、文、书、画俱佳。其诗与黄庭坚并称“苏黄”；其词开豪放一派，与辛弃疾并称“苏辛”；其文章与欧阳修并称“欧苏”，位列“唐宋八大家”；其书法与黄庭坚、米芾、蔡襄合称“宋四家”；其画也在业内享有盛名。苏轼是当之无愧的文坛领袖，名扬四海，粉丝众多，人脉极广。

朋友多了好办事，在黄州，苏轼得到了许多朋友的帮助。

黄州太守徐君猷素来仰慕苏轼的才华，并没有将苏轼当作戴罪之臣，而是对苏轼热情款待，三天两头请苏轼喝酒，在生活方面对苏轼极为关照。

苏轼没地方住，徐君猷就把江边一个叫临皋亭的驿站安排给苏轼当住所。临皋亭的房子虽然有些破旧简陋，但在苏轼眼里，这可是江景房。苏轼对此颇为满意，在《临皋闲题》中如此写道：

临皋亭下八十数步，便是大江，其半是峨眉雪水，吾饮食沐浴皆取焉，何必归乡哉！江山风月，本无常主，闲者便是主人。

苏轼降职后，收入锐减，一家老小十几口人，全靠他那点儿微薄的死工资。黄州通判马正卿是苏轼的超级粉丝，也是与苏轼相识多年的老朋友，主动为苏轼申请了城东的一块坡地，拨给苏轼作为耕地，让苏轼一家种地补贴家用。

苏轼担任的团练副使，本就是个闲职，也不用上班打卡，苏轼每天带领一家老小开荒种地，过起了农民的生活。

那年冬天，苏轼还冒着漫天大雪，带人在这片坡地上建了一所房子，命名为“雪堂”，自己则称“东坡居士”，苏东坡的名号也就是从那时起开始叫响。

此事在《黄州府志》中有记载：

故人马正卿为守，得此地立雪堂居之，自号东坡居士。

经历了这一番宦海浮沉，尝尽了人情冷暖、世态炎凉之后，苏轼的心态和人生观也发生了变化，这从那一时期苏轼所创作的诗词中可见端倪。

一开始，苏轼多少还是有些失落的。每当夜深人静的时候，苏轼总是辗转难眠，怀疑是不是只有自己的明天没有变得更好，这首《卜算子·黄州定慧院寓居作》正是他当时心情的写照：

缺月挂疏桐，漏断人初静。时见幽人独往来，缥缈孤鸿影。
惊起却回头，有恨无人省。拣尽寒枝不肯栖，寂寞沙洲冷。

在那段时间里，苏轼日出而作，日落而息，每天在地里忙农活儿，随着时间的推移，苏轼郁闷的心情也慢慢烟消云散。是啊，“风雨中，这点痛算什么？”[①]“人生难免经历苦痛挣扎……让往事都随风去吧。”[②]那些杀不死我的，终将使我更强大。人生不过百年，像陶渊明那样，随遇而安，及时行乐，才是人生的真谛啊！

梦中了了醉中醒。只渊明，是前生。走遍人间，依旧却躬耕。昨夜东坡春雨足，乌鹊喜，报新晴。

雪堂西畔暗泉鸣。北山倾，小溪横。南望亭丘，孤秀耸曾城。都是斜川当日景，吾老矣，寄余龄。[③]

伍

生性豁达的苏轼很快就从郁闷中走了出来，劳作之余，常与朋友一起纵情山水，饮酒赋诗。

在黄州城外的赤壁古战场，苏轼与友人乘船顺江而下，怀古伤今，感慨万千，先后写下两篇传诵千古的《赤壁赋》。

宋神宗元丰五年（1082年），也就是“乌台诗案”后的第三年，苏轼再次来到赤壁古战场，遥想三国时期的金戈铁马、英雄豪情，不禁心潮澎湃，写下千古名篇《念奴娇·赤壁怀古》：

大江东去，浪淘尽，千古风流人物。故垒西边，人道是，三

① 歌词，出自歌曲《水手》，郑智化作曲、作词、演唱。收录于专辑《私房歌》，1992年4月发行。

② 歌词，出自歌曲《爱的代价》，李宗盛作曲、作词，张艾嘉演唱。收录于同名专辑《爱的代价》，1992年12月发行。

③ 苏轼《江城子·梦中了了醉中醒》。

国周郎赤壁。乱石穿空，惊涛拍岸，卷起千堆雪。江山如画，一时多少豪杰。

遥想公瑾当年，小乔初嫁了，雄姿英发。羽扇纶巾，谈笑间，樯橹灰飞烟灭。故国神游，多情应笑我，早生华发。人生如梦，一尊还酹江月。

这首词大气磅礴、豪情万丈，充满历史感、画面感，既写出了苏轼渴望像三国英雄周瑜一样建功立业的宏图大志，也道出了苏轼壮志难酬却不甘沉沦、积极进取、奋发向上的精神。

这首词一经推出，立即火遍大江南北，成为苏轼脍炙人口的代表作，明代杨慎“滚滚长江东逝水，浪花淘尽英雄”就是化用这首词的开篇而来。

也是在那一年，苏轼在东坡雪堂跟朋友喝酒喝多了，回临皋亭住处的时候已是夜半更深，家里人以为他不回来睡了，就拉上了门栓。苏轼在外面敲门，敲了半天也没人应，家童睡着了，呼噜声震天响。没办法，苏轼就独自拄着拐杖走到了江边。

其时，月朗星稀，万籁俱寂，只有江水拍打堤岸的声音在夜空回荡。苏轼心潮起伏，回想自己经历的那些过往，不禁百感交集，一首《临江仙》脱口而出：

夜饮东坡醒复醉，归来仿佛三更。家童鼻息已雷鸣。敲门都不应，倚杖听江声。

长恨此身非我有，何时忘却营营？夜阑风静縠纹平。小舟从此逝，江海寄余生。

这首词上阕叙事，生动传神；下阕抒情，超然飘逸。文如其人，苏轼磊落豁达的形象跃然纸上，呼之欲出。

但让苏轼没想到的是，这首词也给他带来了让人哭笑不得的误会。

据叶梦得《避暑录话》记载，这首词写后不久，苏轼得了红眼病，一个多月没出门，外界不知怎么就有了一些不好的传言。

有人说苏轼因病已去世。一个叫范景仁的人是苏轼的“迷弟”，听说苏轼去世的消息后大哭，当即让人准备礼金准备前往吊唁，家里人说：“以前从没听说过苏大人害了啥病，怎么会这么突然？先写信问问，搞清楚情况再说嘛。”[①]

还有人说苏轼自杀了。说那首《临江仙》就是苏轼的遗书，其中有细节，说“子瞻夜作此词，挂冠服江边，拏舟长啸去矣”[②]。“小舟从此逝，江海寄余生”，在船上投江自尽了。

谣言四起，传得有模有样。黄州太守徐君猷听说后吓坏了，赶紧带人前往苏轼住处查看，发现苏轼在家正呼呼大睡，鼾声如雷。[③]

苏轼听说这件事后仰天大笑：好好的，我为什么要自杀？长路漫漫，我的人生才刚刚开始，更精彩的部分还在后面呢！

这正是：

莫听穿林打叶声，何妨吟啸且徐行。竹杖芒鞋轻胜马，谁

---

① 叶梦得《避暑录话》卷上：“此传闻未审，当先书以问其安否，得实，吊恤之，未晚。”

② 叶梦得《避暑录话》卷上。

③ 叶梦得《避暑录话》卷上：“郡守徐君猷闻之，惊且惧，以为州失罪人，急命驾往谒，则子瞻鼻鼾如雷，犹未兴也。”

怕？一蓑烟雨任平生。

料峭春风吹酒醒，微冷，山头斜照却相迎。回首向来萧瑟处，归去，也无风雨也无晴。[1]

① 苏轼《定风波·莫听穿林打叶声》。

苏辙

不是在救哥哥，就是在救哥哥的路上

宋仁宗宝元二年（1039年）三月十七日，眉州眉山（今四川眉山），苏洵的第三个儿子[①]呱呱坠地。

妻子程氏说："给孩子起个名字吧。好好起，别像老二一样，叫啥'轼'，就是一车扶手，多难听啊。"

苏洵一撇嘴："妇人之见！对一辆车来说，扶手可是非常重要的一部分。"[②]

程氏说："可拉倒吧，你好歹也是个读书人，别再用马车零件给孩子取名了，行不？"

苏洵说："好好好，就依你。"说罢，便在室内来回踱步，大脑飞速运转。

很快，苏洵一拍大腿：有了！他说："天下之车，莫不由辙，而言车之功者，辙不与焉。虽然，车仆马毙，而患亦不及辙。是辙者，

---

① 据曾枣庄《苏轼评传》，在此之前，苏洵已有两个儿子：长子苏景先、次子苏轼。苏景先在宝元元年（1038年）因病夭折。

② 苏洵《名二子说》："轮辐盖轸，皆有职乎车，而轼独若无所为者。虽然，去轼，则吾未见其为完车也。"

善处乎祸福之间也。”[①]

程氏当时就蒙了：“能说点儿人话不？到底啥意思？”

苏洵解释道：“你看，天下的车都是沿着车辙走的，车前进的功劳，辙虽然不参与，但遇到车祸，辙也不会被波及。这车辙呀，处于祸福之间，左右逢源，安然无恙，依我看，这孩子就叫苏辙吧。”

程氏表示不满：“老苏，你上辈子是开滴滴的吧？说了半天，还是围着车起名，真没劲。”

苏洵不理会妻子，笑眯眯地看着怀里的婴儿，又看看刚满两岁的次子苏轼，自言自语道：“车轼车辙，珠联璧合；兄弟同心，其利断金！”

壹

正如大家所知，苏轼、苏辙两兄弟很争气，没有辜负父亲的期望，苏洵的预言一一应验了。

宋仁宗嘉祐元年（1056年），苏洵带着苏轼、苏辙进京应试进士科举，第二年兄弟俩双双金榜题名。

那一年的科举，可谓人才辈出。主考官是北宋文坛领袖欧阳修，阅卷老师是宋诗开山鼻祖梅尧臣。荣登进士榜的考生，除了苏轼、苏辙两兄弟之外，还有曾巩、曾布两兄弟，以及张载、程颢、吕惠卿、章惇、王韶、林希等一大批青年才俊。

那次考试，“唐宋八大家”中，宋代的六位有五位在同一考场。考生中后来出了八个文学大家、九个朝廷宰相，还有思想家、军事家

① 苏洵《名二子说》。

等。其中二十四人被《宋史》单独列传，可谓群星璀璨，光耀古今，那一届科举因此被后世称为“天下第一榜”。

其中，苏轼、苏辙两兄弟尤其引人注目。

苏轼的策论写得特别好，原本要被定为第一，但主考官欧阳修误以为是自己的学生曾巩所作，为了避嫌，故意降为第二，后来才发现搞错了，所以对苏轼印象深刻，极为欣赏。

苏辙则是因为考试结束后，给枢密使韩琦写了一封《上枢密韩太尉书》，其实就是一封自荐信，但写得委婉巧妙、文采飞扬，给韩太尉留下了深刻印象。

这种情况下，兄弟二人应该很快会被授予官职，但恰在此时，母亲程氏病逝，苏轼、苏辙不得不随父返乡奔丧。依照惯例，兄弟俩须守孝三年，这三年自然无缘仕途。

宋仁宗嘉祐五年（1060年），苏氏兄弟守孝期满，父子三人重返汴京，吏部果然立刻给兄弟二人安排了工作，苏轼前往河南府福昌县任主簿，苏辙则到河南府渑池县任主簿。主簿大致相当于县长秘书，正九品。

在宋朝，走仕途就是这样，不管你有多大本事，都要经过严格的考试，都要从基层干起，脚踏实地，一步一个脚印，慢慢熬资历。

当然，如果想进步快点儿，还可以再冲一下，比如参加“制科”考试。

制科也称制举、特科，是科举考试之外为选拔“非常之才”而不定期举行的非常规考试，由皇帝本人亲自主持。

考生要么是现任官员，要么是科举进士，而且须有朝廷大员或德高望重的社会名流书面举荐，才有资格参加。

也就是说，这是比科举更高一级的考试，难度更大，一旦考中，不但立即升职加薪，还有可能得到天子的器重。

贰

宋仁宗嘉祐六年（1061年）八月，东京汴梁，万众瞩目的“制科”考试即将举行。

今年开考的科目叫“贤良方正能直言极谏科”，也就是写一篇政论文，为皇帝治国理政提供意见和建议。

广大考生摩拳擦掌，都在积极备战。在欧阳修、韩琦和龙图阁直学士杨畋的举荐下，苏轼、苏辙兄弟也获准参加制科考试。

可就在考试前几天，发生了意外，苏辙感染风寒，高烧不退，卧床不起，无法参加考试。

怎么办？史料记载，枢密使韩琦听说后，做了一件令人震惊的事。他直接上奏宋仁宗，盛赞苏轼、苏辙兄弟是天下难得的人才，请求为苏辙延期考试。[1]

这显然不合规矩，为了一个考生搞特殊，天下哪有这样的道理？这么过分的请求，皇帝怎么能同意？谁也没想到，求贤若渴的宋仁宗居然同意了，硬是等了半个多月，等苏辙完全康复了才举行考试。

舆论一片哗然，因为这件事，苏辙还没进考场，就已经成为备受瞩目的明星，名气远远超过哥哥苏轼。所有人都在看，看这个让考试延期的苏辙到底有多大本事，能写出什么样的锦绣文章。

苏洵、苏轼、苏辙父子三人同列“唐宋散文八大家”，但文学成

① 张岱《夜航船》卷六：“今岁制科之士，惟苏轼、苏辙最有声望。闻其弟辙偶疾，如此人不得就试，甚非众望，须展限以待之。”

就各有千秋。

苏洵以政论和史论见长，其《六国论》是入选中学课本的名篇，要求全文背诵；苏轼的学问比较全面，诗词、文章、书法、绘画样样精通，被称为“全才式的艺术巨匠”①；苏辙继承了父亲的优点，写起文章来非常理性，喜欢在文章中谈古论今，评点天下大事，而且有条有理，苏轼称其散文“汪洋澹泊，有一唱三叹之声，而其秀杰之气终不可没”②。

换句话说，制科考试中的“贤良方正能直言极谏科”，正是苏辙的强项。

那天考试结束，苏轼、苏辙双双走出考场。苏轼意气风发，兴高采烈；苏辙则显得忧心忡忡，闷闷不乐。

苏轼问：“咋了，兄弟，是没考好吗？”

苏辙面色凝重地回答：“哥，我估计要落榜。”

苏轼不解：“不应该啊，这种议论文不正是你的强项吗？”

苏辙轻轻叹了口气道：“唉，没控制好情绪。文章写得，怎么说呢？好像有点儿过了。”

岂止是有点儿过，跟苏轼的文章比起来，苏辙的这篇策论简直就是一颗炸弹，在制科评审组乃至朝廷高层掀起了一场轩然大波。

叁

苏辙都写了些什么？

---

① 出自北大教授李志敏。

② 苏轼《答张文潜县丞书》。

这篇《御试制科策》原文较长，文言文也不太好读，就不抄录了。简单概括一下，就是批评宋仁宗在治国理政和私生活方面存在严重问题。

对外，苏辙指责皇帝在位三十九年，对邻国西夏的频繁侵扰毫无作为，得过且过。①

对内，苏辙称百姓赋税繁重，百姓不堪负累。至于皇帝陛下劝课农桑、兴办学校、派使者巡视天下这些举动，只是做给别人看的面子工程。②

除此之外，苏辙还指责皇帝陛下挥霍国家财富，大肆赏赐珍宝，耗费民财，毫无节制。③

在批评皇帝私生活方面，苏辙的措辞极为严厉，指责皇帝陛下沉迷酒色，荒废朝政，听不进大臣们的谏言，只愿意听那些女人的话。④

最后，文中列举了历史上六个昏君：夏朝的太康、商朝的祖甲、西周的穆王，以及汉成帝、唐穆宗、唐恭宗。⑤苏辙要求皇帝陛下引以为戒，不要重蹈覆辙。

阅卷期间，评审组内部就此展开了激烈的争论：太过分了！你们

---

① 苏辙《御试制科策》：“今陛下无事则不忧，有事则大惧……”

② 苏辙《御试制科策》：“不过欲使史官书之，以邀美名于后世耳……”

③ 苏辙《御试制科策》：“今海内穷困，生民愁苦，而宫中好赐不为限极，所欲则给，不问有无。”

④ 苏辙《御试制科策》：“沉湎于酒，荒耽于色，晚朝早罢，早寝晏起，大臣不得尽言，小臣不得极谏。左右前后惟妇人是侍，法度正直之言不留于心，而惟妇言是听。”“陛下自近岁以来，宫中贵姬至以千数，歌舞饮酒，欢乐失节，坐朝不闻咨谟，便殿无所顾问。”

⑤ 苏辙《御试制科策》：“昔者夏之衰也有太康，商之微也有祖甲，周之败也有穆王，汉之卑也有成帝，唐之乱也有穆宗、恭宗……”

看看，这哪像一个考生对皇帝说的话？胆子也太大了吧！不但妄议朝政，还无中生有，污蔑当今圣上荒淫好色，把圣上比作昏君，这简直是大逆不道！

当时的主考官是司马光，看完苏辙的试卷，不但不生气，反而大为欣赏，手捻胡须赞赏道："好啊！后生可畏，口无遮拦，大胆直言，颇有老夫当年的风采！"

考官蔡襄也支持司马光的意见，说："想我老蔡身为三司使，这些话我都不敢说，这个年轻人却敢在考卷上写出来，其胆识非同一般，就冲这个也应该高分录取。"①

考官胡宿则表示强烈反对："此文言辞荒谬，无礼至极，文中所述多处与事实不符，分明是恶意诽谤，必须给零分，并严厉斥责。"

考官范镇同意录取苏辙，但认为他的言辞语气确实有些过分，对皇帝缺乏敬畏之心，建议列为第四等录取。

四个人意见不一，各持己见，最后只好请宋仁宗亲自评判。

宋仁宗阅罢文章，龙颜大怒："好你个苏辙，朕为了你专门更改了考试时间，原本指望你为治国理政拿出点儿建设性意见，你可倒好，劈头盖脸把朕骂一通。更可气的是，你指责朕的那些事，往轻了说是言过其实，往重了说就是造谣污蔑。说朕荒淫好色？朕日理万机，把别人吃喝玩乐的时间都用在了工作上，你知不知道？"

宋仁宗越想越气，有意罢黜苏辙，可转念又一想："是朕让群臣直言不讳提意见的，现在因为苏辙直言而罢黜他，天下人会怎么看朕？"②

想到这里，宋仁宗强压怒火，让自己平静下来，对司马光等人口

---

① 《宋史·苏辙传》："吾三司使也，司会之言，吾愧之而不敢怨。"

② 《宋史·苏辙传》："以直言召人，而以直言弃之，天下其谓我何？"

谕道：“朝廷要的就是这种敢于直言的读书人，准予录取。”[①]

就这样，苏辙与哥哥苏轼一起入选制科，被任命为秘书省校书郎、商州军师推官，苏轼则被任命为签书凤翔判官。

苏辙为什么能在妄言无度、自认录取无望的情况下峰回路转，脱颖而出？这首先得益于司马光的慧眼识珠，但更重要的，则是宋仁宗的宽宏大量。

宋仁宗是历史上少有的以宽厚仁慈闻名的皇帝。《宋史》评价道：“《传》曰：‘为人君，止于仁。’帝诚无愧焉。”[②]别的不说，至少在仁慈方面，没有皇帝能跟赵祯相比。

在中国历史上，仅有四位帝王以“仁宗”为庙号，宋仁宗赵祯是唯一没有争议的仁厚之君。他所创造的“仁宗盛治”虽然没有“贞观之治”“开元盛世”“康乾盛世”的名头那么响，但对于当时的老百姓来说，却是最好的时代。那是中国历史上的一段黄金岁月，政治清明，经济富足，文化繁荣，百姓安居乐业。

幸亏苏辙生活在宋仁宗时期，如果换个朝代，比如所谓的“康乾盛世”，文字狱盛行，苏辙敢那么写皇帝，早就被凌迟处死，满门抄斩了。

肆

苏辙与苏轼从小在一起读书，一起玩耍，形影不离[③]。苏轼曾有

① 王辟之《渑水燕谈录》卷六：“朕设制举，本待敢言之士。辙小官，如此直言，特与科名。”

② 《宋史·本纪第十二·仁宗四》。

③ 苏辙《逍遥堂会宿二首序》：“辙幼从子瞻读书，未尝一日相舍。”

诗云：“我年二十无朋俦，当时四海一子由。”[1]子由就是苏辙。

参加工作后，二人政见相同，三观一致，趣味相近，兄弟情谊愈加深厚。哥哥说：“岂独为吾弟，更是贤友生。”[2]弟弟说：“自信老兄怜弱弟，岂关天下无良朋。”[3]俩人恨不得天天待在一起。

但人在官场，身不由己，总是要分开的。二人后来辗转各地为官，虽天各一方，但书信往来、诗词唱和从未间断。

当时交通不便，又没有视频电话，见一面很难，只能依靠书信联络。信写了多少不知道，俩人光是诗词往来，就超过了二百首。

宋神宗熙宁九年（1076年），中秋之夜，皓月当空，银辉遍地，在山东密州（今山东诸城）任职的苏轼想到自己与苏辙已经七年不曾团聚，不由心潮起伏，思绪万千，于是借着酒兴，挥笔写下了那首著名的《水调歌头·明月几时有》：

明月几时有？把酒问青天。不知天上宫阙，今夕是何年。我欲乘风归去，又恐琼楼玉宇，高处不胜寒。起舞弄清影，何似在人间。

转朱阁，低绮户，照无眠。不应有恨，何事长向别时圆？人有悲欢离合，月有阴晴圆缺，此事古难全。但愿人长久，千里共婵娟。

结尾那句“但愿人长久，千里共婵娟”，流传甚广，后来经常被

---

① 苏轼《送晁美叔发运右司年兄赴阙》。

② 苏轼《初别子由》。

③ 苏辙《次韵子瞻秋雪见寄二首》（其一）。

异地恋的男女拿来表白，其实这原本是写兄弟情谊的。

苏辙收到这首词后十分感动，当即回信："不如见一面，哪怕是一眼。"①

第二年，兄弟二人终于在徐州相会，同样是中秋之夜，苏辙回赠一首《水调歌头·徐州中秋》：

离别一何久，七度过中秋。去年东武今夕，明月不胜愁。岂意彭城山下，同泛清河古汴，船上载凉州。鼓吹助清赏，鸿雁起汀洲。

坐中客，翠羽帔，紫绮裘。素娥无赖，西去曾不为人留。今夜清尊对客，明夜孤帆水驿，依旧照离忧。但恐同王粲，相对永登楼。

苏辙的这首词，写得情真意切、惆怅悲凉，颇具文采，显然是暗暗下了功夫的，但拿来跟苏轼的那首相比，就完全被"碾压"了。这也难怪，所谓"中秋词，自东坡《水调歌头》一出，余词俱废"②，所以，苏辙的这首词流传度不高。

其实，不仅是这一首，也不仅限于苏辙，同一时代的文人的同一题材的诗词，只要跟苏轼的相比，都难免落于下风。苏轼在北宋文坛可谓光芒万丈，几乎无人能出其右。对苏辙来说，苏轼不仅是兄长，是知己，更是自己毕生追赶学习的良师。

---

① 歌词，出自歌曲《不如见一面》，海来阿木作曲、作词、演唱。收录于同名专辑《不如见一面》，2023年11月发行。

② 胡仔《苕溪渔隐丛话》。

但是，尺有所短，寸有所长，苏辙虽然诗词稍逊，但散文是其强项，他尤其擅长政论和史论。苏轼曾说过：“我兄弟的文章其实比我写得好，只不过他为人低调，大家都不知道罢了。”[①]

这当然有苏轼自谦，替兄弟撑场面之嫌，但《宋史》是元人所编，对苏辙的评价也大致如此：“苏辙论事精确，修辞简严，未必劣于其兄”“辙性沉静简洁，为文汪洋澹泊，似其为人，不愿人知之，而秀杰之气终不可掩，其高处殆与兄轼相迫”。

由此可见，苏辙的文才有目共睹，位列“唐宋八大家”绝非浪得虚名。

苏轼虽然在文学方面的成就力压弟弟苏辙，但在为人处世方面远不如弟弟苏辙老到成熟，无论在工作中还是生活上，几十年来一直是苏辙关照着苏轼。

比如，发生于宋神宗元丰二年（1079年）的“乌台诗案”。

当时，苏轼因言获罪，宋神宗责成御史台前往湖州捉拿苏轼。驸马都尉王诜与苏轼交情深厚，秘密派人将消息告诉了在南京任职的苏辙。

苏辙一听，二话不说，立刻派人飞马赶赴湖州，抢在钦差大臣到达之前，将消息告诉了苏轼，好让哥哥有个心理准备。

苏轼被押解进京后，苏辙心急如焚，但自己职位不高，难救哥哥。情急之下，苏辙直接上书宋神宗，请求削去自己的官职为哥哥赎罪。[②]

---

① 苏轼《答张文潜县丞书》：“子由之文实胜仆，而世俗不知，乃以为不如。其为人深不愿人知之，其文如其为人……”

② 苏辙《为兄轼下狱上书》：“臣欲乞纳在身官，以赎兄轼。”

这封信写得感天动地，宋神宗看罢，不禁为之动容，加上众多朝廷元老力保，包括苏轼的政治对手王安石也上书为其求情，这才免了苏轼的死罪。

苏轼出狱后，被贬黄州团练副使，与儿子一起长途跋涉了一个月才抵达黄州。

苏轼被贬不久，苏辙受牵连贬谪江西。于是，苏辙带着两家人上路，先将自己的家人安顿到筠州（今江西高安），再护送苏轼一家老小二十几口到黄州。

苏轼平时花钱大手大脚，一直没什么积蓄，后来被贬到常州，囊中羞涩之际，写信向苏辙借了三千缗。后来又被贬到惠州，又向苏辙借钱，苏辙又资助苏轼七千缗。

这可不是个小数目，一缗就是一贯钱，一千文，七千缗就是七百万，大致相当于现在的七十万人民币。苏辙对哥哥可以说是倾其所有，毫无保留。

所以后世有人戏言：苏轼的一生，不是被贬就是在被贬的路上；而苏辙的一生，不是在救哥哥就是在救哥哥的路上。苏轼负责闯祸，苏辙负责善后；苏轼负责风花雪月，岁月静好，苏辙负责柴米油盐，负重前行。

伍

苏轼一生数次被贬，自嘲“问汝平生功业，黄州惠州儋州”[1]，可谓颠沛流离。而苏辙的几次被贬，多是因哥哥苏轼闯祸而受到

① 苏轼《自题金山画像》。

牵连。

但苏辙对此毫无怨言，他为人谨慎，低调内敛，虽然在文学成就上比不上哥哥，但在官场上混得比哥哥好，职位也比哥哥高。

据《宋史》记载，当年宋仁宗在制科考试中见识了苏氏兄弟的才学后，回到后宫欣喜地对曹皇后说："朕今日为子孙得两宰相矣！"[①]此话后来在苏辙身上得到了应验。

宋神宗初期，因新旧党争以及与苏轼的兄弟关系，苏辙的仕途几经沉浮。到了宋哲宗时期，旧党重新得势，苏辙时来运转，平步青云：

元祐元年（1086年）二月，任右司谏；

元祐元年（1086年）八月，任起居郎；

元祐元年（1086年）十月，升中书舍人；

元祐元年（1086年）十一月，任户部侍郎，掌管财政；

元祐四年（1089年），改任吏部侍郎，掌管人事；

元祐五年（1090年），升任御史中丞，掌管司法；

元祐六年（1091年），升任尚书右丞，掌参议大权；

元祐七年（1092年）四月，代理太尉；六月升任门下侍郎，也就是副宰相。

短短几年，苏辙就达到了个人事业的顶峰。而哥哥苏轼在元祐年间做过最大的官也不过是翰林学士、知制诰，比苏辙差得不是一星半点。

宋徽宗建中靖国元年（1101年），苏轼在常州去世，享年六十五岁。临终前，苏轼因未能与弟弟苏辙见上最后一面而抱憾终

---

① 《宋史·苏轼传》。

身：“唯吾子由，自再贬及归，不及一见而诀，此痛难堪。”[①]

苏辙得知噩耗后，号啕大哭，甚至哭出了血[②]。随后为哥哥主持丧事，将哥哥安葬于嵩山之下，为哥哥写了祭文和墓志铭，其中有一句令人颇为动容：“手足之爱，平生一人。”[③]

料理完苏轼的后事，苏辙又将哥哥的家小安顿好，并将三个侄子带到自己身边生活。

两年后，苏辙隐退，不久定居河南颍川（治今河南禹州），自号“颍滨遗老”，从此闭门谢客，专心读书著述。

宋徽宗政和二年（1112年），苏辙去世，享年七十四岁，是“唐宋八大家”中最长寿的一位。

苏辙死后葬于河南郏县西北小峨眉山下，与父亲苏洵的衣冠冢和哥哥苏轼之墓相邻。该地现合称“三苏园”。后世有楹联赞苏氏父子：

官迹渺难寻，只博得三杰一门，前无古，后无今，器识文章，浩若江河行大地；

天心厚有属，任凭他千磨百炼，扬不清，沉不浊，父子兄弟，依然风雨共名山。

苏轼与苏辙堪称史上关系最好的一对亲兄弟：一个如车轼，一个如车辙；一个潇洒旷达，一个稳重内敛；一个如烟花般绚烂，一个如

① 何薳《春渚纪闻》卷六。

② 苏辙《祭亡兄端明文》：“号呼不闻，泣血至地。”

③ 苏辙《祭亡兄端明文》。

烛光般平和。

尤其难得的是，在哥哥苏轼耀眼的光环笼罩下，弟弟苏辙始终坦然自若，在一旁默默做着自己力所能及的事，从各方面给予哥哥帮助，有时甚至表现得更像一个哥哥。

正如《宋史·苏辙传》中所说：“辙与兄进退出处，无不相同，患难之中，友爱弥笃，无少怨尤，近古罕见。独其齿爵皆优于兄，意者造物之所赋与，亦有乘除于其间哉！”

苏辙的文学成就和在文坛的声名虽然远不及苏轼，但也自有其独特的光芒。兄弟二人如同一对亮度不同的双子星，如影随形，患难与共，共同照亮了北宋文坛的夜空。

曾巩

不要小看我这个
『唐宋八大家』里的『小透明』

对广大考生来说，一年一度的高考决定着他们的命运。

如果试卷里出现这样一道填空题："唐宋散文八大家"分别是哪八位？相信大多数人都能填出七个名字：韩愈、柳宗元、欧阳修、王安石、苏洵、苏轼、苏辙。最后一个空，能填出来的人恐怕不多。

没错，这个名字就是"曾巩"，"唐宋散文八大家"中最容易被遗忘的人。

前面七位，无论诗词还是文章，都有拿得出手的代表作，为后世留下很多金句。只要初中毕业，都能说出来两句。可是，曾巩到底写过什么？为什么很多人一句也想不起来？

曾巩的知名度如此之低，存在感如此之差，凭什么位列"唐宋八大家"？是托关系走后门了，还是来凑数的？曾巩到底是个什么样的人？这一切都让人一头雾水。

壹

曾巩，出生于宋真宗天禧三年（1019年），建昌军南丰（今江西南丰）人，官宦世家，书香门第，爷爷做过礼部郎中，父亲官居太常博士，都是北宋名臣。

跟所有才子一样，曾巩自幼聪颖好学。他十二岁就写出模拟科考文章《六论》，“援笔而成，辞甚伟”[①]。而且曾巩记忆力超强，史料中说他“生而警敏，读书数百言，脱口辄诵”[②]，是当地有名的神童。

曾巩十八岁随父进京，二十岁进入国家最高学府太学学习，因成绩优异，受到文坛领袖欧阳修的赏识，被欧阳修收为弟子。

学而优则仕，科举几乎是每个读书人的必经之路，曾巩也不例外。他满怀信心参加科考，没想到，居然落榜了。

没关系，成功往往不是一帆风顺的。复读一年再考，曾巩却再次落榜。

曾巩的才学没问题，文章写得妙笔生花，连已经考上进士的王安石都夸赞道：“曾子文章众无有，水之江汉星之斗。”[③]

曾巩既然那么有能力，为什么连续落榜？

怎么说呢？曾巩平素以古文、策论见长，诗赋偏弱。对科举应试来说，知识不够全面，多少有点儿偏科，加上临场发挥不好，这才导致失败。

一个官宦子弟，又是欧阳修的学生，打个招呼，让有司通融一下，给开个后门不行吗？

不行。宋朝的科举试卷跟现在一样，考生姓名是密封的，不像唐

---

① 《宋史·曾巩传》。

② 《宋史·曾巩传》。

③ 王安石《赠曾子固》。

朝，一目了然。那时候，人情分、照顾分在所难免，身份、背景不同的考生在阅卷人眼里怎么可能一视同仁？武则天执政时期，曾改革科举制度，将考生姓名密封起来，结果遇到很大阻力，反对声一片，改革最终半途而废。

所以在科举这件事情上，要重点表扬宋朝，宋朝不但坚持糊名制，而且为了避免阅卷人利用笔迹辨别关系户，还特意设置了“誊录院”，安排专人将考生的试卷重新抄写一遍再发给阅卷人，杜绝了科举营私舞弊的现象。

也正因为如此，欧阳修的得意门生曾巩屡试不第，欧阳修也束手无策。他一方面质问有关部门：“连曾巩这样的人才都考不上，你们的考题和评分标准真的科学吗？”[①]另一方面，欧阳修也只能一次次鼓励曾巩坚持下去，多考几次，不要放弃。

贰

屋漏偏逢连夜雨，船迟又遇打头风。福无双至，祸不单行。曾巩这边科考连续失利，那边父亲突然被查，虽然躲过了牢狱之灾，但被罢免了一切职务，回到家乡不久便去世了。

父亲去世后六年，曾巩的哥哥也去世了，家庭经历重大变故之后，养家糊口的重担一下子落在了曾巩的肩上。

曾巩一共有四个弟弟、九个妹妹，加上继母（生母在他八岁时就去世了），全家十几口人本来全靠父亲一个人养活，父亲一走，曾家立刻陷入困境，曾巩只得暂时放下学业，离开京城，回归故里务农，

---

① 欧阳修《送曾巩秀才序》：“有司所操果良法邪？”

全力照顾一家人的生活。

其间，曾巩写了一首名为《读书》的五言诗。这可能是史上最长的自传体五言诗，全篇一百二十四句，六百二十字，反映了曾巩落榜后的艰辛与无奈：

吾性虽嗜学，年少不自强。
所至未及门，安能望其堂？
荏苒岁云暮，家事已独当。
经营食众口，四方走遑遑。
一身如飞云，遇风任飘扬。
山川浩无涯，险怪靡不尝。
落日号虎豹，吾未停车箱。
波涛动蛟龙，吾方进舟航。
所勤半天下，所济一毫芒。
…………

由于家庭负担重，加上科举连年失利，曾巩的个人大事也耽误了。父亲在任的时候，上门说媒的人恨不得踏破门槛。如今，父亲不在了，落魄的凤凰不如鸡，落榜生成了大龄“剩男”，无人问津，曾巩直到三十二岁才结婚。

在那段艰难的日子里，曾巩常常望着远方出神，“有时候觉得自己像一只小小鸟，想要飞却怎么样也飞不高”①。他一遍遍问自己，

① 歌词，出自歌曲《我是一只小小鸟》，李宗盛作曲、作词，赵传演唱。收录于同名专辑《我是一只小小鸟》，1990年8月发行。

生活的压力与生命的尊严哪一个更重要？

答案是显而易见的，务农没有前途，种地永无出头之日，家族复兴的唯一希望，只有读书，只有科举。

生活“虐”我千百遍，我待生活如初恋。无论地里农活儿多忙，曾巩都始终没有放弃学习，不但自己不放弃，还督促兄弟和妹夫坚持学业。村里人一天到晚聚在一起张家长，李家短地闲聊，曾家子弟从不参与，而是坚守书香门第本色，两耳不闻窗外事，一心只读圣贤书。

宋仁宗嘉祐二年（1057年），三十九岁的曾巩带着弟弟、妹夫等一大家子人一同进京赶考。

功夫不负有心人。这一次，时来运转，如有神助，不但曾巩进士及第，弟弟曾牟、曾布，堂弟曾阜，妹夫王无咎、王彦深也都榜上有名。曾家一共六人同科登上进士榜，轰动京城，一时传为佳话。

此后，曾家的科考运气一直很好。据后人统计，曾氏家族在七十七年内，共出了十九位进士，考中率之高，令人震惊。

关于这次考试，社会上流传一种说法，说这次主持会试的是欧阳修，在考题设置上力排众议，坚持以古文、策论为主，诗赋为辅的总方针，而古文、策论正是曾巩的强项。

当时欧阳老师对一篇初评为第一的策论十分欣赏，认为写得有理有据、文采飞扬，看文风，像是自己的学生曾巩所写。为了避嫌，欧阳修有意把此文降为第二，后来才发现是乌龙事件，这篇策论的作者是苏轼。

叁

“是命运的安排也好，是存心的捉弄也好，然而这一切已不再重要”[1]，进士及第后的曾巩不久便踏入仕途，掀开了人生新的一页。

曾巩起初担任太平州（今安徽当涂）司法参军，后任馆阁校勘、集贤校理兼判官告院，在京九年，一直从事古籍整理工作。

宋神宗熙宁二年（1069年），王安石出任参知政事，开始大力推行新政，史称“王安石变法”。

虽然曾巩与王安石既是同乡好友，也有姻亲关系，曾巩的姑姑是王安石夫人的奶奶，曾巩的妹妹是王安石的弟媳，曾巩的侄媳是王安石的侄女，王安石妹妹的婆婆是曾巩的堂姐，但曾巩大公无私，他对王安石的新政颇有异议，多次提出意见，但王安石一意孤行，不予采纳。

在这种情况下，曾巩与王安石就不太好相处了。经过深思熟虑，曾巩主动请求离京，外放地方为官，远离新旧党争的政治漩涡。

曾巩离京后先任越州通判，后知齐、襄、洪、福、明、亳诸州，任地方长官十二年，廉洁奉公，勤于政事，兴教劝学，深受当地群众好评。

直到晚年，曾巩才重返京城，担任史官修撰，掌管五朝史事，官至四品中书舍人。

曾巩一生仕途平淡，在任期间，既没有王安石飞黄腾达、主持变法的经历，也没有苏轼数次被贬、颠沛流离的波折，总体来看，波澜不惊，政绩平平。而令他跻身“唐宋八大家”、青史留名的，则是他的文学成就。

曾巩是欧阳修诗文革新运动和宋代古文运动的积极参与者。

自南北朝以来，文坛骈文盛行，其中当然不乏佳作，比如王勃的

---

① 歌词，出自歌曲《鬼迷心窍》，李宗盛作曲、作词、演唱。最早收录于合辑《滚石九大天王之十二出好戏》，1992年2月发行。

《滕王阁序》、骆宾王的《为徐敬业讨武曌檄》等，但总体而言，骈文过分讲求声律、辞藻、对偶和典故，内容空洞，华而不实。唐代韩愈最早掀起古文运动，大力提倡先秦两汉散文，推崇儒家文学，文坛风气焕然一新。

唐朝末年，古文运动日趋衰落，雕章琢句的浮靡文风死灰复燃，北宋欧阳修再次举起古文运动的大旗，主张“文以明道”，对诗文创作进行革新。

曾巩、王安石和苏氏父子都是古文运动的积极追随者，身体力行，创作了大量优秀散文。

特别是曾巩的散文，集司马迁、韩愈两家之长，古雅本正，温厚典雅，章法严谨，长于说理，为时人及后辈所尊崇。其作品《醒心亭记》《游山记》《道山亭记》《墨池记》《越州赵公救灾记》《唐论》《寄欧阳舍人书》等等，在文坛颇受好评。

说了一大堆，只听说过《墨池记》吧？因为只有《墨池记》被选入了中学语文课本。

“唐宋八大家”其他七家的待遇就不同了，他们的作品被选入中学语文课本的有多篇，面向全国中学生，得到了最大程度的推广普及，有的还要求背诵，想不脍炙人口都难。

以现在的眼光看，曾巩的散文确实有些冷门，但在当时非常火爆，业内评价也特别高。欧阳修曾写诗称赞曾巩：

吾奇曾生者，始得之太学。
初谓独轩然，百鸟而一鹗。①

① 欧阳修《送杨辟秀才》。

夸曾巩是鸟中的猛禽，与众不同。

苏轼也附和道：

醉翁门下士，杂遝难为贤。
曾子独超轶，孤芳陋群妍。[1]

夸他是欧阳老师众多学生中最厉害的一个。

苏辙也夸曾巩：“儒术远追齐稷下，文词近比汉京西。”[2]高度评价曾巩的学术成就。

《宋史》则这样评价曾巩：“立言于欧阳修、王安石间，纡徐而不烦，简奥而不晦，卓然自成一家。”

总之，各位大咖对曾巩的好评如潮。

当然，最终奠定曾巩文坛地位的是明代万历年间的茅坤。他编纂的《唐宋八大家文钞》，首次将曾巩与文坛巨匠韩愈、柳宗元、欧阳修等七人并列，“唐宋八大家”的称号从此开始广为传颂，流传至今。

肆

曾巩以散文见长，但其实他的诗也写得很好。曾巩的诗流传至今的现存四百余首，风格质朴，格调超逸，字句清新，含义深刻。

比如下面这首《咏柳》：

---

① 苏轼《送曾子固倅越得燕字》。
② 苏辙《曾子固舍人挽词》。

乱条犹未变初黄，倚得东风势便狂。
解把飞花蒙日月，不知天地有清霜。

柳树早已被历代诗人写过无数次，很难创新，但曾巩借柳树影射现实，构思巧妙，新颖独特，令人叹服。

还有这首《西楼》：

海浪如云去却回，北风吹起数声雷。
朱楼四面钩疏箔，卧看千山急雨来。

寥寥数语，让作者大海般开阔的胸襟和万丈豪情跃然纸上，堪称宋诗中的精品。

宋神宗元丰六年（1083年），曾巩因病去世，享年六十五岁，谥号“文定”。

世人总觉得曾巩的一生过得不够精彩，一手好牌打得不咋地。混仕途，有欧阳修、王安石这样的大人物提携，本该青云直上，却不思进取，安于现状，临死前才被照顾性地提拔到正四品；混文坛，文章被一众文坛大咖高度评价，并跻身“唐宋八大家”之列，但在后世名气最小，地位最低，“存在感”最弱，以致经常被人遗忘。

许多人为曾巩鸣不平，有个曾巩的同乡，也是曾巩的超级粉丝，写信给曾巩说：不管别人怎么看，曾老师在我们心中永远是天下第一，是江西之魂，是南丰之星，是全村的骄傲，我们永远支持你！

曾巩大受感动，作《戏书》诗一首明志：

家贫故不用筹算，官冷又能无外忧。

交游断绝正当尔，眠饭安稳余何求。

君不见黄金满赢要心计，大印如斗为身雠。

妻孥意气宾客附，往往主人先白头。

这首诗啥意思？意思是，有些事是不能强求的，荣华富贵和名誉不过是过眼云烟，所谓吉人自有天相，一切都是最好的安排。

伍

之后，曾巩提笔给这位同乡粉丝写了一封回信，全文如下：

局事多暇，动履褆福。去远诲论之益，忽忽三载之久。跧处穷徼，日迷汩于吏职之冗，固岂有乐意耶？去受代之期，虽幸密迩，而替人寂然未闻，亦旦夕望望。果能遂逃旷弛，实自贤者之力。夏秋之交，道出府下，因以致谢左右，庶竟万一。余冀顺序珍重，前即召擢。偶便专此上问，不宣。巩再拜。运勾奉议无党乡贤，二十七日谨启。

粉丝收到回信，虽然看不懂，但大受震撼，没想到曾老师这么大人物，还能在百忙中抽时间给自己回信，这是多大的荣耀啊！

信上写的是什么并不重要，重要的是，这是曾老师的真迹，是曾老师富贵不忘家乡、不忘乡亲、故土情深、永葆本色的最好见证。

粉丝如获至宝，精心收藏，叮嘱家人无论将来发生什么情况，都要不惜一切代价保存好这封信，作为传家宝一代一代传下去。

星移斗转，日月更迭，在漫长的历史长河中，这封信最终流落到了民间。

2009年11月22日，北京保利夜场拍卖会上，曾巩的这封信惊现江湖，拍出了1.08亿元的天价，一举打破了国内书法拍卖成交价最高纪录。

2016年5月15日，在中国嘉德春季拍卖会上，曾巩传世孤本《局事帖》再次易手，以2.07亿元成交。信上124个字，平均一个字167万元，被业内称为“史上最贵的一封信”。

那位一掷千金的“土豪”买主，是华谊兄弟传媒股份有限公司的董事长，名叫王中军。

黄庭坚

其实我不只会书法，诗词书画我样样精通

宋英宗治平元年（1064年），二十岁的黄庭坚首次进京参加科举考试，落榜了。

亲朋好友以及所有知道黄庭坚名字的人得知消息后，一片哗然。

为啥？落榜不是很正常吗？虽说相比其他朝代，宋朝进士录取率最高，如果按年份计算，是唐朝的4.8倍，元朝的31倍，明朝的3.8倍，清朝的3.5倍。但即便如此，录取率也只有3%左右，比现在的高考难太多了。

一考即中、一举登第的天才是极少数，多数考生都会经历屡试不第的过程，有的甚至考了一辈子。黄庭坚第一次没考上，有什么好奇怪的?

对一般人来说，确实是这样，但黄庭坚并不是一般人。他跟别人家孩子不一样，他必须考中，考不中对家人来说是无法接受的，因为这关系到黄氏家族数百年的荣誉。

壹

什么叫世代书香？什么叫家学渊源？江西九江修水县双井村的黄

氏家族就是。

《双井黄氏家规》第八条明确规定："读书乃诚身之本，而显扬宗祖之要务也。"黄氏一门无一例外全是读书人，且大多学有所成。

远的不说，就说黄庭坚的爷爷，兄弟十三人，十个进士；黄庭坚的父亲也是进士，时任康州（今广东德庆）太守。在黄庭坚之前，修水黄氏家族仅在宋朝就出了二十二位进士，是远近闻名的进士之家。

而且，黄家与许多文坛大咖有亲戚关系，比如，黄庭坚的大嫂是范仲淹的外甥女，侄女是欧阳修的孙媳妇。

生活在这样的家庭环境里，黄庭坚天天耳濡目染，学习成绩可想而知，再加上黄庭坚自幼聪颖过人、勤奋好学，所以很小就是远近闻名的神童。

据《桐江诗话》记载，黄庭坚七岁时，父亲请同事来家里喝酒。酒至半酣，大家吟诗助兴，有同事说："久闻令郎少年聪慧，何不让他作诗一首？"黄庭坚毫不推辞，当场作《牧童》诗一首：

骑牛远远过前村，吹笛风斜隔岸闻。
多少长安名利客，机关用尽不如君。

一诗既成，举座震惊。字里行间，内涵深刻，富有哲理，一个七岁孩子能写出这样的诗句，着实令人称奇。众人无不交口称赞："这孩子，骨骼清奇，天赋异禀，一看就是万中无一的文坛奇才，前途不可限量。"

宋仁宗嘉祐八年（1063年），十九岁的黄庭坚背负家族厚望，首次参加科举解试（乡试），不负众望，以第一名（解元）的成绩上榜。

众人纷纷表示祝贺，黄庭坚摆摆手谦虚道：“小小解元，不足挂齿。”所有人，包括他自己，都对接下来的省试充满了信心。

万万没想到，第二年（1064年）的礼部省试，黄庭坚意外失利，名落孙山。

这就好比一家子人全是名校毕业，不是博士就是硕士，你平时成绩也挺好，高考前的三次模拟考试都是全市第一，正纠结上北大还是上清华，结果高考分数一公布，连三本线都没过，这谁受得了？

实在是太意外了，众人议论纷纷：“不可能，这绝对不可能！一定是评卷老师搞错了！是不是有啥黑幕？要不要申请复核？”

黄庭坚摆摆手：“不怪别人，是我大意了。”说罢，返回家乡，闭门复读。

对黄庭坚来说，成功可能会迟到，但永远不会缺席。两年后，黄庭坚再次参加省试，荣登榜首。

宋英宗治平四年（1067年），黄庭坚进京参加殿试。他在考场上沉着应对，冷静答题，最终考取进士，位列三甲榜首。

同年，黄庭坚被任命为河南汝州叶县（今属河南平顶山）县尉，从此步入仕途。

贰

黄庭坚到达叶县任职后，立刻深入基层，走街串巷，了解当地风土民情，考察名胜古迹。在成语“叶公好龙”的“叶公”故地追古抚今，感慨万千，现场赋《初至叶县》诗一首：

白鹤去寻王子晋，真龙得慕沈诸梁。

千年往事如飞鸟，一日倾愁对夕阳。
遗老能名唐郡邑，断碑犹是晋文章。
浮云不作苞桑计，只有荒山意绪长。

手下人虽然看不太懂，但“不明觉厉”，纷纷称赞道：“大人妙笔生花，出神入化，真是笔落惊风雨，诗成泣鬼神，诗仙李白在世也不过如此啊！”

黄庭坚摆摆手道：“信手涂鸦之作，不值一提。”

黄庭坚这是谦虚。事实上，黄庭坚自从幼年凭借一首《牧童》在诗坛崭露头角后，多年来一直佳作频出。

宋英宗治平三年（1066年），黄庭坚第二次参加省试时，主考官李询看了黄庭坚试卷中“渭水空藏月，傅岩深锁烟”[①]的句子，不禁拍案叫绝，断言道：“此人不惟文理冠扬，异日当以诗名擅四海。”[②]

刘询的预言应验了。黄庭坚在叶县任职四年，撇开工作表现不说，至少在诗文创作上，收获颇丰，光写诗就写了一百多首，比如这首《和答登封王晦之登楼见寄》，意气高扬，境界开阔，一举奠定了黄庭坚的诗坛地位。

县楼三十六峰寒，王粲登临独倚阑。
清坐一番春雨歇，相思千里夕阳残。
诗来嗟我不同醉，别后喜君能自宽。
举目尽妨人作乐，几时归得钓鲵桓。

---

① 黄庭坚《野无遗贤》。
② 黄罃《山谷年谱》。

是金子早晚都会发光，黄庭坚出众的才华终于被朝廷赏识。朝廷认为这样的杰出人才埋没在基层太可惜了，应该加以重用。

宋神宗熙宁五年（1072年），朝廷将黄庭坚调任北京国子监（全国最高学府兼教育管理机构）教授。

当时的枢密副使、京城留守文彦博对黄庭坚十分器重，语重心长地说："黄教授，国子监教育事关我大宋的人才培养和未来发展，你可以把你们黄家怎么考上那么多进士的秘诀传授给广大学子。"

黄庭坚连忙摆手："哪有什么秘诀？我不过是把别人喝酒的时间都用在了学习上罢了。"

文彦博不以为然："你看你，别保守嘛，学生升学率高，对老师的发展也是有好处的嘛。"

黄教授自此潜心教育事业，在北京国子监任教八年，成绩斐然。作为上司的文彦博对黄庭坚十分满意，考评其业绩为"卓异"，并推荐他参加吏部选官。

叁

宋神宗元丰三年（1080年），黄庭坚被贬为江西吉安泰和县县令，几年后又降职为山东德州德平镇镇监。

尽管仕途不顺，但无论是在国子监任教还是在地方任职，黄庭坚始终没有放下诗文创作，工作之余，写下了大量脍炙人口的诗词佳作。

比如在泰和主政期间，黄庭坚登高远望，写下了著名的《登快阁》：

痴儿了却公家事，快阁东西倚晚晴。
落木千山天远大，澄江一道月分明。
朱弦已为佳人绝，青眼聊因美酒横。
万里归船弄长笛，此心吾与白鸥盟。

此诗一出，一时好评如潮，尤其是“落木千山天远大，澄江一道月分明”两句，境界宏大，对仗工整，朗朗上口，被业界认为与杜甫的“无边落木萧萧下，不尽长江滚滚来”有异曲同工之妙。

在德平任职期间，黄庭坚为远在广东的好友写下了这首《寄黄几复》：

我居北海君南海，寄雁传书谢不能。
桃李春风一杯酒，江湖夜雨十年灯。
持家但有四立壁，治病不蕲三折肱。
想见读书头已白，隔溪猿哭瘴溪藤。

这是黄庭坚的代表作，其中“桃李春风一杯酒，江湖夜雨十年灯”两句更是神来之笔，被称为“奇语”[①]，意境深远，回味无穷。

那段时间，黄庭坚灵感爆棚，篇篇“爆款”，首首“10万+”。黄庭坚在诗坛风生水起，终于引起了诗坛领袖苏轼的关注。

其实，早在黄庭坚任教国子监时，苏轼就听说过黄庭坚这个名字。

当时，黄庭坚的岳父，也是苏轼的文友孙觉拿黄庭坚的诗给苏

① 阮阅《诗话总龟前集》卷十四：“张文潜谓余曰：‘黄九云：“桃李春风一杯酒，江湖夜雨十年灯。”真奇语。’”

轼看，苏轼读罢，连声赞叹，称黄庭坚的诗“超轶绝尘，独立万物之表”①。

孙觉一听，马上接过话头说：“可惜我这小婿还不够红！苏大人您在文坛地位尊崇，还请帮忙给推荐推荐，帮他扬扬名。”

苏轼笑道：“你这女婿是个难得的人才，将来必定出大名，想逃都逃不掉，何须我替他扬名啊？”②

到底是文坛领袖，苏轼目光如炬，一点儿也没有看错黄庭坚，黄庭坚此后一步一个脚印，凭借优秀的作品，在诗坛声名鹊起。

宋神宗元丰元年（1078年），黄庭坚开始给偶像苏轼写信，表达仰慕之情，请苏轼指点诗文，向其请教创作之道。

苏轼爱惜人才，每信必回，虽素未谋面，但与黄庭坚诗词唱和多年，双方留下了近百首诗词作品。

后来，苏轼因“乌台诗案”下狱，他的许多诗文被视为诋毁朝廷的罪证，别人都急于与苏轼划清界限，但黄庭坚不同。他虽然官职低微，但很讲义气，冒着被视为同党的风险，坚持力挺苏轼。

而此时，两人甚至都还没有见过面。

肆

宋神宗元丰八年（1085年），黄庭坚以秘书省校书郎召入京师，经司马光推荐，负责校订《资治通鉴》。

不久，苏轼也从“乌台诗案”中解脱，调回京城任职。这对相交

---

① 苏轼《答黄鲁直书》。

② 苏轼《答黄鲁直书》：“此人如精金美玉，不即人而人即之，将逃名而不可得，何以我称扬为？”

多年的笔友终于“奔现”，二人一见之下，十分投缘，惺惺相惜，互为知己。

之后，黄庭坚正式拜在苏轼门下，与当时的文坛新秀秦观、晁补之、张耒，共称“苏门四学士”。黄庭坚的诗文造诣由此进入新的境界，文学创作水平突飞猛进，许多方面甚至与苏轼不相上下，业内因此将二人相提并论，合称“苏黄”。

对此，黄庭坚总是谦虚地摆摆手：“不敢当，不敢当，苏老师如皓月当空，我黄某如黯淡星辰，怎可相提并论？不合适，不合适。”黄庭坚始终对苏轼执弟子之礼。

黄庭坚为人就是这么谦虚，讲文明，懂礼貌，对苏轼尊师重道，对家人更是至亲至孝。母亲卧病在床一年多，生活不能自理，黄庭坚每天下班亲自为母亲洗涤便桶。

此时黄庭坚已经是中书舍人，官居五品，手下人劝阻道：“大人，这种事儿让仆人们做就行了，您又何必亲自动手呢？”

黄庭坚摆摆手，拒绝道：“不一样，不一样，自己的母亲一定要亲自侍奉，怎么能让别人代替呢？”

黄庭坚孝顺的名声由此流传开来。到了元代，郭守正将二十四位古人感天动地的孝道故事编辑成册，称《二十四孝》，其中的“涤亲溺器”，说的就是黄庭坚的事迹。

黄庭坚为官清廉，但仕途不畅，官居五品之后就再也升不上去了，后因“元祐党争”多次被贬谪，辗转各地，几经沉浮。

好在黄庭坚志不在此，相比做官，他似乎更喜欢作诗。正如王安石所评价的那样：“以为清才，非奔走俗吏。”[①]

① 蒋一葵《尧山堂外纪》卷五十三。

在黄庭坚看来，无论什么职位，什么名利，什么荣华富贵，都不过是过眼云烟，不必在乎，百年之后，能被人们记住的，只有脍炙人口的作品。

伍

黄庭坚对杜甫极为推崇，他的诗以杜甫为宗。在巴蜀任职期间，黄庭坚收集了杜甫在巴蜀创作的诗歌三百余首，将其全部书写成文，并在名士杨素的资助下，刻成诗碑，专门建造场地进行展示，这座场地被命名为“大雅堂”。成语“大雅之堂”即典出于此。

由于黄庭坚一贯师法杜诗，与杜甫诗风相近，心迹相同，所以在杜甫草堂工部祠中，后人将黄庭坚与陆游的塑像立于杜甫像两侧，陪祀杜甫，所谓“荒江结屋公千古，异代升堂宋两贤”[①]。

黄庭坚作诗讲究“点铁成金”和“夺胎换骨”之法，注重文字推敲，善于用典，“无一字无来处”，法度严谨，风格奇崛，自成一体，他的这种诗体被称作“江西诗派”。“江西诗派”是我国文学史上第一个有正式名称的诗文派别。

江西诗派素有“一祖三宗”的说法，“一祖”指的是杜甫，“三宗”分别是黄庭坚、陈与义、陈师道。

作为江西诗派的开派宗师和领袖，黄庭坚对宋诗的影响甚至超过了苏轼，苏轼在向朝廷举荐黄庭坚时，称黄庭坚“瑰伟之文，妙绝当世，孝友之行，追配古人”[②]。

---

① 杜甫草堂工部祠楹联。

② 《宋史·黄庭坚传》。

黄庭坚不仅诗写得好，词也很出色，下面这首《念奴娇·断虹霁雨》创作于宋哲宗元符二年（1099年）。那一年，黄庭坚五十五岁，在黔州（今重庆彭水）任职，与朋友一起游园赏月，饮酒听曲，写下了这首宋词名篇：

断虹霁雨，净秋空，山染修眉新绿。桂影扶疏，谁便道，今夕清辉不足？万里青天，姮娥何处，驾此一轮玉。寒光零乱，为谁偏照醽醁？

年少从我追游，晚凉幽径，绕张园森木。共倒金荷家万里，难得尊前相属。老子平生，江南江北，最爱临风曲。孙郎微笑，坐来声喷霜竹。

整首词雄浑洒脱，乐观豁达，豪情满怀，尤其是这句“老子平生，江南江北，最爱临风曲”颇有苏东坡的气概。

黄庭坚不仅是诗词名家，还是著名的书法家，行书、草书、楷书样样精通，笔锋从容娴雅，收放自如，功力深厚，自成一家，其书法与苏轼、米芾、蔡襄齐名，并称“宋四家”。

总之，黄庭坚除了当官政绩平平之外，在诗、词、散文、书、画等方面均有所成就，其涉猎之广泛，功力之深厚，成绩之卓然，放眼大宋文坛，或许只有苏轼可与之媲美。

但黄庭坚在后世的名气远不如苏轼，有的人甚至都不知道黄庭坚这个人。有人说，这是因为苏轼才华横溢，魅力四射，掩盖了大宋才子黄庭坚本应有的光芒。

宋徽宗崇宁四年（1105年），文坛一代宗师、孝廉楷模黄庭坚病逝于广西宜州（今属广西河池），享年六十一岁。死后被朝廷追赠为龙图阁大学士，谥号“文节”。

数年后，黄庭坚归葬故里江西修水双井，其墓冢至今犹在，墓前有对联一副：

看黄庭有味，

笑白发无闲。

范仲淹

看图作文，离题万里，
也能写出千古名篇

宋仁宗庆历五年（1045年），因“庆历新政”失败，范仲淹被罢免参知政事，自请出京，至邠州（今陕西彬州）任知州。后又出知邓州（今属河南南阳）。

第二年，范仲淹收到好友滕宗谅的一封来信。

滕宗谅，字子京，河南洛阳人，与范仲淹是同一年的进士，也是范仲淹改革的积极支持者，前不久因为经济问题遭弹劾，被贬至湖南知岳州。

同是天涯沦落人，滕子京这次来信没别的事儿，就是请范仲淹帮忙写篇文章。

滕子京在岳州主政期间，主要干了三件事：一是兴办教育，开办了岳州学宫；二是兴修水利，修筑了防洪大堤；三是重修岳阳楼。

岳阳楼位于洞庭湖畔，历史悠久，曾是三国时期东吴大都督鲁肃的阅军楼，几经焚毁，几经修缮。李白、杜甫、白居易、李商隐、孟浩然、刘禹锡等大诗人都曾在此留下诗句，可谓人文荟萃，是岳州的标志性建筑。

滕子京到任后，见岳阳楼年久失修，已破败不堪，便决定重修岳阳楼，并将历代诗人关于岳阳楼的诗词镌刻在上面。

同时，他想请当今政坛的风云人物，同时又是著名文学家的好友范仲淹，为该工程写篇文章，说明重修岳阳楼的重大意义，比如将极大地丰富洞庭湖人文景观，进一步充实当地旅游资源，提升岳州的历史文化品位，功在当代，利在千秋，等等。简单地说，就是给岳阳楼宣传宣传。

别看范仲淹现在只是个从五品的小小知州，但他是因为犯错误被贬下来的，之前人家可是正二品的参知政事，是皇帝身边的红人。政坛上的事，谁也说不准，说不定哪天人家就官复原职了。

滕子京的想法是，范仲淹如果肯帮忙，不仅是对他主持重修岳阳楼工程的鼓励，也是对他政绩的充分肯定，运气好的话，他还可能借此青史留名。所以，滕子京亲笔去信，言辞恳切，请范仲淹务必帮忙。

范仲淹对其中的利害心知肚明，起初内心是拒绝的。

壹

范仲淹为什么要拒绝？

首先，范仲淹是一个正直的人，为人谨慎，非常爱惜自己的羽毛，从不轻易给地方上题词。

滕子京重修岳阳楼是件好事，但范仲淹心里有诸多疑问：修复方案是否合适？预算花费是否合理？资金来源是否合规？工程质量是否有保证？有没有因此增加当地群众的负担？对这些情况一概不知，仅凭朋友关系就贸然题词撰文，万一楼修好后不伦不类，或者是豆腐渣工程，半年后楼塌了，咋整？到时候自己的名誉岂不是要跟着受损？

其次，也是最重要的一点，滕子京请范仲淹写岳阳楼，可范仲淹根本就没去过岳阳楼，怎么写？

是的，范仲淹见过洞庭湖，但并没有去过岳阳楼。

依照惯例，滕子京请人家撰稿，怎么也得邀请人家实地考察一下，采个风吧？不去现场，仅靠凭空想象，闭门造车，怎么可能写出生动鲜活的作品？只有身临其境，亲身体验，才能有感而发。范仲淹都没去过岳阳楼，写出来的文章质量如何保证？

另外，这个滕子京也太抠门儿了，一点儿表示都没有。当年白居易跟元稹那是什么关系？元稹死后，白居易为他写墓志铭，一共一千四百字，收费七十万贯。唐代一贯钱大致相当于今天的人民币三百元，七十万贯是多少，大家可以算算。

朋友之间，帮忙可以，但并不意味着免费，亲兄弟尚且明算账，更何况不是亲兄弟。滕子京的来信对稿费只字未提，只随信寄来一幅《洞庭晚秋图》，上面画着岳阳楼，意思是，您就照着这幅画写吧。这也太不尊重文学创作，太不尊重知识产权，太没有诚意了。

范仲淹随手把画一扔，根本没打算动笔。

贰

那么，后来究竟是什么让范仲淹改变了主意，提笔作文的呢？是滕子京用微信转账润笔费过来了吗？

并没有。范仲淹改主意并不是受到了外界的影响，而是源于他自己的想法。

范仲淹出身官宦之家，但幼年丧父，家道中落，母亲带着两岁的范仲淹改嫁一位朱姓男子，范仲淹因此改名叫朱说。

二十二岁那年，范仲淹前往应天府（今河南商丘）求学，每天住在破败不堪的寺庙里日夜苦读。为了省钱省时间，范仲淹经常晚上煮一锅粥，放一夜不吃，粥隔了夜会凝固成一块，第二天范仲淹就用刀把凝固的粥切成四块，早晚各吃两块，佐以一点儿腌菜。有个成语叫“断齑画粥”，说的就是范仲淹这件事。

凭着这种刻苦精神，几年后，范仲淹以“朱说”的身份进士及第，步入仕途。后来他认祖归宗，恢复范仲淹之名。

范仲淹文武兼备，智谋过人，无论在朝主政，还是出师戍边，都成绩斐然，所以一路升迁。五十五岁那年，范仲淹被宋仁宗授予参知政事之职，并主持“庆历新政”，推行改革。

没想到，新政出台，阻力重重，遭到各方面的反对和抵制，有人弹劾他借改革之名结党营私，在朝内拉帮结派。一年后，宋仁宗不得不废止了“庆历新政”，并将范仲淹等改革派贬出了京城。

此时，范仲淹正处于人生低谷，内心的苦闷和委屈无处诉说，对于滕子京的约稿，范仲淹哪有心情写？但他转念一想，这篇文章将同历代先贤的诗词一起镌刻在楼上，这不正是一个向世人袒露心迹，抒发自己理想抱负的大好机会吗？

于是，范仲淹欣然提笔，靠着那幅《洞庭晚秋图》勾起的记忆和想象，奋笔疾书，一气呵成，震古烁今的千古名篇《岳阳楼记》就此横空出世。

叁

让我们静下心来，追忆当年我们一起背过的课文，细细体会作者在字里行间表现出的卓越才情和超然心境。

庆历四年春，滕子京谪守巴陵郡。越明年，政通人和，百废具兴，乃重修岳阳楼，增其旧制，刻唐贤今人诗赋于其上，属予作文以记之。

予观夫巴陵胜状，在洞庭一湖。衔远山，吞长江，浩浩汤汤，横无际涯，朝晖夕阴，气象万千，此则岳阳楼之大观也，前人之述备矣。然则北通巫峡，南极潇湘，迁客骚人，多会于此，览物之情，得无异乎？

若夫淫雨霏霏，连月不开，阴风怒号，浊浪排空，日星隐曜，山岳潜形，商旅不行，樯倾楫摧，薄暮冥冥，虎啸猿啼。登斯楼也，则有去国怀乡，忧谗畏讥，满目萧然，感极而悲者矣。

至若春和景明，波澜不惊，上下天光，一碧万顷，沙鸥翔集，锦鳞游泳，岸芷汀兰，郁郁青青。而或长烟一空，皓月千里，浮光跃金，静影沉璧，渔歌互答，此乐何极！登斯楼也，则有心旷神怡，宠辱偕忘，把酒临风，其喜洋洋者矣。

嗟夫！予尝求古仁人之心，或异二者之为，何哉？不以物喜，不以己悲。居庙堂之高则忧其民，处江湖之远则忧其君。是进亦忧，退亦忧。然则何时而乐耶？其必曰“先天下之忧而忧，后天下之乐而乐”乎！

噫！微斯人，吾谁与归？

时六年九月十五日。

全文共三百六十八字，开篇说明为何要写这篇文章：受人之托，命题作文。顺便还把滕子京狠狠夸了一通，盛赞在他治理下的岳州“政通人和，百废俱兴”。这话哪个执政者听了不高兴？

接下来才是主要内容。名为《岳阳楼记》，但整篇文章对岳阳楼本身几乎只字未提，比如楼一共几层，如何高大雄伟，如何气势恢宏，飞檐斗拱，雕梁画栋，这些描述一概没有。文章写的全是洞庭湖的景色，从晴天写到雨天，从白天写到黑夜，写得文采飞扬，字字珠玑，出神入化，气象万千。

但这些都不是重点，重点是借景抒情，托物言志。第五段关于忧与乐的人生感悟发人深思。

范仲淹认为，个人的荣辱得失不值得忧虑，要乐观豁达、从容坦荡，“不以物喜，不以己悲”，无论身处何地，都要不忘初心，牢记使命，“居庙堂之高则忧其民，处江湖之远则忧其君”，应该始终怀有“先天下之忧而忧，后天下之乐而乐”的旷达胸襟和远大抱负。

这些才是范仲淹《岳阳楼记》真正想要表达的主旨。

孟子说：“穷则独善其身，达则兼济天下。”在朝廷就要为国为民、尽心尽力好好干；在野就管好自己，过好自己的小日子。

一般人能做到这一步已经很好了。但范仲淹就厉害了，他身居江湖，心忧国事，虽不得志，却初心不改，心里装着整个国家，唯独没有自己。这种高尚品质，这种生活态度，这种行为准则，这种思想境界，怎么说呢，可以说是鹤立鸡群，一下子把很多先贤甩出好几条街。

肆

就像当年王勃写滕王阁，崔颢写黄鹤楼，王之涣写鹳雀楼一样，范仲淹的《岳阳楼记》问世后，迅速走红，极大地提高了岳阳楼的社会知名度，带动了当地旅游业的迅猛发展，泽被至今。湖南岳阳楼因此得以与湖北黄鹤楼、江西滕王阁、山西鹳雀楼并称“中国四大名楼”。

不光岳阳楼火了，因为文章开头那句“庆历四年春，滕子京谪守巴陵郡”，滕子京也被人们所认识。滕子京最后给没给范老师稿费咱不知道，反正滕子京也跟着岳阳楼火了起来。

《岳阳楼记》发表一年后，也就是宋仁宗庆历七年（1047年），滕子京因治理岳州政绩卓著，调任江南重镇苏州知州。

坊间传言，滕子京的升迁，与其重修岳阳楼并请范仲淹作文一事有直接关系。

当然，从这篇文章中受益最大的，还是范仲淹本人。

如今我们提起范仲淹，说起他的作品，首先出现在脑海里的必定是《岳阳楼记》。

一篇文章写红了一座楼，岳阳楼也成就了范仲淹。那句“先天下之忧而忧，后天下之乐而乐”，已经成为范仲淹的“人设”名片，一个胸怀天下、心系苍生的高大形象，就这样屹立在世人面前。

当然，我们评价一个人，不是要看他说了什么，而是要看他做了什么。范仲淹在《岳阳楼记》里写的那些话，确实令人钦佩，可他做得怎么样呢？

伍

回顾范仲淹几十年的从政经历，不得不承认，范老师还真是一个言行合一的人。

宋真宗天禧五年（1021年），范仲淹在泰州（今江苏泰州）担任盐仓监，见海堤年久失修，便越职上书建议，重修捍海堰，造福当地百姓。

宋仁宗天圣六年（1028年），范仲淹向朝廷上《万言书》，奏请改革吏治，受到朝廷赏识，被召入京城。

宋仁宗天圣七年（1029年），范仲淹不畏权贵，秉公直言，上书主持朝政的刘太后，要求其还政于皇帝，因此得罪了刘太后，被贬出京。

宋仁宗明道二年（1033年），宋仁宗亲政，召范仲淹回京任职。不久，宰相吕夷简主张废后，范仲淹等人伏阁请对，拼死力谏，并与宰相当庭辩论，因言辞激烈，再次被贬出京。

宋仁宗景祐二年（1035年），范仲淹因在苏州治水有功被调回京师，升任吏部员外郎，权知开封府。范仲淹走马上任后，大力整顿吏治，使得开封府“肃然称治”，时称“朝廷无忧有范君，京师无事有希文”[①]。

宋仁宗景祐三年（1036年），范仲淹因不满宰相吕夷简把持朝政、培植党羽，向宋仁宗进献《百官图》，弹劾吕夷简。吕夷简则称范仲淹“越职言事，荐引朋党，离间君臣”[②]。范仲淹因此第三次被贬出京。

范仲淹每次外贬，都有好友为其饯行，第一次称他“此行极光”，第二次称他“此行愈光”，第三次称他“此行尤光”。[③]意思是被贬是一件很光荣的事，连续被贬，越来越光荣。

范仲淹不畏权贵、刚正耿直的人格和风骨，受到世人的一致称赞。好友梅尧臣曾作《灵乌赋》规劝范仲淹以后少说话，要明哲保身。范仲淹立刻也唱和了一篇同题文章，慨然道：“宁鸣而死，不默

① 楼钥《范文正公年谱》。
② 楼钥《范文正公年谱》。
③ 文莹《续湘山野录》。

而生。”[1]

宋仁宗康定元年（1040年）三月，西夏进犯大宋，范仲淹被召回京师，担任天章阁待制、知永兴军。七月，升为龙图阁直学士，任陕西经略安抚副使，戍边西北。

是金子放到哪儿都能发光，范仲淹文武双全，率军抗击西夏，屡立战功。在西北边陲，范仲淹写下了著名的《渔家傲·秋思》：

塞下秋来风景异，衡阳雁去无留意。四面边声连角起。千嶂里，长烟落日孤城闭。

浊酒一杯家万里，燕然未勒归无计。羌管悠悠霜满地。人不寐，将军白发征夫泪。

宋仁宗庆历三年（1043年），西北边境局势逐渐缓和，范仲淹被召回京，因战功卓著由枢密副使升为参知政事。不久，范仲淹着手实施改革，推行“庆历新政”。

其间，范仲淹大权在握，严格执法，对不称职的官员毫不留情，大笔一挥，直接在花名册上免去其职务。同事富弼于心不忍，对范仲淹说：“你这一笔下去，这一家人可就要哭了。”范仲淹说：“他一家人哭，总比让成千上万的老百姓哭要好吧？”[2]

宋仁宗庆历五年（1045年），新政以失败告终，范仲淹自请出京。他在河南邓州设立了花洲书院，并应滕子京之邀，于庆历六年（1046年）写下了千古名篇《岳阳楼记》。

---

① 范仲淹《灵乌赋》。

② 朱熹《五朝名臣言行录》卷七：“一家哭何如一路哭耶？”

陆

范仲淹在工作上尽职尽责，一心为公，在生活上更是严格要求自己。早年间，范仲淹曾在应天府书院执教，在学生中大力矫正世风，规范道德，倡导仁人志士之节操。《宋史》中说："一时士大夫矫厉尚风节，自仲淹倡之。"

要求别人做到的，自己必须首先做到。有一次，范仲淹让儿子范纯仁运送麦子，小范在路上遇到个朋友，得知对方经济困难，一时冲动，将整整一船麦子全部送给了他。

范纯仁回来没敢跟父亲说，怕受到责骂，没想到，范仲淹得知后，夸奖儿子做得对，扶危济困，乐善好施，范氏家风就该如此。

宋朝官员的工资收入和福利待遇是历朝历代最高的，范仲淹为官多年，虽清正廉洁，但也颇有资产。其子孙想在洛阳购置别墅庄园，以备范仲淹退下来以后养老。范仲淹得知后断然拒绝："人如果有道义的快乐，身体都可以不要，何况房子呢？不买！坚决不买！"①

子孙们有些不理解：生活享受您一点儿也不在乎，平时连个绯闻都没有，您留那么多钱干吗呢？

绯闻其实是有的，除了王安石和司马光那俩异类，美女谁不喜欢呢？史料记载，范仲淹任饶州（今江西鄱阳）知州时，喜欢上了一个叫小鬟的歌妓，二人经常在一起看雪看星星看月亮，从诗词歌赋谈到人生哲学，后来范仲淹被调回京师，因为小鬟只有十三岁，怕带在身边影响不好，就托付朋友魏介代为照顾。

回到京城以后，范仲淹对小鬟日思夜想，在京城买了名牌胭脂寄

---

① 《续资治通鉴·宋纪五十二》："人苟有道义之乐，形骸可外，况居室乎？"

给小鬟，并附上一首小诗：

江南有美人，别后常相忆。
何以慰相思，赠汝好颜色。[①]

与此同时，范仲淹又给朋友魏介寄了一首诗：

庆朔堂前花自栽，便移官去未曾开。
如今忆着成离恨，只托东风管领[②]来。

魏介读罢这首《怀庆朔堂》，心领神会，立刻花重金将小鬟从青楼赎出，派人专车送往京城范仲淹的府上。

此事并非杜撰，南宋吴曾的《能改斋漫录》和姚宽的《西溪丛语》均有记载，明代朱有燉还据此创作了杂剧《甄月娥春风庆朔堂》，取得票房口碑双丰收。

人人都以为只有元稹、杜牧、柳永、晏几道、周邦彦这样的风流才子才会有风流韵事，没想到浓眉大眼的范仲淹也有。

柒

不让购置房产，范仲淹留那么多钱干吗？范仲淹自有打算。

宋仁宗皇祐二年（1050年），六十二岁的范仲淹斥巨资在苏州

① 范仲淹《无题》。

② 一作“句”。

吴县购置了一千亩良田，成立了范氏义庄，聘请专业人士管理，全部收入用以资助范氏家族子孙后代及父老乡亲。

据悉，范氏义庄是我国历史上第一个非宗教性民间慈善组织，影响巨大，意义深远，为后世慈善事业及现代基金会提供了宝贵经验。

尤其令人难以置信的是，范氏义庄自创立之日起，便建立了严格规范的管理制度和与之配套的监督机制。所以，无论朝代如何更迭，世事如何变迁，历经多少战乱，遇到多少风波，范氏义庄始终屹立不倒，持续运行了八百多年。

宋仁宗皇祐四年（1052年）六月十九日，范仲淹病逝于徐州，享年六十四岁。死后葬于河南洛阳万安山下，其墓冢至今犹在。

范仲淹下葬之时，宋仁宗亲笔题写墓碑，追赠范仲淹兵部尚书，谥号“文正”。后又加赠其为太师、中书令兼尚书令，追封楚国公。

清康熙年间，范仲淹以“先儒范子”的称号从祀孔庙，后又从祀于历代帝王庙。

历朝历代都对范仲淹给予极高的评价，欧阳修说：“公少有大节，于富贵、贫贱、毁誉、欢戚，不一动其心，而慨然有志于天下。”①

王安石则盛赞范仲淹：“一世之师，由初迄终，名节无疵。”②

世人均将范仲淹视为“济世良相”“人臣典范”。

范仲淹被贬睦州（今浙江建德）时，曾为汉代名士严子陵的祠堂题过这样几句话：

---

① 欧阳修《范文正公神道碑铭》。

② 王安石《祭范颍州文》。

云山苍苍，江水泱泱。

先生之风，山高水长。[①]

有人说，这话用在范仲淹自己身上似乎更为恰当。

范仲淹对此不以为然："这世上哪有什么完人？我跟大家其实是一样的，有心系天下的家国情怀，也有卿卿我我的儿女情长；有先忧后乐的胸襟，也有事业受挫后的迷茫。"

人生苦短，世事无常，谁不是一边受伤，一边成长呢？范仲淹与欧阳修喝酒时即兴创作的这首《剔银灯·与欧阳公席上分题》，或许才是他内心世界的真实写照吧：

昨夜因看蜀志。笑曹操、孙权、刘备。用尽机关，徒劳心力，只得三分天地。屈指细寻思，争如共，刘伶一醉。

人世都无百岁。少痴騃、老成尪悴。只有中间，些子少年，忍把浮名牵系。一品与千金，问白发、如何回避。

---

① 范仲淹《严先生祠堂记》。

苏舜钦

一场改变人生命运的饭局

众所周知，饭局从来无小事。组织饭局最核心的问题不是吃什么，去哪儿吃，而是跟谁吃。请谁，不请谁，这可是个大学问。

不该请的人请了，大家几杯酒下肚，难免话多，所谓言多必失，一旦双方话不投机，酒桌上很容易产生矛盾；但是反过来，该请的人没请也不行，一样容易得罪人。

比如，北宋有一位叫苏舜钦的名臣，就因为一场饭局，葬送了自己的政治生命。

壹

苏舜钦，字子美，范仲淹“庆历新政”的积极支持者，古文运动的大力倡导者，同时也是著名诗人，与宋诗“开山祖师”梅尧臣合称“苏梅”。

苏舜钦的诗词在今天不是很流行，所以大多数人对他不太熟悉。他最著名的一首诗是《淮中晚泊犊头》：

春阴垂野草青青，时有幽花一树明。

晚泊孤舟古祠下，满川风雨看潮生。

这首诗描写的景色清新幽静，境界开阔舒朗，诗人潇洒旷达、淡泊宁静的心态跃然纸上。尤其是最后一句“满川风雨看潮生”堪称神来之笔，令人拍案称奇。

苏舜钦虽然现在知名度不算高，但在当时绝对是大名鼎鼎的诗人，标准的“流量”明星、大众偶像。

别的先不说，首先人家个子高。史料中说苏舜钦长得高大魁梧，看人得俯视[①]，身高在一米八以上。

苏舜钦不仅个子高，而且帅。《宋史》中说他“状貌怪伟”，是当时公认的美男子。

关于这一点，好友欧阳修可没少夸他，说苏舜钦是千里挑一的人物[②]，还说苏舜钦不光长得帅，性格也好，人见人爱，花见花开[③]，甚至公开夸赞道：大家都知道苏舜钦有才，可闻名不如见面，凡是见过他本人的，无不被他的盛世容颜所倾倒。他明明可以靠颜值吃饭，却偏要靠才华。[④]

总之，苏舜钦在京城粉丝众多，很有影响力。[⑤]

当然，对一个男人来说，如果不打算混娱乐圈，长相其实并没有

---

① 刘攽《中山诗话》：“苏子美魁伟，与宋中道并立，下视之，笑曰：‘交不著。’”

② 欧阳修《答苏子美离京见寄》：“众奇子美貌，堂堂千人英。”

③ 欧阳修《苏氏文集序》：“其状貌奇伟，望之昂然，而即之温温，久而愈可爱慕。”

④ 欧阳修《湖州长史苏君墓志铭序》：“天下之士闻其名而慕，见其所传而喜，往揖其貌而竦，听其论而惊以服，久与其居而不能舍以去也。”

⑤ 《宋史·苏舜钦传》：“一时豪俊多从之游。”

那么重要，苏舜钦的人气主要是因为其显赫的家世和过人的才学。

苏舜钦出身书香门第、官宦世家，祖父是太宗时期的科举状元、名相苏易简，父亲苏耆是工部郎中、直集贤院，岳父是当朝宰相杜衍。

苏舜钦自幼饱读诗书，且胸怀大志。[①]二十七岁考中进士，文章诗词俱佳，在京城文学圈有口皆碑。

苏舜钦不但文才出众，而且写得一手好字，是个被自己其他光环所掩盖的非著名书法家。

当时书法界公认的四大家是“苏黄米蔡”，其中的黄庭坚说过：“我学了那么多年草书都摆脱不了俗气，直到看了苏舜钦的字，才算领悟到书法的真谛。”[②]

米芾对苏舜钦的书法更是给予高度评价，称苏舜钦的字龙飞凤舞、挥洒自如、狂放不羁。[③]

这么说吧，如果说“苏黄米蔡”是北宋书法界的“四大天王”，那苏舜钦就是当仁不让的“天王杀手”。

贰

宋仁宗庆历四年（1044年），参知政事范仲淹正大力推行新政，作为改革的积极支持者，苏舜钦被范仲淹举荐，升任集贤院校

---

① 欧阳修《湖州长史苏君墓志铭序》：“……慷慨有大志。”

② 黄庭坚《书草老杜诗后与黄斌老》：“予学草书三十余年，初以周越为师，故二十年抖擞俗气不脱，晚得苏才翁子美书观之，乃得古人笔意。”

③ 赵与时《宾退录》卷二：“舜钦如五陵少年，访云寻雨，骏马青衫，醉眠芳草，狂歌院落。”

理，监进奏院。

进奏院是个什么部门？简单来说，就是各地方政府的驻京办，监进奏院就是负责管理各驻京办的最高行政长官，级别不算高，从七品。

监进奏院虽然级别不高，但位置重要，作用很大。地方官员进京上呈奏疏给皇帝，必须通过进奏院转呈；朝廷发布政令，也要通过进奏院下发给各地。也就是说，进奏院是一个上传下达、连接朝廷与地方的枢纽，也是京官与地方官交流沟通的平台。地方官远离京城，信息迟滞阻塞，进京后难免要向京官打探消息；同样，京城官员想要了解、掌握各个地方的情况，也得通过进奏院这个渠道。因此，监进奏院的重要性不言而喻。

任职那一年，苏舜钦刚满三十七岁，新官上任，踌躇满志，意气风发，准备为振兴大宋好好干一番事业。

苏舜钦个人条件在这里摆着：家世显赫，进士出身，有高官推荐，有基层工作经验，加上外形帅气，年富力强，文采过人。所有人，包括他自己，都认为一条平坦宽阔的青云之路就在他脚下。

可谁也没有想到，一个前途光明、大有希望的青年才俊，却因为节日期间的一场饭局而葬送了自己大好的政治前途。

叁

事情的经过是这样的。

宋仁宗庆历四年（1044年）的秋天，恰逢“赛神会”。“赛神会”是北宋时期祭拜神仙的一个节日。祭拜哪位神仙呢？不一定，根据自己的需要，上自玉皇大帝，下至阎王、土地神，只要你觉得对自己有帮助就行。

进奏院主要搞文字工作，所以他们祭拜的是文字始祖仓颉。

其实祭拜谁并不重要，重要的是大家得趁着这个机会聚在一起吃吃喝喝，热闹一下，相当于搞个团建。

那天，苏舜钦一大早就张罗着安排人去采购酒菜、布置宴席，宴会地点就在进奏院，因为这天并不是法定假日，还要上班。

酒宴经费从哪儿出？也不用个人花钱，每个单位都有自己的小金库，只是各单位的小金库大小有所不同。进奏院基本属于清水衙门，没啥额外收入，平时就靠卖废报纸的那点儿钱存进小金库。

没错，就是废报纸。当时进奏院日常工作之一是把皇帝的诏令、大臣们的奏议，以及朝廷近期发生的大事等信息整理汇编印在纸上，然后由信使传送到各地方政府，这种印有朝廷近期各种大事的文件被称为“邸报”。有学者认为，这应该是世界上最早的报纸。

哪个搞文字工作的单位都一样，日久天长，必然会积攒大量的废旧报纸、文件、封套啥的，卖掉之后就有了点儿余钱，正好用来搞团建。

那天，除了本部门员工之外，苏舜钦还邀请了京城文学圈里一些志同道合的朋友。没想到，这成了祸事的因由。

有个叫李定的官员，官拜太子中舍，平时自认为跟苏舜钦关系还不错，以为苏舜钦肯定会邀请他参加，早早就换好了衣服等着赴宴，结果根本没人搭理他。李定不由得恼羞成怒。

事后李定得知那天大家玩得都很开心，喝了不少酒，说了不少推心置腹的话，而且还叫了歌妓陪酒助兴，心里更加气愤，便四处造谣苏舜钦工作时间聚众饮酒，公款吃喝，拉帮结派，妄议朝政，还公然召妓，生活作风腐败，等等。

这些话传到了御史台，有个叫刘元喻的御史与苏舜钦素来不和，立即将这些事汇报给御史中丞王拱辰，两人一起将事情上奏宋仁宗，弹劾苏舜钦，要求查办此事。

宋仁宗听罢龙颜大怒，宰相吕夷简也在一旁煽风点火，推波助澜。宋仁宗一气之下，一纸诏书将苏舜钦削职为民，参与聚会的十余人则分别受到不同程度的处分，或降职，或罢官，史称“进奏院风波”。

肆

一场饭局闹得朝野上下沸沸扬扬，苏舜钦怎么也想不通，不就是趁着过节，大家聚在一起吃了顿饭吗？何至于此？

不光当事者想不通，旁观者也很意外，因为北宋朝廷一向善待文人，当今皇帝更是以仁厚著称，因为一顿饭处理了十几个官员，确实匪夷所思。

朝廷一共给苏舜钦等人列了五大罪状：燕集喧闹、监主自盗、诋毁先圣、举止轻肆、服惨未除。[①]

苏舜钦心里当然不服，给欧阳修写信，为自己一一辩解叫屈：

说我们“燕集喧闹”？没错，进奏院距离皇宫很近，我们聚众饮酒确实扰了皇宫的清净，但这是每年的惯例，而且榷货务（相当于国家专卖局）距离皇宫更近，那天他们也在聚会饮酒，咋没人说他们喧闹？

说我“监主自盗”？可笑！单位那点儿废报纸能卖几个钱？我又

① 李焘《续资治通鉴长编》卷一百五十三：“于是舜钦及巽俱坐自盗，洙等与妓女杂坐，而休复、约、延隽、延让又服惨未除，益柔并以谤讪周、孔坐之。”

没把那些钱装进自己口袋，大家聚餐花了，咋能说我贪污，说我挪用公款？那天钱不够花，我还自己掏了一千文呢。

说我们有人“诋毁先圣”，指的是那天参加宴会的王益柔席间作了一首名叫《傲歌》的诗，其中有“醉卧北极遣帝扶，周公孔子驱为奴”两句，被认为是对先贤大不敬。其实不过是酒后戏言，而且又不是我说的，咋能赖到我头上？

说我们“举止轻肆”？无非是叫了几个官妓助兴，这在我朝并不违法。当然，按规定，官妓只能从事歌舞表演，不允许与官员“杂坐”，但当时大家喝多了，没太在意细节，顶多属于生活作风问题，我认真检讨，下不为例。

说有人“服惨未除”，就是说有人在服丧期间参加酒宴，这属于不孝、大逆不道，确实不应该。我朝守孝期长达三年，酒宴中有人守孝期未满，我并不知情啊！早知道说啥也不能让他参加。

总之，都是些细枝末节的事，何必处理得这么严厉？不仅削职为民，连进士出身也给剥夺了，这到底是为什么？

“进奏院风波”之后，苏舜钦的政治生命彻底终结。他一时万念俱灰，独自乘一叶扁舟黯然离京南下，途中作《舟行有感》一首：

忽忽赏节物，区区何所归？
天阴鸟自语，水落岸生衣。
客况知谁念，人生与愿违。
东风百花发，独采北山薇。

苏舜钦一路漂泊，最终在苏州落脚。他买下城南一处废弃的园林，重新装修改造，并在园内筑亭，取“沧浪之水清兮，可以濯我缨；沧浪之水浊兮，可以濯我足”的句意，将亭子命名为“沧浪亭”。如今，“沧浪亭”是苏州四大园林之一。

漫步在修缮一新的园林内，苏舜钦感到从未有过的惬意，即兴赋诗一首：

夜雨连明春水生，娇云浓暖弄阴晴。
帘虚日薄花竹静，时有乳鸠相对鸣。[①]

事业受挫、官场失意的苏舜钦就此在沧浪亭过起了清风明月的退休生活，每天钓钓鱼，散散步，养养花，遛遛鸟，喝点儿小酒，写点儿小诗，练练书法，打打太极。

在外人看来，苏舜钦的日子过得好不潇洒，欧阳修曾应邀为苏舜钦的名篇《沧浪亭记》赋诗说：“清风明月本无价，可惜祇卖四万钱。”[②]

然而，一切都是表象，苏舜钦的内心究竟有多痛苦，只有他自己知道。

伍

首先是对亲朋好友极度的失望。

苏舜钦被罢官时，范仲淹和岳父杜衍，以及韩琦、富弼、欧阳修等革新派，有的已经外放出京为官，有的在朝中已经失势，但这些人

① 苏舜钦《初晴游沧浪亭》。
② 欧阳修《沧浪亭》。

毕竟是老官员，影响力还在。然而，事情发生后，这些人竟无一人替他求情说话。

其次是对自己无所事事的失落。

苏舜钦罢官时正值中年，正是干事业的大好年纪，满腔热血，却只能赋闲在家。“致君事业堆胸臆，却伴溪童学钓鱼”[①]，这不是浪费生命吗？

在苦闷彷徨中，苏舜钦渐渐想明白了一件事，所谓“进奏院风波”，什么公款吃喝、腐化堕落，统统都是借口，自己被罢官的真正原因是政治斗争。范仲淹推行新政，御史中丞王拱辰、宰相吕夷简都持反对意见，而苏舜钦以及他的岳父杜衍则是坚定的新政支持者，王拱辰弹劾苏舜钦，主要是为了打击革新派。苏舜钦不过是朝廷内部政治斗争的牺牲品。

被处理的另外十几个人，几乎都是新政的支持者，同时也是当时的知名文人，有的人地位还相当显赫。比如被指控写诗“诋毁先圣”的王益柔，是名相寇准的外孙；大臣王洙，官居三品“直龙图阁”；还有与苏舜钦齐名的大诗人梅尧臣，是宋诗的“开山祖师”。

这些人被贬出京后，京城文化圈为之愕然，甚至出现了“同时俊彦，为之一空”[②]的感叹。

御史刘元喻向宰相吕夷简汇报工作时，扬扬得意地说：“聊为相公一网打尽。”[③]这也是成语“一网打尽”的由来。

之所以能对革新派一网打尽，除了保守派小题大做、借题发挥之

---

① 苏舜钦《西轩垂钓偶作》。

② 魏泰《东轩笔录》卷四。

③ 魏泰《东轩笔录》卷四。

外，宋仁宗的态度更为关键。

当时，新政遭到许多人反对，宋仁宗对改革的态度也发生了转变，由支持转向怀疑。

御史台弹劾苏舜钦时，指责他召集官员与文人一起，酒后“出位议政”，影射朝廷，有勾结朋党之嫌，这才是弹劾的重点，也是宋仁宗所不能容忍的。

最后对苏舜钦的处理决定，之所以只拿“监主自盗”等几项罪名说事，是因为宋仁宗不想被人指责心胸狭窄、阻塞言论。

但真正的原因是什么，大家心知肚明。不可否认的事实是，北宋自仁宗之后，特别是“进奏院风波”之后，出于批评朝政等政治原因被处理的文官越来越多，文人议政逐渐多了许多禁忌。

陆

苏舜钦赋闲苏州那几年，内心从来没有真正平静过。他一刻也没有真正享受过悠闲的生活，一直通过各种方式和途径，表达自己希望重新出来工作的愿望。

这首《水调歌头·沧浪亭》，正是他当时心情的写照：

潇洒太湖岸，淡伫洞庭山。鱼龙隐处，烟雾深锁渺弥间。方念陶朱张翰，忽有扁舟急桨，撇浪载鲈还。落日暴风雨，归路绕汀湾。

丈夫志，当景盛，耻疏闲。壮年何事憔悴，华发改朱颜。拟借寒潭垂钓，又恐鸥鸟相猜，不肯傍青纶。刺棹穿芦荻，无语看波澜。

日子就这样一天天过去，直到庆历八年（1048年），苏舜钦才被宋仁宗重新启用，任命为湖州长史。

接到任命，苏舜钦喜极而泣，连忙收拾行囊，准备重新出山。然而，他还没来得及赴任，便一病不起，不久便与世长辞，死时年仅四十一岁，可谓英年早逝。

噩耗传来，欧阳修不胜唏嘘，亲笔为苏舜钦撰写了祭文和墓志铭。文中称：“自君卒后，天子感悟，凡所被逐之臣复召用，皆显列于朝，而至今无复为君言者。宜其欲求伸于地下也。”[①]

也就是说，直到苏舜钦死后，都没有人为进奏院的案子伸冤鸣不平。

为此，当代学者、《百家讲坛》主讲人李强教授在《红袖添香夜读书：北宋文人往事》一书中这样写道：

> 进奏院里那场“最后的晚餐”不仅终结了苏舜钦的政治生命，也使北宋涵养了八十多年的文人精神，受到一次严重的考验。此后，大宋王朝有些东西没有改变，它仍然迈着慢条斯理的步子，逐渐走向它的衰败；而有些东西却改变了，再也无法回到它起初的样子……

---

① 欧阳修《湖州长史苏君墓志铭序》。

范成大

没有高风险，哪有高回报

乾道六年（1170年），杭州。这两天，宋孝宗气得睡不着觉。

他打算派人出使金国，没想到，竟招来一片反对声。任务无论派到谁头上，谁都会找各种理由推三阻四，不愿从命。

这也难怪，连皇帝宋徽宗、宋钦宗都被金军俘虏了，宋高宗也被金军搜山检海追到了海上吓破了胆，更何况臣子？谁不怕金国？

宋孝宗想派出使节出使金国，就为了两件事：第一，请金国归还大宋皇帝的“陵寝之地”①；第二，大宋皇帝接受金国国书的礼仪需要修改。②

当年宋高宗与金国签订的《绍兴和议》规定，金国使者送信过来，宋朝皇帝须“降榻受书”，就是必须起身离座，亲自接受国书。

宋孝宗继位后，发动“隆兴北伐”，又与金国签订了《隆兴和议》，南宋对金不再称臣，改以叔侄相称；给金的“奉表”改称“国书”；每年交纳给金国的“岁贡”改称“岁币”，数额也有所减少。

---

① 《续资治通鉴·宋纪一百四十一》：“朕痛念祖宗陵寝沦于荆棘者四十余年，今欲遣使往请，卿意以为如何？”

② 《续资治通鉴·宋纪一百四十一》：“凡金使者至，捧书升殿，北面立榻前跪进，帝降榻受书，以授内侍。及再和，仍循其例，帝颇悔之。”

对宋朝来说，两次“和议”都是丧权辱国的不平等条约，但《隆兴和议》比之前的《绍兴和议》稍有改善，只有一点让宋孝宗耿耿于怀，就是当时由于疏忽，忘了修改“受书之仪”。

可别小看这一条，当着文武百官的面，堂堂大宋皇帝必须起身离座，双手接金国使者送来的国书，人家不要面子的吗？这条必须得改。

没想到，宋孝宗才把这一想法说出来，就招致群臣反对。

左相陈俊卿、吏部侍郎陈良祐等力谏宋孝宗暂缓遣使赴金，理由是好不容易换来的和平局面，不可因小失大，节外生枝，惹怒金国。

宋孝宗一气之下，将二人贬出了京城，命右相虞允文督办此事。虞允文当即决定，请能言善辩、博学多才的礼部侍郎李焘出使金国。

李焘一听，脸色立变：“这事儿肯定办不成，丞相这是要害死我啊！”[①]随即以忙于编纂《续资治通鉴长编》走不开为由，死活不肯从命。

这也不怪李焘贪生怕死，所谓“弱国无外交”，出使金国无异于与虎谋皮，凶多吉少，以金国的做派，搞不好会把他剥皮抽筋、大卸八块。所以，群臣人人惧怕，一时间，朝廷上下竟无合适人选可派。

歌舞升平怎知亡国之恨？沧海横流方显英雄本色。此时，四十五岁的范成大闪亮登场。

壹

宋朝外交事务归属礼部，既然礼部侍郎不肯受命，身为礼部员外

---

① 《续资治通鉴·宋纪一百四十一》：“今往，金必不从，不从必以死争之，是丞相杀焘也。”

郎的范成大，就进入了虞允文的视野。

虞允文跟范成大是同一年（宋高宗绍兴二十四年，1154年）的进士，他对范成大非常了解，知道范成大为人刚正勇敢、办事踏实可靠，于是代表朝廷找范成大谈话，说明此次出使金国不但对大宋意义重大，同时也是范成大个人进步的重要契机，希望他抓住机遇，知难而上，为国分忧。

范成大沉默良久，经过慎重考虑之后，慨然应允。

为了表彰范成大勇于担当的大无畏精神，同时提高大宋使节出使金国的规格档次，朝廷提拔范成大为起居郎、代理资政殿大学士、左太中大夫、醴泉观使兼侍读，封丹阳郡开国公，充任大宋皇帝特使。

临行前，宋孝宗接见范成大，关切地问："范爱卿，诸大臣都害怕出使金国，你为何不怕？"

范成大大义凛然道："回陛下，我已经交代好了后事，就没打算活着回来。"①

宋孝宗一听，连忙摆手，宽慰范成大："范爱卿，不至于，不至于，朕又不是要撕毁和约，讨伐金国，金人不至于害你。"②

说罢，宋孝宗沉默了一会儿，又幽幽地补了一句："顶多像当年苏武一样被扣留，牧羊北海，风餐露宿，吞毡饮雪，这倒是有可能。"③

"风萧萧兮易水寒，壮士一去兮不复还。"④乾道六年五月，范成大带着宋孝宗的嘱托，肩负着大宋的厚望，启程出使金国。

---

① 《续资治通鉴·宋纪一百四十一》："臣已立后，为不还计。"

② 《续资治通鉴·宋纪一百四十一》："朕不发兵败盟，何至害卿！"

③ 《续资治通鉴·宋纪一百四十一》："啮雪餐毡或有之。"

④ 荆轲《易水歌》。

一路上，他目睹了沦陷区山河破碎的残败景象，切身体会到中原遗民的黍离之悲，不由得百感交集，便以诗歌的形式记录沿途所见所闻。

比如进入昔日国都东京汴梁之后，范成大有感而发的这首《宜春苑》：

狐冢獾蹊满路隅，行人犹作御园呼。
连昌尚有花临砌，肠断宜春寸草无。

还有描写沦陷区百姓盼望王师收复失地的这首《州桥》：

州桥南北是天街，父老年年等驾回。
忍泪失声询使者，几时真有六军来？

范成大不仅是南宋名臣，也是著名诗人，他与陆游、杨万里、尤袤合称南宋“中兴四大诗人”，又称“南宋四大家”，享誉文坛。

以往南宋的诗人描写中原沦陷区，基本都是凭借一些道听途说，甚至凭空想象创作。但范成大不同，他是亲临其境，所以描写更加真实，感触尤为深刻。这一路上，范成大一连作了七十二首绝句，合称《使金纪行七十二首》。

贰

南宋使团一路向北，饥餐渴饮，晓行夜宿，终于抵达金国中都（今北京）。

在专门接待外宾的会同馆安顿好后，等候金国方面召见期间，范成大就如何修改“受书之仪”一事，以个人名义给金国皇帝金世宗写了一封奏疏，藏在了身上。

按理说，修改“受书之仪”是此次出使的两大诉求之一，应该跟陵寝之事一起写到国书里，但宋孝宗担心因此激怒金国，也怕对方不答应，让自己丢了面子，思虑再三，决定不写进国书，而是让范成大见机行事，以口头或奏疏的形式表达出来。

当然，这既不合乎外交礼仪，也不合乎议事程序，所以有很大风险，范成大为此已经做了最坏的打算。

会面那天，范成大递上国书，慷慨陈词，以孝道的名义，动之以情，晓之以理，请金国归还宋朝皇室陵寝之地，金国君臣几乎被打动了。

范成大见状，趁热打铁，突然说道：“两朝既为叔侄，而受书礼未称，臣有疏。”[①]说着，从怀中取出自己写好的那封奏疏，双手递上。

金世宗吃了一惊，怒道：“今天的议题是商量陵寝之事，怎么忽然说起受书之仪来了？[②]这是搞突然袭击吗！”

金世宗拒不接受范成大的奏疏，范成大则坚持递交，双方陷入僵局。金国大臣中有脾气暴躁的，用笏板击打范成大，范成大毫不惧怕，保持递交的姿势一动不动，金世宗恼羞成怒，拂袖而去。

奏疏递交不成，范成大只好先回会同馆。第二天，听守卫议论说，金国方面很生气，准备将其扣留，金国太子甚至打算杀了他。

---

① 《宋史·范成大传》。

② 《宋史·范成大传》：“此岂献书处耶？”

此时，范成大已抱定必死决心，写下《会同馆》诗一首，表明心志：

万里孤臣致命秋，此身何止一沤浮。
提携汉节同生死，休问羝羊解乳不。

当年苏武出使匈奴被扣，被放逐北海牧羊，匈奴单于扬言等什么时候公羊产子了就放他回去。范成大决心以苏武为榜样，坚守气节。

金世宗被范成大视死如归的精神打动，最终接受了奏疏。虽然没有同意修改“受书之仪”，也没有归还“陵寝之地”，但准许南宋方面“奉迁陵寝”，就是准许南宋把皇陵迁走，并归还了宋钦宗的灵柩。

同年十月下旬，范成大一行有惊无险，全身而退，顺利回到了南宋。

叁

范成大归国后，受到宋孝宗和文武群臣的热烈欢迎，虽然这次任务没有完成，但范成大不辱使命，也有所收获。对于范成大在金国的表现，《宋史》给予了高度评价：“成大致书北庭，几于见杀，卒不辱命。俱有古大臣风烈，孔子所谓‘岁寒然后知松柏之后凋’者欤？”

鉴于范成大在出使金国时的英勇表现，朝廷再次提拔其为中书舍人，后又任命其为静江知府兼广西经略安抚使。几年后，范成大西入巴蜀，改任敷文阁待制、四川制置使，知成都府。

总之，出使金国后，范成大仕途坦荡，官运亨通。从成都卸任后不久，范成大又升任代理礼部尚书，成为朝廷重臣。

担任代理礼部尚书一年后，即宋孝宗淳熙五年（1178年），五十三岁的范成大被任命为参知政事，达到了事业的顶峰。

范成大由一个从六品的礼部员外郎，到正二品的参知政事，仅仅用了八年时间，难免招人嫉妒。

有人说："有啥了不起的，不就是去金国出了趟差吗？圣上交代的事一件也没办成，怎么就不辱使命了？升职加薪这么快，背后肯定有文章！"

范成大的确不是一般家庭出身，父亲是秘书郎，祖父是太子少傅，曾祖是太子少保，母亲是宋朝书法四大家之一、端明殿学士蔡襄的孙女，北宋名相文彦博的外孙女，受封秦国夫人，据说范家还跟北宋名臣范仲淹多少沾点儿亲戚关系。

也就是说，范成大不仅出身书香门第，而且是个"官二代"。

但靖康之变后，范成大家道中落，父母双亡，他本人并没有沾到祖上什么光，潜心苦读了十年，才在二十九岁那年考取了进士。

那一年的进士榜人才辈出，除了前面提到的举荐范成大出使的丞相虞允文之外，还有"中兴四大诗人"之一的杨万里、著名词人张孝祥等。陆游也是那一年的考生，但因为得罪了秦桧，未能上榜。

范成大进士及第两年后才被授予司户参军一职，正式步入仕途。

应该说，范成大的快速升迁与其家庭背景并没有太大关系，冒死出使金国才是他事业的转折点。

肆

但是，好景不长，范成大在参知政事的位置上仅仅待了两个月，就因同僚弹劾而被降职，之后辗转各地为官，几经沉浮。

宋孝宗淳熙十年（1183年），五十八岁的范成大彻底厌倦了官场上的尔虞我诈、勾心斗角，以身体有恙需养病为由，半年之内连续五次向宋孝宗递交辞职报告，比当年向金国递交奏疏还坚决，任宋孝宗如何挽留都不为所动，最终获批。

无官一身轻，卸任后的范成大从此隐居故乡苏州石湖，过起了悠闲舒适的田园生活，并专注于诗文创作。

范成大原本就是个诗人，年轻时写过大量反映农村生活和农民疾苦的诗歌，在文坛久负盛名，比如这首《后催租行》：

老父田荒秋雨里，旧时高岸今江水。
佣耕犹自抱长饥，的知无力输租米。
自从乡官新上来，黄纸放尽白纸催。
卖衣得钱都纳却，病骨虽寒聊免缚。
去年衣尽到家口，大女临歧两分首。
今年次女已行媒，亦复驱将换升斗。
室中更有第三女，明年不怕催租苦。

全诗语言质朴，但用词冷峻，字字泣血：已经卖掉两个女儿抵租税的老农自述，明年不怕催租的上门了，因为家里还有第三个女儿可以充抵租税。

范成大直击灵魂的角度，批判现实的力度，丝毫不亚于唐代的杜甫、白居易。

如今既已退休，有了更多的时间和精力，范成大便在田园诗歌创作上大展拳脚，写下了著名的《四时田园杂兴》，这组诗一共六十首，被钱锺书评价为“中国古代田园诗的集大成”[①]。

比如曾入选小学语文教材的这首：

梅子金黄杏子肥，麦花雪白菜花稀。
日长篱落无人过，惟有蜻蜓蛱蝶飞。[②]

还有这首：

昼出耘田夜绩麻，村庄儿女各当家。
童孙未解供耕织，也傍桑阴学种瓜。[③]

以往的田园诗，像陶渊明、王维、孟浩然等人的作品，大多是借田园风光抒发个人的隐逸情怀。范成大则不同，他的田园诗笔触直接面向农民，面向农村生活，所以更生动、更鲜活、更接地气，犹如一股清流，为田园诗注入了新的活力，也由此奠定了范成大宋代田园诗代表人物的地位。

范成大的《四时田园杂兴》发表后，诗坛为之一振。

在范成大生命的最后十年，宋孝宗曾多次下旨重新启用范成大，

---

① 钱锺书《宋诗选注》。
② 范成大《四时田园杂兴》（其二十五）。
③ 范成大《四时田园杂兴》（其三十一）。

想要委以重任，但范成大早已无心仕途，每次都百般推托，后来实在推不过，勉强上任，不久便告病还乡，继续创作田园诗。

宋光宗绍熙四年（1193年），范成大带病将自己的诗集整理完成，命其子向杨万里请序。九月五日，范成大去世，享年六十八岁。

好友陆游闻讯后悲痛不已，作《范参政挽词》两首：

屡出专戎阃，遄归上政途。
勋劳光竹帛，风采震羌胡。
签帙新藏富，园林胜事殊。
知公仙去日，遗恨一毫无。

孤拙知心少，平生仅数公。
凋零遂无几，迟暮与谁同！
琼树世尘外，神山云海中。
梦魂宁复接，恸哭向西风。

参考书目

1. [后晋] 刘昫等撰．旧唐书 [M]．北京：中华书局，1975.

2. [五代] 王定保撰．唐摭言 [M]．上海：上海古籍出版社，1978.

3. [唐] 皇甫枚撰，中华书局上海编辑所编辑．三水小牍 [M]．北京：中华书局，1958.

4. [唐] 孟棨等著，中华书局上海编辑所编辑．本事诗 本事词 [M]．北京：中华书局，1959.

5. [唐] 刘肃撰，许德楠、李鼎霞点校．大唐新语 [M]．北京：中华书局，1984.

6. [唐] 范摅著．云溪友议 [M]．北京：中华书局，1985.

7. [唐] 王绩著．王无功文集 [M]．上海：上海古籍出版社，1987.

8. [唐] 李白著，王琦注．李太白全集 [M]．北京：中华书局，1977.

9. [唐] 白居易著，顾学颉校点．白居易集 [M]．北京：中华书局，1979.

10. [唐] 元稹著．元稹集 [M]．北京：中华书局，2000.

11. [唐] 柳宗元著．柳河东集 [M]．上海：上海古籍出版社，2008.

12. [唐] 杜甫著，仇兆鳌注．杜诗详注 [M]．北京：中华书局，1979.

13.［宋］司马光编著，［元］胡三省音注，“标点资治通鉴小组”校点. 资治通鉴［M］. 北京：中华书局，1956.
14.［宋］欧阳修、宋祁撰. 新唐书［M］. 北京：中华书局，1975.
15.［宋］计有功撰. 唐诗纪事［M］. 上海：上海古籍出版社，1987.
16.［宋］马端临著，上海师范大学古籍研究所、华东师范大学古籍研究所点校. 文献通考［M］. 北京：中华书局，2011.
17.［宋］李焘撰，上海师范大学古籍研究所、华东师范大学古籍研究所点校. 续资治通鉴长编［M］. 北京：中华书局，1985.
18.［宋］李昉等编. 太平广记［M］. 北京：中华书局，2020.
19.［宋］范仲淹著. 范文正公文集［M］. 北京：中华书局，1985.
20.［元］脱脱等撰. 宋史［M］. 北京：中华书局，1985.
21.［元］辛文房著，李立朴译注. 唐才子传全译［M］. 贵阳：贵州人民出版社，2001.
22.［元］王结撰. 文忠集［M］. 北京：中国书店出版社，2018.
23.［清］彭定求等编，陈尚君补辑，中华书局编辑部点校. 全唐诗. 北京：中华书局，1999.
24.游国恩等主编. 中国文学史，北京：人民文学出版社，1963.
25.吴庚舜、董乃斌主编. 唐代文学史［M］. 北京：人民文学出版社，1995.
26.吕思勉著. 中国通史［M］. 北京：中华书局，2015.
27.傅璇琮著. 唐代诗人丛考［M］. 北京：中华书局，1980.
28.陈伯海主编. 唐诗汇评［M］. 杭州：浙江教育出版社，1995.
29.王仲荦著. 隋唐五代史［M］. 上海：上海人民出版社，2016.
30.尚永亮著. 诗映大唐春［M］. 北京：北京大学出版社，2017.
31.莫砺锋著. 杜甫评传［M］. 南京：南京大学出版社，1993.
32.严正道著. 李绅及其诗歌研究［M］. 北京：中国社会科学出版社，2019.
33.郝润华、王燕飞著. 李益［M］. 兰州：甘肃教育出版社，2014.

34.孙昌武著．柳宗元传论［M］．北京：人民文学出版社，1982.
35.黄永年著．唐史十二讲［M］．北京：中华书局，2007.
36.罗宗强著．隋唐五代文学思想史［M］．北京：中华书局，2003.
37.唐圭璋编纂，王仲闻参订，孔凡礼补辑．全宋词［M］．北京：中华书局，1999.
38.沈祖棻著．宋词赏析［M］．上海：上海古籍出版社，1980.
39.王国维著．人间词话［M］．昆明：云南人民出版社，2016.
40.夏承焘著．唐宋词人年谱［M］．上海：上海古籍出版社，1979.
41.高锋著．花间词研究［M］．南京：江苏古籍出版社，2001.
42.唐红卫著．二晏研究［M］．天津：南开大学出版社，2010.
43.于北山著．范成大年谱［M］．上海：上海古籍出版社，2006.
44.侯忠义主编．中国历代小说辞典［M］．昆明：云南人民出版社，1986.
45.郭沫若著．李白与杜甫［M］．北京：人民文学出版社，1971.
46.李强著．红袖添香夜读书：北宋文人往事［M］．北京：人民文学出版社，2016.
47.林语堂著，张振玉译．苏东坡传［M］．长沙：湖南文艺出版社，2012.
48.王晓磊著．唐诗寒武纪［M］．北京：北京十月文艺出版社，2022.
49.周宗奇著．范仲淹传［M］．武汉：华中科技大学出版社，2021.
50.叶楚桥著．桃李春风一杯酒［M］．贵阳：贵州人民出版社，2019.
51.懒相饮等著．宋朝好声音［M］．武汉：长江出版社，2017.
52.吕树坤编著．中华诗词故事［M］．长春：吉林文史出版社，2000.
53.《中华经典必读》编委会编著．中华最美古诗词［M］．北京：中国纺织出版社，2012.